KATHARINA
BORNHOLMER

CW01500095

atb aufbau taschenbuch

KATHARINA PETERS, Jahrgang 1960, schloss ein Studium in Germanistik und Kunstgeschichte ab. Sie ist passionierte Marathonläuferin, begeistert sich für japanische Kampfkunst und lebt am Rande von Berlin. An die Ostsee fährt sie, um zu recherchieren, zu schreiben – und gelegentlich auch zu entspannen.

Unter www.katharinapeters.com finden Sie alle lieferbaren Titel und mehr zur Autorin.

Sarah Pirohl stammt aus einer begüterten Familie, aber statt in die Kanzlei ihres Vaters einzusteigen, entschied sie sich, Polizistin zu werden. Doch bei ihrer ersten eigenen Ermittlung hat sie in ihren Augen versagt. Nachdem ein Mädchen ermordet worden ist, hat sie gleich einen Hauptverdächtigen präsentiert: den Stiefvater. Doch als er sich in der Haft selbst tötet und ein zweiter, ähnlicher Mord geschieht, wird klar, dass Sarah sich grausam geirrt hat. Auf Bornholm will sie zu sich selbst finden – doch die Morde lassen sie nicht los. Weitere Frauen werden getötet; in anonymen Zuschriften wird sie bedroht – und obendrein scheint auch noch die Kanzlei ihres Vaters in dunkle Geschäfte verstrickt zu sein.

KATHARINA PETERS

BORNHOLMER SCHATTEN

KRIMINALROMAN

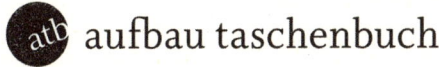

aufbau taschenbuch

Für Niklas

MIX
Papier aus verantwor-
tungsvollen Quellen
FSC® C083411

ISBN 978-3-7466-3639-9

Aufbau Taschenbuch ist eine Marke
der Aufbau Verlag GmbH & Co. KG

2. Auflage 2020
© Aufbau Verlag GmbH & Co. KG, Berlin 2020
Umschlaggestaltung Christin Wilhelm, www.grafic4u.de
unter Verwendung mehrerer Motive von
© Getty Images / phalder, tarasov_vl / ABykov / Rikke68
Gesetzt in der Whitman durch die LVD GmbH, Berlin
Druck und Binden CPI books GmbH, Leck, Germany
Printed in Germany

www.aufbau-verlag.de

PROLOG

Eine Chance zu überleben oder zu entkommen hatte sie nicht. Die beiden waren Profis, die zwei Aufgaben zu erfüllen hatten: sie zunächst mit allen Mitteln zum Reden zu bringen und anschließend zu töten. Doch der erste Teil ihres Auftrages würde misslingen, sie würden ihr keine einzige Silbe entlocken, egal, welche Qualen sie zu erleiden hatte. Eine Stunde vor ihrem Tod gewann sie zwei erstaunliche Erkenntnisse. Es war möglich, den Schmerz zu ignorieren, ihm einen Platz zuzuweisen, von dem aus er sie nur noch am Rande erreichte. Sie wusste nicht, wie sie es anstellte, aber plötzlich gelang es ihr, die Männer aus ihrem Bewusstsein zu drängen, als würde sie einen anderen Raum betreten oder unter Wasser tauchen – hinab in die eisige Tiefe der winterlichen See. Die Geräusche ebbten ab, die Schläge und Tritte, die Luftnot verkümmerten in ähnlicher Weise zu einem dumpfen, trägen Echo. Ein Kunststück, das den wenigsten gelingen dürfte, schon gar nicht unter der Folter, das wurde ihr bewusst.

Das Leben hatte ihr seltsame Talente mitgegeben, eines davon trat während des Sterbens in überwältigender Blüte in Erscheinung. Sie wünschte, sie hätte schon damals darüber verfügt, als der Schmerz und die Angst so unerträglich wurden, dass sie beides an den Ort des Vergessens verbannen musste, wo sie viele Jahre ausharrten und dann – unerwartet zu neuem Leben erweckt – aus ihr herausbrachen und alles veränderten. Die Erinnerung streifte sie für einen langen schweren Moment, dann verblasste sie in der Erkenntnis, dass jedes Trauma alles verändert.

Die Männer gaben sich große Mühe, ihr unaussprechliche Qualen zuzufügen, und je mehr Zeit verging, ohne dass sich der gewünschte Erfolg einstellte, desto stärker gerieten sie ins Wanken; der eine wurde immer wütender, dass sie sich widersetzte und stumm blieb, der andere zweifelte zunehmend.

»Ich glaube, sie hat keine Ahnung, worum es geht«, stieß er irgendwann hervor. »Sonst hätte sie längst geredet.«

»Red doch keinen Quatsch!«, entgegnete der Wütende. »Natürlich weiß sie etwas. Das ist doch kein Zufall, dass sie sich gerade jetzt hier herumtreibt.«

»Guck sie dir doch an – niemand hält das ...«

»Sie ist eben ein harter Brocken, auch wenn sie nicht so aussieht. Denk dran, was sie auf dem Kerbholz hat. Offenbar müssen wir noch ganz andere Saiten aufziehen. Vergiss, dass sie eine Frau ist, noch dazu eine halbe Portion. Sie hat gelernt, mit Schmerzen umzugehen.«

Der Zweifler warf ihm einen unsicheren Blick zu, und sie spürte ein machtvolles Gefühl in sich aufsteigen. Wie wahr, ich habe gelernt, Schmerzen zu ertragen. Ihr brecht mich nicht. Niemand bricht mich. Ich breche euch. Das war die zweite Erkenntnis, und sie ging einher mit einer Welle von Wärme, die sie durchströmte. Als sie eine halbe Stunde später starb, ging die Wintersonne über der Insel auf, und ihr letzter Gedanke galt Sarah.

1

Der Hafen von Rønne tauchte schemenhaft im Novembernebel auf. Sarah stand an Deck und beobachtete, wie die Silhouetten nur zögerlich an Schärfe gewannen, während die Fähre gemächlich die Hafeneinfahrt passierte. Auf den zahlreichen Ferienreisen, die sie als Kind und Jugendliche mit ihren Eltern nach Bornholm unternommen hatte, war dies stets der Augenblick gewesen, auf den sie bereits eine Stunde vor dem Eintreffen sehnsüchtig in die Ferne starrend an der Reling gewartet hatte – bis sie endlich zu sehen waren: die roten Dächer der eng aneinandergeschmiegten Häuser, im Hintergrund die Kirchturmspitze, das Hafengelände mit seinen Baustellen und Kränen, das Gewusel an der Hafenstraße, das Kreischen der Möwen unter knallblauem Himmel, häufig jedenfalls. Doch selbst wenn sie im strömenden Regen angekommen waren, ihre unbändige Vorfreude hatte das kaum erschüttern können.

Sarah hatte vergessen zu zählen, wie oft sie bereits auf der Insel gewesen war – meist im Sommer, manchmal auch im Frühjahr –, doch sie konnte sich noch gut an die ersten Radtouren erinnern, die ihre Eltern mit ihr unternommen hatten. Anfangs hatte sie als Kleinkind bequem im Anhänger gesessen, später war sie auf einem wunderbaren Liegerad meist vorneweg gefahren – immer an der Küste entlang, durch dichte Kiefernwälder oder oben im Norden am Rande der schroffen Klippen. Sie hatten auf Naturplätzen gecampt und abends der Brandung gelauscht, wunderbares Softeis gegessen – angeblich gab es auf Bornholm die größte Eisportion weltweit zu kaufen – und Hering, geräucherten Hering, bis der Bauch prall war. Ihre

Mutter bezeichnete Bornholm immer als Ostseeperle mit südlichem Flair und wurde nicht müde, bei jedem Aufenthalt die Offenheit, selbstverständliche Gelassenheit und Bedächtigkeit der Inselbewohner hervorzuheben. Nirgendwo auf der Welt gab es ein Oldtimer-Rennen wie auf Bornholm, bei dem der Langsamste gewann. Großstadthektik war hier ein Fremdwort, eigentlich jegliche Hektik. Ihr Vater hatte von den Kämpfen und Streitereien der Dänen und Schweden um die Insel in vergangenen Jahrhunderten erzählt, und auf jeder Reise hatten sie der Burgruine Hammershus im Norden und den Bunkern der Kanonenbatterie aus dem Zweiten Weltkrieg im Wald von Dueodde einen Besuch abgestattet. Zweimal waren auch die Großeltern in den Ferien mit von der Partie gewesen, die mit ihrer Segelyacht von Stralsund nach Bornholm geschippert waren. Jahrelang hatte zu Hause in Potsdam in Sarahs Zimmer eine überdimensionale Wandkarte von der Insel gehangen, die sie nach jedem Aufenthalt mit Zeichnungen und Anmerkungen ergänzt hatte; als sie älter wurde, hatte sie fotografiert und kleine Videos gedreht.

Mit achtzehn war sie zum ersten Mal ohne ihre Eltern, dafür mit Schulfreunden auf die Insel gefahren. Sie hatten ein großes Haus am Balka-Strand im Südosten gemietet, um zu surfen, zu feiern, zu kiffen und Sex ohne Ende zu haben. Das war vor zehn Jahren, dachte Sarah, kurz nach dem Abitur. Zwei wunderbare unvergessliche Wochen, die den Abschluss der Schulzeit markierten und zugleich den Aufbruch in ein völlig neues Leben – Umzug nach Berlin, Studium, das sie nach einigen Semestern abgebrochen hatte, um die Kommissarinnenlaufbahn einzuschlagen, schließlich die Stelle in Rostock. Einige Jahre hatte sie ihre Sommerferien in Spanien, Frankreich, Irland verbracht, um dann schließlich doch wieder die alte Tradition aufleben zu lassen, insbesondere nachdem Freunde aus Berlin auf Bornholm ein neues Zuhause gefunden hatten.

Tobias und Lisa, einige Jahre älter als Sarah, hatten sich als Ärzte auf der Insel niedergelassen und lebten seit drei Jahren in Rønne. Sie waren nie ihre engsten und vertrautesten Freunde gewesen, Menschen, mit denen man sich ständig austauschte und jeden Kummer teilte, aber Sarah hatte den Eindruck, dass sie sich seit gefühlt einer Ewigkeit kannten und gerade im Notfall die richtigen Ansprechpartner waren. Als sie angerufen hatte, um zu fragen, ob sie für einige Zeit in ihrem Ferienhaus unterkommen könnte, hatte Lisa sofort zugesagt.

»Natürlich. Wir wollten es in diesem Herbst endlich mal renovieren, das ist längst fällig, aber ...« Leises Lachen. »Wir sind bisher wieder nicht dazu gekommen. Also, wenn es dir nichts ausmacht, dass es keine Zentralheizung gibt und längst ein neuer Anstrich fällig ist, von einem halben Dutzend anderer kleinerer Reparaturen mal ganz zu schweigen, komm vorbei, wann immer du willst, und bleib, so lange du magst.«

»Das ist sehr großzügig, danke. Ich bezahle natürlich ...«

»Ach, komm, das können wir besprechen, wenn du hier bist.« Kurzes Zögern. »Warum erst jetzt, wenn hier alles still und einsam wird? Wir hatten einen wunderbaren Sommer, du hättest ihn in vollen Zügen genossen.«

Ich hatte einen schrecklichen Sommer, dachte Sarah. Mein Leben ist aus den Fugen geraten, und die Stille an der See ist genau das, was ich jetzt brauche. »Darüber sprechen wir, wenn ich da bin, okay?«, hatte sie schließlich gesagt.

Lisa hatte einen Moment geschwiegen. »Natürlich. Sag Bescheid, welche Fähre du nimmst. Wir freuen uns.«

Sarah spürte plötzlich, dass ihre Hände taub geworden waren, und stopfte sie tief in die Taschen ihrer Jacke. Ein kalter Wind fegte übers Deck. Der nahende Winter lag in der Luft, und es hieß, er würde diesmal ungewöhnlich streng werden. In den meisten Jahren herrschten zwischen November und März vergleichsweise milde, nahezu mediterrane Temperaturen auf Bornholm, bitterer Frost und schneereiche Zeiten waren selten, aber nicht gänzlich ausgeschlossen.

Das Schneechaos vor einigen Jahren würde den Bornholmern sicher lange in Erinnerung bleiben; die Bilder von der eingeschneiten und sturmumtosten Insel, die unter meterhohen Schneemassen ächzte, waren um die ganze Welt gegangen; einzelne Höfe und Gemeinden, die Sarah als sonnendurchflutete Idyllen kennen- und lieben gelernt hatte, waren komplett abgeschnitten – und inmitten dieser unberechenbaren Naturgewalten: die Dänen mit ihrer zupackenden, hilfsbereiten Art, die es sich nicht nehmen ließen, auch oder gerade unter diesen Umständen Weihnachten zu feiern.

Sarah drehte sich um und ging unter Deck zu ihrem Wagen. Während sie langsam aus dem Bauch der Fähre fuhr, traf eine Sprachnachricht von Lisa ein.

»Tut mir leid, Sarah, dass wir beide nicht zu Hause sind – Notfall in der Klinik.« Ihre Stimme klang etwas aufgeregt. »Fahr zum Haus. Der Schlüssel liegt an der üblichen Stelle. Holz und Kohle für den Ofen findest du im Schuppen. Du weißt ja Bescheid. Melde mich später. Oder auch Tobias. Komm gut an.«

Øster Sømarken lag an der Südküste. Die Strecke von Rønne über Arnager und Pederska betrug gut zwanzig Kilometer, und wenn man gemütlich unterwegs war und den Blick schweifen ließ, benötigte man eine halbe Stunde. Das kleine Ferienhaus lag in einem lichten Kiefernwald, wenige Meter vom Strand entfernt. Im nahegelegenen Fischerhafen gab es den besten frischgefangenen Fisch, den Sarah je gegessen hatte. Als sie am Haus eintraf, war es später Nachmittag und der Himmel immer noch grauverhangen. Sie stellte ihr Gepäck ins Haus und schlug den Weg zum Strand ein. Die See war unruhig. Sarah setzte sich und ließ den feinen Sand zwischen ihren Fingern hindurchrieseln. Kein Mensch war zu sehen. Die Ferienhäuser waren verwaist. Dämmrige Schatten krochen über den schmalen Strand. Einen Moment hatte sie das Gefühl, in einem seltsamen Traum gefangen zu sein.

»Du wirst umkommen vor Einsamkeit«, hatte ihre Mutter gesagt, als Sarah ihre Eltern in Potsdam besucht und nach einigen Tagen ihr Vorhaben angekündigt hatte, eine längere Auszeit auf Bornholm zu nehmen. »Ein dunkler skandinavischer Herbst macht dich nur trübe. Bleib doch erst mal bei uns. Wir finden eine Lösung. Dieser Polizeijob war nicht das Richtige für dich, aber das ist nicht weiter tragisch. Du bist so jung, nimm doch einfach dein Studium wieder auf. Obwohl wir es damals nicht ausdrücklich betont haben – dein Vater und ich waren immer der Ansicht, dass du mit Jura und Wirtschaft besser gefahren wärst. Du wirst sehen, in ein paar Wochen sieht dann alles schon wieder ganz anders aus.«

Dazu hatte sie dieses beschwichtigende Mamalächeln aufgesetzt – nichts passte weniger zu dem, was Sarah erzählt hatte. Doch die Einschätzung ihrer Mutter umkleidete es in nahezu perfekter Weise. Und ihr Vater? Er hatte mit ernster und anteilnehmender Miene genickt. Viel hätte nicht gefehlt, und er hätte ihr auf die Schulter geklopft. Das wird schon wieder.

Habt ihr mir überhaupt zugehört?, hatte Sarah gedacht, einen Moment wie erstarrt. Es geht nicht um irgendeinen Stress im Job oder um Liebeskummer oder Ähnliches.

Am nächsten Morgen war sie in aller Frühe abgereist – über Rostock, wo sie das Notwendigste gepackt und für eine längere Abwesenheit vorbereitet hatte, hoch nach Rügen bis Sassnitz und dann auf die Fähre. Sie war sicher, dass ihre Eltern mit allem gerechnet hatten, nur nicht damit, dass sie sich tatsächlich allein auf den Weg machen würde.

Sarah fröstelte, stand auf und klopfte sich den feinen Sand aus der Hose. Langsam ging sie zum Haus zurück. Sie machte Feuer, räumte ihre Taschen aus und füllte den Kühlschrank mit Lebensmitteln, die sie unterwegs besorgt hatte.

Das Haus war klein und bescheiden – ein typisches buntes dänisches Sommerhaus, umgeben von einem großen, aber nicht eingezäunten Grundstück, das notfalls auch im Winter genutzt werden konnte – und bestand im Wesentlichen aus einem Wohnraum mit Küche und einem großen Kaminofen, zwei Schlafzimmern, einem Bad, Terrasse und Schuppen. Es war dunkel, als sie ihr Abendessen zubereitete – Fisch und Kartoffeln. Sie aß draußen, in ihren dicksten Pullover gehüllt, und lauschte der Brandung. Bevor sie ins Bett ging, kontrollierte sie ihr Smartphone – mehrere Nachrichten waren eingetroffen, von ihren Eltern, von Lisa, die versprach, sich am nächsten Tag zu melden, und zwei Exkollegen. Den Eltern antwortete sie kurz und knapp. *Gut angekommen. Alles okay. S.* Nach einigem Zögern schickte sie eine zweite Nachricht hinterher. *Und vergesst nicht: Es geht niemanden etwas an, wo ich bin. Und das meine ich verdammt ernst.* Sie sah, dass ihre Mutter umgehend zurückschrieb, wartete aber das Eintreffen der Antwort nicht ab, sondern stellte auf stumm und legte sich schlafen. Zu ihrer eigenen Überraschung fiel sie umgehend in einen tiefen traumlosen Schlaf.

Als sie aufwachte, war es noch dunkel. Sie schälte sich aus der Decke und sah zum Fenster hinaus. Am Horizont zeigte sich ein erstes flammendrotes Morgenlicht, das die grauen Dämmerschatten durchbrach. Sie schlüpfte in Jogginghose, Sportschuhe und Daunenweste und lief hinunter zum Strand. Leise zischende Wellen rollten behäbig über den Sand. Die Luft war getränkt von salziger Gischt. Weit draußen waren die Lichter einer Fähre zu sehen. Sarah hob das Gesicht und schloss die Augen. Was will ich hier? Zur Ruhe kommen? Den Dingen auf den Grund gehen? Das Gefühl der Ohnmacht und Schuld abstreifen? Das Versagen ertragen oder einfach weglaufen, mich verkriechen, niemandem in die Augen sehen müssen?

Von allem ein wenig, dachte sie und öffnete die Augen. Sie stopfte die Hände in die Taschen und lief Richtung Süden. Bis zum Leuchtturm von Dueodde an der Südspitze waren es fast sechs Kilometer. Als sie gut zwei Stunden später zurückkehrte, war der Himmel blank, und ein warmes intensives Licht lag über der See. Sie kochte Kaffee und überflog beim Frühstück die Nachricht ihrer Mutter kaum bis zur Hälfte. Sie zögerte, die Mitteilung von Henrik zu öffnen, einem Exkollegen, der seit etlichen Monaten im Berliner BKA beschäftigt war und ein bisschen mehr gewesen war als ein Kollege. Ein Dutzendmal hatte er in den letzten Wochen versucht, sie zu erreichen. Beim zweiten Kaffee öffnete sie die Nachricht schließlich doch. *Lass uns doch endlich reden.* Nein, dachte Sarah. Lass mich in Ruhe. Es ist besser so.

2

Henrik hatte sich geschworen, keinen einzigen Blick zurückzuwerfen, geschweige denn, alte Geschichten aufzuwärmen. Er hatte sich breitschlagen lassen und war nach Rostock gefahren, weil sein Bruder darauf bestanden hatte – Olaf feierte seinen vierzigsten Geburtstag, und ohne *den Kleinen*, der gerade mal ein Jahr jünger war, taugte die schönste Party nichts, wie er sich ausgedrückt hatte. Also würde Henrik es sich im Kreise der Familie und alter Freunde richtig gutgehen lassen, von seinem neuen hochinteressanten Job in der BKA-Identifizierungskommission schwärmen, die weltweit Todesopfer nach Unglücken ermittelte, und nach zwei Tagen mit dem guten Gefühl in die Hauptstadt zurückkehren, dass er alles richtig gemacht hatte.

Zunächst lief alles nach Plan. Die Feier fand in einem Club am Hafen statt, es wurde viel getanzt und noch mehr getrunken. Henrik flirtete mit einer jungen Frau vom Catering, und kurz nach Mitternacht hatte es ganz den Anschein, als könnte aus dem Flirt mehr werden. Er besorgte sich im Waschraum eine Packung Kondome. Als er an die Bar zurückkehrte, blickte ihm von Weitem ein Exkollege entgegen – genauer gesagt, sein ehemaliger Vorgesetzter, Dienststellenleiter Piet Meinhold. Sie hatten sich vor vielen Monaten zum letzten Mal gesehen, und Henrik hatte ihn nicht vermisst. Er kniff die Augen zusammen.

»Du hast doch nicht etwa vergessen, dass dein Bruder und ich demselben Ruderclub angehören?«, sagte Piet zur Begrüßung und streckte grinsend eine Hand aus. Sein Händedruck war fest wie eh und je. »Schön, dich zu sehen.«

Henrik nickte höflich und rang sich ein Lächeln ab.

»Ich hatte Spätdienst und einen langen Einsatz – na, du weißt ja, wie das ist.«

»Ja, weiß ich.«

»Komm, wir trinken was zusammen, und du erzählst mal, wie es dir so ergeht in deinem neuen Job. Ich wusste immer, dass du eines Tages Karriere machen würdest.«

Und ich wusste immer, dass du kein guter Chef bist und nie einer werden wirst, ob du mit Olaf in einem Boot sitzt oder nicht. Es war eine gute Idee gewesen zu gehen – so oder so. Henrik schob sich neben Piet auf den Barhocker. Aus den Augenwinkeln bekam er mit, dass die Frau vom Catering Feierabend machte und kurz seinen Blick suchte. Einen Moment lang war er versucht, Piet einen Korb zu geben, dann siegte seine gute Kinderstube. Er deutete eine bedauernde Geste an, erzählte dann ein paar Minuten, beantwortete Piets Fragen und trank seinen Gin-Tonic.

»Klingt echt gut, ziemlich spannend auf jeden Fall.« Piet drehte das Bierglas zwischen den Händen, es wirkte zierlich in seinen Pranken. Einen Moment herrschte Schweigen zwischen ihnen, und Henrik überlegte, dass er nicht allzu lange zögern sollte, den rechtzeitigen Absprung zu suchen.

»Weißt du, wo sie ist?«, ergriff Piet plötzlich wieder das Wort.

Henrik drehte ihm das Gesicht zu. Die Frage, um wen es ging, stellte sich nicht. »Ich weiß nur, dass sie nicht mehr in Rostock ist. Das stand ja sogar in der Zeitung.« Leitende Ermittlerin wirft das Handtuch und hat die Hansestadt verlassen, hatte es geheißen. »Alles Weitere entzieht sich meiner Kenntnis.«

Piet verzog das Gesicht. »Na, hör mal – ihr wart doch mal ein Paar. Oder entzieht sich das auch deiner Kenntnis?«

Das klang fast ein wenig, als würde er ihn nachäffen. Henrik starrte ihn an. Das geht dich einen Scheißdreck an.

»Hätte ja sein können, dass ihr noch Kontakt habt«, schob Piet schließlich nach.

»Falsch gedacht. Gegenfrage: Warum hast du sie einfach gehen lassen?«

Piet stellte das Glas wieder ab, das er gerade zum Mund führen wollte. »Was soll ich denn tun, wenn sie die Nerven verliert, mir Marke und Dienstwaffe auf den Tisch knallt und sich vom Acker macht?«

»Sie aufhalten – wäre 'ne Idee, oder?«

»Ach, komm!«

Henrik war kurz davor, einfach aufzustehen und ohne ein weiteres Wort zu gehen. Genau diese Unterredung hatte er nicht gewollt. Piet legte eine Hand auf seinen Unterarm. »Sie hat hingeworfen, als es schwierig wurde«, fügte er leise hinzu. »Sie ist konfliktunfähig und fällt um, sobald es nicht glatt läuft.«

»Sie ist achtundzwanzig«, entgegnete Henrik ebenso leise. »Das war ihr erster Job, ihre erste Mordermittlung, die sie eigenverantwortlich leitete, und allzu viel Unterstützung hatte sie nicht, als es nicht mehr glatt lief.«

Piet musterte ihn mit zusammengekniffenen Augen von der Seite. »Du hast ja offenbar nach deinem Wechsel in die Hauptstadt doch noch einiges von der ganzen Sache mitbekommen.«

»Der Fall hat hohe Wellen geschlagen – über Mecklenburg-Vorpommern hinaus.«

»Und es gibt immer den einen oder anderen Kollegen, der gerne hinter vorgehaltener Hand redet, vorzugsweise dummes Zeug, und mir einen reinwürgen möchte, oder?«

Henrik schob Piets Hand beiseite. »Du hast ihr die Ermittlung nur allzu gerne überlassen, solange es reibungslos lief …«

»Es sah nach einem glasklaren Fall aus, das weißt du ganz genau!«, fiel Piet ihm ins Wort. »Sie war frisch im Team, aber mit

Feuereifer dabei, und sie hat es gut hingekriegt – so sah es aus, am Anfang. Warum sollte ich ihr nicht freie Hand lassen? Du hast ja inzwischen auch nur noch halbherzig zur Verfügung gestanden – du warst auf dem Sprung nach Berlin, und ansonsten hattest du nur noch Augen für die schöne Sarah, nicht wahr? Der Fall interessierte dich doch gar nicht mehr.«

»Niemand stand in der entscheidenden Phase, als es aus dem Ruder lief, neben oder hinter ihr«, fuhr Henrik fort und tat so, als ob ihn der Seitenhieb überhaupt nicht interessierte – was eine Lüge war.

»Glaubst du das wirklich?«, entgegnete Piet barsch. »Sie ist gegangen. Sie hat aufgegeben, als es spannend wurde, von einer Minute auf die andere.«

»Spannend? Der angebliche verurteilte Mörder hat sich das Leben genommen, es gab ein zweites Opfer, und der wahre Täter hat sich über die Polizei lustig gemacht, insbesondere über sie. Das ist nicht spannend, das ist eine Katastrophe, die nicht nur eine Anfängerin aus der Bahn werfen kann.« Henrik trank aus und knallte sein Glas auf den Tresen.

»Aber einfach abhauen ist auch keine Lösung, oder? Sie hätte ein paar Tage freinehmen und dann zurückkommen müssen. Dann hätten wir den Mist gemeinsam gestemmt. So geht das hier bei uns. Das weißt du ganz genau. Gib es wenigstens zu!« Piet fasste erneut nach seinem Arm, aber Henrik schüttelte die Hand ab. »Vielleicht ist sie ja tatsächlich völlig falsch in dem Job, in dem es auch oder sogar meistens schmutzig, laut, brutal und ungerecht zugeht. Und es war wahrscheinlich das Beste – auch für sie –, dass sie ganz schnell die Notbremse gezogen hat.«

Henrik stand auf. »Tatsächlich?«

»Sie kommt aus einer anderen Welt. Vermögende Familie und so weiter. Sie hat es eigentlich gar nicht nötig, für ihren Lebensunterhalt zu arbeiten, noch dazu bis an die Schmerzgrenze, vielleicht sogar darüber hinaus. Womöglich weiß sie gar nicht, was das ist.«

Henrik schloss kurz die Augen. »Was hat das eine mit dem anderen zu tun?«

»Eine ganze Menge! Sie kann es sich leisten, einfach hinzuschmeißen. Papi wird es schon richten. Oder wer auch immer.«

»Nur kein Neid, Piet.«

»Ganz bestimmt nicht.«

»Natürlich nicht. Wie steht es eigentlich inzwischen um die Ermittlungen? Man liest nur noch wenig.«

»Wir sind dran.«

»Ach ja? Seit wie vielen Monaten seid ihr ohne irgendein Ergebnis an der Sache dran? Zwei brutal totgeschlagene Mädchen, ein fälschlich verurteilter Mann, der sich in der Haft umgebracht hat, ein Täter, der sich ins Fäustchen lacht, eine junge Ermittlerin, die an der ganzen Geschichte zu zerbrechen droht, und es gibt nichts Vorzeigbares? Schwaches Bild, das wirst du zugeben.«

Piet kniff die Augen zusammen. »Weißt du was, Henrik – kümmere du dich doch um deinen tollen Job beim BKA und lass mich meinen machen.«

»Gute Idee. Dann schlage ich vor, du fängst so schnell wie möglich damit an. Wenn mich nämlich nicht alles täuscht, läuft da draußen immer noch ein ausgesprochen gefährlicher Typ herum, der mächtig Spaß hat, so lange auf junge Mädchen einzudreschen, bis kein Funken Leben mehr in ihnen steckt. Das LKA sollte euch Feuer unterm Hintern machen – das zumindest ist meine Meinung.«

Damit wandte er sich abrupt um und eilte Richtung Hinterausgang. Von Weitem hörte er Piet hinter ihm herfluchen, irgendwas in Richtung arrogantes Arschloch und Besserwisser. So weit zu seinem Vorhaben, nicht in alten Geschichten herumzustochern.

Henrik war aufgewühlt, wütend und niedergeschlagen zugleich.

Nach kurzem Zögern ließ er den Wagen stehen und lief zu Fuß Richtung Stadtmitte, wo seine Eltern wohnten und er das Gästezimmer bezogen hatte. Er schlug ein flottes Tempo an und beruhigte sich nur allmählich. Piet hatte mit einigen seiner Einwände durchaus recht, was es nicht einfacher machte. Der Fall Marie Weber schien ein Musterbeispiel an Eindeutigkeit gewesen zu sein, und die junge Kommissarin, die seit Jahresbeginn das Rostocker Team verstärkt hatte, hatte ihm mit dem ersten Blickkontakt den Kopf verdreht. Ein Paar im herkömmlichen Sinn waren sie allerdings nie – sie hatten eine Affäre, eine höchst kurzweilige, die weder sie noch er vertiefen wollte, da Henrik auf dem Sprung nach Berlin war. Das war zwar nicht der einzige Grund, spielte aber keine Rolle mehr, so redete er es sich zumindest ein. Wenn er ehrlich war, hatte es ihn zutiefst irritiert, vielleicht sogar verstört, dass Sarah gar keine übliche Beziehung wollte und sich auch in Frauen verliebte, wie sie freimütig erzählt hatte. Das Gespräch hatte ihn tagelang beschäftigt. Dann war die Leiche gefunden worden, und Sarah hatte sich in den Fall gestürzt, der bald ihrer war, und es hatte kein anderes Thema mehr gegeben.

Marie Weber war aufgrund massiver Gewalteinwirkung gestorben, genauer gesagt, war sie totgeschlagen worden. Ihr Anblick hatte selbst hartgesottene Polizisten erschüttert. Ausflugsgäste hatten ihre verscharrte Leiche in der Nähe des Lokals Schnatermann im Naturschutzgebiet Rostocker Heide gefunden. Im Mittelpunkt der polizeilichen Aktivitäten stand sofort der vierzigjährige Stiefvater Georg Weber, der aufgrund von Schlägereien wiederholt mit der Polizei zu tun gehabt hatte und auch durch familiäre Gewalt aufgefallen war. Seine Frau hatte sich erst kürzlich von ihm getrennt; Tochter Marie hatte ihn mehrfach beim Jugendamt gemeldet und ihre Mutter tatkräftig bei der Trennung unterstützt. Weber bestritt die Tat vehement, doch er hatte kein überzeugendes Alibi, seine DNA-Spuren waren an der Leiche nachweisbar, er verwickelte sich zunehmend in Widersprüche, und der Auffindeort war zu glücklicheren Zeiten ein beliebter Ausflugsort der Familie gewesen. Niemand hatte auch nur den geringsten Zweifel an seiner Täterschaft. Opfer, Täter, Motiv und Umfeld passten so perfekt zusammen wie die sprichwörtliche Faust aufs Auge.

Währenddessen verließ Henrik Rostock mit einem seltsamen Gefühl der Leere. Er verdrängte es und konzentrierte sich auf seine neuen Aufgaben, besuchte Lehrgänge, lernte andere Kollegen kennen und fuhr zu ersten Einsätzen ins Ausland. Von Weitem verfolgte er, dass das Gericht ein gutes Vierteljahr später nach wenigen Verhandlungstagen eine besondere Schwere der Schuld feststellte und Weber zu lebenslanger Haft verurteilte. Kommissarin Sarah Pirohl erntete viel Anerkennung für ihre erste Mordermittlung, man sagte ihr eine große Karriere voraus. Sie war in der Hansestadt angekommen, hatte sich im Team bewährt, und alles schien sich wunderbar gefügt zu haben.

Von Webers Suizid erfuhr Henrik erst nach der Rückkehr von einem Lehrgang in den USA und im Zusammenhang mit der Berichterstattung nach der Entdeckung einer zweiten Leiche ganz in der Nähe des Fundorts von Marie. Die siebzehnjährige Nicole Kerber war ähnlich brutal misshandelt worden, und Weber kam als Täter nicht in Frage. Nach dem rechtsmedizinischen Gutachten stand eindeutig fest, dass das junge Mädchen getötet wurde, als er sich in Untersuchungshaft befand. Eine Verbindung zwischen den beiden bestand nicht; zudem existierte ein Bekennerschreiben, in dem der Mörder sich über die stümperhafte Polizeiarbeit und insbesondere über die leitende Ermittlerin lustig machte. Plötzlich zweifelte niemand mehr daran, dass Sarah fatale Fehler unterlaufen waren; sie war ausschließlich dem Offensichtlichen gefolgt, ohne einen einzigen kritischen Seitenblick gewagt zu haben.

Ein ehemaliger Kollege erzählte Henrik wenig später, dass große

Unruhe im Team geherrscht habe und sie abgetaucht sei. Außerdem nahm der Mörder immer wieder Kontakt mit der Polizei auf, um Sarah zu verhöhnen. Henrik war wie vor den Kopf geschlagen. Ein ums andere Mal versuchte er, sie zu erreichen, doch sie antwortete auf keine seiner Nachrichten, und niemand wusste, wo sie war.

Henrik schlief nur wenige unruhige Stunden. Nach dem Frühstück mit den Eltern machte er sich auf den Weg. Er wählte die Route über den Südring Richtung Lindenpark – dort hatte Sarah gewohnt. Einer plötzlichen Eingebung folgend, fuhr er zu ihrer Adresse. Ihr Name stand am Klingelbrett. Er zögerte einen Moment, dann klingelte er. Niemand reagierte. Natürlich nicht. Sie hatte ihre Wohnung noch nicht gekündigt und wahrscheinlich auch nicht untervermietet. Die monatlichen Kosten dürften sie nicht großartig beunruhigen. Auch damit hatte Piet recht – Sarahs Familie war vermögend, und wo immer sie jetzt war, um ihren Lebensunterhalt musste sie sich keine Sorgen machen. Ihr Vater war Teilhaber einer angesehenen europaweit agierenden Kanzlei sowie Dozent für Wirtschaftsrecht; ihre Mutter leitete ein exklusives Sportstudio mit persönlichem Coaching, und es gab eine spendable Großmutter. Sarah konnte in aller Ruhe ausspannen und ein neues Leben beginnen, besser gesagt: könnte, denn so oberflächlich schätzte er sie nicht ein. Oder vielleicht doch? Womöglich hatte er sich von Anfang an ein falsches Bild von ihr gemacht. Nicht auszuschließen.

In Berlin empfing ihn Novembertristesse; das Grau hatte alle Farben geschluckt. Der lange heiße Sommer schien eine Ewigkeit zurückzuliegen. Er schrieb eine SMS an Sarah und schwor sich, dass dies sein letzter Versuch war, Kontakt zu ihr aufzunehmen. In der Abendschau wurde über einen Leichenfund am Nikolassee berichtet. Henrik schaltete ab und ging früh schlafen.

3

Der skandinavische Winter sei nichts für schwermütige Menschen, hatten Lisa und Tobias mit ernsten Mienen betont, kaum dass sie die erste Gabel des köstlichen Heringsgerichts probiert hatte. Sarah war seit drei Tagen auf der Insel – Tage, die in betörendem Gleichklang vergangen waren, Nächte gespickt mit Träumen, an die sie sich nur bruchstückweise erinnerte. Am Abend zuvor hatte Lisa sich gemeldet und sie zum Essen nach Rønne eingeladen. Abgesehen von dem gemütlichen Esszimmer und dem Duft eines wunderbaren Fischgerichts erinnerte atmosphärisch wenig an zurückliegende Inselbesuche.

Sarah legte das Besteck auf dem Teller ab und fasste die beiden ins Auge. »Wer hat angerufen – meine Mutter oder mein Vater?«

Tobias räusperte sich. »Hör zu …«

»Wer?«

»Sie machen sich beide Sorgen«, warf Lisa ein. »Das ist nachvollziehbar. Sie wollen wissen, wie es dir geht und …«

»Sie wissen, wie es mir geht.« Sarah nahm die Gabel wieder zur Hand. »Ich habe mit ihnen geredet. Und sie machen sich höchstens Sorgen, dass ich eine Entscheidung getroffen habe, mit der sie nicht gerechnet haben und die sie nicht gutheißen. Das ist alles. Der skandinavische Winter hat noch gar nicht angefangen. Es ist Herbst, ja: Spätherbst, und ich fühle mich sehr wohl hier.«

Sarah blickte Tobias an, der tief durchatmete und dann nickte. »Ich denke auch, dass du alt genug bist, deine eigenen Entscheidungen zu treffen, keine Frage.« Er zögerte.

»Aber?«

Er zuckte mit den Achseln. »Du hast Fehler gemacht – als Polizistin. Das passiert. Aber warum gibst du so schnell auf?«

»Du denkst, ihr denkt, dass ich weglaufe? Das ist nur ein Aspekt, und zwar wahrscheinlich der unwichtigste.« Sie holte tief Luft. »Meine Fehler haben Menschenleben gekostet«, fügte sie leise hinzu. »Ich bin falsch in dem Beruf. Das habe ich erkannt und die Konsequenzen gezogen. Wie würdest du dich verhalten, wenn du bei einer OP komplett und auf übelste Weise versagt hättest? Das Ganze gründlich durchdenken, dir ein paar Tage später großherzig verzeihen, dich einmal schütteln und weitermachen?« Sie hob eine Braue. »Wohl kaum. Du würdest dich in Frage stellen. Dich und deine Eignung für den Beruf. Es ist nun mal ein grundlegender Unterschied, welche Fehler man in welchem Job macht. Ich war fasziniert von dem Beruf und habe mir eingebildet, dass ich eine gute Ermittlerin werden könnte. Das war falsch – eine Illusion, die ich ganz schnell wieder loslassen musste. Das ändert nichts daran, dass zwei Menschen tot sind, die wahrscheinlich noch leben könnten, wenn beim ersten Fall umfassender ermittelt worden wäre, aber es verhindert weitere Fehler.« Sie spießte ein Stück Fisch auf.

»Du bist doch nicht allein verantwortlich«, wandte Lisa ein. »Ihr seid ein Team gewesen, oder?«

»Ich hatte die Leitung.«

»Es war deine erste Stelle nach der Ausbildung. Da kann doch niemand erwarten, dass du keine Fehler machst. Wer davon ausgeht, trägt eine noch viel größere Verantwortung, wenn etwas schiefgeht.«

»Dennoch hätte ich sorgfältiger arbeiten müssen und damit Schlimmeres verhindern können. Diese Aufgabe hätte ich bewältigen müssen – auch als Anfängerin.« Sie steckte den Bissen in den Mund und kaute langsam. »Ich will das Ganze hinter mir lassen.

Wenn das nach Weglaufen aussieht, kann ich es nicht ändern, und es ist mir egal.« Sie schluckte. Der Fisch schmeckte nach nichts.

Eine Weile aßen sie schweigend weiter.

»Und was willst du jetzt machen? Abgesehen von einer Auszeit auf Bornholm?«, fragte Tobias schließlich. »In Selbstvorwürfen ersticken? Grübeln, bis der Frühling kommt?«

»Ich könnte mich nützlich machen und ein bisschen renovieren. Das hattet ihr doch ohnehin vorgehabt, oder?«

Tobias sah sie verblüfft an. »So was kannst du?«

»Ja. Ich kann ganz gut mit Farben und Holz umgehen, zumindest reichen meine Fähigkeiten für einen frischen Anstrich und kleinere Ausbesserungen, wie ihr sie doch ohnehin vorgesehen hattet.« Sie zwang sich zu einem Lächeln. Was denkt ihr eigentlich von mir? Dass ich eine verwöhnte Göre bin, die keinen Handschlag zu viel macht? Ja, natürlich dachten sie das. Sie sind nicht die Ersten und werden nicht die Letzten sein. »Und ich habe Zeit.«

»Tja, warum eigentlich nicht?« Tobias warf seiner Frau einen fragenden Blick zu, und Lisa nickte. »Ich finde die Idee gut.«

»Schön. Ich werde gleich morgen mal durchs Haus gehen, eine Auflistung machen und euch ein paar Vorschläge unterbreiten.«

Lisa lächelte. »Okay.«

Sarah ging jede Wette ein, dass Lisa ihr Engagement beruhigte – wer sich mit Renovierungsarbeiten beschäftigte, war selten depressiv, soweit sie wusste, jedenfalls.

Auf dem Rückweg setzte Nieselregen ein. Es herrschte nur wenig Verkehr. Ein Wagen hatte den gleichen Weg wie sie. Sarah fuhr über Arnager und bog bei Hullegard und Sankt Peters Kirke Richtung Süden ab, vorbei am Traktormuseum. Die Scheinwerfer des anderen Fahrzeugs blieben zurück und verblassten allmählich in der Dunkelheit.

Sarah musste plötzlich an ihre Großmutter Lotte denken. Die

Mutter ihres Vaters war Mitte achtzig, lebte inzwischen in einer Senioreneinrichtung in Potsdam und benötigte nach einem Schlaganfall umfassende Betreuung. Ihre Beziehung war nicht innig gewesen, aber die alte Dame hatte Sarah nachhaltig beeindruckt. Nach dem unerwartet frühen Tod ihres Mannes war sie noch einmal richtig aufgeblüht, und sie hatte sich von niemandem reinreden lassen, was sie mit ihrem Vermögen machte und wie sie ihre Beteiligung an der Kanzlei verwaltete. Sie hatte einen Fonds für Sarah eingerichtet und sie stets angehalten, »niemals abzuheben, sondern auf dem Teppich zu bleiben« – das war einer ihrer Lieblingssätze, und das bedeutete für sie: Sarah sollte staatliche Schulen und Universitäten besuchen, aber jede zusätzliche Unterstützung erhalten, die nötig und sinnvoll war und nicht allzu aufdringlich nach Luxusgöre roch – eine Bezeichnung, die Lotte geprägt hatte. Sarah war erst später klar geworden, dass ihre Eltern, insbesondere ihr Vater, diese Haltung nicht teilten und sie gerne auf eine Privatschule geschickt hätten. Aber aus irgendeinem Grund hatte Lotte immer ein entscheidendes Wörtchen mitzureden gehabt und ihren Einfluss geltend gemacht, das galt wohl auch für die Kanzlei. Und als Sarah sich entschied, das Jura- und Wirtschaftsstudium abzubrechen und Polizistin zu werden, war sie begeistert gewesen, während die Eltern den Entschluss tolerierten und ihr keine Steine in den Weg legten.

Und nun sind sie froh, dass das alles ein Ende gefunden hat und ich mal eben eine Auszeit einlegen kann, um dann doch den Weg einzuschlagen, den sie für angemessener erachten, fuhr es Sarah durch den Kopf. Das Einzige, das sie dabei beunruhigt, ist die Tatsache, dass ich die Geschehnisse derart ernst nehme und mich zurückgezogen habe. Ich hätte mit Großmutter Lotte sprechen, sie zumindest aufsuchen sollen, überlegte sie weiter. Ich habe mich geschämt, für alles Mögliche.

Der letzte Besuch lag schon über ein Jahr zurück. Lotte hatte kaum sprechen können, aber ihre Augen hatten lebhaft geblitzt, als Sarah von dem bevorstehenden Umzug nach Rostock erzählt hatte.

Als sie am Haus ankam, bemerkte sie, dass sich die Außenbeleuchtung im Eingangsbereich nicht einschaltete. Am Abend zuvor hatte sie noch funktioniert. Wahrscheinlich war die Sicherung herausgeflogen. Das sollte ich auch auf meine To-do-Liste setzen, dachte sie. Sie nestelte nach dem Schlüssel, als ohne Vorwarnung von einer Sekunde auf die andere das Bild von dem toten Mädchen in ihr aufflammte. Totgeschlagen. Das Gesicht war zerschmettert gewesen. Der Rechtsmediziner hatte von hasserfüllter und zugleich zielgerichteter Gewalt gesprochen. Der gesamte Körper des Mädchens war gezeichnet gewesen, auch von Spuren älterer Gewaltanwendungen, aber das Gesicht hatte es nicht mehr gegeben. Ausgelöscht. Sarahs Hände zitterten, sie atmete heftig.

»So was hast du sicherlich noch nie gesehen, was?«, hatte ihr ein älterer Kollege zugeraunt. Und seine Stimme hatte ein bisschen so geklungen, als würde Großmutter Lotte von einer Luxusgöre sprechen, die im stinknormalen Alltag Probleme bekam. Eine winzige Prise Abfälligkeit hatte sie herausgehört, aber sie war nicht auf die Bemerkung eingegangen. Es war unwichtig, zumindest in diesem Moment. Ihr war schlecht geworden, doch sie hatte durchgehalten, bis sie in dem Gewusel zwischen Polizeifahrzeugen, Rechtsmedizin und Kriminaltechnik ein paar Minuten unbemerkt verschwinden konnte. Hinter einem dichten Busch spuckte sie ihr Frühstück aus. Als sie sich wieder aufrichtete und zurückging zu ihrem Team, wartete Henrik ein paar Schritte abseits auf sie. Er reichte ihr wortlos ein Taschentuch.

Das Wetter blieb trist, nachts gab es manchmal Frost. Hin und wieder zeigte sich eine versöhnlich stimmende Herbstsonne, wärmte den Strand und weckte für Momente Sommererinnerungen. Sarah verbrachte halbe Tage mit Renovierungsarbeiten – alle Räume benötigten dringend einen neuen Anstrich, Holzdielen mussten ersetzt oder ausgebessert werden, und je länger sie werkelte, desto mehr schadhafte Stellen entdeckte sie. Die zweite Tageshälfte fuhr sie mit dem Rad durch die Gegend, solange es nicht in Strömen regnete, oder lief am Strand entlang. Manchmal entdeckte sie in der Ferne eine Gestalt, die auch dem Herbstwind trotzte. An einem Tag unternahm sie einen Ausflug ins Waldgebiet von Almindingen ins Ekkodalen – oder Echotal –, einem zwölf Kilometer langen Spalttal, das im Sommer viele Touristen anzog, die natürlich ausprobierten, ob die Felswände tatsächlich ein Echo zurückwarfen. Als Kind hatte Sarah es viele Male versucht, mit mäßigem Erfolg. Nun hatte sie den Wanderweg fast für sich allein. Sie erklomm den Aussichtsturm und blickte still über das Panorama von Felsen und Wald unter einem stillen graublauen Himmel.

Es tat gut, abends müde ins Bett zu fallen und über irgendeinem Schmöker – Ferienlektüre, die sich dutzendweise im Wohnzimmerregal stapelte – einzuschlafen. Dennoch schreckte sie fast jede zweite Nacht aus einem Traum hoch, der von beängstigender Klarheit war, weit entfernt von Bruchstücken und Halbherzigkeiten. Sie sah eines der beiden zertrümmerten Gesichter vor ihrem inneren Auge, manchmal beide nebeneinander. Die Bilder waren immer die gleichen, und das damit einhergehende Entsetzen ebbte nicht ab. Nach fast zwei Wochen auf der Insel fuhr sie zum ersten Mal ihren Laptop hoch. Immer noch keine Spur im Fall des Rostocker Totschlägers, wie der Täter in einer Tageszeitung genannt wurde. Die Soko ermittelte in alle Richtungen, aber eine heiße Spur gab es nicht – das war eine behutsame Umschreibung für die schlichte Tatsache, dass sie nichts in der Hand hatten.

Das könnte fast ein Trost sein, dachte Sarah. Ich habe nicht alleine versagt. Das könnte aber auch bedeuten, dass der Täter aufgrund ihres Versagens Zeit gewonnen hatte, die kein Team aufholen konnte. Ein Schatten flog über ihr Gesicht. Sie blickte zum Fenster hoch und stutzte. Fast sah es so aus, als sei jemand dicht am Haus vorbeigegangen. Blödsinn. Sie stand langsam auf. Ihr Herz klopfte plötzlich schnell. Unvermittelt griff sie in Richtung ihres Gürtels, aber sie trug keine Waffe mehr. Zwei Sekunden später schlüpfte sie zur Tür hinaus. Niemand war zu sehen. Die See rauschte hinter dem Kiefernwald. Möwenschreie. Sie schüttelte den Kopf und atmete tief aus. Plötzlich freute sie sich, dass Lisa vorbeikommen würde – mit frischgebackenem Kuchen, einer gehörigen Portion Neugier auf das renovierte Häuschen und besorgtem Lächeln. Der skandinavische Winter. Sie ging zurück ins Haus und löschte den Großteil der Mails, die sich in den letzten Wochen angesammelt hatten. Sie machte Feuer im Kamin und kochte Kaffee. Später setzte sie sich auf die Veranda und wartete auf Lisa.

4

Er hatte die interne Meldung über den Leichenfund am Nikolassee vor einigen Tagen nur beiläufig überflogen. Inzwischen lagen neue Erkenntnisse vor, die er während der Mittagspause aufschnappte, und als der Name Hannah Jakob fiel, stutzte er und sah sich den Bericht genauer an. Die Kriminalpsychologin vom BKA war Spezialistin für Vermisstenfälle und beschäftigte sich seit vielen Jahren insbesondere mit verschwundenen Kindern und Frauen, unterstützte zudem weitreichende LKA-Ermittlungen, leitete Weiterbildungsmaßnahmen und war überhaupt eine ziemlich interessante Frau, fand Henrik. Er hatte sie vor einigen Monaten in einem Seminar über Verhörtechniken kennengelernt – für seine neue Aufgabe in der Identifizierungskommission war diese Fortbildung nicht zwingend notwendig gewesen, aber Jakobs Vorgehensweise hatte ihn grundsätzlich interessiert, und er hatte seine Entscheidung keine Sekunde bereut. Die Kriminalpsychologin referierte nicht nur spannend, sie war auch charmant und apart und pflegte einen sympathischen Spleen: Sie wurde stets von ihrem Hund Kotti begleitet, einem ehemaligen Straßenhund, den sie vor Jahren in Kreuzberg aufgelesen hatte – »oder umgekehrt«, wie sie schmunzelnd hinzugefügt hatte.

Die skelettierte Leiche war vergraben gewesen und bei Forstarbeiten in der Nähe der Alemannenstraße entdeckt worden, nach ersten Einschätzungen handelte es sich um ein junges Mädchen, das aller Wahrscheinlichkeit nach das Opfer einer Gewalttat geworden war. Inzwischen hatte der Rechtsmediziner seine Angaben konkretisieren können, und das Opfer war identifiziert. Es handelte sich um die sechzehnjährige Birte Lahnder, die vor drei Jahren spurlos verschwunden war. Hannah Jakob hatte das Ermittlungsteam zwischenzeitlich beraten, doch die Suche war ergebnislos verlaufen. Der Zustand des Skeletts ließ den Schluss zu, dass das Mädchen erheblicher Gewalt ausgesetzt worden war. Gesichts- und Schädelknochen waren vollständig zertrümmert, andere Knochen wiesen ebenfalls massive Verletzungen auf.

Henrik runzelte die Stirn und legte sein Brötchen beiseite. Nicht jedes brutal erschlagene Mädchen muss zwingend etwas mit dem Rostocker Täter zu tun haben, mahnte er sich selbst. Er trank einen Schluck Kaffee, loggte sich in die polizeiinterne Datenbank ein, gab die Vorgangsnummer ein und rief die Akte zur Vermisstensuche auf. Sämtliche Dokumente waren ohne Zugangsberechtigung nicht abrufbar, doch neben der allgemeinen Fallbeschreibung konnte er die Liste der Beamten, die an dem Fall mitgearbeitet hatten, einsehen. Ziemlich weit unten stand Sarahs Name. Sie war damals noch Kommissaranwärterin gewesen und hatte im Rahmen ihres Studiums ein Praktikum in der Dienststelle absolviert.

Henrik ließ sich in die Rückenlehne fallen. Dann stand er auf, schnappte sich sein Smartphone und lief den Flur auf und ab, während er versuchte, die Kriminalpsychologin unter ihrem Dienstanschluss zu erreichen. Nach dem fünften Klingeln hörte er, dass der Anruf weitergeleitet wurde, und sie nahm das Gespräch an. »Hannah Jakob?«

Er räusperte sich leise. Sie hatte eine angenehme Stimme – sonor und warm. Den Umgebungsgeräuschen nach zu urteilen war sie unterwegs. »Henrik Buchner. Ich habe vor einigen Monaten eines Ihrer Seminare zu Verhörtechniken besucht.«

»Der ehemalige Rostocker und neue Kommissar, der in der Identifizierungskommission tätig ist?«

»Richtig. Schön, dass Sie sich erinnern. Störe ich gerade?«

»Keineswegs. Mein Hund braucht Bewegung, und dabei kann ich ohne Probleme telefonieren, wenn ich nicht gerade mit ihm jogge. Aber das hatten wir schon heute Morgen. Was kann ich für Sie tun?«

»Ich würde gerne mit Ihnen über den Fall Birte Lahnder sprechen. Da zeigen sich – zumindest auf den ersten Blick – ein paar seltsame Parallelen, die mir keine Ruhe lassen.«

Kurze Pause. »Ich habe heute noch zwei wichtige Termine«, sagte sie dann schlicht. »Danach hätte ich Zeit – so gegen achtzehn Uhr in meinem Büro. Passt das für Sie?«

»Perfekt. Danke.«

»Keine Ursache. Bis später.«

Henrik hatte seine Laufbahn bei der Kriminaltechnik begonnen, bevor er sich entschloss, die Ausbildung zum Kommissar dranzuhängen; in Rostock war er als Ermittler mit dem Blick für die winzigen Details sowie profunden kriminaltechnischen Kenntnissen, die er stets auf den neuesten Stand gebracht hatte, geschätzt gewesen. Als beim BKA eine Stelle ausgeschrieben worden war, in der beide Aspekte zum Tragen kamen und darüber hinaus die Bereitschaft gefordert war, in der Kommission mitzuarbeiten, war er sofort Feuer und Flamme gewesen. Inzwischen gehörte er einer internationalen Arbeitsgruppe an, deren Ziel darin bestand, länderübergreifende Methoden zu verfeinern, Arbeitsabläufe aufeinander abzustimmen, Schulungen zu organisieren und bei Bedarf externe Spezialisten einzubinden. Das war insbesondere bei der Identifizierung von Opfern im Falle großer Katastrophen wichtig. Sein Arbeitsalltag in Berlin war von Teamsitzungen, stundenlangen Beratungen, Recherchen, Weiterbildungen und organisatorischen Aufgaben bestimmt, die kein Ende zu nehmen schienen. Er beschwerte sich nie darüber. Nach einem Flugzeugunglück vor rauchenden Trümmern zu stehen, während ihm der Kerosin- und Leichengeruch in die Nase stieg, die Überreste menschlicher Körper zu suchen, einzusammeln, zu begutachten und all sein Wissen und seine Kraft zu mobilisieren, um eine Identifizierung zu ermöglichen, war die andere Seite seines Berufes – für ihn gab es keine größere Herausforderung.

Er bereute seine Entscheidung keinen Augenblick, auch wenn er Rostock mit einem mulmigen Gefühl verlassen hatte, das nun im Laufe des Tages mit ganzer Kraft zurückgekehrt war, wie er zugeben musste. Als er um kurz nach sechs vor Hannah Jakobs Bürotür stand, hoffte er plötzlich, dass sie seine Unruhe nicht teilen, ihn womöglich auslachen würde, vielleicht sogar ein bisschen von oben herab. Aber nein, von oben herab passte ganz und gar nicht zu ihr. Jakob blieb immer auf Augenhöhe, so hatte er sie kennengelernt. Er klopfte zweimal und hörte ihr leises »Kommen Sie herein«.

Er trat ein und stand vor Kotti, der ihn mit fröhlichem Wedeln empfing, während die Kriminalpsychologin ein Telefonat beendete. »Bitte – nehmen Sie Platz, Kommissar Buchner.« Sie lächelte herzlich und wies auf einen bequemen Ledersessel vor ihrem Schreibtisch. »Mögen Sie etwas trinken?«

Er schüttelte den Kopf. »Danke.«

Sie stützte das Kinn auf eine Hand und sah ihn fragend an. »Legen Sie einfach los.«

Henrik nickte. »Der Rostocker Fall. Haben Sie davon gehört?«

Sie nickte.

»Ich hatte nur am Rande damit zu tun, weil ich kurz vor meinem Wechsel ins BKA stand. Aber ich kenne das Team und zumindest den Fall Marie Weber. Alles Weitere habe ich nur aus der Ferne mitbekommen.«

»Zwei junge Mädchen – mit äußerster Gewalt getötet – und der angebliche Mörder konnte zumindest beim zweiten Opfer nicht der Täter gewesen sein«, ergänzte Jakob.

»Nicht nur in dem Fall. Er war unschuldig. Es gab einen Beken-nerbrief für beide Opfer. Es wurden Fehler gemacht, weil die Schuld des Stiefvaters so glasklar schien«, berichtete Henrik weiter. »Außerdem war die leitende Ermittlerin unerfahren.« Er sah kurz auf seine Hände. »Ich kenne sie näher. Sie hat vor ein paar Wochen die Dienststelle verlassen und ist erst mal abgetaucht. So weit die Vorgeschichte.« Er hob den Blick und gab sich einen Ruck. »Der Leichenfund am Nikolassee. Ich habe den Eindruck, dass es einen Zusammenhang mit den Rostocker Fällen gibt.«

Hannah Jakob ließ den Arm sinken.

»Vielleicht werden Sie mich auslachen und meine Bedenken ausräumen, aber es gibt Parallelen, die mich beschäftigen, zum Beispiel die massive Gewalt gegen Kopf und Gesicht, die die Rechtsmedizin festgestellt hat.«

Hannah Jakob wandte sich zu ihrem PC um und öffnete eine Datei. Sie drehte den Monitor herum, so dass Henrik die Fotos vom zertrümmerten Schädel erkennen konnte.

»Marie Weber wies am ganzen Körper Spuren von Gewalt auf, doch ihr Gesicht war kaum noch zu erkennen gewesen.« Er atmete tief aus. »Der Rechtsmediziner meinte, dass endlos auf sie eingeschlagen wurde – mit großer Kraft und noch mehr Hass –, bevor sie im Wald vergraben wurde.«

Jakob wandte ihm wieder das Gesicht zu. »Ein wutentbrannter Täter ohne jegliche Empathie, dem es gelang, seine Spuren zu verwischen. Welche Parallelen sehen Sie noch?«

»Die leitende Kommissarin in Rostock gehörte zu dem Team, das seinerzeit den Vermisstenfall Birte Lahnder bearbeitete. Sarah Pirohl stammt aus Potsdam, hat in Berlin gelebt und befand sich damals in der Ausbildung.«

Hannah Jakob hob eine Braue.

»Das kann natürlich lediglich ein ziemlich schräger Zufall sein«, fuhr Henrik fort. »Doch ich habe gelernt, dass Zufälle in unserem Beruf die ganz große Ausnahme sind und immer ein zweites Mal hinterfragt werden sollten. Hinzu kommt, dass der Rostocker Täter Sarah in seinem Bekennerschreiben persönlich angreift und sich über sie lustig macht. In Rostock sind mehrfach Schreiben von ihm eingegangen, auch als sie die Dienststelle längst verlassen hatte.«

»Ich verstehe. Das hätte mich auch stutzig gemacht.« Jakob drehte ihren Sessel herum und blickte einen Moment in die Ferne. Der Hund saß neben ihr, und sie kraulte ihm die Ohren. »Ich war damals beratend in dem Vermisstenfall Birte Lahnder tätig«, ergriff sie schließlich das Wort. »Es war eine von diesen erdrückenden Geschichten, in denen sich partout keine weiterführende Spur fand. Das Mädchen war wahrscheinlich auf dem Heimweg nach einem Clubbesuch überfallen worden. Es lagen keinerlei Hinweise vor, die für eine Beteiligung aus dem näheren Umfeld sprachen. Die Suche verlief schließlich im Sande.«

Sie zögerte und wandte sich dann wieder zu Henrik um. »Ich war damals nicht gerade in Bestform – daran musste ich sofort zurückdenken, als die Leiche gefunden wurde. Ich will und kann nicht ausschließen, dass seinerzeit etwas übersehen oder versäumt wurde. Vor gut drei Jahren war ich sehr nahe daran, alles hinzuschmeißen. Im Rahmen einer langwierigen und aufreibenden Ermittlung hatte eine Kollegin den Tod gefunden, und ich hatte genug von all den Morden und der überbordenden, kaum zu beherrschenden Gewalt.«

Henrik war berührt von ihrer Offenheit. »Aber Sie haben weitergemacht. Darüber bin ich sehr froh, wenn ich das sagen darf.«

Sie lächelte. »Sehr charmant, danke. Ja, ich habe weitergemacht. Allerdings halte ich mich inzwischen aus aktuellen Ermittlungen heraus und konzentriere mich auf mein Spezialgebiet.« Sie strich eine dunkle Haarsträhne zurück. »Ich habe mir die Akte heute noch einmal angesehen, als das rechtsmedizinische Gutachten vorlag, und bin inzwischen sicher, dass ich auch in besserer Form nicht weitergekommen wäre. Es gab keine Anhaltspunkte.«

Sie suchte seinen Blick. »Sie befürchten also einen Zusammenhang mit Ihrer ehemaligen Kollegin«, stellte sie fest. »Es gibt vieles, was sich dagegen einwenden ließe, aber ich kann verstehen, dass Sie beunruhigt sind. Was wollen Sie unternehmen?«

»Ich möchte, dass Sarah sich noch einmal mit den Fällen befasst – mit allen drei Fällen und sämtlichen Details. Vielleicht fällt ihr im Nachhinein etwas auf, wenn sie darüber nachdenkt, dass der Täter in ihrem Umfeld aufgetaucht sein könnte und ihr womöglich schaden will. Außerdem ...«

»Ja?«

»Ich erreiche sie nicht. Niemand weiß, wo sie sich verkrochen hat.«

»Sie machen sich Sorgen?«

»Ich möchte mich vergewissern, dass es ihr gutgeht, und sie ermuntern, einen zweiten und dritten Blick zu wagen.«

Jakob sah ihn lange an. Dann nickte sie. »Lassen Sie mich eine Nacht darüber schlafen. Ich melde mich morgen bei Ihnen, einverstanden?«

»Natürlich.« Henrik stand langsam auf. »Vielen Dank für Ihr offenes Ohr.«

»Gerne.«

Sie streckte die Hand aus, und er ergriff sie.

Hannah Jakob rief am darauffolgenden Nachmittag an. »Sie haben mich überzeugt«, sagte sie schlicht.

»Das freut mich.«

»Ich habe auf unauffällige Weise einige Unterlagen für Sie zusammengestellt, auch aus Rostock ...« Sie räusperte sich, und er begriff sofort, dass sie am Telefon nicht unbedingt ausführlicher darüber sprechen wollte.

»Was halten Sie von einem Treffen?«, fragte er rasch. »Heute Abend zum Beispiel. Wir könnten eine Kleinigkeit essen gehen. Ich würde mich freuen, wenn Sie mein Gast wären.«

Sie zögerte nur kurz. »Ja, warum nicht?«

Sie trafen sich bei einem Italiener in der Nähe des Treptower Parks. Jakob übergab ihm einen USB-Stick. »Er ist mit Passwort und Kopierschutz gesichert.«

»Und das Passwort sagen Sie mir erst, wenn die Pizza gut war?«

Sie lächelte, er tauchte in ihren Blick ein und spürte eine angenehm aufsteigende Unruhe. Einen Moment war er irritiert, und er spürte, dass es ihr ähnlich ging.

Als der Wein serviert wurde, stießen sie an. »Ich weiß, wo sich Ihre ehemalige Kollegin verkrochen hat«, sagte sie.

Er stellte sein Glas wieder ab.

»Wer mir in welcher Weise geholfen hat, ihren Aufenthaltsort in Erfahrung zu bringen, noch dazu ohne jegliche rechtliche Handhabe, ist unwichtig.«

Sie hat das Smartphone orten lassen, dachte Henrik verblüfft. Darauf hatte er kaum zu hoffen gewagt. Die Frau war sehr pragmatisch, und offenbar vertraute sie ihm. Sie hat womöglich Erkundigungen über mich eingeholt. Na und?

»Die GPS-Daten befinden sich auch auf dem Stick.«

»Sie machen es ganz schön spannend.« In jeder Hinsicht.

»Hat Sarah eine Vorliebe für Skandinavien?«

»Möglich, ja …«

»Bornholm«, sagte sie leise. »Dort hält sie sich seit einiger Zeit auf. Der Inselname bildet zusammen mit dem heutigen Datum das Passwort.«

Henrik trank einen Schluck. Sie hatte mal von Ferien auf Bornholm erzählt, fiel ihm ein. Sie konnte sogar ein paar Brocken Dänisch, weil sie häufig mit ihren Eltern dort gewesen war und Freunde auf der Insel lebten. Die Kellnerin brachte Salat und Pizza, und eine ganze Weile herrschte Schweigen. Das Essen war köstlich.

»Kennen Sie Pirohls Familie eigentlich näher?«, ergriff Jakob plötzlich wieder das Wort, und ihr Ton sollte wohl beiläufig klingen, tat es allerdings nicht.

»Nein. Ich weiß nur, dass sie aus gutsituierten Verhältnissen stammt. Geld ist kein Thema. Wer kann das schon von sich behaupten?« Er lächelte schräg. »Warum fragen Sie?«

Sie zuckte mit den Achseln. »Ich habe mich natürlich ein bisschen schlaumachen wollen, bevor ich Ihnen Unterlagen überlasse, die so gar nichts mit Ihrem Ressort zu tun haben, noch dazu auf eine Art und Weise, die sich keineswegs herumsprechen sollte.«

»Ja, natürlich.« Henrik nickte eifrig. »Verstehe.«

»Und Sarahs Weg wirkt schon ungewöhnlich, finden Sie nicht?«, fuhr sie fort. »Eine Tochter aus reichem Hause wirft ihr Studium hin und wird Polizistin, statt alles dafür zu tun, in die Kanzlei einzutreten, die ihr Großvater aufgebaut hat und in der ihr Vater neben seiner Dozententätigkeit Teilhaber ist. Eine Kanzlei, die in ganz Europa Mandanten in Wirtschaftsfragen berät.«

Henrik schob seinen Teller beiseite und musterte sie aufmerksam. »Vermuten Sie da etwa einen Zusammenhang?«, fragte er verblüfft.

»Nun, falls Sie mit Ihren Befürchtungen richtigliegen, hat Sarah vielleicht einen Feind. Und der kann aus allen möglichen Zusammenhängen stammen, rein theoretisch. Darüber habe ich ein bisschen nachgedacht.«

Als Henrik sich eine knappe Stunde später von ihr verabschiedete und auf den Heimweg machte, hatte er Mühe, seine Gedanken und Gefühle zu sortieren. Sorge um Sarah, alte und neue Fälle, eine attraktive, unkomplizierte und hilfsbereite Kollegin, die offensichtlich keine halben Sachen machte und deren Lächeln sein Herz höherschlagen ließ.

Zuhause fuhr er umgehend seinen Laptop hoch. Fünf Minuten später wusste er, wo Sarah sich aufhielt. Bevor er ins Bett ging, schrieb er eine Nachricht an Hannah Jakob. *Danke für Ihre Unterstützung und Ihr Vertrauen. Ich werde mich so schnell wie möglich auf den Weg machen. Es war übrigens ein schöner Abend. LG Henrik.*

Ihre Antwort traf wenige Minuten später ein: *Das finde ich auch. Danke für die Einladung. Halten Sie mich auf dem Laufenden, wenn Sie mögen. Hannah.*

Henrik lächelte. *Ich mag.*

5

Die nächtlichen Temperaturen waren unter den Gefrierpunkt gesunken. Am Küchenfenster hatten sich Eiskristalle gebildet. Sarah ging mit einem Becher Kaffee vor die Tür. Einen Moment war sie wie verzaubert. Die Morgendämmerung zog ein rotglühendes Band über den Horizont, Raureif hing in den froststeifen Bäumen. Der Traum war nach einigen Nächten Pause zurückgekehrt – mit der gleichen bebenden Wucht wie zuvor, als wollte er sie verhöhnen. Ich habe dich nicht vergessen, keine Chance, und wenn du noch so sehr versuchst, zu vergessen und dich abzulenken, Ruhe in körperlicher Arbeit zu finden. Ihr Puls hatte sich beschleunigt. Sie stellte ihre Tasse ab und lief hinunter zum Strand. Die Wellen rollten träge über den Sand. Manchmal fühlte sich die Einsamkeit wie ein großes Floß an, mit dem sie über ein endlos leeres und stilles Meer orientierungslos dahintrieb, begleitet vom verträumten Flüstern der Wellen, dann wieder hatte sie den Eindruck, am richtigen Ort zu sein und völlig in sich selbst zu ruhen.

Aber so kann es ja nicht ewig weitergehen, flüsterte eine Stimme in ihr, als sie zurückging. Was bedeutet schon ewig? Der skandinavische Winter hat doch gerade erst seine Fühler ausgestreckt, und Lisa und Tobias hatten ihr zugesichert, dass sie bleiben könne, so lange sie wolle – erst recht nach all der Mühe und Sorgfalt, die sie auf das Renovieren verwendet hatte –, und das bedeutete wohl: einige Monate. Im Winter brauchten sie ihr Ferienhaus nicht.

Sarah bereitete ihr Frühstück zu und trank einen zweiten Kaffee. Den Morgen über war sie damit beschäftigt, Renovierungsmaterial wegzuräumen, zu putzen, Holz zu schichten. Später fuhr sie zum Einkaufen nach Aakirbeby. Die Kassiererin grüßte freundlich, und sie tauschten ein paar Worte – auch auf Dänisch. Sarah spürte, wie die Anspannung nachließ. Die Nacht war vorbei. Das Echo des Alptraums war verklungen.

Als sie zurückkam, stand ein Wagen mit Berliner Kennzeichen vor der Tür. Sarah erschrak kurz, dann erkannte sie den baumlangen Kerl, der auf ihrer Veranda saß und ihr erwartungsvoll entgegenblickte. Das Gefühl, das sich in ihr breitmachte, war schwer zu beschreiben – Ärger, Verunsicherung, Verblüffung, Erleichterung, von allem etwas. Sie stieg langsam aus, während er aufstand und ihr entgegentrat. Der Dreitagebart stand ihm gut, das etwas längere Haar auch. Er strich eine Strähne zurück. »Wir müssen reden«, sagte er leise.

»Müssen wir das wirklich?«

»Ja. Wenn du dich partout nicht äußern willst, kann ich es nicht ändern. Aber dann wirst du mir wenigstens zuhören, nachdem ich den langen Weg auf mich genommen habe.«

Ich habe dich nicht darum gebeten, dachte sie, ganz im Gegenteil, aber sie behielt die Entgegnung für sich, öffnete die Heckklappe und hob die Einkaufstaschen heraus. »Du hast dich also auf die Reise begeben, nur damit ich dir zuhöre?«

»So ist es.« Er nahm ihr eine Tasche ab, als sie vor ihm stand. Ihre Hände berührten sich kurz, dann wandte sie sich abrupt um und schloss auf.

Er warf einen Blick in die Runde und setzte sich an den Esstisch, während sie Wasser aufsetzte und die Einkäufe auspackte. »Gemütlich«, meinte er. »Aber im Winter bestimmt ganz schön …«

»Woher hast du meine Adresse?«

»Eine Kollegin hat mir geholfen, dich ausfindig zu machen.«

Sie sah ihn an. »Wie bitte?«

»Du wirst gleich verstehen, warum.«

Sarah starrte ihn schweigend an. Einen Moment hatte sie das unangenehme Gefühl, überrumpelt zu werden wie eine Halbwüchsige, die – angeblich – nicht wusste, was gut für sie war, und hätte ihn am liebsten einfach wieder hinausgeworfen, lange Reise hin oder her. Gleich wird er mir erzählen, dass meine Eltern dahinterstecken.

»Nenn mir ein Stichwort«, sagte sie leise.

»Birte Lahnder.«

Sie blinzelte.

»Das Mädchen verschwand im Spätsommer vor drei Jahren in Berlin. Du hast damals ein Praktikum in der Dienststelle gemacht, die den Fall unter die Lupe nahm.«

Der Kessel pfiff, aber sie rührte sich nicht, und Henrik stand auf, um den Tee aufzugießen.

»Ihre sterblichen Überreste wurden gefunden. Der Mörder hatte sie am Nikolassee vergraben«, fuhr er in sachlichem Ton fort. »Sie starb durch massive Gewalteinwirkung, sie war gefesselt, keine Kleidung, keine Schuhe. Das rechtsmedizinische Gutachten ähnelt auf fatale Weise den Expertisen zu den Rostocker Fällen, insbesondere was die Gesichts- und Schädelverletzungen angeht.«

Zertrümmerte Gesichter. Sie holte zwei Tassen aus dem Schrank und setzte sich zu ihm. Ihre Hände zitterten. Er goss den Tee ein und suchte ihren Blick. »Ich glaube nicht an Zufälle und bin der Meinung, dass du das wissen musst.«

»Und was soll das bedeuten – deiner Ansicht nach?«

»Ich habe den Verdacht, dass der Täter dich kennt und dir schaden will. Vielleicht irre ich mich, aber fest steht, dass da zu vieles zusammenpasst. Es könnte ein persönliches Motiv geben, das mit dir zu tun hat.«

Sarah erwiderte eine Weile wortlos seinen Blick, dann schüttelte sie langsam den Kopf. »Das klingt ... ja, schrecklich. Aber Birte

Lahnder verschwand vor über drei Jahren. Es gab nicht den kleinsten Hinweis, keinerlei Übereinstimmungen, schon gar nicht mit mir. Ich war Praktikantin, lief quasi nur mit den Ermittlern mit. Was sollte der Fall mit mir persönlich zu tun haben? Ich habe den Namen vorher noch nie gehört, das Gleiche gilt für ...«

»Es gab bei den Recherchen nie diesen Fokus«, unterbrach er sie behutsam. »Und da kein Fall aufgeklärt ist, weiß zurzeit niemand, wie das alles zusammenhängen könnte.« Er griff in seine Jackentasche und reichte ihr einen USB-Stick. »Ich habe die kompletten Unterlagen, soweit greifbar, zu allen drei Fällen zusammengestellt ...«

»Das ist nicht mehr meine Sache«, wehrte sie rasch ab. »Und ich bin nicht mehr im Dienst.«

Er beugte sich über den Tisch vor. »Hör zu, Sarah, die Rostocker haben noch keine einzige vernünftige Spur, die Berliner auch nicht. Und noch einmal: Bisher ist niemand auf die Idee gekommen, dass der Täter sich eventuell in deinem Umfeld bewegt hat.«

»Tja, wen wundert es? Es gab kein Indiz dafür. Also ist das eine reine Hypothese.«

Er zuckte mit den Achseln. »Meinetwegen nenn es so. Aber was hindert dich daran, das Ganze ein weiteres Mal unter dem persönlichen Blickwinkel zu betrachten? Unter Umständen entdeckst du doch etwas, was die Sache an diesem Punkt erhellt und zur Ergreifung des Täters beitragen könnte.«

»Ist das dein Ernst?«

»Nun, ich würde diese Möglichkeit nicht von vornherein ausschließen. Es kann nicht schaden, den Fokus zu erweitern und keinen Aspekt ungeprüft auszublenden, nur weil er zunächst einmal fremd oder auch seltsam klingt.«

»Fremd und seltsam? Es ist ein ziemlich schräger Ansatz, allein darauf zu bauen, dass ich in Berlin als Polizistin – besser gesagt: als Praktikantin mitten in der Ausbildung – mit einem Vermisstenfall zu tun hatte, zu dem es Jahre später plötzlich eine Leiche und damit einen Mordfall gibt, der Ähnlichkeiten zu den Fällen zweier Rostocker Opfer aufweist, in denen meine ehemalige Dienststelle ermittelte.«

»Und du Leiterin der Ermittlungen warst.«

»Ja, das auch. Seitdem beschäftige ich mich nicht mehr mit Polizeiaufgaben«, entgegnete sie.

Er trank einen Schluck Tee und suchte ihren Blick. »Schräg? Nun gut, so kann man es durchaus nennen. Und allein darum willst du dich nicht mehr damit befassen? Ist das der wahre Grund?«

Sie winkte ab.

»Wohl kaum. Aber was tust du stattdessen? Du kehrst an den friedlich beschaulichen Ferienort deiner Kindheit zurück, scheust die Auseinandersetzung und ersäufst in Selbstmitleid, weil dich dein erster Fall kalt erwischt hat. Auch eine Möglichkeit, sich mit den Gegebenheiten auseinanderzusetzen. Eine beschissene Möglichkeit, wenn du mich fragst, zumal das Ganze nicht nur eine Seite hat.«

Einen Moment verschlug es ihr die Sprache.

»Vielleicht denkst du auch mal einen Augenblick darüber nach, dass die ganze Geschichte durchaus etwas Bedrohliches hat, falls ich richtigliege. In Rostock sind über einen langen Zeitraum immer wieder anonyme Mitteilungen vom Täter eingetrudelt, und diese persönlichen Angriffe finde ich mehr als beunruhigend.« Er beugte sich vor und senkte die Stimme. »Hör zu, ich bin der Meinung, dass es deine verdammte Pflicht ist, endlich deine persönlichen Befindlichkeiten außen vor zu lassen und den Dingen auf den Grund zu gehen. Der Täter hat bereits mehrere Menschen auf dem Gewissen. Ich denke, man sollte alles tun, um ihm auf die Spur zu kommen. Und dabei spielt es keine Rolle, ob du im Dienst bist oder nicht oder gekündigt hast. Wage einfach einen ganz neuen

Blick auf die Fälle. Ein bisschen recherchieren kannst du auch hier. Und wenn du eine Idee hast, dann tu was und setz dich mit einem Kollegen in Verbindung. Das dürfte nicht zu viel verlangt sein.«

Er setzte sich wieder zurück und hob kurz die Hände. »Damit können wir das Thema meinetwegen beenden.«

»Ach ja? Warum so plötzlich?«

»Ich bin meine Worte losgeworden, und nun habe ich Hunger. Wollen wir zusammen was kochen oder was essen gehen, oder schmeißt du mich jetzt raus? In diesem Fall müsste ich mir noch rasch ein Hotel buchen. Meine Fähre geht ja erst morgen.« Er lächelte leise.

Sie hatte ihn nicht hinausgeworfen. Natürlich nicht. Das trotzige Kind wollte sie dann doch nicht geben, und klar war auch, dass er sich ganz sicher nicht auf den weiten Weg gemacht hatte, um ihr von oben herab mit obskuren Theorien die Stimmung zu vermiesen oder ihr gar unnötige Ängste einzujagen. Sie hatten zusammen gekocht und viel geredet – über alles Mögliche –, Sarah hatte ihm ihre Lieblingsstelle am Strand gezeigt, und die anfängliche Anspannung hatte sich allmählich aufgelöst. Als er sich am nächsten Morgen in aller Frühe verabschiedete, gab er ihr das Passwort für den Stick und zog sie kurz in seine Arme. »Pass auf dich auf.«

»Ja, mach ich.«

»Ich bin nur noch für zwei Tage in Berlin erreichbar und dann auf einem Kongress in Lyon.«

»Klingt wichtig.«

»Ist es auch. Ich werde nicht gut zu erreichen sein und wenig Zeit haben. Falls du über die Fälle reden willst – ich habe dir die Kontaktdaten ...«

»Dann finde ich schon eine Lösung«, fiel sie ihm ins Wort.

Er suchte ihren Blick, öffnete den Mund und schloss ihn dann wieder.

»Ich sehe mir das Ganze an – versprochen.«

Er wiegte den Kopf. »Du hältst nichts von meinem Ansatz?«

Sie zögerte. »Ich sehe mir die Unterlagen an«, wiederholte sie dann. Sie behielt für sich, dass sie seine Befürchtung für übertrieben hielt. Das Berliner Opfer war mit ähnlich brachialer Gewalt geschlagen worden wie die beiden Rostockerinnen, alle drei Opfer waren junge Mädchen gewesen, doch die einzige weitere Parallele bestand darin, dass Sarah bei den Ermittlungen in Berlin und Rostock mit von der Partie gewesen war, wenn auch in völlig unterschiedlichen Positionen. Ergab sich keine weitere Schnittstelle, durfte sie getrost von einem bizarren Zufall ausgehen. Darüber hinaus fiel ihr partout niemand ein, der es darauf abgesehen haben könnte, ihr massiv zu schaden – weder vor drei Jahren noch früher oder später. Zudem war ja nicht auszuschließen, dass es zwar einen Täter gab, der sowohl in Berlin als auch in Rostock zugeschlagen hatte, ohne dass die Morde jedoch in einem persönlichen Bezug zu ihr standen.

Henrik saß schon im Wagen, als sie sich noch einmal herunterbeugte. »Gibt es eine Neue?«, fragte sie, als er sie durchs offene Fenster ansah.

»Nein.«

Die Antwort kam sehr schnell, zu schnell und eine Spur zu energisch. Sarah lächelte. Er fuhr an, und sie winkte ihm nach.

Den Rest des Tages schob sie eine Ausrede nach der anderen vor, um sich nicht mit den Fällen zu befassen, und am Abend war sie so müde, dass sie früh schlafen ging. Morgen ist auch noch ein Tag, nächste Woche passt es immer noch. Niemand treibt mich. Die Zeit ist hier nur eine unaufdringliche Besucherin, die im eisigen Halbdunkel der Insel mit frostigen Augen still und wohlwollend abwartend über die winterliche See blickt.

Nachts um vier schreckte sie hoch. Ein Schatten am Fenster, ein Gesicht, zertrümmert und blutig, ein zweites daneben und dann noch eins. Das Blut gefror in den Eisblumen. Sie brauchte eine halbe Ewigkeit, bis ihr klar wurde, dass sie träumte, intensiver als je zuvor, und von ihrem eigenen Schreien aufgewacht war. Ihr Herz raste. Sie tastete mit zitternden Händen nach dem Lichtschalter und sprang aus dem Bett. Minutenlang stand sie vor dem Fenster. Dann hob sie eine Hand und strich über die filigranen Eisgebilde, während ihr Atem sich langsam beruhigte. Einen Moment legte sie die heiße Stirn an die kühle Scheibe, dann wandte sie sich um und ging nach nebenan. Sie heizte den Ofen ein, kochte Tee und fuhr den Laptop hoch.

Drei junge Mädchen, auf brutalste Weise erschlagen, nackt und gefesselt im Wald verscharrt, keine Spuren – keine offensichtlichen Spuren, die als Täterhinweis dienen könnten. Ein sexueller Übergriff hatte nicht stattgefunden – das zumindest konnte bei den Rostocker Opfern eindeutig festgestellt werden. Henrik hatte ihr die Ermittlungsakten zu allen Fällen zusammengestellt, einschließlich Fotomaterial, Gutachten der Kriminaltechnik und Rechtsmedizin und sämtlicher Befragungen, ausführlicher Hinweise zu den Zeugen, Hintergrundrecherchen, Verkehrsüberwachung, Mobilfunkabfragen und so weiter. Eine Fülle von Einzelaspekten, insbesondere beim Fall Marie Weber, in denen man sich verlieren konnte – oder aber Wichtiges aus den Augen verlor, weil ein Verdächtiger nahezu perfekt in den Mittelpunkt rückte und alles andere an den Rand schob, schließlich komplett verdrängte. In dem Moment, als der Stiefvater auf der Bildfläche erschienen war, war kein Raum mehr für Hinterfragungen und Gegenargumente geblieben.

Dabei hatte es ihn gegeben, stellte Sarah nach kurzer Zeit verblüfft fest. Hinterher ist man immer schlauer, aber wir haben nicht genauer hingeschaut, wir waren froh, so schnell zugreifen zu können. Alles andere hatte weder den Staatsanwalt noch die Ermittler interessiert, und nach dem Fund der zweiten Leiche in Rostock waren alle froh gewesen, zumindest einen großen Teil der Schuld auf Sarahs Schultern abladen zu können – was nicht gänzlich falsch gewesen war. Genügte es demnach, nun sämtliche gewonnenen Erkenntnisse über Bord zu werfen und die Fälle komplett von vorne aufzurollen? Das würde sich zeigen.

Die erste Frage, die Sarah beim Anblick der Fotos durch den Kopf schoss, war erschreckend simpel. Weber war als Mann bekannt gewesen, der schnell die Nerven verloren und im Jähzorn zugeschlagen hatte. Warum hatten sie kaum einen Gedanken daran verschwendet, dass Totschlag im Affekt zwar zu seinem unbeherrschten Charakter gepasst hätte, aber ein Mord in dieser zerstörerischen Weise, gefolgt von planvollem Vorgehen beim Entsorgen der Leiche, unwahrscheinlich war? Warum hätte er seine Stieftochter ausziehen und fesseln sollen? Die Widersprüche, in die er sich verwickelt hatte, konnten das Ergebnis von Nervosität und Angst gewesen sein, die Bedeutung seiner DNA-Spuren war höchstens von untergeordneter Priorität. Hätte er ein unwiderlegbares Alibi vorweisen können, wäre manches anders gelaufen. Aber der Mann hatte unterschiedliche Angaben gemacht, wo er sich zur Tatzeit aufgehalten hatte, und keine hatte eindeutig verifiziert werden können.

Sarah erinnerte sich gut an die Aussagen von Maries Mutter – die Frau hatte in den ersten Tagen komplett unter Schock gestanden und war dann in einen Abgrund tiefster Verzweiflung gestürzt. Ihre Aussagen vor Gericht waren eindeutig gewesen – sie hatte ihren Expartner für den Mörder gehalten, wie so viele andere auch. Sie war froh gewesen, dass es wenigstens diese Klarheit gab, und Sarah vermutete, dass ihr der Suizid gleichgültig gewesen war, auch als sich herausgestellt hatte, dass ihr Ex nicht der Täter gewesen war.

Die Frage, ob der Mörder, der die siebzehnjährige Nicole getötet hatte, womöglich ein krankes Spiel mit der Polizei trieb und entgegen seinem Bekennerschreiben mit dem Fall Marie gar nichts zu tun gehabt hatte, sondern sich als Trittbrettfahrer inszenieren wollte, war schnell ausgeräumt worden. Er verfügte über detailliertes Täterwissen; die tödlichen Verletzungen am Kopf waren die gleichen wie bei Marie, die Art der Fesselung stimmte überein, auch das Grab im Wald, die Ausrichtung der Leichen – mit dem zerstörten Gesicht nach unten – war dieselbe. Die Nähe zum Fundort des ersten Opfers stellte eine reine Provokation dar. Und dann war da noch die Sache mit dem Tattoo. Marie hatte ein kleines Klebe-Tattoo an der Innenseite ihres rechten Oberschenkels gehabt, das jedoch erst Beachtung fand, als das gleiche Tattoo an der gleichen Stelle bei Nicole entdeckt wurde. Damit war klar, dass der Mörder es verwendet hatte, um seine Opfer zu kennzeichnen. Die Ermittler hatten inzwischen recherchiert, dass es sich um das japanische Zeichen für Freundschaft handelte.

Sarah lief ein Schauer über den Rücken. Freundschaft. Das klang bizarr und nach einem persönlichen Motiv. Sie goss Tee nach und nahm sich ein paar Kekse. Der Täter hatte bewusst, voller Häme und Hohn ein Zeichen mit dieser Bedeutung verwendet. Beim Berliner Opfer war nach drei Jahren natürlich kein Tattoo mehr nachweisbar – auch die Lage im Grab und die Fesselung waren nach so langer Liegezeit nicht mehr eindeutig nachvollziehbar –, aber falls es sich tatsächlich um ein und denselben Täter handelte, war nicht auszuschließen, dass auch Birte als erstes Opfer damit gekennzeichnet worden war. Das wäre zumindest ein interessanter Ansatzpunkt.

Sarah stutzte plötzlich. Und wenn es umgekehrt gewesen war? Falls Birte das erste Opfer gewesen war, könnte sie ein Tattoo getragen haben, das der Mörder entdeckt hatte, das ihn seltsam faszinierte. Nichts sprach bislang dafür, aber die Frage sollte gestellt werden. Sarah rieb sich mit dem Zeigefinger über das Kinn. Sie rief das Dokument mit den Befragungen auf. Birte war häufig mit ihrer Clique unterwegs gewesen – sechs, acht Schulfreunden, die viel zusammen unternommen hatten. Bei einigen Befragungen war Sarah dabei gewesen, hauptsächlich als Zuhörerin, sie war ja nur die Praktikantin gewesen, die etwas lernen sollte. Gelernt hatte sie damals, dass die vergebliche Vermisstensuche, insbesondere bei Minderjährigen, zutiefst frustrierend war. Dass die Kriminalpsychologin Hannah Jakob sich auf diesen Bereich spezialisiert hatte, konnte Sarah kaum nachvollziehen. Sie erinnerte sich an eine zierliche brünette Kollegin mit wachem Blick, warmer Stimme und einem Hund, der ihr auf Schritt und Tritt folgte.

Sarah verschränkte die Hände im Nacken und warf einen Blick zum Fenster. Die Wintersonne ging über Bornholm auf. Sie zog sich an und lief gedankenverloren zum Strand hinunter. Nach dem Leichenfund waren natürlich auch in Berlin die Mordermittlungen aufgenommen worden, unter Hochdruck würden die Kollegen jedoch erst agieren, falls sich tatsächlich ein Zusammenhang mit den Rostocker Fällen verifizieren ließ. Ansonsten würde sich im Mordfall Birte Lahnder aktuell sicher keine Spur auftun.

Als Sarah zurückkam, versuchte sie, Henrik zu erreichen, doch er ging nicht ans Telefon, und sie widerstand dem ersten Impuls, ihm eine Nachricht zu schicken. Nach dem Frühstück nahm sie sich erneut die Namensliste der Clique vor und begann, im Netz zu recherchieren. Auf Facebook wurde sie fündig. Die Clique war dort seit Jahren auch mit einer gemeinsamen öffentlichen Gruppe vertreten – einsehbar von jedem Facebook-Nutzer. Nach dem Leichenfund war ein Erinnerungsfoto von Birte, umrahmt von Kerze und R.I.P.-Schriftzug, gepostet worden sowie ein älteres Gruppenporträt, auf dem ein halbes Dutzend junger Leute strahlend in die Kamera blickte – mittendrin: Birte. Es war Sommer, wahrscheinlich kurz vor ihrem Verschwinden. Die Teenager waren bester Stimmung.

Sarah sah sich die Bilder sehr genau an, dann scrollte sie herunter zu den Kommentaren – in der Hauptsache handelte es sich um aufgebrachte, betroffene, niedergeschlagene Beileidsbekundungen, einige zeugten von Wut über die Tat und die erfolglose Polizeiarbeit. *Die Bullen kriegen doch mal wieder gar nichts geregelt, wen wundert's.* Ein Kommentar, der inhaltlich deutlich davon abwich, sowie etliche Entgegnungen waren erst am vorherigen Abend und in der Nacht gepostet worden.

Sorry, Leute, wenn ich nicht mitheule und ein bisschen herzlos rüberkomme. Ich hab gehört, dass sie erschlagen wurde, so hat es sich herumgesprochen. Das ist ziemlich derbe. Allerdings kann ich mich erinnern, dass B. – und nicht nur sie – selbst immer wieder ganz schön hingelangt hat. Vielleicht hat sich mal jemand gewehrt. Passiert. Mal kriegste eins auf die Fresse, mal teilst du selbst aus.

Das war neu, dachte Sarah erstaunt. Auf der Suche nach der vermissten Birte war dieser Aspekt damals kein Thema gewesen. Zwei, drei Kommentatoren reagierten auf den Einwand mit unfeinen Entgegnungen. *Verpiss dich, du Arsch.*

Sonst passiert was? Bin schon lange nicht mehr in der Hauptstadt.

Aus der Ferne ne große Fresse, ist ja richtig geil.

Das ging noch eine Weile hin und her, dann postete jemand aus der Clique eine Kerze und forderte alle auf, sich zurückzuhalten. *Wir waren eine tolle Clique. Unsere Freundschaft stand über allem. Wir werden Birte nicht vergessen.* Es folgte ein Anhang mit einem Foto. Sarah beugte sich vor und hielt kurz die Luft an. Der japanische Schriftzug für Freundschaft.

Einen Augenblick später kopierte sie die Facebook-Seite, schrieb einen Kurzbericht und verschickte ihn an die Mailadresse, die Henrik angegeben hatte. Erleichterung und Müdigkeit überfielen sie schlagartig. Ich habe einen Ansatz für einen Zusammenhang gefunden, dachte sie, während sie sich auf dem Sofa in eine Decke kuschelte – und an dem Punkt hatte Henrik recht behalten: Der Mörder könnte in Berlin und Rostock sein Unwesen getrieben haben. Aber das bedeutete noch lange nicht, dass das Geschehen etwas mit ihr zu tun hatte. Und alles andere war nicht mehr ihre Sache. Sie fiel von einem Augenblick zum nächsten in einen traumlosen Tiefschlaf.

Als sie aufwachte, war es später Nachmittag. Dunkelheit kroch ums Haus. Sie knipste das Licht an und setzte sich auf. Es ist noch nicht vorbei, dachte sie. Plötzlich wurde ihr klar, dass die Entdeckung des Tattoo-Motivs nur ein erster, wenn auch wichtiger Schritt gewesen war. Sie stand auf, aktivierte ihren Laptop und rief die anonymen Zuschriften auf.

Du hast versagt, Sarah. Wie konntest du nur auf die Idee kommen, bei der Polizei richtig zu sein? Du bist zu dumm, selbst einfache Zusammenhänge zu hinterfragen. Da liegt eine Leiche, und du kapierst einfach nicht, welche Fragen wirklich wichtig sind. Du guckst nicht richtig hin. Aber das ist egal, Leute wie du kriegen immer ihren Willen. Hat Papi dir den Job besorgt, weil du plötzlich unbedingt Ermittlerin spielen wolltest, oder gab es andere Freunde, die ihren Einfluss geltend gemacht haben? Das war ein großer Fehler.

Sarah starrte auf den Bildschirm. Ein leises Zittern überfiel sie. Das waren ohne Zweifel zutiefst persönliche Angriffe. Sie stand abrupt auf und goss sich mit fahrigen Händen ein Glas Wasser ein. Doch die Tatsache, dass der Mörder offenbar auf ihren familiären Hintergrund und ihre beruflichen Entscheidungen anspielte, musste keine weitergehende Bedeutung haben. Jeder hätte sich über sie informieren können. Dennoch blieb die Frage, was der Täter mit diesen Angriffen bezweckte. Was motivierte ihn, auch noch Monate nach der Tat aktiv zu werden? Die letzte Nachricht lag lediglich ein

paar Wochen zurück. Und warum gab es nach dem Fund am Nikolassee keine Reaktion von ihm?

Sarah zuckte zusammen, als ihr Smartphone klingelte. Sie hatte
sich inzwischen so an die Stille gewöhnt, dass der Klingelton erschreckend laut und aufdringlich klang. Auf dem Display stand eine
unbekannte Nummer. Sie streckte die Hand aus und zog sie wieder
zurück. Kurz darauf verstummte das Klingeln, und es traf eine
Nachricht ein.

Ich würde gerne mit Ihnen sprechen. Hannah Jakob.

Sarah atmete tief aus, dann rief sie zurück.

»Ich habe Ihre Mail erhalten«, sagte die BKA-Kommissarin
schlicht.

Damit war klar, dass sie Henriks Ansprechpartnerin gewesen war,
die ihn auch unterstützt haben dürfte, an die detaillierten Unterlagen zu den Ermittlungen zu gelangen und ihren Aufenthaltsort ausfindig zu machen.

»Ich verstehe.« Sarah räusperte sich.

»Ich habe mich weit aus dem Fenster gelehnt, wie Ihnen klar sein
dürfte, aber es hat sich gelohnt. Die Sache mit dem Tattoo ist sehr
interessant. Ich habe das Ganze nach Rostock weitergeleitet – natürlich ohne Sie zu erwähnen.«

»Danke.«

Kurzes Schweigen. »Wir haben seinerzeit in der Vermisstensache
Birte Lahnder nur wenig miteinander zu tun gehabt«, fuhr Jakob
schließlich fort. »Vertrauen Sie mir trotzdem?«

Sarah war erstaunt über die direkte Frage. »Henrik vertraut Ihnen, und ich habe keinerlei Veranlassung, es nicht zu tun. Sonst
hätte ich kaum zurückgerufen.«

»Gut. Ich werde es Ihnen und auch mir ersparen, Stellung zu
beziehen, was Ihre Entscheidung angeht, den Dienst zu quittieren,
aber erlauben Sie mir bitte eine Bemerkung.«

Sarah wartete ab.

»Es ist ausgesprochen schade, Sie als Kollegin zu verlieren. Die Sache mit dem Tattoo …«

»Wäre jedem an meiner Stelle aufgefallen«, fiel Sarah ihr ins Wort. »Der Aspekt hätte sogar wesentlich früher bedeutsam werden können, wenn ich nach dem zweiten Mord in Rostock geblieben wäre und mir den Zusammenhang sofort klargemacht hätte.«

Pause. »Sind Sie eigentlich immer so streng mit sich selbst?« Das klang fast erstaunt. »Im Übrigen konnten Sie die Verbindung doch gar nicht erkennen – erst der kürzliche Leichenfund in Berlin und das rechtsmedizinische Gutachten haben die Möglichkeit eröffnet, nach Parallelen in drei Fällen zu suchen.«

Diesen Einwand ließ Sarah unkommentiert.

»Ich habe mir die anonymen Nachrichten genauer angesehen«, fuhr Jakob schließlich fort. »Der Täter kennt Sie, und zwar über allgemeine Informationen hinaus.«

»Es ist nicht so schwierig, meinen Lebenslauf und meinen familiären Hintergrund zu recherchieren«, entgegnete Sarah. »Das kann jeder, der in der Lage ist, eine Suchmaschine zu bedienen.«

»Natürlich.«

»Aber?«

»*Hat Papi dir den Job besorgt, weil du plötzlich unbedingt Ermittlerin spielen wolltest?*«, zitierte Jakob den Täter. »Der Satz spiegelt mehr als abgefragtes und oberflächliches Hintergrundwissen. Das klingt nach jemandem, der mitbekommen hat, dass Sie damals eine überraschende Entscheidung getroffen haben. Überraschend für alle möglichen Leute.«

Sarah wechselte mit dem Telefon ans andere Ohr. »Was würden Sie an meiner Stelle tun?«, fragte sie in leisem Tonfall.

»Ich würde meine sämtlichen Kontakte – Freunde, Bekannte, Kommilitonen – auf Schnittstellen zwischen Berlin und Rostock überprüfen.« Jakob zögerte. »Und die Kanzlei Ihres Vaters sollten Sie mit einbeziehen.«

»Warum?«

»Vielleicht gibt es jemanden, der Ihnen und Ihrer Familie den Erfolg und Wohlstand neidet.«

»Und dieser Jemand entführt und erschlägt junge Mädchen, um mich anschließend als unfähige Ermittlerin dastehen zu lassen und immer wieder zu beschimpfen? Das ist absurd!«

»Stimmt – aber damit ist es noch lange kein Widerspruch. Ich bin seit nahezu fünfundzwanzig Jahren im Beruf und habe gelernt, dass es die seltsamsten Motive für Straftaten gibt.«

»Aber hätte ich nicht gemerkt ...«

»Nein. Vielleicht existierte ein Auslöser, der nur für den Täter bedeutsam ist. Unter Umständen geht es um eine lange zurückliegende Geschichte, die plötzlich aktuell geworden ist, ohne dass sich Ihnen der Zusammenhang sofort erschließt.«

»Warum ist er nach dem Leichenfund nicht aktiv geworden – Stichwort anonyme Angriffe? Und warum hat er damals keine persönlichen Nachrichten verschickt, als die Polizei vergeblich nach Birte suchte?«

»Berlin ist nicht mehr interessant. Und für den Vermisstenfall kann er Sie schlechterdings beschimpfen. Sie waren damals Kommissaranwärterin. Womöglich gibt es aber eine Verbindung aus der Zeit, die wir nicht sehen können und die sich erst zeigt, wenn die richtigen Fragen gestellt werden.«

»Fragen, die ich stellen müsste?«

»Ja, vielleicht. Und noch etwas, was bei der Suche wichtig ist: Der Mörder dürfte körperlich in einem sehr guten Zustand sein. Wer so brachial zuschlägt und dabei einen derartigen Schaden anrichtet, muss über eine gehörige Portion Kraft und Ausdauer verfügen.«

Sarah schob die Bilder beiseite, die in ihr aufstiegen.

»Darüber hinaus hat er zumindest Grundkenntnisse, was die Spurenbeseitigung oder -verhinderung angeht. Die Techniker haben kaum verwertbares Material entdeckt.«

»Sie haben ja fast ein Täterprofil erstellt.«

»Fast«, gab Jakob zu. »Noch etwas. Ich habe mir erlaubt, an einem Punkt etwas genauer hinzusehen, zumal es dabei um mein Spezialgebiet geht. Vor gut zehn Jahren ist jemand spurlos verschwunden, der in der Kanzlei Ihres Vaters arbeitete – ein Student, der ein Praktikum absolvierte.«

Sarah runzelte die Stirn.

»Sagt Ihnen der Name Florian Schütter etwas?«

Sarah drehte sich zur Haustür, öffnete sie und ließ frische Luft hereinströmen – eisige Salzluft. »Nein«, meinte sie dann. »Vor gut zehn Jahren hatte ich gerade mein Abi gemacht und war danach eine Weile unterwegs. Nichts hat mich weniger interessiert als die Kanzlei. Im Herbst habe ich dann mit dem Studium begonnen.«

»Ihr Vater hat ihn nie erwähnt?«

»Nein. Wer weiß, was da …«

»Schütter ist von einem Tag auf den anderen verschwunden. Es gab nie irgendeinen Hinweis. Womöglich ist man in der Kanzlei zumindest anfangs davon ausgegangen, dass er ganz schlicht keine Lust mehr hatte und es nicht für nötig hielt, die Stelle zu kündigen.«

»Und Sie sind der Meinung, dass ich mal darüber nachdenken oder sogar meinen Vater nach ihm fragen sollte?« Sarah war skeptisch.

»Das kann nicht schaden«, erwiderte Jakob unbeeindruckt. »Ich könnte, wenn Sie einverstanden sind, meine Fühler auch ein wenig ausstrecken – natürlich vollkommen unauffällig. Es gibt ja keinerlei Handhabe, schon gar nicht für konkrete Ermittlungen. Und wenn nichts dabei herauskommt, haben wir es wenigstens versucht.«

Sarah starrte in die Dunkelheit. Sekundenlang blieb es still. »Das klingt vernünftig«, erklärte sie dann. »Und – ja: danke.«

»Keine Ursache. Wir …«

»Warum tun Sie das? Ihr Engagement ist ungewöhnlich.«

»Ich habe ein ungutes Gefühl bei der Geschichte. Der Mörder sollte so schnell wie möglich geschnappt werden.«

»Bevor weitere Morde geschehen?«

»Ja.«

Sarah verabschiedete sich wenig später und ging zurück ins Haus. Plötzlich spürte sie, dass sie völlig ausgehungert war.

6

Die Sache mit dem Tattoo war nicht zum ersten Mal Thema. Natürlich hatte die Rostocker Soko sich mit dem Schriftzug beschäftigt, nachdem er auch beim zweiten Opfer, der siebzehnjährigen Nicole Kerber, auf dem Oberschenkel entdeckt worden war. Ja, tatsächlich sind wir auch schon darauf gekommen, dass dieses Tattoo etwas bedeuten könnte, dachte Dienststellenleiter Piet Meinhold und vertilgte sein zweites Fischbrötchen, während er die Nachricht aus Berlin las. Klang ja irgendwie spannend, doch eine Spur konnte man das weiß Gott nicht nennen – es gab Tausende von verschiedenen Klebetattoos. Jeder benutzte diese Teile heutzutage; die Klebedinger waren ideal, weil sie sich problemlos abwaschen ließen. Und so bemerkenswert die Übereinstimmung mit dem vor Jahren ermordeten Mädchen aus der Hauptstadt auch war, befürchtete er, dass sie letztlich doch genauso ins Leere führen würde wie alles andere, was sie bislang zu den Fällen zusammengetragen hatten. Außerdem war das Tattoo in diesem Fall gar nicht mehr nachweisbar; es ging lediglich um die Benutzung des gleichen Schriftzuges im Freundeskreis des Opfers, was wiederum alles Mögliche bedeuten konnte. Aber merkwürdig war es zugegebenermaßen schon.

Bei diesen Ermittlungen sollte sich offenbar niemand mit Ruhm bekleckern. Die reiche Göre hatte es vermasselt, und der Rest der Gruppe war bisher nicht in der Lage gewesen, den Karren wieder aus dem Dreck zu ziehen. Schade eigentlich. Dabei war die Soko auch personell vergleichsweise gut ausgestattet. So ein Erfolg hätte ihm gutgetan, ihm und den anderen im Team, und Henrik hätte er das nur allzu gerne unter die Nase gerieben, von der Göre ganz zu schweigen.

Ausgerechnet in Berlin hatte jemand genauer hingesehen und eine Verbindung entdeckt. Vielleicht ein Zufall, vielleicht aber viel mehr. Piet schüttelte den Kopf und stopfte sich den Rest des Brötchens in den Mund. Dann wusch er sich die Hände. Schließlich starrte er in den Spiegel über dem Waschbecken. Seine Gesichtsfarbe tendierte wie meist ins Rötliche, passend zum Haarschopf. Sein Mund war verkniffen, die Tränensäcke zeigten sich schon am frühen Morgen. Das Alter meint es nicht gut mit mir, dachte er, aber das war schon vor zwanzig Jahren nicht anders gewesen. Er ging nach nebenan in den Gemeinschaftsraum, wo ein Dutzend Leute beschäftigt war. »Gibt es was Neues zur Soko?«

Kopfschütteln von mehreren Seiten, ein paar hingeworfene Bemerkungen, dazwischen Telefonklingeln, drei Kollegen diskutierten über einen Einsatz. An einer Wandtafel im hinteren Bereich des Raumes waren die letzten Kontakte der beiden Mädchen aufgelistet, daneben hing eine großformatige Karte von Rostock und Umgebung. Piet trat näher. Nicole hatte in einem Bistro gearbeitet, Marie war Schülerin gewesen, keine Übereinstimmungen zwischen den beiden – das stellte er zum hundertsten Mal fest. Er holte sich einen Kaffee.

»Was ist mit diesem Bistro?«, fragte er und drehte sich um. Keine Reaktion.

»Was ist mit diesem Bistro?«, brüllte er.

Plötzlich war es still, zumindest die Kollegen, die im Umkreis der Wandtafel saßen oder standen, schwiegen abrupt und starrten ihn an.

»Was soll denn damit sein, Chef?«, ergriff Matti das Wort, der junge Kollege, der meist vor ein oder zwei Rechnern saß und bei

Recherchen als nicht besonders schnell, dafür jedoch gründlich galt.

»Das Mädchen hat ...«

»Sie hat da gejobbt, das dürfte sich inzwischen auch bis zu mir herumgesprochen haben«, unterbrach Piet ihn gereizt. »Und sonst so? Gibt es was zu dem Besitzer des Ladens und anderen Beschäftigten oder Gästen, die auffällig geworden sind?«

»Na ja ...«

»Vor ein paar Minuten ist eine Mail aus Berlin hereingeflattert – mit einer ... interessanten Information, um die wir uns kümmern sollten. Du müsstest sie auch haben. Schau mal nach und bring alle auf den neuesten Stand, möglichst sofort, also: jetzt.«

Matti beugte sich mit leicht gerötetem Gesicht über seine Tastatur. »Klar doch, bin schon dabei.« Zwei Klicks später nickte er eifrig. »Ja, okay, ihr müsstet sie jetzt alle haben.«

»Prima.« Piet blickte in die Runde und wartete einen Moment. »Nun? Alle gelesen? Klasse. Dieses Tattoo, vielmehr der japanische Schriftzug mit der Bedeutung Freundschaft ist auch in Berlin benutzt oder zumindest erwähnt worden. Die Kollegen vermuten, dass es sich um denselben Täter handelt, der vor ein paar Jahren auch in der Hauptstadt zugeschlagen hat, zum ersten Mal, wie es aussieht. Darüber hinaus gibt es womöglich weitere Übereinstimmungen mit unserem Mörder – bezüglich der Wahl seiner Opfer, der Tatumstände und seiner Vorgehensweise. Und das heißt für uns: Wir werden uns noch einmal mit dem gesamten Umfeld der Rostocker Mädchen beschäftigen und ...«

»Wie oft denn noch?«, stöhnte jemand aus der hinteren Reihe. »Ob der Typ bereits in Berlin und später dann auch in Rostock ein Tattoo benutzt hat oder nicht, ändert doch nichts. DNA-Spuren hat er jedenfalls nicht hinterlassen.«

Piet starrte den Kollegen an. »Wir werden alles noch einmal überprüfen«, erklärte er dann in scharfem Ton. »Stellt euch darüber hinaus mal die Frage, ob es noch andere Morde gibt, bei denen so etwas auftaucht. Oder ob das Mädchen aus Berlin in Rostock unterwegs war oder umgekehrt. Wofür haben wir diese Datenbank? So etwas kann man da abfragen, wenn ich richtig informiert bin.«

Er trank einen Schluck Kaffee. »Ansonsten lohnt es sich vielleicht, in anderen Abteilungen nachzufragen. Was die Rostockerinnen angeht – die Kollegen, die sich mit Nicole beschäftigt haben, kümmern sich jetzt um Marie. Ihr wisst schon, der ungetrübte Blick. Löchert die Leute, was das Tattoo angeht, überprüft, ob es Verbindungen welcher Art auch immer nach Berlin gibt. Ich hätte gerne alle zwei Stunden ein Update.« Piet warf einen langen Blick in die Runde. »Übrigens, wer keinen Bock mehr auf die Fälle hat, kann mir das unter vier Augen mitteilen. Wir finden dann schon eine interne Lösung. Wie ich gehört habe, brauchen sie immer wieder Kollegen, die in der Asservatenkammer oder beim Digitalisieren der Akten aushelfen.«

Murmeln, leises Stöhnen, Füßescharren, plötzlich herrschte angespannte Arbeitsatmosphäre. Na bitte, dachte Piet, geht doch!

Kurz vor Feierabend stand Matti plötzlich in der Tür.

Piet hob den Kopf. »Und?«

»Ich habe diesen Mantor durchleuchtet, also …«

»Wen?«

»Rolf Mantor, das ist der Besitzer des Bistros.«

Piet lehnte sich zurück. »Und?«

»Es gibt da zwei Aspekte, die …«

»Mach's kurz, Matti.«

»Mantor hat eine Videoüberwachung in seinem Laden.«

»Na und? Ich kenne Kleingärtner, die solche Dinger verwenden.«

»Er hat aber bei der Befragung ausgesagt, dass er keine Kamera installiert hat.« Matti hob beide Brauen.

»Und woher weißt du …«

»Ein Kollege war vorhin dort und hat sich noch mal umgesehen. Da gibt es eine Kamera, ziemlich gut versteckt, aber wenn man weiß, worauf man achten muss … Der Kollege hat seine Dienstmarke nicht auf den Tisch gelegt und einen Mitarbeiter in ein Gespräch verwickelt. Und dabei kam dann heraus, dass es die Kamera schon seit zwei Jahren gibt.«

Piet runzelte die Brauen. »Und weiter? Irgendeine Idee, warum der an der Stelle lügt? Hat er was zu verbergen?«

»Vielleicht.« Matti nickte mit gewichtiger Miene. »Mantor ist vor einiger Zeit mal am Rande von rechten Demos aufgetaucht.«

»Wer da so alles auftaucht!« Piet schüttelte den Kopf. »Gibt es was strafrechtlich Relevantes?«

»Nein, wohl nicht.«

»Und weiter?«

»Wahrscheinlich sollten ganz bestimmte Gäste nicht ins Visier der Behörden geraten. Darum hat er die Kamera verschwiegen. Darüber hinaus will er natürlich mitkriegen, wer sein Lokal besucht.«

»Was ist mit den Mitarbeitern? Gibt es Verbindungen in die rechte Szene, auch von Nicole?«

»Das prüfe ich zurzeit.«

»Wäre schön, wenn wir da schnell Ergebnisse bekämen.«

»Natürlich.«

»Kommen wir irgendwie an die Aufnahmen ran?«, grübelte Piet.

»Du meinst – schnell und ohne Beschluss?«

Piet runzelte die Stirn. »Na ja, wenn wir uns offiziell bei ihm anmelden und die Herausgabe verlangen, wird er den Kram schneller gelöscht haben, als wir gucken können – das können wir wenigstens nicht ausschließen. Außerdem liegt der Mord ja schon eine Weile zurück. Die Aufnahmen für den relevanten Zeitraum dürften also ohnehin längst nicht mehr greifbar sein.«

»Nun, vielleicht, vielleicht auch nicht.«

Piet fasste Matti ins Auge. »Tu nicht so geheimnisvoll. Hast du irgendeine Idee?«

»Falls der Mantor kein großartiges Hintergrundwissen hat, benutzt er unter Umständen eine stinknormale WLAN-Kamera für den Hausgebrauch und speichert den Kram direkt auf seinem PC.«

»Aha.«

Matti kratzte sich im Nacken. »Diese Dinger kann man ohne großen Aufwand hacken, das Netz funkt bis zu dreihundert Meter in die Umgebung. Und an den PC kommt man dann auch ran, mit ein bisschen Glück. Falls er die Aufnahmen inzwischen gelöscht und sich dabei keine besondere Mühe gegeben hat, könnte man die garantiert wiederherstellen.«

Piet blies die Wangen auf. »So dürfen wir natürlich nicht vorgehen. Das ist schlicht ...«

»Weiß ich. Ich wollte es nur mal so erwähnt haben.«

»Verstehe. Aber wir sollten da sauber bleiben und lieber noch mal mit ihm reden.«

»Überzeugungsarbeit leisten und ihm versichern, dass es lediglich um die Suche nach dem Mörder geht?«

»So in etwa. Scheint mir die bessere Lösung, im Moment zumindest. Schick da jemanden hin, aber nicht den Kollegen, der die Kamera entdeckt hat.«

»Okay.«

Rolf Mantor zeigte sich erstaunlich höflich und kooperationsbereit, doch mit Aufnahmen im fraglichen Zeitraum konnte er – angeblich – nicht dienen, wie er am nächsten Tag aussagte. Er gab an, die Videos in regelmäßigen Abständen zu löschen, in der Regel zweimal die Woche. So war es ja auch gesetzlich vorgeschrieben, fügte er mit nahezu treuherzigem Blick hinzu. Auf die Frage, warum er die Existenz der Kamera zuvor bestritten hatte, zuckte er nur höflich mit den Achseln.

Es war ein Versuch, dachte Piet mürrisch. Dieser Schläger ist längst über alle Berge – oder er plant die nächste Tat. Wäre nett, wenn es nicht in Rostock passieren würde. Der Kollege, der den Bistrobesitzer befragt hatte, erwähnte noch, dass Mantor nicht im Entferntesten wie ein Nazi rüberkam. Die Zeiten sind wohl vorbei, dass wir die allein an Glatze und Springerstiefeln und dummdreistem Gegröle erkennen, überlegte Piet.

Am Tag darauf ergaben weitere Recherchen, dass auch Nicole sich in rechten Kreisen bewegt hatte. Die Annahme, dass der Mord in irgendeiner Weise damit zusammenhing, konnte nach Piets Auffassung getrost vernachlässigt werden – zumindest zum jetzigen Zeitpunkt wies nicht das Geringste darauf hin –, sonst wären sie sehr wahrscheinlich bei Marie Weber und dem Mädchen aus Berlin auf ähnliche Verbindungen gestoßen.

Florian Schütter war vor gut zehn Jahren verschwunden. Seine Mutter hatte sich mit der Polizei in Verbindung gesetzt, nachdem sie ihn tagelang nicht hatte erreichen können. Eine oberflächliche Überprüfung hatte nichts ergeben, Hinweise auf ein Verbrechen fanden sich nicht, und damit gab es auch keinen Spielraum für polizeiliche Ermittlungen, die über eine allgemeine Suchmeldung einschließlich Aufruf in den Medien hinausgingen.

Hannah Jakob hatte nur wenige Minuten gebraucht, um die dünne Akte zu studieren – ein paar Namen und Daten, allgemeine Informationen, Personenbeschreibung, Aussage der Mutter, Ende. Schütter hatte Wirtschaft studiert und war seit drei Monaten als Praktikant in der Kanzlei beschäftigt gewesen. Dort hatte man sich über sein Fernbleiben nicht großartig gewundert, da Schütter noch unschlüssig gewesen war, ob er das Praktikum verlängern wollte. Sarah Pirohls Vater hatte sich seinerzeit entsprechend dazu geäußert und Schütters Mutter, die in der Kanzlei nach ihrem Sohn gefragt hatte, darüber informiert. So weit, so gut.

Hannah Jakob war im Begriff, in der Kanzlei anzurufen, als sich Lone Geising meldete, die Recherchespezialistin des LKA, mit der sie seit vielen Jahren zusammenarbeitete.

»Ich bin in den Tiefen des Netzes auf Schütter gestoßen«, erklärte Lone nach gewohnt knapper Begrüßung.

»Das bedeutet?«

»Er gehörte zu einer Gruppe von Studenten, die sich als Whistleblower betätigten oder das zumindest vorhatten – so klingt es für mich.«

»Und Hinweise darauf hast du im Netz gefunden, zehn Jahre, nachdem der junge Mann spurlos verschwand?«, fragte Hannah verblüfft.

»In den Tiefen des Netzes«, betonte Lone. »Das sind keine Informationen, die du auf Facebook findest, und Details gibt es dort natürlich nicht. Aber die Andeutungen klingen für mich ziemlich stark nach einer Gruppe, die Enthüllungen plante.«

»Ist die Gruppe immer noch aktiv?«

»Das lässt sich nicht so ohne weiteres feststellen. Wäre sonst auch zu gefährlich für die. Aber ich habe einen Namen für dich – Marvin Becker war ein Kommilitone von Schütter. Der hat ebenfalls Wirtschaft mit juristischem Schwerpunkt studiert. Er agiert natürlich nicht unter seinem Klarnamen, hat sich aber nicht sonderlich gut versteckt.«

»Vielleicht hast du aber auch nur besonders gründlich recherchiert.«

Das ließ Lone unkommentiert stehen. »Ich schicke dir die Informationen und Kontaktdaten.«

»Danke, Lone. Es ist immer wieder ein Vergnügen, mit dir zusammenzuarbeiten.«

Leises Räuspern.

Eine knappe Stunde später machte Hannah sich auf den Weg. Marvin Becker, inzwischen Anfang dreißig, arbeitete in einer kleinen und bescheidenen Kanzlei in Neukölln. Sie musste kaum zehn Minuten warten, dann hatte Becker Zeit für sie. Der Jurist wirkte jungenhaft fröhlich und war ausgesprochen charmant. Er hatte nicht das Geringste dagegen einzuwenden, dass Hannahs Hund an ihrer Seite blieb. »Was kann ich für Sie tun, Frau …«

»Jakob – Hannah Jakob.«

Er legte die Hände auf den Schreibtisch – ein wuchtiges Modell aus den frühen Achtzigern, an dem der Zahn der Zeit tiefe Spuren in Form von Holzwurmlöchern hinterlassen hatte. Hannah erinnerte sich, dass ihr Vater – auch ein Jurist – ein ähnlich raumfüllendes Modell benutzt hatte.

»Sagt Ihnen der Name Schütter etwas? Florian Schütter?«

Becker blinzelte irritiert. Das breite Lächeln verschwand innerhalb eines Wimpernschlages. »Wie kommen Sie auf ihn?«

»Sie haben zusammen studiert.«

»Ich kann mich nur wiederholen. Wie …«

Hannah legte ihren Ausweis auf den Tisch. »Ich bin Kommissarin beim BKA, Schwerpunkt Vermisstenfälle. Der Name von Florian Schütter ist am Rande von Ermittlungen aufgetaucht …«

»Was für Ermittlungen?«, warf Becker eilig ein.

Gute Frage, dachte Hannah. Es gab keinen direkten Zusammenhang, und die auf Vermutungen basierenden Recherchen im erweiterten Umfeld der Mädchenmorde, in dem Sarah Pirohls Name irritierend häufig auftauchte, rechtfertigten keine offizielle Befragung.

»Ich kann Ihnen keine Details nennen«, sagte sie schließlich.

»Na dann!« Becker stemmte die Hände auf den Tisch und erhob sich. »Ich muss keine Fragen beantworten, schon gar nicht …«

»Natürlich nicht.« Hannah deutete ein Lächeln an. »Aber warum so abweisend? Der junge Mann ist damals einfach verschwunden. Sie haben gemeinsam studiert, waren vielleicht sogar befreundet. Interessiert es Sie nicht, zu erfahren, was passiert ist?«

Er sah sie abwartend an.

»Vielleicht können Sie dazu beitragen, den Hintergründen auf die Spur zu kommen, mit dem einen oder anderen Hinweis.«

»Nach zehn Jahren?« Er winkte ab.

»Ich bin übrigens nicht in offizieller Mission unterwegs. Aber das kennen Sie, oder?«

Becker setzte sich langsam wieder. Er starrte sie konsterniert an, dann schloss er kurz die Augen. »Er ist verschwunden – vor zehn Jahren«, sagte er leise. »Es gab nie irgendwelche Ermittlungen. Warum sollte ausgerechnet jetzt am Rande welcher Fälle auch immer etwas herauskommen?«

»Das kann ich Ihnen nicht sagen. Ich gewinne jedoch zunehmend den Eindruck, dass es sich lohnt, nachzuforschen und dabei sehr tief zu graben. Sie und Schütter haben sich damals in einer Gruppe engagiert. Wonach haben Sie gesucht?«

»Ich habe keine Ahnung, was Sie meinen.«

»Hat Schütter in der Kanzlei etwas entdeckt?«, schob Hannah nach.

Becker atmete tief durch. »Ich weiß es nicht.« Er hob beide Hände und zögerte. »Er hat nur eine Andeutung gemacht.«

»In welcher Richtung?«

Becker stand erneut auf und ging zum Fenster. Unter ihnen rauschte der Verkehr der Sonnenallee. Langsam wandte er Hannah das Gesicht zu. »Ich will nicht, dass mich die alte Geschichte einholt.«

Hannah nickte.

»Ich bin inzwischen verheiratet und Vater von zwei Kindern, die kleine Kanzlei fängt gerade an zu laufen, endlich. Ich kann weder Unruhe gebrauchen, noch …«

»Ich brauche nur einen Hinweis – inoffiziell.«

Becker atmete tief durch und nickte, dann setzte er sich wieder. »Okay. Wir hatten hehre Ziele damals, wollten unsaubere Geschäfte publik machen, Belege für Geldwäsche und Betrug weiterleiten«, begann er zu berichten. »Für Gerechtigkeit sorgen, so was in der Art, ein paar alten Geldsäcken auf die Füße treten. In einigen Fällen hat das auch tatsächlich geklappt. Ungefährlich ist das allerdings nicht, romantisch schon mal gar nicht. Praktikanten und Studenten stehen sofort im Fokus, wenn sich in einem Unternehmen oder einer Kanzlei plötzlich ein Leck auftut. Einer unserer Mitstreiter ist einmal richtig verprügelt worden, mein Auto wurde abgefackelt.« Er nickte erneut und wich ihrem Blick aus. »Was Florian anging … Niemand wusste konkret, worauf er gestoßen war. Er wollte nicht deutlicher werden, solange er nicht sicher war.«

Hannah war davon überzeugt, dass der junge Anwalt tiefstapelte – besser gesagt: Das klang nach einem Ausweichmanöver. »Herr Becker – ich sagte doch: Das Ganze ist inoffiziell. Sie müssen sich nicht derart zieren. Ich kann Ihre Hinweise offiziell nirgendwo verwenden.«

Er rieb sich über die Stirn, überlegte einen Moment. »Ich glaube, dass es um eine ziemlich heiße Sache ging – Richtung Parteienfinanzierung.«

»Die Kanzlei hat eine Partei unterstützt?«

Becker wiegte den Kopf. »Es war wohl eher so, dass sie jemanden oder auch mehrere Personen beraten hat, die auf Umwegen eine Partei unterstützten, vielleicht auch nur eine Gruppe. So etwas in der Art. Genauer weiß ich es wirklich nicht.«

»Was für eine Partei?«

Becker verschränkte die Hände im Nacken. »Ich schätze – rechts außen, sehr weit rechts außen, wenn Sie verstehen.«

Hannah deutete ein Nicken an.

Er ließ die Hände wieder sinken und schien plötzlich über seine eigene Offenheit verblüfft. »Hören Sie, falls Sie mich zitieren, werde ich alles abstreiten.«

»Ich werde Sie nicht zitieren und keinen Namen nennen. Das ist ein Hinweis, den ich aufgeschnappt habe.«

»Ich verlasse mich auf Sie.«

»Das können Sie.«

Becker nickte, aber wohl war ihm offenkundig nicht in seiner Haut. Wahrscheinlich bereute er längst, dass er sich zu einem Hinweis hatte verleiten lassen.

Fünf Minuten später stand Hannah wieder auf der Straße. Falls an der Sache etwas dran war, könnte sich hinter Schütters Verschwinden eine sehr hässliche Geschichte verbergen. Doch die Frage, ob eine Verbindung zu den brutalen Morden bestand, die Berlin und Rostock seit geraumer Zeit beschäftigten, schien leicht zu beantworten zu sein – auf den ersten Blick passte da gar nichts zusammen, weder zeitlich noch hinsichtlich der Motivlage und der Opfer. Aber auf den ersten Blick war selten Verlass, insbesondere da die Leiche von Florian Schütter bislang nicht gefunden worden war, was alles Mögliche bedeuten konnte. Die zweite Frage, inwiefern Sarah Pirohl als Tochter des Kanzleiteilhabers für den Mörder eine Rolle spielte, ließ sich ebenso beantworten – auf den ersten Blick: in keiner Weise.

Hannah lief die Sonnenallee hinunter. Es war nasskalt und laut. Der verlockende Geruch von einem Dönerstand stieg ihr in die Nase, und sie stellte sich an. Kotti kommentierte ihren Entschluss mit begeistertem Schwanzwedeln. Er war sicher, dass er die Reste bekommen würde. Während sie auf ihren Döner wartete, schrieb sie Sarah eine Nachricht.

7

Sarah war am Nachmittag nach Rønne gefahren und durch die Altstadt geschlendert. Die Atmosphäre war ruhig und beschaulich, kein Sommerduft und quirlig buntes Treiben. Blasse Farben, Herbstalltag auf der Insel. Ihre Schritte hallten gedämpft auf dem Kopfsteinpflaster, ein junges Paar ging eng umschlungen über die Straße und blieb vor einem Fenster stehen, in dem Porzellanfiguren und handgemachte Gläser ausgestellt waren. Dazwischen winterlicher Schmuck. Weihnachtliche Vorboten.

Sarah kaufte Brot und andere frische Lebensmittel. In einem kleinen Café am Store Torv, dem Marktplatz und Mittelpunkt von Rønne, trank sie einen Cappuccino und bestellte Kuchen. Kurz nach ihr besetzte ein junger Typ in dickem Pullover den Tisch neben ihr, packte sein Notebook aus und verstöpselte seine Ohren, bevor er mit großem Engagement auf seine Tastatur einzuhämmern begann. Als die Kellnerin den Kuchen servierte, sah er kurz hoch, und Sarah wechselte einen Blick mit ihm. Er lächelte und deutete ein Nicken an. Raspelkurzes dunkelblondes Haar, moosgrüne Augen, kantiges Kinn mit einem winzigen Grübchen, ein Hauch von Bartschatten. Sarah grüßte zurück und nahm die Gabel zur Hand, als ihr Smartphone vibrierte. Eine Nachricht von Hannah Jakob. *Es sieht so aus, als hätte Schütter sich als Whistleblower in der Kanzlei betätigt, bevor er verschwand. Haben Sie schon mit Ihrem Vater gesprochen?*

Sarahs Augen weiteten sich. Sie las die Nachricht ein zweites Mal. Nein, habe ich nicht, dachte sie. Sie sind verdammt schnell, Frau Kommissarin, und das ist alles nicht so einfach.

Bislang nicht, antwortete sie schließlich. Sie starrte einen Moment zum Fenster hinaus, bevor sie weiterschrieb. *Gibt es Hinweise, womit er sich beschäftigte?*

Ja, das ist allerdings unbestätigt und nur schwer zu überprüfen, da diese Information von jemandem stammt, der anonym bleiben will. Es ging um Parteienfinanzierung, die verschleiert werden sollte.

Das glaube ich nicht, dachte Sarah. Das kann nicht sein. Sie schüttelte den Kopf.

»Undskyld? Entschuldigung?« Die Stimme klang leise und angenehm. Sarah drehte den Kopf herum, der junge Typ vom Nebentisch sah sie fragend an und zog seine Stöpsel aus den Ohren. »Alt okay?«, fügte er dann hinzu.

»Ja, alles okay«, antwortete sie in etwas holprigem Dänisch.

Er lächelte. »Du bist Deutsche?«, schob er mit bezauberndem dänischen Akzent nach.

»Hört man das so deutlich?«

»So, wie du hörst, wo ich herkomme.«

Sarah blickte wieder auf ihr Smartphone. »Entschuldige, es ist sehr wichtig.«

»Klar, ich wollte nicht stören.«

Wir sollten noch einmal telefonieren, schrieb die Kommissarin.

Bin gerade unterwegs. Ich melde mich später.

Gut.

Sarah legte das Telefon beiseite. Ihr Tischnachbar hatte sein Notebook inzwischen zugeklappt. Er sah sie an. »Ich heiße Frederik Thomsen.« Er streckte die Hand aus. »Ich bin Journalist, arbeite auf dem Festland und immer wieder auch hier auf der schönen Insel.«

Ich war einmal Kommissarin, dachte Sarah und schüttelte seine Hand mit festem Griff. Plötzlich geschehen schreckliche Morde, und meine Welt gerät aus den Fugen. Vielleicht ist sie schon vorher aus den Fugen gewesen, und ich habe es nur nicht gemerkt. Ein widerlicher Gedanke!

Frederik neigte den Kopf zur Seite. »Was machst du hier?«

»Ich habe mir ein paar Wochen freigenommen«, sagte sie ausweichend. »Ich kenne Bornholm seit meiner Kindheit. Wo hast du so gut Deutsch gelernt?«

»Mein Vater ist Deutscher, und ich habe zwei Jahre auch in Deutschland gelebt, in Berlin und Frankfurt.«

Sarah nickte abwesend. Alle Welt wollte nach Berlin – die Stadt galt als bunt, hip und angesagt, Partys ohne Ende, Freizügigkeit, Weltoffenheit und so weiter. Berlin war auch eine Stadt voller Dreck und Aggressionen, eine lärmende Metropole, die viele Aufgaben nicht oder unzureichend bewältigte, in der wichtige Entscheidungen auf die ganz lange Bank geschoben wurden und sich inzwischen niemand mehr wunderte, dass große Bauvorhaben regelmäßig scheiterten; eine Hauptstadt, in der Normalverdiener kaum noch ihre Mieten bezahlen konnten und einzelne Bezirke von Clans regiert wurden. Einen Moment blieb es still.

»Ich will dich nicht aufhalten«, sagte Frederik plötzlich und wirkte dezent verlegen.

»Das tust du nicht, es ist nur … Ich muss dringend telefonieren und …« Eine denkbar ungünstige Situation für einen Flirt. Sarah stand auf.

»Natürlich.« Er erhob sich ebenfalls und griff in seine Tasche. »Darf ich dir meine Karte geben? Vielleicht hast du mal Lust auf einen Kaffee und ein bisschen Unterhaltung. Ich bin noch eine ganze Weile hier.«

Sarah zögerte nur kurz. »Danke – ja, mal sehen.«

Zwei Minuten später stand sie auf der Straße. Nieselregen hatte eingesetzt. Ihr war plötzlich elend, Kälte strömte durch ihren Körper. Zwanzig Minuten später war sie zu Hause und wählte die Nummer der Kommissarin.

Hannah Jakob ging sofort ans Telefon. »Das ist eine ziemlich merkwürdige Geschichte«, sagte sie.

»Können Sie deutlicher werden? Worum genau ging es dabei?«

»Angeblich war die Kanzlei dabei behilflich, Gelder verdeckt an eine rechte Gruppe oder Partei weiterzuleiten, sehr weit rechts außen, um genauer zu sein.«

Sarah hielt kurz die Luft an. »Das ist ein übler Verdacht.«

»Ja, das ist mir bewusst.«

»Der sich auf Umstände bezieht, die zehn Jahre zurückliegen.«

»So ist es.«

»Umstände, die mit den Morden überhaupt nichts zu tun haben«, betonte Sarah.

»Das ist der bisherige Stand.«

»Haben Sie noch mehr herausgefunden?«

»Die Rostocker haben entdeckt, dass das zweite Opfer in rechten Kreisen unterwegs war und der Besitzer des Bistros, in dem Nicole beschäftigt war, sich dort immer noch bewegt.«

»Aber ...«

»Das muss natürlich nicht zusammenhängen«, fuhr Hannah fort. »Das gebe ich zu. Aber der Aspekt sollte nicht unter den Tisch fallen, meine ich. Betrachten wir ihn vorerst als Randnotiz.«

Randnotiz. Das klang fast harmlos. Ohne Schärfe. Mein Vater hat doch nichts mit Nazis zu tun, fuhr es Sarah durch den Kopf.

»Haben Sie in Ihrem Freundes- und Bekanntenkreis etwas entdeckt, was Sie stutzen lässt?«, erklang wieder die ruhige Stimme der Kommissarin.

»Nein.« Wenn sie ehrlich war, hatte sie bislang einen eher oberflächlichen Blick geworfen. Sie strich sich über die Stirn. »Ich ... Ich kann mir einfach nicht vorstellen, dass es da eine Verbindung gibt. Das ist ...«

»Absurd – ja, das hatten wir schon.«

Stille. »Okay«, sagte Sarah schließlich. »Ich versuche, mich davon zu lösen, dass Dinge nur deshalb unvorstellbar sind, weil sie nicht in mein Weltbild passen oder mich erschrecken oder beides.«

»Das klingt gut. Gehen Sie einfach Ihre Kontaktliste durch – Name für Name, Fotos, Erinnerungen, Mails, Chats, besondere Ereignisse. Vielleicht steigt etwas hoch. Doch solange Sie den Blick abwenden, können Sie nicht sicher sein, ob der eine Punkt, die winzige Übereinstimmung nicht doch existiert.«

Sie hat recht, dachte Sarah. Es bringt wenig, wenn ich mich sperre.

»Und was die Kanzlei angeht …« Die Kommissarin zögerte. »Wie wollen wir vorgehen, Sarah – ist es in Ordnung, wenn ich Sie beim Vornamen nenne?«

»Ja, natürlich. Haben Sie einen Vorschlag?«

»Ich bin Spezialistin für Vermisstenfälle. Ein behutsames Nachfragen gelingt mir, glaube ich, ganz gut. Und dann sehen wir weiter.«

Es war zugleich die unauffälligste Variante. Wie würde ihr Vater wohl reagieren, wenn sich ausgerechnet seine Tochter nach dem alten Fall erkundigte? Geschweige denn, einen ungeheuerlichen Verdacht aussprach?

Sarah ging mit dem Telefon am Ohr zum Kamin und legte Holz nach. »Ich weiß, worüber Sie nachdenken, Hannah«, sagte sie leise. »Sie fragen sich, ob ich je einen tieferen Einblick in die Geschäfte und Aktivitäten der Kanzlei hatte oder auch nur einige Mandanten kenne. Nein. Während meines Studiums habe ich ein Praktikum in einer anderen Kanzlei gemacht, wenig später wurde dann klar, dass ich beruflich andere Wege gehen wollte.« Sie verriegelte die Tür des Kaminofens und versank einen Moment in der Betrachtung des aufflackernden Feuers.

»Aber Sie haben zunächst Jura und Wirtschaft studiert.«

»Richtig. Eine Familie voller Juristen mit einem Schwerpunkt in

Wirtschaft – es schien so naheliegend. Doch von all dem abgesehen – ich kann mir wirklich nicht vorstellen, dass mein Vater derartige Geschäfte gutheißen, geschweige denn unterstützen würde. Das Gleiche gilt für die beiden anderen Teilhaber: meine Großmutter – deren Erbanteil von ihrem verstorbenen Mann, dem Kanzleigründer, von meinem Vater verwaltet wird – und einen Freund meines Vaters aus Studientagen, Hagen Dietrich. Er ist hauptberuflich als Jurist tätig und leitet das Tagesgeschäft der Kanzlei, während mein Vater ja auch als Dozent beschäftigt ist.«

»Warum eigentlich?«

»Wie meinen Sie das?«

»Nun, wenn ich das richtig einschätze, dann ist die Kanzlei sehr erfolgreich, beschäftigt mehrere Anwälte und verfügt über europaweite Verbindungen. Die Arbeit als Dozent …«

»Hat meinem Vater immer Freude gemacht«, warf Sarah ein. »Ich kenne meinen Vater als engagierten Uniprofessor mit einem sehr guten Draht zu den Studenten. Bislang ließ sich beides immer gut miteinander verbinden. Ob er sich eines Tages gänzlich auf einen Bereich konzentriert, wird sich zeigen.«

»Verstehe.«

Sarah runzelte die Stirn. Nein, sie verstand es nicht oder besser gesagt: Die Antwort stellte sie nicht zufrieden. Sarah hatte plötzlich das drängende Gefühl, dass Hannah eine Menge Fragen durch den Kopf gingen. Unangenehme Fragen. Zum Beispiel die, woher Sarah so genau wissen wollte, was in der Kanzlei los war, da sie sich bislang doch höchstens am Rande damit beschäftigt hatte. Ja, und warum eigentlich? Immerhin hatte sie ursprünglich einen Abschluss in Wirtschaft und Jura angestrebt. Fiel das unter den Begriff Luxusgöre und Langeweile? Mal dies, mal das ausprobieren, was sie gerade anflog oder länger als einige Wochen beschäftigte? Sie atmete tief ein. »Ich melde mich wieder, okay?«

»Ja, natürlich.«

Sarah ließ das Smartphone sinken. Einen Moment lang war sie versucht, ihren Vater anzurufen, dann schob sie den Gedanken beiseite. Hast du Angst, dass deine heile Welt endgültig den Bach hinuntergeht?, fragte eine spöttische Stimme in ihr. Fragen und Antworten ganz nah an sich heranzulassen? Nicht auszuschließen.

Wenig später fuhr sie den Laptop hoch und rief jeden einzelnen ihrer Kontakte auf, klickte sich durch Hunderte von Fotos. In einem Unterordner hatte sie Bilder und Videos von ihrer Abschiedsparty in Berlin vor einem Jahr gespeichert. Ihr Vater hatte einen Club gemietet, in dem sie mit fünfzig, sechzig Leuten ihre neue Stelle in Rostock feierte – ehemalige Kommilitonen, Kollegen aus zwei Dienststellen, alte und neue Freunde, viele Bekannte. Alle hatten sich in einem Online-Gästebuch verewigt; manche Namen und Fotos sagten Sarah nur noch wenig. Weit nach Mitternacht stieß sie auf den Namen Yvonne Beyer, eine ehemalige Kommilitonin, mit der sie einige Seminare und Vorlesungen gemeinsam besucht hatte – eine fleißige Studentin mit hervorragenden Zensuren, die immer gut vorbereitet war, eher verschlossen, Typ Einzelgängerin, die selten Anschluss fand und meist übersehen wurde.

Sarah erinnerte sich, dass sie eine seltsame Ausstrahlung hatte, ohne dies genauer beschreiben zu können. Sie war überrascht gewesen, dass Yvonne tatsächlich zu ihrer Party gekommen war – sie gehörte zu den Kommilitonen, mit denen sie nichts Privates verbunden hatte. Warum habe ich sie dann eingeladen? Weil sie in der Kontaktliste der Kommilitonen stand und jeder automatisch eine Einladung erhalten hatte. Das klang unpersönlich. So war es auch. Sie hatte sich nicht für Yvonne interessiert, so einfach war das. Als sie nun den Namen im Netz suchte, entdeckte sie zum ersten Mal eine wenn auch belanglose Übereinstimmung mit Rostock. Yvonne hatte es inzwischen als Staatsanwältin für Wirtschaftsdelikte in die

Hansestadt verschlagen. Sarah zuckte mit den Achseln. Vielleicht sind wir uns mal über den Weg gelaufen, ohne es zu merken. Spielte das eine Rolle? Nein.

Eine gute Stunde später beendete sie die Recherche und ging schlafen. Ihr vorletzter Gedanke galt dem Journalisten mit der entzückenden Aussprache und dem winzigen Grübchen, der letzte ihrem Vater. Warum hatte er nie von Schütter erzählt? Vielleicht war er davon ausgegangen, dass es sie nicht interessierte, oder er hatte einmal eine Andeutung gemacht, und sie war nur mit halbem Ohr bei der Sache gewesen.

Sarah wachte früh auf, es war noch dunkel und bitterkalt. Ein bleicher Mond stand am Himmel. Sie machte Feuer und setzte Teewasser auf. Irgendein Gedanke, eher ein Gedankenfetzen war ihr beim Aufwachen im Kopf herumgeschwirrt, ohne dass sie ihn greifen konnte. Als sie den Laptop aufklappte, war er plötzlich da. Sie meldete sich bei Facebook an und rief die Seite vom Freundeskreis von Birte auf. Die kritische Anmerkung des Kommentators war nicht gelöscht worden: *Sorry, Leute, wenn ich nicht mitheule und ein bisschen herzlos rüberkomme. Ich hab gehört, dass sie erschlagen wurde, so hat es sich herumgesprochen. Das ist ziemlich derbe. Allerdings kann ich mich erinnern, dass B. – und nicht nur sie – selbst immer wieder ganz schön hingelangt hat. Vielleicht hat sich mal jemand gewehrt. Passiert. Mal kriegste eins auf die Fresse, mal teilst du selbst aus.*

Nach der Entdeckung des Tattoos hatte sich Sarah mit der Anmerkung nicht mehr beschäftigt, das war zudem Sache der Berliner Mordkommission. Doch nun klang etwas in ihr nach, eine Idee, ein Ansatz. Der Kommentator mit dem vielsagenden Facebook-Profilnamen Grinch war vielleicht auf dieselbe Schule gegangen und kannte die Clique näher. Womöglich war die essigsaure Kinofigur des Grinch sein großes Vorbild, und er gab mit Begeisterung den Widerling und Spielverderber. Oder die Gruppe war tatsächlich durch Prügeleien aufgefallen. Solche Cliquen gab es an fast jeder Schule. *Vielleicht hat sich mal jemand gewehrt.* Und dieser Jemand tauchte Jahre später in Rostock auf und schlug zwei weitere Mädchen tot? Und zugleich kannte dieser Jemand sie – Sarah? Absurd.

Mit der ersten Dämmerung drehte sie ihre morgendliche Runde am Strand. Keine Menschenseele war zu sehen. Frostiger Wind strich durch ihr Haar, die Wellen sangen ein eisiges Lied. Es wird Zeit, eine Liste anzulegen und alle Punkte und Unterpunkte einzutragen, die überprüft werden müssen, überlegte sie. Es wird eine lange Liste.

Nach dem Frühstück legte sie einen neuen Account bei Facebook an und schrieb Grinch unter dem Namen Crumpit – so hieß der Berg, auf dem die Filmfigur in einer Höhle lebte – eine persönliche Nachricht. *Deine Anmerkung zu B. und der Clique interessiert mich. Ich weiß, was du meinst. Wie sind deine Erfahrungen? Schreib mir. Bin gespannt.*

Grinch antwortete zwei Stunden später. *Wer bist du?*

Ich kannte die Clique. Das war nicht mal gelogen. Als die jungen Leute befragt worden waren, hatte sie den zuständigen Kommissar begleitet.

Dann weißt du doch, was Sache war.

Nur am Rande.

Warum interessiert dich der alte Scheiß?

Weil sie ermordet wurde.

Und? Sie wurde totgeschlagen. Wie gesagt – mein Mitgefühl hält sich in Grenzen. B. hat genug Schaden angerichtet, aber nicht sie alleine. Mehr sag ich nicht. Keine Ahnung, wer du bist.

Das ist doch egal. Vielleicht hat sich jemand gerächt. Ich kenne andere Mädchen, die auf diese Weise ermordet wurden.

Diesmal dauerte es fast zehn Minuten, bis Grinch antwortete. *Ich habe mal mitgekriegt, wie die mit mehreren aus der Clique eine junge Frau zusammengeschlagen haben. Einfach so.*

Und warum hast du ihr nicht geholfen oder die Polizei gerufen?, dachte Sarah.

Und jetzt lass mich mit dem Mist in Ruhe.

Könntest du die Frau beschreiben?

Grinch antwortete nicht mehr. Sarah schickte Hannah eine Nachricht, dann begann sie in einem Schreibdokument ihre Liste anzulegen: Opfer, Tat- und Lebensumstände, Namen, Querverbindungen, Auffälligkeiten, Fragen über Fragen – gespeist aus Henriks Unterlagen und ergänzt um eigene Recherchen sowie Hannahs Nachforschungen. Als sie das nächste Mal hochblickte, war es Mittag, und ihre Wangen glühten.

8

Hannah war auf dem Weg in die Kanzlei, als Sarahs Nachricht eintraf. Sie leitete sie umgehend an Lone weiter, die dafür sorgen würde, dass die zuständigen Ermittler vom LKA sich damit befassten. Hannah hatte sich fest vorgenommen, die aktuellen Nachforschungen zum Mordfall Birte Lahnder lediglich am Rande zu begleiten. Es schien ihr primär wichtig, den Kontakt zu Sarah zu halten und sich zunächst auf den Vermisstenfall Florian Schütter zu konzentrieren. Falls sich der vage Verdacht bestätigte, gab es an dieser Stelle auch unabhängig von den anderen Taten Ermittlungsbedarf. Ihr Chef hatte grünes Licht für diese Vorgehensweise gegeben, aber das tat Krüger meistens. Sie kannten sich seit Jahren; er vertraute ihr, und manchmal war er einfach zu bequem, das Für und Wider abzuwägen, geschweige denn auszudiskutieren.

Hannah war sehr gespannt, wie Sarahs Vater reagieren würde. Es war kein Problem gewesen, spontan einen Termin mit ihm zu vereinbaren. Er hatte nicht einmal nach dem Anlass gefragt. Umso besser.

Die Kanzlei residierte in der Nähe des Gendarmenmarktes im Obergeschoss eines klassizistischen Altbaus und beschäftigte ein halbes Dutzend Juristen, dazu Verwaltungspersonal und andere Fachangestellte unter der Regie von Hagen Dietrich und Bernd Pirohl. Die Einrichtung war modern und von schlichter Eleganz. Dennoch hätte der Unterschied zur Kanzlei von Marvin Becker kaum größer sein können. Hannah war froh, dass sie Kotti in ihrem Büro zurückgelassen hatte.

Sie musste kaum fünf Minuten warten, bis Bernd Pirohl sie in sein Büro bat. Der Mann war knapp sechzig – ein großer, kräftiger Typ mit vollem graumeliertem Haar und offenem Blick. Sein Händedruck war energisch, sein Schritt auch. »Mögen Sie etwas trinken? Espresso? Tee?«

»Eine Tasse Tee wäre schön.«

»Grün?«

»Gerne.«

Sie nahmen in einer Sitzecke vor einem Panoramafenster Platz.

»Wunderbare Lage«, sagte Hannah, während Pirohl zwei Tassen Tee servierte.

»Stimmt. Wir fühlen uns sehr wohl hier. Mein Vater hat vor vielen Jahren eine weise Entscheidung getroffen, als er sich hier niederließ.« Er lächelte, trank einen Schluck und sah sie an. »Kommissarin Jakob, was führt Sie zu mir?«

Hannah stellte ihre Tasse ab. Sie hatte im Vorfeld eine ganze Weile darüber nachgedacht, wie sie das Interesse an Schütter ohne ausschweifende Begründungen erklären und Marvin Becker dabei komplett heraushalten konnte. Behutsame Zurückhaltung war sicherlich das Mittel der Wahl, zumal sie bislang noch nicht viel über die Kanzlei wussten. Lone hatte sich mit einem Kollegen aus dem Wirtschaftsdezernat zusammengesetzt, aber fundierte Ergebnisse lagen natürlich noch nicht vor, und die allgemeinen Hinweise waren wenig aufschlussreich, was nicht weiter verwunderte. Erfolgreiche Wirtschaftsjuristen hatten in der Regel mit vermögenden Mandanten zu tun, und Diskretion verstand sich von selbst. Dass die Kanzlei mit allen Geschäften, Kniffen und Finten vertraut war, die die steuerliche Entlastung ihrer Schützlinge garantierten und gerade in letzter Zeit erhebliches Aufsehen erregt hatten, verstand sich von selbst. Unter Umständen vermutete Pirohl, dass sie im Zuge von Ermittlungen zu Wertpapierbetrug, genauer gesagt zu

Cum-Ex-Geschäften ihre Fühler ausstreckte, und würde erleichtert sein, dass es nur um einen vor zehn Jahren verschwundenen Studenten ging.

»Ein alter Vermisstenfall«, sagte sie schließlich.

Pirohls Gesichtsausdruck spiegelte Neugier.

»Florian Schütter.«

Pirohl überlegte kurz. »Ach ja, ich erinnere mich – der junge Mann hat ein Praktikum bei uns gemacht. Das liegt ja eine Ewigkeit zurück.«

»Zehn Jahre, um genau zu sein. Können Sie sich noch an Ihre letzte Begegnung mit ihm erinnern?«

Er verschränkte die Hände ineinander. »Durchaus. Wir sprachen darüber, ob er sein Praktikum bei uns verlängern würde. Ich war dafür, dass er für weitere drei Monate bei uns bleibt, und er wollte ein paar Tage über das Angebot nachdenken. Als er sich nicht zurückmeldete, sind wir davon ausgegangen, dass eine Verlängerung keine Option für ihn war.«

»Sie haben nie wieder von ihm gehört?«

»So ist es.«

»Hat es Sie nicht gewundert, dass er es nicht einmal für nötig hielt, persönlich abzusagen?«

Pirohl hob kurz die Hände. »Tja, mag sein, dass ich kurz darüber nachgedacht habe, aber ...« Er schüttelte den Kopf. »Wissen Sie, ich habe einen ausgefüllten Arbeitstag, und ob ein Student nun sein Praktikum hier bei uns verlängert oder nicht, ist kein wirklich wichtiges Thema, mit dem ich mich länger beschäftige. Die Mutter rief irgendwann an, weil sie ihn nicht erreichen konnte – so sagte man mir. Später stellte sich heraus, dass er spurlos verschwunden war.«

»Waren Sie überrascht?«

»Überrascht?« Pirohl zögerte. »Was genau meinen Sie damit?«

»Deutete in seinem Verhalten etwas darauf hin, dass er womöglich Probleme hatte? Oder anders formuliert: Hat Schütter sich vielleicht auffällig benommen oder wirkte er verstört, niedergeschlagen, was ja auf einen Hintergrund zu seinem Verschwinden hätte hindeuten können?«

Pirohl schüttelte den Kopf. »Nichts dergleichen. Allerdings ist eine Kanzlei kein Ort, an dem persönliche Befindlichkeiten ausgebreitet werden. Und natürlich hat jeder mal einen schlechten Tag oder private Konflikte zu lösen.«

»Sie waren auch sein Dozent«, wandte Hannah ein.

»Das stimmt.« Für den Bruchteil einer Sekunde hatte sich sein Blick verschärft. »Dennoch – für mich wies nichts darauf hin, dass Schütter tiefgreifende Probleme hatte. Insofern – ja, sein Verschwinden war eine Überraschung.«

Hannah nickte langsam. Sie hatte längst mit der Frage gerechnet, warum die Geschichte so interessant war, dass das BKA nach so langer Zeit plötzlich nachhakte, aber Pirohl blieb bei seiner abwartenden Haltung. Nichts deutete darauf hin, dass er beunruhigt war.

»Es gab einen anonymen Hinweis«, erklärte sie schließlich.

Er beugte sich vor. »Tatsächlich?«

»Jemand stellt die Behauptung auf, dass Schütter ein Schnüffler gewesen sei, der sensible Interna über Geschäfte und Mandanten ausgeplaudert habe.«

Pirohls Miene war schwer zu deuten. Auf jeden Fall wirkte er irritiert. »Das ist schwer vorstellbar«, erwiderte er kopfschüttelnd.

»Sie sind verblüfft?«

»Eine solche Motivation kann ich mir bei ihm nicht vorstellen. Darüber hinaus wäre er bei uns mit einem derartigen Ansinnen nicht allzu weit gekommen. Die interessanten Details über Mandanten und sensible Daten, geschweige denn Interna zu Geschäften kann ein Praktikant bei uns gar nicht einsehen.« Er schob ein dezent arrogantes Lächeln hinterher. »Schnüffeleien hätten wir sofort bemerkt.«

»Wie genau?«

»Unsere Sicherheitsvorkehrungen und die Freigaben zur Bearbeitung waren bereits vor zehn Jahren sehr ausgeklügelt. Mal eben eine Akte anfordern, kopieren oder Informationen abgreifen, Lauschaktionen oder dergleichen wären gar nicht möglich gewesen.«

»Und wenn Sie bemerkt hätten, dass er – sagen wir – Unredliches vorhatte?«

»Hätten wir ihn entlassen, und seine Zukunftsaussichten wären nicht allzu rosig gewesen«, antwortete Pirohl. Seine Stimme klang fest und eindringlich.

Unter Umständen war es genauso gekommen – Schütters Zukunft war alles andere als rosig verlaufen, dachte Hannah, und sie gab sich wenig Mühe, den Gedanken zu verbergen. Pirohls Blick scannte ihr Gesicht, und sie lächelte höflich.

Er erwiderte ihr Lächeln, aber es wirkte etwas angestrengt. »Kommissarin Jakob, haben Sie eine Ahnung, aus welcher Ecke dieser absurde Verdacht stammt?«

»Bislang nicht. Wir prüfen das jedoch sehr genau.«

»Ich verstehe.«

Hannah legte ihre Karte auf den Tisch. »Vielleicht wenden Sie sich an die Kollegen und Mitarbeiter, die mit Schütter zu tun hatten, und erkundigen sich trotzdem nach Auffälligkeiten.«

Pirohl nickte. »Es wird nichts bringen, aber ich spreche das in großer Runde an.«

»Danke.« Hannah erhob sich.

Fünf Minuten später stand sie auf der Straße. Sie war sicher, dass Pirohl in luftiger Höhe an seinem Panoramafenster stand und zu ihr herunterblickte – skeptisch, kritisch, aufgeschreckt oder schlicht genervt. Und sie war weiterhin davon überzeugt, dass der Mann irgendetwas zu verbergen hatte. Vielleicht hatte es damals tatsächlich eine Lücke gegeben, die Schütter ausgenutzt hatte, um Informationen zu sammeln, wobei er womöglich erwischt worden war. Das aber hieße, dass sein Verschwinden in einem anderen Licht betrachtet werden müsste. Oder es handelte sich doch um aktuelle Geschäfte in der Cum-Ex-Affäre, zu der ja nach und nach immer neue Ausmaße bekannt wurden und auch große Namen nicht verschont blieben, ob es nun um Banken oder Juristen und Berater ging. Die Staatsanwaltschaften würden Jahre zu tun haben, den Sumpf aufzudecken, und die ganz Schlauen waren längst wieder einen Schritt weiter.

Doch wie auch immer, allein auf der Grundlage einer persönlichen Einschätzung ließen sich keine weiteren Nachforschungen betreiben, zumindest nicht offiziell. Die für sie naheliegende Frage lautete, ob Pirohl das plötzliche Auftauchen einer BKA-Kommissarin völlig kaltließ und er unbeeindruckt seiner Wege ging, ohne noch einen weiteren Gedanken an sie und den alten Fall zu verschwenden. Oder ob ihn das Ganze in einer Weise beunruhigte, die ihn schließlich aktiv werden ließ.

Sie lief Richtung Friedrichstraße und blieb am Treppenabgang zur U-Bahn stehen, um Nachrichten und Mails zu checken. Ein Kollege vom LKA hatte auf ihre Mobilbox gesprochen. Sie hörte die Nachricht ab.

»Danke für den Hinweis auf die Clique. Als wir damals nach dem vermissten Mädchen suchten, gab es keine Anzeichen von Gewalttätigkeiten, wie sie jetzt anklingen. Wir fassen da unverzüglich nach. Kann wohl nicht schaden. Vielen Dank.«

Eine zweite Nachricht war von Henrik. »Darf ich mich melden, wenn ich wieder in Berlin bin?« Sie lächelte. Gerne, dachte sie.

Pirohl wartete, bis die Kommissarin außer Sichtweite war, bevor er zu seinem Schreibtisch ging und nach dem Telefon griff. Einen Moment zögerte er, dann legte er es wieder beiseite und schrieb über einen anonymen Mailaccount eine kurze Nachricht. Minuten später klingelte das Telefon. »Hatten wir nicht vereinbart ...«

»Kein Kontakt, ich weiß, aber ich hatte Besuch vom BKA«, sagte Pirohl. Er warf einen Blick auf die Visitenkarte der Kommissarin. »Eine Spezialistin für Vermisstenfälle war gerade hier. Das solltest du wissen.«

Der Kontaktmann schwieg einen Moment. »Schütter?«, fragte er dann.

»Ja. Angeblich gab es einen anonymen Hinweis, der dazu führte, dass eine Spezialistin für Vermisstenfälle aktiv wird.«

»Wer könnte dahinterstecken?«

»Keine Ahnung. Allerdings ...«

»Ja?«

»Die Kommissarin hat nachgefragt, ob Schütter womöglich in der Kanzlei herumgeschnüffelt haben könnte.«

»Worauf du natürlich eine passende Antwort hattest.«

»Natürlich. Darüber hinaus hat sie Fragen wiederholt, die schon vor zehn Jahren gestellt wurden. Es war ein Zehn-Minuten-Gespräch, nichts Aufregendes, doch der Zeitpunkt gefällt mir nicht.«

»Nur die Ruhe. Es wird keinen Zusammenhang geben, sonst wäre niemand nur zum Plaudern gekommen. Und wir haben Zeit. Niemand drängt uns.«

»Na schön. Und bei euch?«

»Wir haben seit einiger Zeit jemanden im Visier, den wir genauer durchleuchten – eine reine Sicherheitsmaßnahme. Auf jeden Fall haben wir alles im Griff und sind auf einem guten Weg. Gibt es noch etwas, das ich wissen sollte?«

»Wie meinst du das?«

»Es dürfte auf der Hand liegen, worauf ich anspiele, oder?«

Pirohl atmete tief durch.

»Deine Tochter ermittelt ausgerechnet in Rostock und hat ausgerechnet mit diesen Fällen zu tun, bei denen es eine von uns trifft – das nenne ich übrigens mal einen bemerkenswerten Zusammenhang –, dann taucht sie ab.«

»Der Job ist ihr über den Kopf gewachsen«, erklärte Pirohl hastig. »Man hat ihr die Schuld in die Schuhe geschoben, dass die Ermittlungen in die falsche Richtung liefen. Sie hat sich eine Auszeit genommen.«

»Keine schlechte Idee. Wo ist sie?«

Pirohl zögerte kurz. »Bornholm.«

Schweigen. »Warum weiß ich davon nichts?«

»Weil es keine Rolle spielt«, betonte Pirohl.

»Du nimmst Kontakt auf, weil eine Kommissarin dumme Fragen zu Schütter stellt, aber dass deine Tochter sich auf Bornholm herumtreibt, ist dir keine Meldung wert?«

»Es ist seit vielen Jahren ihre Lieblingsferieninsel, wir waren unzählige Male gemeinsam dort. Es hätte auch Sylt oder Mallorca sein können – es ist egal.«

»Sylt oder Mallorca wäre wesentlich besser gewesen. Und warum musste sie unbedingt Bulle werden? Konntest du nicht verhindern, dass sie ...«

»Nein. Das hatten wir schon.« Ich konnte gar nichts verhindern, sie geht ihren eigenen Weg, das ist die Abmachung, dachte er. Das gefällt mir auch nicht, aber ich habe keine Wahl. An diesem Punkt hat meine Mutter das Sagen, und sie ist unbeirrbar und stark, immer noch, selbst nach dem Schlaganfall behält sie auf ihre Art die Kontrolle und weiß genau, was sie will. Er presste die Kiefer aufeinander.

»Na schön. Töchterchen macht also mal wieder ihr Ding und lässt es sich nun auf Bornholm gutgehen. Wahrscheinlich hast du recht – sollte uns nicht interessieren. Wir halten die Augen offen und bereiten alles in Ruhe vor. Pläne kann man auch aktuellen Gegebenheiten anpassen. Außerdem drängt uns niemand.«

»Das denke ich auch. Und was Schütter angeht ...«

»Hältst du einfach die Füße still. Der Typ ist verschwunden, es gab nach seinem letzten Arbeitstag in der Kanzlei keine Verbindung mehr zu ihm. Ende. Alles wie gehabt.«

»Was genau habt ihr eigentlich mit ihm gemacht?«, fragte Pirohl nach kurzer Pause.

»Willst du das wirklich wissen?«

Nein, dachte er. »Lass mich die Frage anders stellen ...«

»Unnötig, ich weiß, was du meinst. Keine Spuren, nichts, niemand weiß etwas, seit zehn Jahren nicht. Beantwortet das deine Frage?«

»Ja. Und die Mitstreiter?«

»Falls es sie wirklich gab, spielten sie nie eine Rolle. Vergiss diesen alten Kram.«

»Kennt ihr die ...«

»Ich sagte doch, falls sie tatsächlich existierten, spielten sie keine Rolle und haben sich vor Angst in die Hose gemacht, als ihr Kumpel verschwand. Es war Schütter, der seine Nase in die Dinge steckte, die ihn nichts angingen.«

»Ja. Aber ganz offensichtlich gibt es jemanden, der mehr dazu weiß. Warum sonst der anonyme Hinweis?«

»Was ist schon ein anonymer Hinweis mit obskuren Andeutungen wert? Wenn es etwas Konkretes gäbe, hätte die Polizei anders reagiert. Und nun lass das Thema – das haben wir schon vor zehn Jahren abgehakt. Niemand kann dir oder uns ans Bein pinkeln. Dafür hätten die alle viel früher aufstehen müssen. Lass uns einfach unseren Job machen.«

Pirohl nickte stumm. Wenig später unterbrach er die Verbindung, löschte den Anruf aus der Verbindungsliste und legte das Handy an seinen Platz zurück. Er hatte recht, und zwar in mehrfacher Hinsicht. Es war besser, wenn nicht jeder alles wusste. Zu viele Details versperrten den Blick aufs Ganze, sorgten für Unruhe und verschleierten den Fokus für die eigene Aufgabe. Und seine Aufgabe war schnell umrissen – Schutz seiner Mandanten sowie der versteckte und reibungslose Ablauf ihrer Geschäfte, der unbemerkte Geldfluss. So war es schon immer gewesen.

Es war eine grandiose Idee gewesen, auch im Bistro eine Kamera zu installieren, die Aufzeichnungen zu sichern und der Polizei vorzuenthalten. Mantor hatte schon immer ein Gespür für das richtige Timing und die erforderlichen Maßnahmen gehabt.

Die junge Frau, die ihm bei der routinemäßigen Durchsicht aufgefallen war, hatte das Bistro regelmäßig besucht und war mit Nicole ins Gespräch gekommen. Kurze Zeit später hatte Nicole sie zu einem ersten Treffen der Gruppe mitgebracht – einem zwanglosen Kennenlernen. Die Frau hieß Saskia Pilhaim und würde sich für ein Engagement in der Gruppe interessieren, hatte Nicole behauptet, die immer sehr eifrig gewesen war, was die Anwerbung neuer Leute anging. Doch ihre Einschätzung war häufig optimistisch gefärbt, getragen von ihrer eigenen Begeisterung, so auch in diesem Fall. Die Bilder, die beim Treffen mit einer ebenfalls versteckten Kamera im Gruppenraum im Keller des Bistros entstanden waren, zeigten eine junge unscheinbare Frau, die höchstens mäßig interessiert und verschlossen, sogar etwas linkisch wirkte. Die Reden der Gruppenleiter verfolgte sie mit unbewegter Miene, und auf Gespräche ließ sie sich kaum ein. Mantor hätte das Ganze normalerweise sehr schnell abgehakt und dabei ein weiteres Mal seufzend festgestellt, dass Nicole unbedingt an ihrer Menschenkenntnis arbeiten müsste. Doch dann wurde sie ermordet, und in ganz Mecklenburg-Vorpommern wurde über den Totschläger von Rostock berichtet, dem zweiten Tötungsdelikt an einem jungen Mädchen, das zudem aufdeckte, dass die Polizei bei ihren vorherigen Ermittlungen zu einem anderen Mord völlig danebengelegen hatte und der Falsche verurteilt worden war.

Obwohl Mantor davon überzeugt war, dass die Tat nicht das Geringste mit den Aktivitäten der Gruppe zu tun hatte, nahm er sich die Überwachungsvideos ein zweites Mal vor und studierte das Gesicht und die Bewegungen von Saskia Pilhaim bis ins letzte Detail. Auf ihn machte sie den Eindruck einer Persönlichkeit, die kaum bereit war, etwas von sich preiszugeben. Vielleicht hat sie gelernt, dass es schlau ist, sich nicht in die Karten gucken zu lassen, überlegte Mantor. Was ihr dabei fehlte, war die Kunst, nach außen Gleichmut und Gelassenheit vorzuspiegeln, statt verkniffen und nahezu abweisend auf andere Menschen zu reagieren.

Wenige Tage nach dem Auffinden von Nicoles Leiche tauchte Saskia Pilhaim im Bistro auf. Mantor stand selbst hinter der Theke, da er noch keinen Ersatz gefunden hatte. Sie bestellte Milchkaffee, Saft und ein Baguette mit Hähnchenbrust und Salat, nahm so gut wie keinen Blickkontakt auf, setzte sich an ihren Stammplatz und verstaute ihre Sporttasche auf dem Stuhl neben sich, so dass sie diese Seite des Tisches ganz für sich hatte. Ihre Miene war unbewegt, sie verlor kein überflüssiges Wort, und sie las in einem Taschenbuch, während sie aß.

Als Mantor den Tisch neben ihr abräumte, warf er einen scheinbar beiläufigen Blick auf ihre Lektüre – wie es aussah, interessierte sie sich für Fitnesstraining. Kaum zwanzig Minuten später verließ sie das Lokal. Mantor sah ihr eine Weile nachdenklich hinterher, und plötzlich begriff er, was ihn irritierte. Saskia hatte sich zumindest hin und wieder mit Nicole unterhalten oder wenigstens ein paar Worte mit ihr gewechselt, war sogar ihrer Einladung zu einem Gruppentreffen gefolgt, aber dem Foto von Nicole, das auf dem Tresen stand und unübersehbar mit einer Trauerschleife versehen war, hatte sie nicht die geringste Beachtung geschenkt, geschweige denn dass sie eine Bemerkung gemacht hätte – wie es Dutzende anderer Stammgäste getan hatten. Der Mord war auch im Lokal das vorherrschende Thema gewesen.

Sie ist von zurückhaltender Natur und hat sich womöglich Nicole gegenüber aufgeschlossener gezeigt, überlegte Mantor, aber die Erklärung stellte ihn nicht zufrieden. Als Saskia Tage später wieder ins Bistro kam, beauftragte er einen Mitstreiter, an ihr dranzubleiben. Ein zweiter oder gar dritter Blick konnte nicht schaden. Keine Woche darauf erfuhr Mantor, dass die dreißigjährige Saskia Pilhaim regelmäßig in einem Fitness- und Kampfsportstudio ganz in der Nähe des Bistros trainierte, das Mantor gut kannte, und in der Staatsanwaltschaft Rostock beschäftigt war. Er horchte auf.

»Irgendwas mit Wirtschaft«, erläuterte der Beschatter. »Das Interessanteste ist jedoch, dass sie unter dem Namen Saskia Pilhaim nur im Sportstudio unterwegs ist. Sie heißt in Wahrheit Yvonne Beyer.«

Mantor war alarmiert – jedoch auf seine typisch gelassene Art.

»Soll ich sie weiter im Auge behalten?«

»Ja.«

»Was denkst du – ein Spitzel?«

»Das möchte ich überprüfen. Wirtschaftsabteilung klingt ja eher unspektakulär.« Oder auch nicht, überlegte Mantor. Alle großen Bewegungen mussten finanziert werden, und manchmal gelang es nicht mal den findigsten und routiniertesten Spezialisten, die Geldströme hundertprozentig zu verschleiern. Falls an dieser Stelle etwas durchgesickert war und eine unscheinbare Beamtin auf den Plan gebracht hatte, mussten sie gewappnet sein. »Ich will es genauer wissen.«

»Alles klar.«

»Unsere Verbindung in das Studio existiert noch?«

»Natürlich.«

»Stell einen Kontakt her. Ich möchte mich mit ihm treffen.«

»Wird erledigt.«

Mantor war ein vorsichtiger Mann, der stets alles im Blick behielt und kritisch hinterfragte, aber nur selten nervös wurde und nicht zu vorschnellen Wertungen oder gar aufgeregten Aktionen tendierte. Darin lag seine Stärke. Möglich, dass die Frau völlig harmlos war und es für die Benutzung eines anderen Namens eine plausible Erklärung gab. Doch solange sie nicht genauer wussten, ob etwas dahintersteckte, benötigte er weitere Informationen. Angesichts ihrer weitreichenden Pläne wäre es ein grober und nicht wiedergutzumachender Fehler, wenn er sich Nachlässigkeiten erlaubte, die ihnen später vor die Füße fallen könnten.

Auch als Pirohl sich überraschend meldete, blieb Mantor besonnen, obwohl er natürlich hellhörig geworden war – Besuch vom BKA durfte nie auf die leichte Schulter genommen werden. Doch andere hätten an seiner Stelle erschrocken reagiert und wären davon überzeugt, dass sich von mehreren Seiten etwas gegen sie zusammenbraute. Er hingegen blieb nüchtern und analysierte die Situationen. Der Fall Schütter? Hinter der Nachfrage konnte alles Mögliche stecken, und der Zeitpunkt war mit der nötigen Skepsis zu überprüfen, darüber hinaus musste Pirohl sich ohnehin keine Sorgen machen. Er war nicht der Mann, der Unvorhersehbares auffangen und spontan gute Lösungen finden musste; das war auch gar nicht seine Aufgabe. Dafür war er der Mann mit dem hervorragenden Geschäftssinn, mit den Verbindungen zu den richtigen Leuten mit den richtigen Überzeugungen und der richtigen Tradition. Leider hielt Pirohl in der Familie nicht alle Fäden in der Hand – so empfand es Mantor. Allerdings hatte er selbst weder Frau noch Kinder und konnte nicht beurteilen, wie leicht oder schwer es war, dort die Kontrolle zu behalten. Und letzten Endes war es egal, ob sein Töchterchen auf dieser oder einer anderen Insel eine Auszeit nahm, nachdem sie als Polizistin ausgerechnet in Rostock grandios gescheitert war.

Mantor runzelte die Stirn. An dieser Stelle stießen ihm die Berührungspunkte aber dann doch übel auf, das hatte er auch zum Ausdruck gebracht. Hin und wieder erlaubte er sich eine spontane Reaktion. Doch jetzt war es von vorrangiger Wichtigkeit, alles mit besonderer Wachsamkeit im Blick zu behalten und im Detail zu sondieren, wo der Zufall auf wunderliche Weise Regie geführt hatte und an welcher Stelle eine Lücke und somit Handlungsbedarf entstanden war.

Am Abend nach dem Telefonat mit Berlin traf er sich mit einem Trainer aus dem Fitnessclub in einer Kneipe am Fischereihafen. Kurt Siegert war ein stiller Unterstützer der Szene, der sich jedoch nicht aktiv einbringen wollte. Kein Mann, der zu Gruppentreffen ging oder auf Demonstrationen mitlief, politische Statements hielt oder sich in engagierte Diskussionen stürzte, aber jemand, auf den hundertprozentig Verlass war, der immer aushalf, Informationen weiterleitete, Unterschlupf bot, keine überflüssigen Fragen stellte – so hatte ihn der Beschatter bereits vor Jahren beschrieben, und auf sein Urteil konnte man sich verlassen.

Kurt war Mitte fünfzig, ehemaliger Boxer, Mittelgewicht, inzwischen etwas aus dem Leim gegangen, aber mit Herzblut als Trainer aktiv. Mantor spendierte Getränke und einen Fischteller für zwei. Während sie auf das Essen warteten, zeigte Mantor ihm das Foto von Saskia/Yvonne.

Kurt trank einen Schluck Bier, wischte sich den Schaum vom Mund und starrte das Bild einen Moment konzentriert an, dann nickte er. »Ja, die trainiert bei uns.«

»Seit wann?«

»Ein paar Monaten.«

»Was kannst du mir zu ihr sagen?«

Kurt überlegte einen Moment. »Die hat was.«

»Was genau?«

»Biss und Härte. Sie fightet.«

Mantor war verblüfft. »Diese zarte Frau? Ich dachte, die macht ein bisschen Fitness oder geht mal eine Runde aufs Laufband.«

Kurt grinste. »Die kann eine halbe Stunde in scharfem Tempo Seilspringen, ohne auch nur aus der Puste zu kommen. Da kann man neidisch werden. Und sie steht nicht auf weichgespülte Kampf- methoden oder ein bisschen Boxen aus Spaß, um ein paar Kalorien zu verbrennen und den Bürostress loszuwerden.«

»Das heißt?«

»Sie fightet, und es ist ihr immer todernst.«

Ja, das passt, dachte Mantor. Das passt sogar ziemlich gut.

»Ich überlege, sie zu fragen, ob sie bei einem illegalen Fight mit- machen will. Die kann das, und die will das vielleicht sogar. Letztens hat sie gegen einen Kerl gekämpft, und der hatte mächtig was zu tun, um nicht von ihr auf die Bretter geschickt zu werden.«

Während die Kellnerin das Essen servierte, verdaute Mantor Kurts Beschreibung. Er griff nach seinem Besteck und kostete den Fisch. Der Dorsch war hervorragend. Kurt aß genüsslich und gab durch nichts zu erkennen, dass ihn Mantors Interesse an der Frau verwunderte. Wie der Beschatter gesagt hatte – keine unnötigen Rückfragen.

»Hat sie mal erwähnt, wo sie vorher war?«, fragte Mantor schließ- lich.

»Nö. Die redet nicht viel.«

»Frag sie trotzdem mal.«

»Mach ich.«

Ein paar Tage später ließ Kurt über den Beschatter ausrichten, dass er glaube, die zarte Fighterin stamme aus Berlin. Sie selbst habe ihm nichts dazu sagen wollen – sie sei nicht unbedingt der Plaudertyp –, aber ihr Stirnband sei mit dem Logo eines Berliner Kampfsport-clubs verziert. Interessant, dachte Mantor. Wenige Minuten später beauftragte er den Beschatter, für eine engmaschige Observierung zu sorgen und zügig einen detaillierten Lebenslauf zu recherchieren.

»Wir könnten das Ganze beschleunigen und bei ihr einsteigen …«

»Nicht, solange wir nicht mehr wissen«, entgegnete Mantor. »Falls sie ein Profi ist, merkt sie sofort, dass jemand in ihrer Woh-nung war.« Mantors Fingerspitzen kribbelten. Wer war Yvonne Beyer? War es schlau, über einen Berliner Kontakt um ausführliche Informationen zu bitten und dem Ganzen damit mehr Gewicht zu geben, als zurzeit angemessen schien? Oder wäre es sträflicher Leichtsinn, es nicht zu tun?

An diesem Abend fuhr er über Umwegen an ihrer Wohnadresse vorbei. Zwei Leute hatten sich postiert. Viel Aufwand, aber niemand stellte seine Entscheidung in Frage.

9

Sarah versuchte in den nächsten Tagen mehrfach, Grinch in eine weitere Unterhaltung zu locken, aber offenbar hatte er die Nase voll von ihrer Fragerei. Also konzentrierte sie sich auf das Abarbeiten ihrer Liste. Nach kurzem Überlegen schrieb sie lediglich der Vollständigkeit halber zwei ehemalige Kommilitonen an, die Yvonne auch gekannt hatten. Darüber hinaus wartete sie auf weitere Nachrichten von Hannah. Das Gespräch mit ihrem Vater war wenig hilfreich gewesen, wie die Kriminalpsychologin kurz berichtet hatte. Er habe es schlichtweg ausgeschlossen, dass ein Praktikant sensible Daten abschöpfen und weiterleiten könnte, und von einer tieferen Erörterung habe sie dann zunächst einmal Abstand genommen – ohne Hintergrundwissen wollte sie sich nicht allzu weit aus dem Fenster lehnen. Und was genau hieß das? Ganz einfach, Hannah hatte die Informationen bezüglich der Unterstützung für eine rechte Partei für sich behalten – solange sie den Vorwurf nicht belegen kann, war es klüger, Zurückhaltung walten zu lassen, beantwortete Sarah sich ihre Frage selbst. Immerhin war ihr Vater Jurist und würde sich gegen eine haltlose Unterstellung zu wehren wissen, erst recht im Umfeld von Nachforschungen, die durch keinen Ermittlungsbeschluss gerechtfertigt waren.

Sarah versuchte, sich den Gesichtsausdruck ihres Vaters vorzustellen. Wie hatte er reagiert, als die BKA-Frau vor der Tür gestanden und ihn mit dem Schütter-Fall konfrontiert hatte? Erstaunt, abweisend, freundlich, kühl oder gelassen und souverän? Keine Ahnung, dachte sie verblüfft. Wie gut kenne ich ihn eigentlich? Würde ich meine Hand für ihn ins Feuer legen? Ein ehemaliger Kollege aus Berlin hatte einmal gesagt, dass er die Leute gar nicht mehr zählen könne, die ihm im Laufe seiner Polizeiarbeit begegnet seien und aufgrund dieses Schwurs – beim Wort genommen – ihre Hände verloren hätten. Er selbst, so hatte er hinzugefügt, würde für keinen einzigen Menschen auf der Welt irgendein Körperteil ins Feuer legen.

Am Nachmittag setzte grauer Nieselschneefall ein. Sarah zog Pullover und Weste über und ging im letzten Licht des Tages ans Meer. Eine dunkle Wolkenwand hing tief über der unruhigen See. Sie erinnerte sich plötzlich an ein Weihnachtsfest in ihrer Kindheit. Es hatte Streit gegeben – zwischen ihrem Vater und seiner Mutter, Großmutter Lotte. Ihr Herzschlag beschleunigte sich plötzlich. Die beiden waren in der Küche gewesen, und die Schärfe ihrer Stimmen hatte die beschauliche Atmosphäre zerschnitten. Sarah wusste nicht, worum es gegangen war – irgendwas mit Vater und Sohn und wie ähnlich die beiden sich waren –, und später, als die Kerzen am Baum gebrannt hatten und Weihnachtslieder erklungen waren, war kein böses Wort mehr gefallen. Nur die Blicke hatten Bände gesprochen.

Sarah schob die Hände tief in die Taschen und starrte mit zusammengekniffenen Augen über die See. Abgesehen von ihrer ersten Berufswahl hatte sie bisher nie irgendetwas in ihrem Leben ernsthaft in Frage gestellt – bis der zweite Mord in Rostock geschehen war. Und jetzt standen die Fragen vor ihrer Tür und begehrten laut pochend Einlass. Alle auf einmal, alte und neue. Entführte und totgeschlagene Mädchen, ein verschwundener Student, die Kanzlei und ihre Geschäfte, eine Familie, in der vieles unausgesprochen blieb, aber das stellte sie erst jetzt fest – mit Ende zwanzig, längst erwachsen, aber erstaunt und aufgeschreckt wie ein Kind.

Sie zog die Schultern hoch. Zum wiederholten Male wälzte sie den

Gedanken, ob es tatsächlich denkbar war, dass ihr Vater Mandanten unterstützte, Geld für eine Partei – rechts außen – zur Verfügung zu stellen und dabei all sein Wissen, seine Tricks anzuwenden. Oder hatte ihn sein Partner hintergangen? Das wäre eine Wahrheit, mit der sie besser leben könnte, doch darum ging es nicht. Wofür war er noch verantwortlich? Oder war alles ganz anders und sie inzwischen so sehr aus der Balance geraten, dass sie plötzlich jedem alles zutraute? Fang mit den konkreten Fragen an, flüsterte eine Stimme in ihr. Hatten sie zu Hause je intensiv über Politik gesprochen? Kontrovers diskutiert? Nun, im Ansatz schon, doch wenn sie die Positionen ihres Vaters über konservative Allgemeinplätze hinaus wiedergeben sollte, wäre sie überfordert. Und ihre Mutter? Wo stand sie? Immer dort, wo ihr Vater war. Und was steckte hinter Großmutter Lottes Einfluss auf ihre Erziehung?

Sarah schloss die Augen, fuhr sich mit beiden Händen durchs Haar, presste die Hände an die Schläfen, dann drehte sie sich abrupt um und lief zurück, eilig, wie getrieben. Als sie am Haus ankam, blieb sie stocksteif stehen. Im matten Licht der Außenbeleuchtung waren an der rechten Grundstücksseite auf der dünnen Schneeschicht Reifenspuren zu erkennen. Sie atmete scharf ein, stand für Sekunden wie eingefroren auf dem Fleck, dann machte sie auf dem Absatz kehrt und stellte sich hinter einen Baum. Ihr Herz klopfte lautstark. Die Beleuchtung schaltete sich kurz darauf aus. Dunkelheit umschloss das kleine Haus. Sie atmete schnell. Alles blieb still. Schließlich griff sie nach ihrem Smartphone und rief Lisa an.

»Hi, Sarah, ich bin gerade beim Einkaufen. Gibt es was Besonderes?«, meldete die sich mit gehetzt klingender Stimme.

»Du warst nicht zufällig hier?«

»Bei dir?«

»Ja. Gerade eben oder vor einer halben Stunde.«

»Nein. Ich war bis vor einer Viertelstunde in der Klinik, und Tobias ist immer noch dort. Warum fragst du?«

»Ach, ich dachte, ich hätte einen Wagen wegfahren hören«, erklärte Sarah ausweichend. »Hier ist ja nicht gerade viel los. Da hört man schon ein einzelnes Fahrzeug, und ich dachte …«

»Vielleicht die Postfrau oder jemand, der die kostenlose Zeitung verteilt. Schau mal in den Briefkasten. Hat sich wohl herumgesprochen, dass das Haus bewohnt ist.«

»Okay – das ist eine Idee.«

»Alles in Ordnung?«

»Natürlich.« Sarah betrat mit dem Telefon am Ohr das Grundstück, das Licht flammte auf, und sie sah, dass eine dicke Zeitung im Briefkasten steckte. Sie spürte, wie Erleichterung sie durchströmte.

»Komm doch mal wieder zum Essen vorbei«, sagte Lisa. »Wir machen demnächst einen Termin, ja? Ein Adventsessen – hast du Lust?«

»Ja, gerne. Grüß Tobias.« Sarah verabschiedete sich und steckte das Telefon ein, schloss die Tür auf. Adventsessen. Weihnachten. Sie hatte sich bislang noch keine Gedanken gemacht oder gar Pläne geschmiedet, obwohl ihre Mutter bereits zweimal nachgefragt hatte. *Du kommst doch zu Weihnachten?* Wahrscheinlich nicht. Das ertrage ich gerade jetzt nicht.

Sie schaltete in allen Räumen das Licht ein, legte Holz nach und begann zu kochen. Am späten Abend traf die Antwort einer ehemaligen Kommilitonin ein, die Sarah angemailt und so unauffällig wie möglich nach Yvonne gefragt hatte, ohne dabei auch nur mit einem Wort auf ihre eigene Situation und die Geschehnisse in Rostock einzugehen.

Natürlich erinnere ich mich an Yvonne, schrieb die ehemalige Kommilitonin nach einigen einleitenden Sätzen über ihre Lebenssituation und berufliche Entwicklung, die sie mittlerweile nach Freiburg geführt hatte. *Das ist ja ein Ding, dass sie auch in Rostock gelandet ist – genau wie du. Aber wenn ich genauer darüber nachdenke, passt es irgendwie. Sie mochte dich. Hast du das nicht mitbekommen? Sie hat deine Nähe gesucht, glaube ich. Wenn sie mal jemanden angelächelt hat, dann warst du das. In den Vorlesungen hat sie meist etwas isoliert gesessen und jedes Wort mitgeschrieben.*

Sarah schüttelte verwundert den Kopf. Eine Erinnerung streifte sie – Yvonne, zwei Sitzreihen unter ihr, die sich kurz umdrehte, den Kopf hob und einen Blick mit ihr tauschte. Freundlich, ruhig, ernst, manchmal verlegen. Warum mochte sie mich? Schlichte, grundlose Sympathie?

Sie hat sich total gefreut, dass du sie auch zur Abschiedsparty eingeladen hast – sofern sie das überhaupt konnte, also: sich freuen. Yvonne war ja immer eher der zurückhaltende, etwas schroffe Typ. Und besonders viele Freunde hatte sie nicht. Ich jedenfalls kann mich an keinen einzigen erinnern. Irgendjemand erzählte mal, dass sie Vollwaise und bei einer Großtante aufgewachsen sei. Sie selbst hat nie etwas erzählt.

Den Rest der Mail überflog Sarah nur flüchtig. Erneut öffnete sie die Fotoapp und ging die Bilder von der Abschiedsparty durch. Sie konnte sich nicht mehr im Einzelnen daran erinnern, wer fotografiert hatte, in jedem Fall waren es mehrere Gäste gewesen, die ihr anschließend die Aufnahmen zur Verfügung gestellt hatten. Sie sortierte ein gutes Dutzend Fotos heraus, auf denen Yvonne auftauchte, wenn auch nur am Rande – beim Essen, mit einem Glas in der Hand, die Tanzfläche im Blick behaltend, immer etwas abseits stehend. Ernstes Gesicht, manchmal voller Anspannung, dann wieder mit melancholischen Zügen. Und ihr Blick war immer auf Sarah gerichtet. Merkwürdig.

Sie wusste nicht, wie lange sie ins Feuer gestarrt hatte, als ihr Smartphone vibrierte – eine Nachricht von Hannah. Bei erneuten Befragungen im Umkreis der Clique und an der ehemaligen Schule hatten sich die Andeutungen von Grinch bestätigt. In der Gruppe hatte sich insbesondere Birte Lahnder als Hetzerin und Schlägerin hervorgetan, allerdings nur im Schutz ihrer Clique. Jemand erinnerte sich, dass sie gerne zu viert, fünft oder sechst losgezogen waren, um einzelne Leute zu verprügeln – irgendwen, ganz egal. Warum drei Jahre zuvor niemand bereit gewesen war, eine entsprechende Aussage zu machen, erschloss sich schnell. Sie hatten Angst gehabt. Wie hatte Grinch gleich noch bemerkt: *Vielleicht hat sich mal jemand gewehrt. Passiert.*

Unter Umständen gab es in Rostock ein ähnliches Motiv, hatte Hannah hinzugefügt. Unsinn, dachte Sarah. Marie Weber war Opfer und keine Täterin gewesen. Doch womöglich war das zu kurz gedacht, denn bei Nicole Kerber könnten die Umstände durchaus vergleichbar gelagert sein. Und was hat das alles mit mir zu tun?, fragte Sarah sich zum hundertsten Mal. Mit Berlin, mit Schütter, mit meinem Vater? Vielleicht rächt sich jemand, der mehrere Motive hat, überlegte sie. Sie kreuzte die Arme über der Brust und umfasste mit ausgestreckten Händen ihre Schultern. Minutenlang blieb sie wie eingefroren in dieser Haltung sitzen. Wenn Großmutter Lotte doch noch sprechen könnte!, dachte sie dann.

Sie hob das Kinn und ließ die Arme sinken. Im Kopf war ihre Großmutter nach wie vor hellwach. Über einen Besuch würde sie sich bestimmt freuen. Sarah nickte langsam. Vielleicht wurde es Zeit, aktiv zu werden und die Insel für ein paar Tage zu verlassen. Sie setzte sich an den Laptop und buchte eine Fähre für den nächsten Morgen. Sicherheitshalber kopierte sie ihre Liste und die Fotos auf den Stick von Henrik beziehungsweise Hannah, mit dem alles angefangen hatte, packte den Laptop und ein paar Klamotten in eine Sporttasche. Als sie am frühen Morgen über die Insel Richtung Rønne fuhr, war es noch dunkel, Sterne funkelten über ihr, die See war aufgewühlt. Aufbruchsstimmung hatte Besitz von ihr ergriffen.

Er ließ das Fernglas sinken. Sie war auf der Fähre, die in knapp drei- einhalb Stunden in Sassnitz anlegen würde. Das verschaffte ihm Zeit, sich in aller Ruhe im Haus umzusehen. Wie lange sie wegfah- ren würde, war schwer einzuschätzen. Einen Tag oder zwei? Sie war mit kleinem Gepäck gereist und würde bald zurückkehren, so viel war klar. Womit beschäftigte sich Pirohls Tochter? Wie lautete ihre Aufgabe? Warum war sie, eine ehemalige Polizistin, gerade jetzt auf Bornholm?

Er wartete, bis die Positionslichter der Fähre am Horizont ver- schwunden waren, dann machte er sich auf den Weg nach Øster Sø- marken. Für die Strecke benötigte er gut zwanzig Minuten. Das kleine Ferienhaus wirkte verlassen – sämtliche Ferienhäuser wirkten zurzeit verlassen; Vorsicht war dennoch geboten. Er stellte den Wa- gen hinter einer Baumgruppe ab und wartete. Nichts rührte sich. Das war nicht anders zu erwarten gewesen. Von seinem letzten Besuch wusste er, dass die Außenbeleuchtung mit einem Bewegungsmelder gekoppelt war. Es war besser zu warten, bis es hell war. Das dauerte im skandinavischen Winter seine Zeit, selbst wenn es ein milder Bornholm-Winter war, für den die Menschen hoch im Norden nur ein müdes Lächeln übrighatten.

Eine halbe Stunde später verließ er den Wagen, zog Handschuhe an, umrundete das Grundstück, prüfte Fenster und Türen, die gut verschlossen waren, und suchte im Anbau nach einem Zweitschlüs- sel. Sie sollte auf keinen Fall merken, dass jemand im Haus gewesen war. Nach zehn Minuten wurde er fündig – der Schlüssel steckte in einem Marmeladenglas, das zwischen die Holzscheite geklemmt war. Er lächelte. Auf die meisten menschlichen Gewohnheiten und Schwächen war Verlass.

Er bewegte sich langsam durchs Haus, inspizierte die Räume, Kommoden, Schränke, atmete ihren Duft ein. Alles wirkte bunt und gemütlich, die Farbanstriche in den meisten Zimmern waren frisch.

In der Wohnküche hingen noch der Duft von Kaffee und ein zartes Parfum. Er entdeckte eine Laptoptasche, aber keinen Laptop. Den hatte sie wahrscheinlich mitgenommen. Einen Moment wirkte er ratlos. Was willst du hier, Sarah?, dachte er. Worauf hast du dich eingelassen? Wie nah bist du deinem Vater und seinen Kameraden? Als er die Tasche in den Schrank zurückstellte, entdeckte er den USB-Stick – er lag in einem Schreibetui und sah auf den ersten Blick aus wie ein Radiergummi. Keine schlechte Finte, aber sicherlich weit entfernt von einem professionellen Versuch, ihn zu verstecken.

Er holte sein Notebook aus dem Wagen, um kurz darauf festzustellen, dass der Stick mit einem Passwort gesichert war. Sofern es aus keiner anspruchsvollen und elend langen Kombination aus Zahlen, Buchstaben und Sonderzeichen bestand, sollte sein Entschlüsselungsprogramm damit kein Problem haben. Keine Viertelstunde später war der Zugang entsperrt; auch der Kopierschutz konnte einen Profi nicht beeindrucken. Er übertrug den Inhalt auf sein Notebook, verließ wenige Minuten später das Haus, schloss sorgfältig ab und verstaute den Schlüssel im Marmeladenglas, das er an seinen Platz zurückstellte.

Er fuhr einen kleinen Umweg über Aakirkeby und Aarsdale zunächst Richtung Norden nach Klemensker – einem etwas abgelegenen Dorf mit knapp siebenhundert Einwohnern, einer schönen Kirche namens Klemens Kirke und einem alten Garten, um den sich zwei norwegische Schwestern kümmerten, die in der Winterzeit auf ihrem Hof Kunsthandwerk-Kurse anboten – und von dort weiter nach Westen an die Küste. In Hasle hatte er sich in einer winterfesten, ebenso geräumigen wie urgemütlichen Blockhütte nahe dem Campingplatz eingerichtet. Sie hatte seiner Mutter gehört. Die Einwohner von Hasle galten als die mit Recht stolzesten und tapfersten Bornholmer – hier hatte in der Mitte des 17. Jahrhunderts der Widerstand gegen die Schweden seinen Anfang genommen. Die Anführer der Rebellion stammten aus Hasle; ein Stein auf dem Marktplatz erinnerte an die Heldentaten. Ein geschichtsträchtiger, guter Ort, dachte er nicht zum ersten Mal. Zurzeit herrschte größere Stille, als viele ertragen konnten. An schönen Tagen sah man Spaziergänger, die am Strand entlangliefen oder den Hafen erkundeten und die lächelnden Gesichter der Sonne zuwandten, die ihr üppiges Winterrot über der Insel ausschüttete, um sich im nächsten Moment hinter einer dichten Wolkenformation zu verstecken. Dann herrschte eisgraues Schweigen. Für ihn war es genau das Richtige. Seit zehn Jahren war er zugleich auf der Flucht und auf der Suche – ein flüchtender Suchender, ein suchender Flüchtender, der inzwischen gelernt hatte, seinen Beruf elegant und versteckt mit der Suche zu verknüpfen. Ein Ende war absehbar, es lag etwas in der Luft. So fühlte es sich seit einiger Zeit wenigstens an. Die Zeichen mehrten sich, dass etwas im Gange war – auf mehreren Seiten – und in ein Finale mündete, auch wenn nicht klar war, worum genau es ging. Allerdings hatte er nicht zum ersten Mal dieses untrügliche Gefühl einer Zuspitzung.

Dazu passte die Nachricht, die ihn vor Tagen auf komplizierten Umwegen aus Berlin erreicht hatte. Das BKA hatte sich eingeschaltet. Ein erster Stein war ins Wasser geworfen worden. Eine Frage lautete nun, welche Ufer die Wellen wann erreichen würden und welche Dynamik sie damit auslösten, eine weitere bezog sich auf Pirohls Tochter. Inwieweit war sie involviert? Welche Aufgabe hatte sie übernommen – auf Bornholm?

Er kochte Tee und begann, den Inhalt von Sarahs Datenstick zu studieren. Nach wenigen Minuten war er gefesselt und verblüfft, im Laufe der Lektüre dann wie gebannt und völlig perplex.

Sarah erreichte Potsdam am späten Nachmittag. Nach Wochen auf der stillen Insel hatte sie Mühe mit dem hektischen Verkehr, dem

Lärm, dem vielen künstlichen Licht, den grellen Farben. In der Seniorenresidenz ging es ruhiger zu, und der Weihnachtsschmuck war dezenter. Sarah meldete sich am Empfang. Der erstaunte Blick, mit dem die Empfangssekretärin sie bedachte, gab ihr zu denken, und sie empfand das dringende Bedürfnis, sich zu rechtfertigen. Im letzten Moment schluckte sie die Worte herunter.

»Ihre Großmutter befindet sich in der Bibliothek«, erklärte die Sekretärin.

Sarah runzelte die Stirn. »Es geht ihr also deutlich besser?«

»Was meinen Sie?«

»Nun, der Schlaganfall hatte sie in ihrer Mobilität und ihrem Alltag erheblich eingeschränkt.«

»Das ist richtig, aber sie hat sich nicht unterkriegen lassen.«

»Das heißt?«

»Nun, sie ist auf den Rollstuhl angewiesen und auf pflegerische Maßnahmen. Doch sie hat gute Fortschritte gemacht und ist wieder erfreulich mobil. Ihr Sprachzentrum ist leider so in Mitleidenschaft gezogen, dass keine großartige Besserung mehr zu erwarten ist. Doch davon abgesehen ist sie eine muntere ältere Dame, offen und interessiert daran, was um sie herum und in der Welt geschieht.«

Sarah atmete tief durch. Das klang anders als die Schilderungen ihres Vaters – andererseits hätte sie sich inzwischen längst einmal selbst ein Bild machen oder wenigstens hin und wieder in der Einrichtung anrufen können.

Die Bibliothek war gut besucht, die Computerplätze waren komplett belegt; an einem großen Tisch saßen mehrere Senioren zusammen, lasen in Zeitschriften oder unterhielten sich leise. Sarah hielt nach Lotte Ausschau und entdeckte sie an einem kleinen Tisch zwischen zwei Regalen, wo sie in einem Bildband blätterte. Einen Moment war sie in den Anblick der kleinen, zarten Frau im Rollstuhl versunken – schlohweißes, sehr dichtes Haar, eine Lesebrille auf der

Nase, konzentrierte Miene, ein Arm stark angewinkelt, die Hand nach innen verdreht, die Gesichtszüge wie eingemeißelt, ein wenig starr, insbesondere im Bereich des Mundes. Das waren die Folgen des Schlaganfalls, wie Sarah wusste.

Plötzlich hob Lotte den Kopf und starrte in ihre Richtung. Sarah erwiderte den Blick. Die Sekunden tropften dahin. Endlich huschte ein Ausdruck des Wiederkennens über das Gesicht der alten Dame, gefolgt von ungläubigem Staunen.

Sarah ging näher. »Du erkennst mich, Lottchen, nicht wahr?«, fragte sie leise und beugte sich zu ihr hinunter. Lotte hatte nie mit Oma oder Großmutter angeredet werden wollen, Lottchen hatte sie akzeptiert – aber nur von ihrer Enkelin.

Langsames Nicken, als hätte sie einen steifen Hals. Dann so etwas wie ein empörter Blick.

»Wir haben uns lange nicht gesehen ...« Sie stockte. Lotte war immer für klare Worte gewesen, kein langatmiges Herumgerede. »Tut mir leid. Ich habe mir einfach nicht die Zeit genommen. Irgendwas war immer.«

Lotte blinzelte, dann huschte ein schräges Lächeln über ihr Gesicht, zumindest meinte Sarah, eine Spur von Heiterkeit zu erkennen. »Hast du Zeit für mich? Ich habe so viele Fragen ...«

Lotte riss den Mund auf, ein stummes Lachen breitete sich langsam über ihr Gesicht aus. Sarah schüttelte verlegen den Kopf. »Ja, ich weiß, du kannst kaum sprechen. Das war eine ungeschickte Formulierung, tut mir leid.«

Ihre Großmutter fand das alles offenbar ziemlich komisch. Sie lachte immer noch auf diese unheimliche, lautlose Art, als sie auf dem Weg in ihre kleine Wohnung waren – ein großzügiger Wohnraum, komfortabel und schick eingerichtet, Balkon, Schlafzimmer und Bad, alles auf höchstem Standard. Sarah sah sich einen Moment um. Seit ihrem letzten Besuch hatte sich nicht viel verändert, zwei

Wandbilder waren neu, vielleicht waren sie ihr aber vorher nur nicht aufgefallen. Lotte ließ es sich gutgehen. Sie würde bis an ihr Lebensende vortrefflich versorgt sein und konnte sich immer noch alle Wünsche erfüllen – materieller Art.

Sarah nahm an einem runden Esstisch Platz, wo Lotte in ihrem Rollstuhl bereits wartete. Auf einer Kommode standen Getränke bereit. Lotte wies mit einem Nicken in die Richtung.

»Danke.« Sarah nahm sich ein Glas Saft und goss ihrer Großmutter Tee ein.

Was für eine seltsame Situation, dachte sie plötzlich, aber sie schob die aufkeimenden Zweifel beiseite und ergriff die Hände ihrer Großmutter. »Lottchen, was ist in der Kanzlei los?«

Die alte Frau erstarrte. Ihre dunklen Augen hetzten über Sarahs Gesicht, schließlich hielt sie inne und legte den Kopf zur Seite.

»Wie ich darauf komme?«, riet Sarah die Bedeutung der Geste.

Nicken.

»Weißt du was, Lottchen? Ich fange einfach ganz von vorne an, okay? Du hast Zeit, oder?«

Lächeln.

Sarah hatte nicht auf die Uhr gesehen, aber als sie mit ihrem Bericht fertig war, durfte mindestens eine Stunde vergangen sein, und ihre Großmutter hatte ihr mit ganzer Aufmerksamkeit und hochkonzentrierter Miene gelauscht. Sarah hatte in einem Fluss geredet, unterbrochen lediglich von einem Gang zur Toilette und Lottes zwischenzeitlicher Versorgung durch eine Krankenschwester, und so ziemlich alles auf den Tisch gepackt, womit sie sich seit langem beschäftigte: der Wechsel nach Rostock, die Ermittlungen im Fall Marie, das zweite Opfer Nicole, ihr Zusammenbruch und Ausstieg, die Reise nach Bornholm – eher eine Flucht –, dann erste zaghafte Nachforschungen, ausgelöst durch den Fall Birte in Berlin, schließlich intensive Recherchen und erneut die schmerzhafte Erkenntnis, dass sie ihr Umfeld bislang alles andere als aufmerksam im Blick gehabt hatte. Wie konnte ich nur auf die Idee kommen, dass ich zur Polizistin tauge?, dachte sie zum wiederholten Mal. Der Spleen einer verwöhnten Göre, die sich gelangweilt hatte und die Vorstellung schick fand, als taffe Ermittlerin durch die Lande zu ziehen und Bösewichte zu stellen – klug, scharfsinnig und mit leichter Hand selbstverständlich.

»Lottchen, ich weiß nicht, ob und wie das alles zusammenhängt«, schob sie schließlich erschöpft hinterher. »Ich weiß nur, dass ich plötzlich mit Fragen konfrontiert bin, denen ich auf den Grund gehen muss. Die lassen einfach nicht locker. Und dazu gehört auch die Kanzlei. Verstehst du? Offenbar ist nichts, wie es mal schien. Und wenn man erst mal mit dem Graben angefangen hat, kann man nicht einfach wieder damit aufhören. Bisher gibt es keine Beweise – nur die vage Andeutung eines Informanten. Und sie klingt ... beunruhigend in vielerlei Hinsicht.«

Lotte blickte zur Seite, neigte den Kopf.

»Geschäfte mit vermögenden Leuten, die eine rechte Partei finanziert haben und dies womöglich immer noch tun.«

Rechts außen, hatte Hannah gesagt – was immer das bedeutete. Rechts außen saß ja bereits im Bundestag, überlegte Sarah. Letztlich spielte beim Verschleiern von Geldströmen, die Parteien zugutekamen, die politische Ausrichtung zunächst einmal eine sekundäre Rolle. Aber wenn ein Student verschwunden war, der womöglich etwas entdeckt hatte, dürfte es um mehr als steuerliche Vorteile und verdeckte Einflussnahme gehen.

Lotte öffnete mit großer Anstrengung den Mund. Heraus kam nur ein kehliges raues Flüstern, und Sarah beugte sich vor. »Noch mal, Lottchen! Was willst du mir sagen?«

Die linke Hand ihrer Großmutter zuckte – sie war deutlich weniger bewegungseingeschränkt als die rechte. Sarah griff in ihre Sporttasche und zog Block und Stift heraus. »Kannst du schreiben?«

Lottes Hand zitterte, während sie den Stift umklammerte und aufs Papier drückte. Wacklige Striche, leises Stöhnen. Sarah war hinter sie getreten und blickte ihr über die Schulter. Mit Mühe entzifferte sie ein Wort: »Schmutz.« Dann ein zweites: »Aufpassen.« Lotte suchte ihren Blick.

»Schmutz? Miese, schmutzige Geschäfte? Es stimmt also?«

Nicken.

»Und ich soll vorsichtig sein? Meinst du das damit?«

Nicken.

»Und mein Vater, dein Sohn …?«

Zögern, dann erneutes Nicken.

Sarah setzte sich langsam wieder auf ihren Stuhl, starrte auf den Tisch. Schmutz. Schmutzige Geschäfte. Sie hob den Kopf. In Lottes Augen standen Tränen.

»Weißt du etwas über den verschwundenen Studenten?«, fragte Sarah in leisem Ton. »Hast du davon etwas mitbekommen?«

Lotte deutete ein Achselzucken an.

»Was soll ich nur tun?«, flüsterte Sarah.

Ihre Großmutter tippte energisch auf den Block. Vorsicht.

»Aber das können wir nicht so stehen lassen, erst recht nicht, wenn es einen Zusammenhang mit einem Verbrechen gibt.«

Es klopfte leise. Eine Pflegerin trat fröhlich grüßend ein und brachte das Abendessen. Sie lächelte in die Runde. »Wie schön – ein gemeinsames Essen mit der Enkelin.«

Sarah hatte wenig Appetit, aber sie hatte den halben Tag kaum etwas gegessen.

»Helfen Sie Ihrer Großmutter beim Anreichen des Essens, oder möchten Sie, dass ich bleibe und …«

»Nein, das übernehme ich gerne.«

Sarah setzte sich neben ihre Großmutter, reichte ihr Brot und kleine Tomatenstückchen; es war still, ein leises Schmatzen war zu hören. Der Blick der alten Frau war schwer zu beschreiben und noch schwerer zu ertragen. Eine halbe Stunde später räumte die Pflegerin das Tablett wieder ab. Lotte legte rasch ihre Hand auf den Block. Als sie wieder allein waren, zerknüllte sie den Zettel und starrte Sarah mit großen Augen an.

»Lottchen, was weißt du?«, flüsterte sie. »Sag es mir, bitte.«

Lotte griff erneut nach dem Stift. Sie rang mit sich und dem Stift. Nach minutenlangem Kampf konnte Sarah ein Wort entziffern: »Kolmer.«

»Ist das ein Name?«

Nicken. Lotte zerknüllte auch diesen Zettel und stöhnte dabei leise. Plötzlich wirkte ihre Großmutter vollkommen erschöpft. Sarah brachte sie ins Schlafzimmer, half ihr aus dem Rollstuhl und legte sie auf ihr Bett. Sie war federleicht und roch nach einem Parfum, das Sarah bereits aus ihrer Kindheit kannte.

»Ich sage der Schwester Bescheid. Du musst dich ausruhen.«

Lotte hob ihre linke Hand und strich ihr zitternd übers Haar.

»Weißt du noch, dass wir auch mal gemeinsam auf Bornholm waren? In einem dieser heißen Sommer. Ihr seid gesegelt – du und Opa – und habt mich mal auf einer Tour um die Insel mitgenommen. Ich weiß nicht, wie alt ich war …«

Ihre Großmutter öffnete den Mund zu einem rauen Flüstern.

»Ich komme so bald wie möglich wieder«, flüsterte Sarah.

Lotte umklammerte ihre Hand.

»Und ich bin vorsichtig.«

Minuten später verließ sie das Haus. Erst als sie im Wagen saß, spürte sie, dass ihr die Tränen übers Gesicht liefen. Wie wäre es, ihren Vater zur Rede zu stellen? Mutig oder töricht, weil bisher überhaupt nicht ersichtlich war, was dahintersteckte? Eine Handvoll

Geschäftsleute, die ihr Geld an der für sie richtigen Stelle einsetzen wollten, wobei die Kanzlei seit vielen Jahren bewährte Dienste leistete? Oder ein gutbehütetes Netzwerk fragwürdiger Interessen, deren Aufdeckung mit allen Mitteln verhindert wurde? In welche Gefahr begab sie sich, wenn sie preisgab, dass sie etwas ahnte und die Hintergründe aufzudecken bereit war? Und wer war Kolmer?

10

Mantor hatte frühzeitig Bescheid bekommen und sich einen Platz gesichert. Die illegalen Fights fanden im Tiefgeschoss eines ausrangierten Fährschiffs statt. Ab dem späten Abend versammelte sich dort ein illustres Publikum – Rotlichtmilieu, Geschäftsleute, Kampfsportbranche der besonderen Art, Menschen, die Lust auf ungezügelte Gewalt hatten und neugierig, vor allem gierig auf echte Kämpfe waren, zusätzlich angeheizt davon, dass auch Frauen in den Ring stiegen und hohe Wetteinsätze möglich waren. Der Ort war gut gewählt. Es roch nach Öl und Schweiß, der Maschinenraum mit seinen imposanten Röhren und Stahlgerüsten war perfekt ausgeleuchtet. Technomusik untermalte die hektische und aufgewühlte Atmosphäre.

Saskia/Yvonne war für einen Fight am späten Abend vorgesehen. Während Mantor der Prügelei zwischen zwei bulligen Typen zusah, die von der ersten Minute an wie bissige Köter aufeinander losgingen und von grölenden Zuschauern angefeuert wurden, ließ er sich die Ergebnisse der Nachforschungen zu der kleinen Staatsanwältin durch den Kopf gehen.

Das klang bei genauerer Betrachtung ziemlich vollmundig, denn es gab nicht viel zu ihr, geschweige denn etwas Aufregendes. Sie war ohne Eltern bei einer Tante aufgewachsen, Einser-Abitur, Einser-Studium Jura und Wirtschaft in Berlin, eine Stelle beim LKA 3 mit dem Schwerpunkt Wirtschaftskriminalität. Besonders hervorgetan hatte sie sich dort nicht – jedenfalls nach dem, was die vorliegenden Informationen besagten. Vor ungefähr einem Jahr schließlich der Wechsel nach Rostock in eine vergleichbare Position. Über ihr Leben neben dem Job war bis auf die Vorliebe für Kampfsport und harte Fights nichts bekannt, und die hatte sich auch nur erschlossen, weil Mantor an dieser Stelle nachgehakt hatte. Keine Freunde, keinen Partner, kein Interesse an sozialen Netzwerken. Falls sie tatsächlich ein Spitzel war, wirkte ihre Tarnung auf der einen Seite perfekt, denn wer vermutete schon, dass eine unauffällige Staatsanwältin, die sich an untergeordneter Stelle mit kleinen bis mittelschweren Wirtschaftsdelikten beschäftigte, als verdeckte Ermittlerin unterwegs war? Auf der anderen Seite machte Mantor genau das stutzig – hochkarätig agierende V-Leute verfügten entweder über eine Vita, die auch einer gründlichen Überprüfung standhielt, oder sie tauchten nirgendwo auf, weder privat noch beruflich. Ähnlich verhielt es sich mit der Wahl des Sportstudios – ein professioneller Spitzel hätte keine Spuren in unmittelbarer Nähe des Bistros hinterlassen, in dem er seine Fühler ausstreckte. Die Absicherung durch einen falschen Namen genügte dabei nicht. Oder vielleicht doch? War es womöglich sehr viel einfacher, und die Frau lebte ganz schlicht ein einsames Leben und war darauf bedacht, ihre Leidenschaft für extremen Kampfsport zu verstecken? Als Beamtin mit einem derartigen Hobby würde sie Probleme bekommen. Durchaus denkbar. Mehr noch – alles andere könnte an den Haaren herbeigezogen sein und nur im Auge eines ebenso subjektiven wie misstrauischen Betrachters mit eingeschränktem Fokus an Bedeutung gewinnen. Ende.

Als Saskia/Yvonne den Ring betrat, ging es bereits auf Mitternacht zu. Sie war klein und drahtig, ihr eng anliegendes Trikot betonte ihren durchtrainierten Körper, der Zahnschutz veränderte ihr Gesicht, das dunkel geschminkt war. Die Frau, gegen die sie antrat, war einen Kopf größer und sicher mindestens zehn Kilo schwerer. Mantor war dennoch davon überzeugt, dass die größere Kämpferin keine Chance hatte, und zwar allein aufgrund ihrer Überheblichkeit. Sie nahm ihre Gegnerin nicht ernst, das war jeder Faser ihres Körpers und ihrer

Gestik anzumerken und erwies sich als grober Fehler. Saskia ließ es in der ersten Runde ruhig angehen, hielt ihre Gegnerin souverän auf Abstand, während die ein ums andere Mal versuchte, die Distanz mit rüden Angriffen zu überwinden. Im zweiten Durchlauf ging es härter zu. Der Kräftigen gelang ein Klammergriff, und sie landete zwei schmerzhafte Treffer, bevor Saskia sich befreien konnte. Sekunden später schien Saskia förmlich zu explodieren – sie verpasste ihrer Gegnerin einen Fußtritt, der sie ins Wanken brachte, stürzte sich blitzschnell auf sie und drosch auf sie ein. Das Ende der Runde rettete die Kräftige – fürs Erste. Nach der Pause ging es ansatzlos weiter. Saskia ließ die Frau zweimal ins Leere rennen, katapultierte sie dann mit einem Schulterwurf zu Boden und prügelte mit stummer Verbissenheit auf sie ein. Mantor war für Momente in den Anblick ihres Gesichts versunken – ihre Miene spiegelte, ja: stille Verzückung. Eine Minute später war alles vorbei. Die unterlegene Kämpferin musste verarztet werden, Saskia verschwand unter dem begeisterten Getöse des Publikums in der Umkleidekabine.

Mantor sparte sich die weiteren Kämpfe und machte sich auf den Heimweg. Er war beeindruckt, und allmählich begann eine Idee in ihm zu reifen. Falls sich im Laufe der Überprüfungen tatsächlich bestätigen sollte, dass Saskia nichts anderes als eine schweigsame Fighterin war, die bestrebt war, ihr Hobby zu verbergen, könnte sie der Gruppe nützlich werden. Sie war nur ein kleines Licht in der Staatsanwaltschaft, aber er war fest davon überzeugt, dass sie alles andere als Durchschnitt war und für besondere Aufgaben gewonnen werden konnte. Wie würde sie wohl reagieren, wenn man ihr Fotos von dem Kampf zukommen ließ? Fotoapparate und Smartphones waren bei der Veranstaltung verboten, Mantor hatte dennoch ein paar schöne Schnappschüsse gemacht, die sicherlich ein gutes Druckmittel darstellten.

Zuhause schwelgte er noch einige Minuten in der Vorstellung, die junge Frau nicht nur zu erpressen, sondern über kurz oder lang ganz auf die Seite der Gruppe zu ziehen, als sich der Beschatter meldete.

»Wir sind nach der Veranstaltung an ihr drangeblieben.«

»Schon klar. Und?«

»Sie ist eine Weile durch die Gegend gefahren und hat sich etwas zu essen besorgt. Wir wollten gerade abbrechen, als wir mitbekamen, dass sie nicht den Weg zu sich nach Hause einschlug, sondern über den Südring weiterfuhr. Am Lindenpark stoppte sie und hielt minutenlang vor einem Haus, bevor sie schließlich ihre Fahrt fortsetzte und sich auf den Heimweg machte.«

»Und wer wohnt da?«

»Die Tochter von unserem schlauen Anwalt.«

Mantor ließ das Telefon kurz sinken. Also doch. Offenbar sollte die Staatsanwältin an dieser Stelle ihre Fühler ausstrecken. Einen winzigen Augenblick kochte Wut in ihm hoch, er fühlte sich einer schönen Idee beraubt, dann schüttelte er den Kopf und atmete tief aus. Kein Grund zur Aufregung. Nichts war verloren, ganz im Gegenteil – sie hatten die Lücke entdeckt, gerade noch rechtzeitig. Und was sich daraus ergeben könnte, würde sich bald zeigen. Offenbar wusste die Staatsanwältin nicht, dass Pirohls Töchterchen ausgeflogen war und zudem nicht das Geringste mit den Geschäften der Kanzlei ihres Vaters zu tun hatte. Sie hinkte also einen ziemlich großen Schritt hinterher. Vielleicht hätte sie weniger Zeit im Ring verbringen sollen.

Er hielt das Smartphone wieder ans Ohr. »Gute Arbeit.«

»Wie geht es weiter?«

»Wie gehabt.«

Sarah war unschlüssig, wie sie weiter verfahren sollte. Direkt zurück nach Bornholm – in den Schutz eines Ortes, der gute, wohlige Erinnerungen barg und ihr den Rücken stärkte bei der weiteren Recherche? Oder sollte sie ihren Eltern vorher einen Besuch abstatten? Ein paar harmlos klingende Fragen stellen oder auch weniger harmlose … Sie strich sich über die Stirn. Keine gute Idee. Sie würde kaum verbergen können, was in ihr vorging und wie aufgewühlt sie war. Und sie konnte nicht einmal im Ansatz abschätzen, was sie mit einem derartigen Gespräch lostrat. Wer war Kolmer? Hatte Lotte tatsächlich verstanden, worum es Sarah ging? Oder hatte sie die Reaktion ihrer Großmutter schlicht fehlinterpretiert? Das ließ sich nur klären, wenn sie herausfand, wer Kolmer war.

Minuten später fuhr sie an ihrem Elternhaus vorbei, das bereits mit leuchtender Weihnachtsdeko geschmückt war – ein großer roter Stern über dem Hauseingang, die Lichterkette am Dachfirst, die Tanne, die wie schneebestäubt den Vorgarten erhellte und das trübe Nieselwetter verdrängte. In ihrer Kindheit hatte ein Rentier neben der Garage gestanden. Sie drosselte das Tempo. In der Auffahrt stand nur der Wagen ihrer Mutter. Ihr Herz klopfte, sie zögerte, dann gab sie wieder Gas. Ihre Mutter würde völlig konsterniert reagieren – und sofort mit ihrem Mann sprechen wollen.

Sarah schlug den Weg nach Berlin ein, setzte ihr Headset auf und wählte nach kurzem Zögern die Nummer von Hannah Jakob. Die Kriminalpsychologin meldete sich nach dem vierten Klingeln. »Hallo, Sarah …«

»Ich bin in Berlin.«

»Ist etwas passiert?«

»Ich habe meine Großmutter besucht. Ein spontaner Entschluss. Ich dachte, dass sie etwas wüsste und außerdem … Ich musste sie sehen.«

»Ich verstehe.«

»Sie kann nach einem Schlaganfall kaum sprechen«, fuhr Sarah fort. »Ich habe dennoch etwas erfahren, genauer gesagt hat sie mir einen Namen genannt.«

Einen Moment blieb es still.

»Wollen wir uns treffen?«, fragte Hannah Jakob schließlich.

Sarah zögerte.

»Das Wetter ist sehr ungemütlich, sonst würde ich vorschlagen, dass wir uns zu einem Spaziergang treffen. Wir könnten etwas essen gehen. Was meinen Sie?«

Sarah fuhr rechts ran. Ich habe gerade gegessen, dachte sie, mit Lottchen, die keine Gabel mehr vernünftig halten kann und doch mit dem Stift einen Namen gekritzelt hat.

»Sarah?«

»Ich bin etwas unschlüssig.«

»Das macht nichts. Wonach steht Ihnen der Sinn?«

»Ich weiß es nicht. Ich glaube, ich bin ziemlich fertig ...«

»Was halten Sie davon, wenn Sie sich auf den Weg zu mir machen? Wir reden ein bisschen, bringen uns gegenseitig auf den neuesten Stand, und dann sehen wir weiter. Ich wohne in der Nähe des BKA am Treptower Park. Ich schicke Ihnen die Adresse aufs Handy.«

Sarah atmete tief durch. Das klang nach einer guten Idee. Eine halbe Stunde später begrüßte sie ein neugieriger Hund mit wunderschönen Bernsteinaugen und fröhlichem Wedeln, und sie lernte Hannah persönlich kennen. Sarah wusste nicht, ob sie sich ein Bild von der Kommissarin gemacht hatte, die inzwischen mehr über sie wissen dürfte als die meisten anderen Menschen, doch als sie sich die Hände gaben, dachte sie: Hier passt alles zusammen – der aufmerksame Blick, der Klang ihrer Stimme, die Ausstrahlung einer erfahrenen Kommissarin und Frau, die sich noch dazu als unkomplizierte Gastgeberin erwies.

»Danke für die Einladung«, sagte Sarah, als sie im Wohnzimmer Platz nahm, begleitet von Kotti, der sich immer noch über ihren Besuch zu freuen schien.

»Keine Ursache. Was kann ich Ihnen anbieten?«

»Ein starker Kaffee wäre gut.«

Minuten später servierte Hannah Jakob Kaffee, Käse und Brot, etwas Gebäck. »Ich bin keine gute Köchin …«, fügte sie entschuldigend hinzu. »Um ehrlich zu sein, habe ich mir auch nie Mühe gegeben, eine zu werden. Ist nicht mein Gebiet.«

Sarah lächelte. »Bei mir klappt das ganz passabel, aber eine Küchenfee werde ich in diesem Leben auch nicht mehr.« Sie spürte, wie sie sich entspannte.

Schließlich ergriff Hannah Jakob das Wort. »Eines vorneweg: Ich bin dafür, dass wir uns duzen. Einverstanden?«

»Sehr gerne.«

Hannah Jakob lächelte und überlegte einen Moment. »Was die Mädchenmorde angeht, gibt es nach wie vor keine Neuigkeiten – weder hier noch in Rostock«, begann sie zu berichten. »Rechte Aktivitäten im Umfeld des Bistros wurden und werden hinterfragt, aber herausgekommen ist dabei bislang nichts. Und was den Berliner Fall betrifft«, sie hob kurz die Hände, »sieht es ähnlich aus. Die Untersuchungen zu den Aktivitäten dieser Clique dauern an. Die Kollegen hoffen, dass sich Opfer der gewalttätigen Übergriffe melden, aber ob sich daraus ein Zusammenhang mit dem Mord und den Geschehnissen in Rostock herstellen lässt, steht in den Sternen. In jedem Fall sind keine schnellen Erkenntnisse zu erwarten, leider. Soweit mir bekannt ist, hat es in der letzten Zeit keine weiteren anonymen Angriffe mehr gegen dich gegeben.«

»Wenigstens etwas.« Sarah lehnte sich zurück. »Vielleicht ist dem Täter die Lust vergangen, sich mit mir zu beschäftigen, zumal sich herumgesprochen hat, dass ich nicht mehr zum Ermittlungsteam gehöre.«

»Ja, vielleicht …« Hannah zögerte und warf Sarah einen skeptischen Blick zu.

»Oder er plant einen weiteren Mord? Willst du darauf hinaus?«

»Das lässt sich nicht ausschließen.«

Sarah griff nach ihrer Kaffeetasse.

»Du hast festgestellt, dass es in deinen Kontakten jemanden gibt, der in Berlin und Rostock auftaucht ...«

»Ja, Yvonne, eine ehemalige Kommilitonin, die inzwischen als Staatsanwältin in der Hansestadt arbeitet.« Sarah winkte ab. »Und das war es dann auch schon. Ich habe sie der Vollständigkeit halber erwähnt. Wie ich noch erfahren habe, war sie eine schweigsame Einzelgängerin, die mich ganz gerne mochte – das jedenfalls erwähnte eine andere Kommilitonin, zu der ich Kontakt aufgenommen hatte. Ich habe davon nicht viel mitbekommen, gar nichts, um ehrlich zu sein, aber darüber wundere ich mich schon gar nicht mehr. Ich habe offenbar wenig Notiz genommen von Umständen, die anderen längst aufgestoßen wären.«

»Das genaue Hinterfragen wird den wenigsten in die Wiege gelegt«, meinte Hannah. »Erzähl mir von deiner Großmutter.«

Sarah beschrieb den Besuch und ergänzte ihn mit Details zum Familienhintergrund. »Lotte hat Einfluss auf meine Erziehung genommen – es war ihr wichtig, dass ich eben nicht das Leben eines typischen Mädchens der Oberschicht führe. Inzwischen hege ich den Verdacht, dass mein Vater das nur zugelassen hat, weil ihm nichts anderes übrigblieb.«

»Sie wusste, was in der Kanzlei gespielt wurde?«

»Das halte ich für denkbar. Mein Großvater ist früh gestorben. Sie hat mehr Einblick gehabt, als mir klar war. Vielleicht sah sie sich außerstande, geschäftlich etwas zu verändern, hoffte aber, dass mir eines Tages die Augen aufgehen würden. Und mein Vater hat das zähneknirschend toleriert. So etwas in der Art.«

Hannah Jakob deutete ein Nicken an und hielt Sarahs Blick fest. »Es ist ausgesprochen schwer, die geschäftlichen Aktivitäten einer Kanzlei zu durchdringen, noch dazu ohne Beschluss und eindeutige

Beweise. Erste Recherchen mit einem Kollegen vom Wirtschaftsdezernat – im Abgleich mit dem Vermisstenfall Schütter – haben bislang nichts ergeben. Dabei dürfen wir natürlich auch nicht außer Acht lassen, dass allein die Tatsache, dass die Kanzlei womöglich politisch fragwürdige Mandanten unterstützt, nicht zwingend verdächtig ist.«

Sarah beschlich plötzlich ein eisiges Gefühl der Beklemmung – saß sie tatsächlich mit einer BKA-Kommissarin zusammen und zerbrach sich den Kopf über die Geschäfte der Kanzlei ihres Vaters? Auf der Suche nach juristisch verwertbarem Material, das miese Umtriebe und den Zusammenhang mit einem Verbrechen belegen könnte? Wenn die Morde, bei deren Ermittlungen ich so grandios gescheitert bin, nicht passiert wären, würde ich mich keine Minute damit beschäftigen, dachte sie. Ich würde jeglichen diesbezüglichen Verdacht empört abwehren. Doch einmal aus der Balance geraten, schien plötzlich vieles möglich.

»Mein Vater ist nur halbtags in der Kanzlei«, warf sie plötzlich in leisem Tonfall ein. »Vielleicht wurde er hintergangen.« Eine absurd kindliche Hoffnung, dass sich alles doch noch zum Guten wenden könnte, dachte sie im selben Moment und schüttelte den Kopf. Mein Vater ist ein Macher. Über seinen Kopf hinweg oder hinter seinem Rücken wurden keine Entscheidungen getroffen. Er wusste über jeden Mandanten Bescheid. »Vergiss den letzten Satz.«

»Was schlägst du vor?«

»Kolmer. Vielleicht ist das ein Name, der uns weiterbringt.«

Hannah stand auf und holte ihr Telefon. »Ich werde meine Kollegin bitten, die Datenbanken zu durchforsten.«

»Jetzt?«, fragte Sarah verblüfft und sah auf die Uhr. »Es ist später Abend.«

»Ob sie gleich damit anfängt, würde ich nicht beschwören, aber Lone ist immer ansprechbar – gerade in heiklen Fällen. Außerdem ist sie gründlich und schnell.«

Heikle Fälle.

»Übrigens – du kannst gerne hier übernachten«, fügte Hannah hinzu. »Das Sofa eignet sich ganz hervorragend als Schlafcouch. Falls es dich nicht stört, dass Kotti hin und wieder nach dir schauen wird, fühl dich herzlich eingeladen.«

Sarah zögerte keine Sekunde. Sie war völlig erschöpft und müde wie schon lange nicht mehr. Außerdem fühlte sie sich wohl und geborgen. »Danke, das ist eine wunderbare Idee. Ich bin ziemlich geschafft.«

Keine halbe Stunde später streckte sie sich auf dem Sofa aus. Das Letzte, was sie registrierte, war eine vorwitzige Hundenase und ein leises Winseln.

11

Lone meldete sich bereits am nächsten Morgen, als Hannah nach einem gemeinsamen Frühstück gerade im BKA eingetroffen und Sarah wieder in Richtung Norden aufgebrochen war.

Siegfried Kolmer war im Frühjahr mit Anfang achtzig an einem Herzinfarkt gestorben. Der gebürtige Berliner, dessen Frau bei einem Unfall ums Leben gekommen war, hatte gemeinsam mit Friedhelm Pirohl in den fünfziger Jahren Jura in Berlin studiert; beide waren zur selben Zeit in einer größeren Kanzlei beschäftigt gewesen, bevor Pirohl einige Jahre später ausschied und sein eigenes Anwaltsbüro gründete, während Kolmer ebenfalls eigene Wege ging, später in einer Kanzleigemeinschaft im hessischen Frankfurt arbeitete und schließlich hoch in den Norden nach Greifswald zog, wo er in den Nachwende-Jahren als Berater tätig war. Dass die beiden sich gekannt hatten, stand außer Frage, doch ob über die Jahrzehnte hinweg andauernde freundschaftliche Bande daraus entstanden waren oder möglicherweise Konflikte mit weitreichenden Folgen, ließ sich in den Vor-Internet-Zeiten nicht mit wenigen Klicks im Netz recherchieren. Dazu müsste die Suche auf andere Quellen ausgeweitet werden, wie Lone angemerkt hatte.

Hannah gab die Informationen direkt an Sarah weiter und beschloss, zunächst abzuwarten. Eine Tiefenrecherche ohne weitere Anhaltspunkte konnte auch Lone nicht einfach nebenbei durchführen. Vielleicht erinnerte sich Sarah doch an Kolmer, wenn sie das Foto sah und in ihren Erinnerungen wühlte, oder fand eine andere Möglichkeit, an Hintergrunddaten zu gelangen, die eine weitere Recherche erleichterten.

Hannah war beeindruckt. Die junge Kollegin hielt sich nach einer Phase tiefer Verzweiflung ziemlich wacker. Es war zweifellos eine große Herausforderung, in einer solchen Krise auch noch die eigene Familie in Frage zu stellen. Der Rückzug auf die Insel war sehr wahrscheinlich ihre einzige Chance gewesen, die brennenden Zweifel zuzulassen und in der Abgeschiedenheit Zusammenhängen auf den Grund zu gehen, die nicht nur erschütterten, sondern zutiefst schmerzten und schockierten. Hannah konnte selbst ein Lied davon singen, wie hilflos es machte, wenn man keine andere Möglichkeit sah, als Distanz zur eigenen Familie herzustellen. Sie hatte als junge Frau ihre Geburtsstadt Hamburg verlassen und war nach Berlin gegangen, nachdem ihre Schwester spurlos verschwunden war und ihre Eltern nicht hatten verhehlen können, dass sie Hannah eine Mitschuld anlasteten. Viele Jahre später hatte Hannah den Fall selbst aufgeklärt; doch das Verhältnis zu den Eltern war nie gänzlich geheilt worden.

Bei Sarah lagen die Dinge anders; Hannah war davon überzeugt, dass die Beziehung zu ihren Eltern, insbesondere zu ihrem Vater nie wieder ungetrübt sein würde, selbst wenn sich herausstellen sollte, dass der Verdacht gegen ihn unbegründet gewesen war – woran Hannah im Übrigen keine Sekunde glaubte. In diesem Fall würde Sarah lange daran zu knabbern haben, dass sie ihm misstraut hatte. Nach einer zähen Besprechung mit mehreren Abteilungen telefonierte Hannah am späten Mittag mit einem Kollegen aus der Wirtschaftsabteilung.

»Ich bin davon überzeugt, dass die Kanzlei hilfreich beim Verstecken von Geldbewegungen ist, die auf zahlreichen verschlungenen Umwegen quer durch Europa in rechte Kreise fließen – und das seit vielen Jahren, Jahrzehnten. Aber es gibt keine Handhabe für uns, das im Detail zu prüfen, zurzeit zumindest nicht. Die machen das sehr geschickt und lassen sich nicht ans Bein pinkeln.«

»Natürlich nicht.«

»Aber ich lasse nicht locker.«

»Danke, Kollege, das weiß ich sehr zu schätzen. Immerhin gibt es ja keinen …«

»Ermittlungsbeschluss? Nun, darauf allein können wir uns nicht immer verlassen, oder? Aber das nur so unter uns.«

Hannah lächelte. Sie beendete das Telefonat und dachte plötzlich an Henrik. Er war auch so ein Typ, der nicht lockergelassen hatte. Ohne ihn hätte Sarah sicherlich keine Anstalten gemacht, den Dingen auf den Grund zu gehen. Sie spitzte die Lippen. Henriks Hartnäckigkeit bezog sich nicht nur auf sein berufliches Engagement. Es würde noch einige Wochen dauern, bis er nach Berlin zurückkehrte, und sie freute sich darauf, ihn wiederzusehen.

Sarah hatte sich spontan entschlossen, einen Abstecher nach Rostock zu machen. Ihre Wohnung war kalt und wirkte fremd; der Briefkasten war mit Werbung vollgestopft. Sie drehte die Heizung auf, kochte Kaffee und las erneut die Informationen zu Siegfried Kolmer. Die blassen Porträtfotos aus unterschiedlichen Lebenszeiten sagten ihr nichts, was sie allerdings kaum verwunderte. Sie hatte bereits Mühe, sich an ihren Großvater zu erinnern, der seit knapp zwanzig Jahren tot war – wie sollte sie sich an seinen uralten Freund aus Studientagen entsinnen, mit dem er zeitweise zusammengearbeitet hatte, selbst wenn er auf alten Fotos auftauchen sollte, die sie sich unter Umständen zufälligerweise angesehen hatte? Der Hinweis ihrer Großmutter konnte alles Mögliche besagen – von der Andeutung eines Zusammenhangs mit aktuellen Geschehnissen bis hin zu womöglich verwirrten Erinnerungen an einen Freund, den sie zum letzten Mal vor Jahrzehnten gesehen hatte, von dessen Tod sie sehr wahrscheinlich nichts wusste und den sie gerne noch einmal wiedersehen würde, war alles vorstellbar. Lotte hatte zwar ganz und gar nicht den Eindruck von Verwirrung erweckt, aber Sarah durfte nicht ausschließen, dass sie sich irrte.

Sie schäumte Milch auf und goss Kaffee ein. Sie setzte sich dicht an die Heizung ins Wohnzimmer und umschloss die Tasse mit beiden Händen. Würde Kolmer noch leben, würde sie natürlich Kontakt zu ihm aufnehmen – in der Hoffnung, dass er etwas über den Großvater und seine Geschäfte wusste, die, wie man wohl annehmen durfte, sein Sohn weitergeführt hatte –, aber augenscheinlich gab es nicht einmal Verwandte, mit denen sie sich in Verbindung setzen konnte. Kolmer war bis vor wenigen Jahren als Berater in einer Bürogemeinschaft in Greifswald tätig gewesen, überlegte sie weiter, nahm ihren Laptop aus der Reisetasche und wurde schnell fündig. Die Kanzlei war nach wie vor aktiv und beschäftigte vier Anwälte und Juristinnen mit unterschiedlichen Schwerpunkten. Sarah griff zum Telefon. Nach dem zweiten Klingeln schaltete sich ein Anrufbeantworter ein. Sie wollte gerade auflegen, als es in der Leitung klickte.

»Anwaltsgemeinschaft Greifswald«, meldete sich eine tiefe männliche Stimme. »Martin Blum, was kann ich für Sie tun?«

»Mein Name ist Sarah Pirohl. Es geht um Siegfried Kolmer. Ich weiß, dass er verstorben ist und seit einigen Jahren nicht mehr praktiziert.«

»So ist es.«

»Herr Kolmer war ein alter Freund meiner Familie, genauer gesagt meiner Großeltern, und ich bin auf der Suche nach jemandem, der mir etwas mehr zu ihm erzählen kann.«

»Hm.« Ein kurzes Zögern. »Wie meinen Sie das?«

»Meine Großmutter wird nach einem Schlaganfall in einer Senioreneinrichtung betreut«, fuhr Sarah rasch fort. »Sie kann leider kaum noch sprechen, aber offensichtlich ist es ihr wichtig, zu erfahren, was aus dem Freund geworden ist. Sie weiß nicht einmal, dass er gestorben ist, und ich würde ihr gerne berichten, wie es ihm in den letzten Jahren ergangen ist. Und da es wohl keine Angehörigen gibt, hielt ich es für naheliegend, in der Kanzlei nachzufragen.«

»Ich verstehe. Erlauben Sie mir, dass ich Ihre Angaben überprüfe und Sie zurückrufe?«

»Natürlich.«

Martin Blum meldete sich zwanzig Minuten später zurück. »Es hat etwas länger gedauert, Frau Pirohl …«

»Das macht gar nichts.«

»Was genau interessiert Sie eigentlich?«

»Mein Großvater und Kolmer haben zusammen studiert und einige Jahre in einer Kanzlei gearbeitet, dann trennten sich ihre Wege. Offensichtlich hat meine Großmutter sehr darunter gelitten, vielleicht waren die drei eng befreundet, und es gab einen Konflikt, den sie ausräumen möchte – mit fünfundachtzig und ohne große Hoffnung, ihre Mobilität und Sprachfähigkeit zurückzuerlangen.«

»Aber sie kann nichts mehr ausräumen«, wandte Blum ein.

Sarah spürte erneut, dass er zögerte. »Das ist richtig. Dennoch, die Geschichte lässt ihr keine Ruhe.«

»Verstehe. Allerdings denke ich, dass ich keine große Hilfe für Sie bin. Ich habe Kolmer vor fünfundzwanzig Jahren kennengelernt, als ich in die Kanzlei eintrat. Über all die Jahre davor, geschweige denn über Jahrzehnte zurückliegende Ereignisse kann ich nichts sagen.«

»Hat er nie etwas erzählt über seine Zeit in Berlin?«

»Das hat er ganz bestimmt, aber … Nun, ich erinnere mich nicht an Einzelheiten, die für Sie oder Ihre Großmutter bedeutsam sein könnten. Kolmer war darüber hinaus ein sehr schweigsamer Mann. Hin und wieder nahm er Urlaub und fuhr weg, ohne dass jemand wusste, wo er sich aufhielt. Ach ja – er ist gerne gesegelt.«

»Vielleicht gibt es Fotos aus alten Zeiten«, warf sie ein.

»Nicht im Büro. Und seine Wohnung ist längst aufgelöst.«

»Wer hat sich darum gekümmert?«

Schweigen, ein leises Räuspern. »Ich habe keine Ahnung, und selbst wenn ich es wüsste ...«

»Herr Blum, ich verstehe Ihre Zurückhaltung sehr gut.« Sie überlegte kurz. »Würde unser Gespräch offener verlaufen, wenn ich persönlich vorbeikäme?«

»Vielleicht.«

»Haben Sie heute noch einen Termin frei?«

»Das könnte ich einrichten.«

»Danke. Ich mache mich auf den Weg.«

Sarah packte ihre Sachen zusammen, stellte die Heizung wieder herunter und schlüpfte in ihre Jacke. Im Flur blickte sie in den Spiegel. Ihr Gesicht war schmaler geworden, das dunkle volle Haar fiel über die Schultern, das Blaugrau ihrer Augen wirkte dunkler, intensiver und angespannt. Sie stützte die Hände auf der Kommode ab und ging so nah an den Spiegel, dass sich die Nasen berührten. Wer bist du? Wer bin ich? Einen Moment hielt sie den Atem an, dann schloss sie die Augen und trat einen Schritt zurück. Sie hob die Hände und wischte sich Staub von den Fingern. Das war kein Staub, bemerkte sie plötzlich und sah auf ihre Hände. Erdkrumen, ein paar winzige Brocken Dreck, als hätte sie eine Tasche auf der Kommode abgestellt, die zuvor draußen Schmutz an der Unterseite abbekommen hatte. Sarah stellte nie Tasche oder Rucksack auf dem Schrank ab, weil dort normalerweise ihre Schlüssel und anderer Kleinkram lagen, den sie beim Verlassen der Wohnung brauchte und vor ihrer Abreise nach Bornholm weggeräumt hatte.

Sie runzelte die Stirn. Jemand war in meiner Wohnung, durchzuckte es sie. Ihr Puls beschleunigte sich, während der Gedanke sich in ihr auszubreiten begann. Sie holte tief Luft, schaltete in allen Räumen das Licht an und begann, die Zimmer zu kontrollieren. Auf ihrem Schreibtisch lag die Ablage wie immer in der Mitte und schloss

mit der Unterkante am Tisch ab. Die Schubladen wirkten unange-
tastet, aber das musste gar nichts heißen. Sie war kein zwanghafter
Ordnungsfreak und würde nicht bemerken, ob Stifte, Notizheft, Papiere anders lagen oder jemand im Kleiderschrank ihre Klamotten
durchsucht hatte. Nach einer halben Stunde intensiven und erfolg-
losen Suchens verließ sie nach einem letzten Blick in die Runde die
Wohnung. Vielleicht hat der Hausmeister sich Zutritt verschafft,
dachte sie – zum Stromablesen oder um einen Handwerker herein-
zulassen. Klang nicht sehr wahrscheinlich, war aber nicht auszuschließen. Der Hausmeister, mit dem sie eine Minute später sprach,
schüttelte verblüfft den Kopf – und ihm war auch niemand aufgefallen, der sich an ihrer Tür zu schaffen gemacht hatte.

Sarah ging kurzerhand noch einmal nach oben und schob ein Papierkügelchen in den Türrahmen – es würde sich verschieben, wenn
jemand die Tür öffnete. Als sie im Wagen saß, kam ihr der Gedanke,
dass ihre Wohnung möglicherweise mit Überwachungstechnik ausgestattet worden war. War das nicht ein bisschen hysterisch? Wer
könnte welches Interesse daran haben, sie in ihren Privaträumen zu
beobachten? Falls es so war, wusste derjenige offenbar nicht, dass
sie auf Bornholm war – oder hatte es zumindest zu dem Zeitpunkt
nicht gewusst, als er sich für ihr Privatleben interessierte. Oder der
Dreck auf der Kommode stammte doch von ihrer Tasche, und sie
fing langsam an durchzudrehen. Sie atmete tief durch, dann startete
sie den Motor und machte sich auf den Weg nach Greifswald.

Auf halber Strecke Höhe Tribsee klingelte ihr Smartphone, die
Freisprechanlage schaltete sich ein, und auf dem Display tauchte
das lächelnde Konterfei ihrer Mutter auf – ein neues Porträtfoto, auf
dem sie ein Stirnband mit dem Logo ihres Sportstudios trug und
einen Daumen nach oben reckte. Meine schöne, durchtrainierte
Mutter, dachte Sarah, der sportlich aktivste Mensch, der mir je begegnet ist. Eine von den Frauen, die früh um sechs erst mal zehn

Kilometer herunterspulten, um dann nach dem Frühstück ins Studio zu fahren, mit dem Rad selbstverständlich. Sie will wissen, wann ich Weihnachten nach Hause komme. Gar nicht. Sie macht sich Sorgen. Keine schlechte Idee. Jetzt bloß nicht selbstgerecht werden. Sarah zögerte noch zwei Sekunden, dann nahm sie das Gespräch an.

Einen Augenblick blieb es still in der Leitung, und Sarah dachte, dass die Verbindung nicht zustande gekommen war, dann hörte sie ein leises erleichterndes Seufzen. »Sarah, ich bin froh, dass du ans Telefon gegangen bist.«

»Ich brauche Zeit für mich, nach wie vor.«

»Und das schließt aus, dass du dich hin und wieder mal meldest?«

In diesem Fall – ja.

»Dein Schweigen ist Antwort genug.« Das klang eher sachlich als vorwurfsvoll. »Ich möchte lediglich wissen, ob es dir gutgeht.«

»Ja.« Eine ziemlich grandiose Lüge. Ich durchforste mein Leben, meine Familie und entdecke mehr Überraschungen, als mir lieb ist. Einen Moment lang war sie versucht, ihre Mutter nach alten und neuen Nazis in der Familie zu fragen, und stellte sich vor, wie sie völlig entsetzt die Hände vor den Mund schlagen und einige Minuten später zu einem schnellen Lauf aufbrechen würde – um den Kopf freizukriegen. Ich bin ungerecht.

»Was willst du mitten im Winter so lange auf der Insel?«

Der Winter hat – genau genommen – noch gar nicht richtig begonnen. Sie haben dort grandioses Internet und tausend Lakritzsorten, selbst in kleinen Einkaufsläden hat man die Qual der Wahl. Sarah schüttelte den Kopf. Das klang alles ziemlich albern. Im Sommer wäre es kaum anders. »Hast du nie eine Krise durchlebt?«

»Nun … ja, schon. Jeder durchlebt mal eine Krise. Ich habe nur das Gefühl, dass du ganz weit weg bist und dich von allem entfernt hast, was dir mal wichtig war.«

Ganz weit weg und doch so nah wie nie zuvor.

»Und warum Bornholm?«

»Warum nicht? Letztlich ein Ort wie jeder andere, fern dem Alltag und üblicher Routinen und doch nach vielen Urlaubsreisen vertraut. Es gefällt mir. Ich bin dort zurzeit am richtigen Platz.«

Ihre Mutter schwieg. »Letztens hat jemand angerufen, der dich zu erreichen versuchte«, sagte sie plötzlich, und ihre Stimme klang, als hätte sie sich einen Ruck gegeben.

Sarah hob die Brauen. »Wer?«

»Ich weiß es nicht, ich habe mir den Namen nicht gemerkt. Es war eine Frau – vielleicht eine Kollegin von dir.«

»Und weiter?«, fragte Sarah in energischem Ton.

»Sie schien besorgt, und ich habe ihr gesagt, dass du dich nach einer anstrengenden Zeit zurückgezogen hast, um ein paar Tage auszuspannen. Außerdem wolltest du deine Ruhe haben. Ich wüsste selbst nicht, wo du bist.«

Sarah biss sich auf die Unterlippe. »Was hast du noch gesagt?«

»Nichts weiter.«

»Und du hast ihr nicht verraten, wo ich bin oder ihr einen Tipp gegeben?«

»Nein! Herrgott, das sagte ich doch gerade. Aber warum ist es so wichtig, dass …«

»Mama – diese Mordserie ist immer noch nicht aufgeklärt, und niemand soll wissen, wo ich bin!«, fiel Sarah ihrer Mutter scharf ins Wort. »Der Täter kennt mich. Er hat sich über mich lustig gemacht, mich in anonymen Schreiben verhöhnt, und womöglich …«

»Stell dir vor, das habe ich längst kapiert.«

»Gut.«

Es gibt Leute, die eins und eins zusammenzählen können, überlegte Sarah weiter. Rückzug und Ausspannen klang nach Auszeit, Urlaub, und mit diesem Stichwort ließ sich gut recherchieren.

»Pass gut auf dich auf, Sarah, und komm bald nach Hause«, sagte ihre Mutter plötzlich leise. »Du bist mein einziges Kind.« Dann war die Leitung stumm. Sarah fuhr auf den nächsten Rastplatz. Sie drehte eine Runde um das Toilettenhaus. Ein eisnasser Wind blies ihr ins Gesicht. Und wenn ich alles hinschmeiße, dachte sie plötzlich. Ich höre auf zu fragen, ich verlasse Bornholm, kehre Rostock endgültig den Rücken und fange in Berlin ganz neu an – vielleicht doch ein Studium, ein anderer Job, andere Leute, neue Perspektiven. Sie schüttelte den Kopf. Der Gedanke fühlte sich genauso absurd an, wie er klang. Darüber hinaus würde sie sich nie wieder in die Augen blicken können.

Als sie in Greifswald eintraf, war es später Nachmittag. Die Bürogemeinschaft befand sich in der Anklamer Straße in der Nähe des Martin-Andersen-Nexö-Platzes im ersten Stock eines unauffälligen Geschäftshauses, das schon bessere Tage gesehen hatte. Unter dem Dach firmierten neben den Anwälten ein Steuerberater, zwei Architekten und ein Wirtschaftsberater. Bereits der erste äußere Eindruck hatte nicht das Geringste mit der Kanzlei zu tun, die ihr Großvater gegründet hatte. Hatte sie sich je gefragt, woher das Geld stammte, mit dem er sich großzügige Räumlichkeiten am Gendarmenmarkt leisten konnte? Nachwendezeit. Kungeleien um die Sahnestücke in der neuen Mitte von Berlin. Er hat einen guten Riecher und beste Verbindungen gehabt und klug investiert, hatte ihr Vater einmal gesagt, ohne in die Details zu gehen. Die Details hatten sie seinerzeit nicht im Mindesten interessiert.

12

Die Frau wurde immer interessanter. Offensichtlich führte sie seit vielen Jahren ein Doppelleben. Die Nachforschungen hatten bislang keine Verbindung zu den üblichen Behörden aufgedeckt, aber das musste natürlich gar nichts heißen. Manchmal arbeitete der deutsche Geheimdienst – oder welche Dienststelle auch immer damit zu tun haben mochte – tatsächlich unauffällig und sorgte dafür, dass nicht das Geringste durchsickerte. Mantor war inzwischen fest davon überzeugt, dass sie auf Pirohls Tochter angesetzt worden war – womöglich bereits vor Jahren –, um über diesen Weg mehr über die Kanzlei zu erfahren beziehungsweise Bernd Pirohl so unauffällig wie möglich näher zu kommen. Yvonne Beyer oder Saskia Pilhaim war etwas älter als Sarah, aber die beiden hatten zumindest für einige Semester zusammen studiert, wie sich inzwischen herausgestellt hatte. Dann hatte es Sarah zu den Bullen gezogen, während Saskia/Yvonne ihr Studium durchzog, und eine Weile später wechselten beide nach Rostock. Das konnte kein Zufall sein – zumindest nicht im Zusammenspiel mit den anderen Fakten.

An dem Morgen, an dem Mantor vom Beschatter erfuhr, dass Saskia nach Sassnitz gefahren war und auf die Fähre nach Bornholm wartete, wurde ihm klar, dass er schnell handeln musste. »Du bist direkt vor Ort?«

»Nein, aber einer unserer besten Leute.«

»Soll dranbleiben.«

»Okay.«

»Ich will zeitnah auf dem Laufenden sein.«

»Versteht sich von selbst. Noch was – sie hat ihren Wagen nicht mitgenommen. Sie checkt als Fußgängerin ein.«

Das ist unauffälliger, dachte Mantor. Wenn sie Glück hatte, musste sie bei der Einreise nicht mal ihren Ausweis vorzeigen. Gut vier Stunden später erfuhr Mantor, dass Saskia sich einen Mietwagen besorgt und in einem kleinen Hotel am Fährhafen eingecheckt hatte – unter ihrem falschen Namen. Gute Voraussetzungen, um sich unauffällig auf der Insel umzusehen. Eine professionelle Beschattung war unter diesen Bedingungen durchaus anspruchsvoll. Bornholm war zu dieser Zeit einsam, wie leergefegt. Aber Mantor zweifelte nicht daran, dass die Observation gelingen würde. Wenn der Beschatter sagte, dass einer ihrer besten Leute mit der Aufgabe betraut war, musste er sich nicht sorgen, dass Saskia etwas merken würde.

Der Beschatter meldete sich am nächsten Tag zur Mittagszeit wieder; seine Stimme klang besorgt. So zumindest deutete Mantor den seltsamen Tonfall, denn er hatte den Beschatter bislang kaum irritiert, angespannt oder derart unsicher erlebt. »Ich erreiche unseren Mann nicht mehr.«

»Das heißt?«

»Sie ist Richtung Süden gefahren, nach Dueodde. Diese Info war das Letzte, was ich von ihm gehört habe. Seitdem ist er nicht mehr erreichbar, und das Handy ist abgestellt. Wenn das ein Zufall sein soll, fresse ich einen Besen.«

Mantor kniff die Augen zusammen. An der Südspitze der Insel gab es Überbleibsel einer Bunkeranlage aus dem Zweiten Weltkrieg, die Kanonenbatterie Bornholm-Süd, die im Kiefernwald von Dueodde selbstvergessen unter Moos vor sich hin schlummerte, sofern nicht gerade Touristen in den Sommermonaten die alte Anlage erkundeten, fotografierten oder staunend über Betonmauern und Treppen kletterten. Genauer gesagt handelte es sich um Reste eines begonnenen, aber nie beendeten Projekts. Anfang April 1940 hatte die deutsche Wehrmacht Dänemark und am Tag darauf Bornholm besetzt. Aufgrund seiner strategisch wichtigen Lage war die Insel ideal zur Kontrolle der Ostsee, und einige Monate später begannen die Planungen für den Bau einer Kanonenbatterie, der von deutschen und dänischen Unternehmen realisiert werden sollte. Nach einigen Monaten geriet das Vorhaben jedoch aus unterschiedlichen Gründen ins Stocken, und der Bau kam schließlich ganz zum Erliegen.

Doch interessant war in dem Zusammenhang ein anderer Aspekt. Bornholm diente auch nach der deutschen Besetzung als Zwischenstation für Flüchtlinge, zum Beispiel auf dem Weg nach Schweden, wobei Widerständler und Bauern sie unterstützten. 1943 gelang es fünfhundert Juden, über Bornholm zu fliehen. Für die Deutschen damals ein unhaltbarer Zustand, doch der Widerstand der Inselbewohner war so groß, dass schließlich Gestapooffiziere entsandt wurden. Einer von ihnen war der Großvater von Caroline Rothell gewesen, einer Politikerin der Nationalen Alternative Deutschland; sie verfolgte große Ziele. Friedrich Rothell war bei einem hinterhältigen Anschlag gestorben, als er sich die Bunkeranlage angesehen hatte, und seine Enkelin fuhr seit geraumer Zeit Jahr für Jahr an seinem Todestag auf die Insel und gedachte seiner.

Mantor war kein Fan von Caroline Rothell – das war niemand aus der Gruppe, weil sie und die »Nationale Alternative« viel zu zaghaft, halbherzig und zögerlich vorgingen, sich immer wieder mühten, unter halbwegs demokratischer Flagge zu segeln, leicht durchschaubare und wenig überzeugende, geschweige denn professionelle Wendemanöver in die verschiedensten Richtungen unternahmen. Damit verbauten sie den Weg, statt ihn freizumachen und einer neuen Bewegung Raum zu verschaffen. Doch die Bedeutung ihrer alljährlichen Reise lag auf der Hand und erreichte viele Menschen. Rothells Symbolik sprach für sich, und die Gruppe würde sie zu

nutzen wissen. Dass Saskia an dieser Stelle bereits ihre Fühler ausgestreckt haben könnte, wäre – vorsichtig ausgedrückt – ein ziem-
liches Dilemma und erforderte sofortiges Handeln. Ein Ausflug
Richtung Süden allein besagte natürlich noch gar nichts, doch dass
ihr Verfolger nicht mehr erreichbar war, ließ sämtliche Alarmglo-
cken schrillen.

»Bist du noch dran?«, fragte der Beschatter schließlich vorsichtig.

»Natürlich.«

»Was soll ich machen?«

»Check mal, ob es einen Unfall …«

»Längst geschehen. Da war nichts.«

»Wissen wir, wie lange Saskia bleiben will?«

»Drei, vier Tage mindestens.«

»Sie hat Urlaub?«

»So ist es, und sie bummelt Überstunden ab.«

»Wir müssen uns auf den Weg machen.«

»Verstehe. Was brauchst du?«

»Zwei Leute und eine Überfahrt mit einer hochseetüchtigen Motoryacht. Unsere Freunde in Sassnitz könnten womöglich helfen.
Ich bin mit von der Partie.«

»Ich kümmere mich sofort darum.«

»Gut. Noch was – die dänische Küstenpatrouille sollte uns nicht
kontrollieren. Wir brauchen eine sichere Route und die Möglichkeit, uns an Bord zu verstecken, sollte es doch zu einer Überprüfung
kommen.«

»Alles klar.«

»Vor Ort brauchen wir einen Wagen, geländetüchtig, falsche
Kennzeichen, das Übliche.«

»Wird erledigt. Ich melde mich wieder.«

Mantor legte das Telefon beiseite und packte das Nötigste. Er
stellte den Fernseher an, schaltete das Licht nicht aus und verließ

das Haus eine halbe Stunde später durch den Keller. Die Frage, ob er viel früher hätte reagieren müssen, beschäftigte ihn nur einen Moment. Jetzt war Handeln angesagt – spontan, doch wohlüberlegt und gut vorbereitet. Sie durften keine Spuren hinterlassen.

Martin Blum bat sie ohne Zögern in sein Büro – ein schmales Zimmer mit Blick in den Hof. Er war klein, kaum ein Meter sechzig, rund und kahlköpfig, trug einen Anzug, der ihm viel zu eng war, dazu eine Krawatte in beißenden Farben, und bewegte sich wieselflink. Sarah schätzte ihn auf Anfang sechzig. Seine Brille rutschte ihm ständig von der Nase. Er servierte Sarah eine Tasse Tee und sah sie einen Moment unschlüssig an. »Die Sache ist Ihnen persönlich wichtig, und zwar nicht nur wegen Ihrer Großmutter.«

»Stimmt.«

Er musterte sie mit unverhohlen aufforderndem Blick.

»Ich habe festgestellt, dass ich sehr wenig über meine Familie weiß«, erklärte Sarah. »Und es scheint, als sei der richtige Zeitpunkt gekommen, einen unverstellten Blick zu wagen.«

Er stützte die Arme mit den Ellenbogen auf dem Tisch ab, legte die Fingerspitzen aneinander und deutete ein Nicken an. »Kolmer war ein bisschen kauzig. Eine Bezeichnung, die man heute kaum noch verwendet, oder?«

Sarah lächelte. »Vielleicht würde man ihn eher als schrägen Typen bezeichnen.«

»Ja. Wie schon angedeutet – er hat wenig über sich geredet und ist selten aus sich herausgegangen, auch nicht nachdem seine Frau bei einem Unfall ums Leben gekommen war. Wann war das eigentlich? Tja, liegt bestimmt zehn Jahre zurück.« Er winkte ab. »Egal, er hat damals jedenfalls immer noch zumindest zeitweise gearbeitet, obwohl er bereits um die siebzig war und sich zur Ruhe hätte setzen können.« Blum lächelte kurz. »Aber das war nicht seine

Welt. Wie gesagt, Kolmer hat immer alles mit sich selbst abgemacht und sich kaum in die Karten gucken lassen – bis auf eine Ausnahme. Vor einigen Jahren besuchte er die Kanzlei anlässlich unserer Weihnachtsfeier. Er wirkte sehr melancholisch und hat viel zu viel getrunken – wie ich auch, wie die meisten. Wir beide waren dann die Letzten und haben ganz selbstlos beschlossen, die Wodkaflasche zu leeren.«

Blum atmete tief aus. »Meine Güte … Na ja.« Er kicherte. »Volltrunken wurde Kolmer jedenfalls ziemlich gesprächig. So hatte ich ihn noch nie erlebt. Ich habe zwar einiges nicht verstanden, weil seine Aussprache etwas gelitten hatte und meine Erinnerungen an den Abend verschwommen sind, aber wenn ich mich recht entsinne, hat er erst von seiner Frankfurter Zeit und dann von Ihrer Großmutter geschwärmt.« Er hob eine Braue. »Wenn ich mir einen Reim darauf machen müsste, würde ich mutmaßen, dass die beiden ein Techtelmechtel hatten – Techtelmechtel sagt man wohl auch nicht mehr? Egal, ihr Mann, also Ihr Großvater, war wohl alles andere als begeistert.« Blum zuckte mit den Achseln. »Überhaupt schien Kolmer ein Schwerenöter gewesen zu sein, der es mit der Treue in seiner Ehe auch nicht so genau genommen hatte. Schwerenöter ist auch kein Begriff, der heute noch verwendet wird, oder?«

Das war alles? Sarah runzelte die Stirn. Ein Seitensprung vor Jahrzehnten, als ihre Großeltern noch jung und unternehmungslustig waren? Ein untreuer Ehemann, der einiges zu verbergen hatte? Sie spürte, dass Blum sie eingehend musterte. »Sie wirken … hm, ja – enttäuscht. Dabei passt das Ganze doch zu dem, was Ihre Großmutter zu beschäftigen scheint. Oder hatten Sie etwas anderes erwartet?«

»Ehrlich gesagt: ja.«

Er beugte sich vor. »Könnten Sie etwas deutlicher werden?«

»Ich glaube, dass es weniger um private Geschichten geht, die meine Großmutter beunruhigen. Ich habe den Eindruck gewonnen, dass mein Großvater Mandanten betreute, mit denen Kolmer nicht zurechtkam, und davon weiß auch meine Großmutter.«

»Man muss seine Mandanten nicht mögen oder ihre Haltung teilen.«

»Natürlich nicht, aber ...« Sarah blickte kurz zur Seite, dann fixierte sie Blum. Plötzlich hatte sie das untrügliche Gefühl, dass der Mann viel mehr wusste, aber immer noch unschlüssig war, ob er ihr vertrauen konnte. »Womöglich hat mein Großvater ...« Wie sollte sie es ausdrücken? Mein Opa, der Nazi? Sie verschränkte die Hände ineinander. »Ich beschäftige mich zum ersten Mal eingehend mit meiner Familie und mit der Kanzlei, die mein Vater seit vielen Jahren mit einem Partner leitet«, hob sie leise an. »Ich habe mein Studium abgebrochen, um Polizistin zu werden, und bin ziemlich gescheitert. Und plötzlich bin ich bereit, alles in Frage zu stellen.« Sie sah ihn an. »Die Kanzlei steht im Verdacht, in unsaubere Geschäfte im Zusammenhang mit Parteienfinanzierung am äußersten rechten Rand verwickelt zu sein, und das seit ewigen Zeiten. Beweisen lässt sich jedoch bislang nichts. Aber ich will das alles sehr genau wissen.«

Blum erwiderte ihren Blick eine Weile schweigend, trank einen Schluck von seinem Tee und nickte schließlich. »So etwas hatte er angedeutet. Sie sind damals im Streit auseinandergegangen. Ihr Großvater war ein hochintelligenter Jurist und Wirtschaftsfachmann mit zwielichtigen Verbindungen und Kontakten. Kolmer wollte nichts damit zu tun haben. Er versuchte damals, Ihre Großmutter davon zu überzeugen, ihren Mann zu verlassen. Es ist ihm nicht gelungen.«

Na bitte, dachte Sarah. Nun wird es eine runde Geschichte.

Blum schob seine Brille hoch. »Sie verstehen, dass ich mit solchen Details nicht mal eben so herausrücke, nur weil Sie behaupten, dass Ihre Großmutter alten Zeiten nachhängt.«

»Zumal ich eine Pirohl bin?«

Er wiegte den Kopf und zog dann die Schublade seines Schreibtisches auf. »Es gibt ein paar alte Fotos – Segelausflüge, die Kolmer mit Ihren Großeltern unternommen hat. Ich habe sie hinter seinem Schreibtisch hier in seinem Büro gefunden, als wir dort Anfang des Jahres umräumten. Bis zu seinem Tod stand ihm der Raum uneingeschränkt zur Verfügung, auch wenn er ihn nur noch einige Stunden in der Woche nutzte.«

Blum reichte ihr drei Fotos – Schwarzweißaufnahmen aus den Sechzigern, vermutete sie. Ihre Großeltern auf einer Segelyacht, jung, braungebrannt, strahlend, mittendrin Kolmer. Im Hintergrund waren die schemenhaften Umrisse eines Küstenabschnittes zu erkennen. Sarah beugte sich vor. »Wo ist das?«

»Dänemark. Von Fehmarn aus ist es ja nur ein Katzensprung. Die drei waren Skandinavien-Fans. Kolmer ist dort auch später allein viel herumgereist … Seine Ehe ist übrigens kinderlos geblieben.« Blum zögerte kurz. »Aber Kolmer war Vater eines außerehelichen Kindes, von dem seine Frau nichts wusste, um das er sich aber kümmerte, wenn auch unregelmäßig. Er hat dazu mal eine Andeutung gemacht.« Blum hob die Hände. »Und bevor Sie nachfragen – über die Identität weiß ich nichts. Kolmer hat sich da bedeckt gehalten.«

»Warum eigentlich? Nach dem Tod seiner Frau hätte er doch offen damit umgehen können?«

Blum zuckte mit den Achseln. »Keine Ahnung. Womöglich hing sein Schweigen ja auch mit der Mutter des Kindes zusammen.«

Sarah blinzelte. »Seine Wohnung ist aufgelöst worden, wie Sie am Telefon sagten. Wissen Sie, was mit seinen Sachen geschehen ist?«

»Das hat ein Notar erledigt.«

An dieser Stelle kam sie nicht weiter. Womöglich war der Aspekt auch völlig unwichtig. »Ich schätze, da kann man nichts machen. Hatten Sie den Eindruck, dass er meinem Großvater etwas nachtrug? Oder seine Fühler mal nach der Kanzlei ausstreckte?«

Blum schüttelte den Kopf. »Das Thema war durch für ihn, endgültig, zumal Ihr Großvater schon lange tot ist. So wirkte es zumindest auf mich. Damit wollte er nichts mehr zu tun haben. Das Erstarken der rechtsextremen Szene hat ihn allerdings zutiefst erschüttert – Stichwort NSU-Morde – sowie die Erfolgsgeschichte der rechten Parteien in Deutschland und europaweit. Die Hetzparolen jagten ihm regelrecht Angst ein. Er befürchtete, dass sich die Geschichte wiederholen könnte. So ähnlich äußerte er sich einmal. Ich denke, dass seine Sorgen nicht unbegründet sind.«

Sarah durchfuhr ein Frösteln. Als sie sich eine Viertelstunde später von Blum verabschiedete, war sie davon überzeugt, dass der Konflikt zwischen Kolmer und ihrem Großvater weitaus heftiger und tiefgreifender gewesen war, als es im Nachhinein in den Erzählungen eines Dritten anklang. Das Thema war mitnichten durch gewesen. Davon war sie überzeugt, und zu gegebener Zeit würde sie über all das mit ihrem Vater reden.

Sie machte sich auf den Weg nach Sassnitz, buchte die Fähre für den nächsten Vormittag und übernachtete in einem kleinen Hotel in Neu-Mukran. Mitten in der Nacht schreckte sie mit wildem Herzklopfen aus einem wirren Traum hoch, in dem jemand ihre Wohnung verwüstet und zwei Mädchenleichen mit zertrümmerten Gesichtern zurückgelassen hatte. Vor der Haustür hielt ein Mann Wache, dessen Brille ständig von der Nase rutschte und der ein seltsames Kinderlied summte.

Die Fähre startete erst kurz vor zwölf, aber Sarah stand um sechs auf, duschte und verließ das Hotel nach dem Frühstück. Es war stockdunkel und diesig; nasskalter Wind zerzauste ihr Haar. Sie verstaute ihr Gepäck im Wagen, lief den Weg hinunter bis zum Leuchtfeuer an der Nordmole, das die Fähre in wenigen Stunden Richtung Bornholm passieren würde, und starrte über die dunkle Ostsee.

Als sie am Nachmittag auf der Insel eintraf, lag bleiernes Licht über Bornholm. Sie war müde und erschöpft. Ihre Energie reichte gerade noch für einen kleinen Einkauf. Im Haus war es eiskalt. Sie entzündete ein Feuer, kochte Tee und bereitete einen schnellen Imbiss zu. Wenige Minuten nach dem Essen schlief sie auf dem Sofa ein.

13

Saskia/Yvonne verließ das Hotel am frühen Morgen durch den Hinterausgang, wo einer von Mantors Leuten ihren Aufbruch beobachtete und Meldung erstattete. »Okay. Wir folgen ihr.«

Sie fuhr über die Nebenstraße an der Küste entlang Richtung Süden. Es herrschte so gut wie kein Verkehr, und sie mussten in großem Abstand hinter ihr bleiben, um keinen Verdacht zu erregen. Mantor wies den Fahrer an, immer wieder die Scheinwerfer auszuschalten. Hinter Arnager verringerte Saskia plötzlich das Tempo. Der Fahrer warf Mantor einen kurzen Seitenblick zu. Der nickte. »Wir schnappen sie uns jetzt.«

Der Fahrer gab Gas, überholte den Kleinwagen, trat auf die Bremse und stellte sich quer. Mantors zweiter Mann sprang aus dem Fahrzeug, zog seine Waffe und eilte zum Wagen, während Mantor langsam ausstieg. Wir haben dich überrascht, dachte er und lächelte, als Saskia mit erhobenen Händen ausstieg. Ihre Mimik spiegelte völlige Fassungslosigkeit. Mantor trat langsam näher und fixierte sie. »Wir müssen uns unterhalten.«

Sie starrte ihn an. »Was soll das? Was wollen Sie?« Ihre Stimme war dünn und klein vor Aufregung. Kaum zu glauben, dass diese Frau im Ring wie ein Berserker agieren konnte.

Mantor nickte seinen Männern zu. »Fesseln. Und seid vorsichtig. Sie weiß sich zu wehren.« Er behielt sie im Blick und war ziemlich sicher, dass sie zusammengezuckt war. »Alles andere wie besprochen.«

Mantors zweiter Mann übernahm das Mietauto, Saskia verfrachteten sie in den Geländewagen, und kaum zwei Minuten später fuhren sie weiter Richtung Süden. Saskia sagte kein einziges Wort, aber sie war bleich. Am Leuchtturm Dueodde ließen sie den Leihwagen mitten im Wald zurück, nachdem sie die Navidaten ausgelesen hatten, und machten sich auf den Weg zu einem einsamen Hof im Nordosten der Insel zwischen Klemensker und Humledal, wo sich auch im Sommer höchstens ein paar Radtouristen blicken ließen. Einen Teil des Hofes inklusive Schuppen und Wohngebäude hatte die Gruppe vor knapp zwei Jahren mit Hilfe eines Mittelsmanns gemietet. Rundherum: Felder, Wälder, Wiesen, etwas weiter südlich ein Golfplatz. Das nächste Haus war weit entfernt. Der Hofbesitzer reparierte landwirtschaftliche Maschinen, lebte allein und war ein überaus schweigsamer Mann, den es nicht einmal ansatzweise interessierte, was sie dort taten, Hauptsache, das Geld floss, inoffiziell natürlich. Er käme im Traum nicht auf die Idee, über seine Untermieter zu sprechen. Auf Wunsch verzog er sich auch mal ein paar Tage, ohne auch nur eine einzige Frage zu stellen. Ein guter Standort also, nahezu perfekt.

Mantor ließ Saskia an einen Stuhl im Geräteschuppen fesseln und setzte sich ihr gegenüber. Seine Hände umschlossen einen Becher Tee. Kaltes Licht ergoss sich über das schmale Gesicht der Frau. »Wir müssen reden.« Er zog ein Foto von dem Mann aus der Tasche, der vor zwei Tagen spurlos verschwunden war, als er sie beschattet hatte. »Kennst du ihn?«

Sie musterte das Bild, suchte dann seinen Blick. »Nein.«

Er nickte. Das klang durchaus überzeugend, trotzdem glaubte er ihr kein Wort. »Ich verstehe. Fangen wir anders an, besser gesagt: Holen wir weiter aus. Wir haben ja Zeit. Wie soll ich dich ansprechen, Staatsanwältin – mit Yvonne oder mit Saskia? Was ist dir lieber?«

Sie gab sich Mühe, keine Miene zu verziehen, aber auch diese

Überraschung war gelungen. »Ich schlage vor, wir bleiben bei Saskia«, fuhr er leise fort. »Das dürfte ganz in deinem Interesse sein.« Er trank einen Schluck und beugte sich vor. »Ich habe dich fighten gesehen. Alle Achtung, du hast echt was drauf. Was treibt dich in den Ring?«

Sie blieb stumm. Er hob eine Braue. »Verrat es mir. Ich bin wirklich interessiert. Außerdem kannst du an der Stelle ohnehin nichts mehr verbergen. Wie gesagt – ich habe dich gesehen, ich habe gründliche Nachforschungen anstellen lassen, und ich weiß inzwischen, dass du seit vielen Jahren in den Ring steigst und deine Gegner kaum eine Chance haben. Wann hat es angefangen? Wie hat es angefangen? Solche Geschichten interessieren mich brennend.«

Sie neigte kurz den Kopf zur Seite und zog die Schultern zusammen. Sie fror. Kein Wunder – sie hatten ihr die Jacke abgenommen, sie trug nur einen dünnen Pullover, und die Temperaturen dürften nur wenig über dem Gefrierpunkt liegen. Hinzu kam, dass sie sich unter den Fesseln kaum rühren konnte. Kälte, gegen die man sich nicht wehren konnte, war ein unangenehmer, zermürbender Genosse und ein wirksames Folterinstrument. Schläge auf völlig unterkühlte Körperteile waren überaus schmerzhaft. Aber so weit waren sie noch nicht. Darum würden sich später seine Männer kümmern, soweit es nötig sein sollte. Vielleicht entschloss sie sich auch zu kooperieren, und es gab einen eleganteren Weg als brachiale Gewalt. Aber eigentlich glaubte er nicht daran. Eine Kämpferin wie sie würde nicht einfach aufgeben, reden und die Seiten wechseln.

»Es ist eine völlig belanglose Geschichte«, ergriff sie plötzlich das Wort. »Ich bin mal angegriffen worden und habe festgestellt, dass ich mich wehren kann.«

»Das war eine gute Erfahrung.«

»Ja.«

»Du hast dein Talent erkannt und ausgebaut.«

Sie nickte.

»Aber es ist ein beträchtlicher Unterschied, ob man ein bisschen Selbstverteidigung übt oder bei illegalen Fights in den Ring steigt.«

»Käfig.«

»Wie bitte?«

»Man nennt sie Käfige.«

Er schmunzelte. »Stimmt, Staatsanwältin. Wir wollen doch korrekt bleiben und die Dinge beim richtigen Namen nennen. Du steigst also in den Käfig.«

»Hin und wieder. Ich probiere mich aus.«

»Zum erheblichen Nachteil deiner Gegner.«

Sie zuckte mit den Achseln. »Jeder weiß, was ihn im Ring erwartet, und kennt das Risiko.«

»Okay.« Mantor schlug ein Bein über das andere. »Und da du als Staatsdienerin beschäftigt bist, sollte sich dein Hobby nicht herumsprechen. Die Wahl eines Pseudonyms ist also durchaus nachvollziehbar.«

»Warum bin ich hier?«

Mantor lächelte. »Du bist für einen sehr direkten Schlagabtausch, auch außerhalb des Käfigs. Das gefällt mir. Wobei …« Er warf einen Blick auf ihre Fesseln. »Deine aktuelle Situation als Gefangene hat schon was von einem Käfig, oder? Mit einem großen Unterschied – du kannst dich nicht wehren, nicht so wie gewohnt. Nun, der Hintergrund ist schnell erklärt: Ich halte dich für einen Spitzel.«

Ihre Pupillen weiteten sich für einen Moment.

»Stichwort: Nicole.«

»Ich habe keine Ahnung …«

»Doch, hast du«, warf er sofort ein. »Versuch, das Niveau zu halten, Staatsanwältin. Plattes, schnell durchschaubares Leugnen ist nicht dein Stil. Also: Du hast den Kontakt zu Nicole gesucht und an einem Treffen der Gruppe teilgenommen. Das war, bevor sie von diesem Serienkiller umgebracht wurde.«

Sie starrte ihn stumm an. Mantor wartete zehn Sekunden, dann stand er auf und nickte seinem Mann im Hintergrund zu. »Erteil ihr eine Lektion, aber sie sollte danach noch ansprechbar sein.«

»Wird erledigt.«

Mantor wandte sich um und ging zur Tür. Das Geräusch der ersten Schläge streifte sein Ohr. In spätestens zehn Minuten würde Saskias Gesicht zugeschwollen sein. Er ging pinkeln, holte sich frischen Tee und ein belegtes Brot. Als er zurückkehrte, war sie blutüberströmt. Er seufzte leise, setzte sich und biss von seinem Brot ab. »War das wirklich nötig?«

Sie antwortete nicht.

»Meine Männer haben einige äußerst unangenehme Praktiken drauf, die mit den üblichen Prügelattacken kaum vergleichbar sind. Überleg dir gut, ob du dir das antun willst. Also – Nicole. Hast du versucht, etwas über die Gruppe herauszufinden?«

»Nein.« Ihre Stimme klang anders, gepresst, aber klarer, als er erwartet hatte.

»Du warst bei einem Treffen dabei.«

»Neugierde.«

Er trank Tee, kaute, überlegte. Sie klang bemerkenswert ruhig. Andererseits war sie es gewohnt, nicht nur auszuteilen, sondern auch Schläge einzustecken, Schmerz auszuhalten und sich einer ungewöhnlichen Herausforderung zu stellen. Sie war verdammt anpassungsfähig. Er durfte sie auf keinen Fall unterschätzen.

»Der Mann von dem Foto, das ich dir vorhin gezeigt habe, hatte die Aufgabe, dich zu beschatten. Du warst auf dem Weg in den Süden der Insel, als wir ihn nicht mehr erreichen konnten.«

»Ich kenne den Mann nicht, und ich weiß nicht, was passiert ist.«

»Was willst du auf Bornholm?«

»Ein paar Tage ausspannen.«

Mantor schüttelte den Kopf und stand erneut auf. »Na schön.« Er nickte seinem Mann zu. »Mach weiter und hol dir Unterstützung.«

»Alles klar.«

Diesmal würde es richtig zur Sache gehen. Eine halbe Stunde später war Saskia kaum noch wiederzuerkennen. Mantor schnalzte, während er sie eingehend musterte. »Noch einmal: Was ist mit unserem Mann passiert?«

»Er hat mich bedrängt«, flüsterte sie. Ihre Stimme hatte Mühe, den Weg durch die geschwollenen Lippen zu finden. Das Blut lief ihr am Kinn herunter.

»Wie darf ich mir das vorstellen?«

»Ich habe ihn bemerkt und zur Rede gestellt.« Sie sprach langsam, fast bedächtig.

Mantor lachte herzlich. »Tatsächlich?«

»Ja. Ich habe auf einem Parkplatz angehalten und gewartet. Als er auftauchte, habe ich ihn gefragt, was er will.«

»Und weiter?«

Sie starrte ihn an. Mantor starrte zurück und stutzte. »Ich habe ihn überrascht«, sagte sie schließlich.

»Womit genau?«

Sie atmete mühsam. »Ein Tritt in die Weichteile.«

Mantor atmete scharf ein. »Weiter!«

»Prügelei«, stieß sie hervor. »Er ist … gestorben.«

»Du hast ihn totgeschlagen?«

»Ja.«

»Wo ist seine Leiche?«

»Vergraben. In der Nähe des Bunkers unten in Dueodde. Das war ganz in der Nähe.«

»Sein Auto?«

»Im Wald versteckt.«

Mantor war einen Moment völlig perplex. »Ich lasse das überprüfen. Du zeigst uns auf der Karte, wo du die Leiche verbuddelt hast.«

Sie deutete ein Nicken an.

Keine zwei Stunden später stand fest, dass Saskia die Wahrheit gesagt hatte, und Mantor fragte sich, ob die Frau tatsächlich so gut war, dass sie einen seiner besten Männer nahezu mühelos hatte ausschalten können, ohne dass irgendjemand etwas davon mitbekommen hatte, oder ob der Mann entgegen seiner Überzeugung alles andere als klug gehandelt und zudem womöglich einen rabenschwarzen Tag gehabt hatte.

»Machen wir weiter«, sagte er schließlich. Sie fror inzwischen erbärmlich und sah überaus mitgenommen aus, hielt sich aber nach wie vor beeindruckend gut. »Du hast also deinen Verfolger ausgeschaltet, weil du dich bedrängt gefühlt und in einer handfesten Auseinandersetzung ordentlich hingelangt hast. Richtig?«

»Ja.«

»Er ist dir zu nahe gekommen, und das magst du nicht?«

»Kann man sagen.«

»Okay. Was ist mit Sarah?«

Das hatte gesessen. Sie stierte ihn an, dann versuchte sie den Kopf zu schütteln, hielt aber sofort wieder inne.

»Ihr kennt euch«, fuhr er fort.

»Ja. Studium.«

»Ich weiß. Berlin, dann hat sie in Rostock angefangen und du auch.«

»Sie ist in Rostock?«

»Verarsch mich nicht!«, schnauzte er sie plötzlich wütend an. »Warum beobachtest du sie?«

»Tue ich nicht.«

Mantor rückte nah an sie heran. Er ließ sich ungern aus der Reserve locken und zu unkontrollierten Gefühlsausbrüchen verleiten. Fast berührten sich ihre Nasenspitzen. »Hör zu, Staatsanwältin, am liebsten würde ich dir sofort eine Schlinge um den Hals legen und dabei zusehen, wie du elendig verreckst, aber diesen Spaß muss ich mir für später aufheben«, zischte er. »Du wirst mir sagen, für wen du arbeitest und welche Informationen du weitergeleitet hast. Du wirst mir auch sagen, was genau dich an Sarah interessiert. Wir wissen längst, dass sie auf der Insel ist, und wenn wir uns die Daten vom Navi deines Wagens genauer angesehen haben, werden wir schnell herausfinden, für welche Orte du dich speziell interessierst. Was ich damit sagen will? Wir sind schon einige Schritte weiter, als dir klar sein dürfte, und je eher du kapierst, dass Widerstand gegen uns eine Scheißidee ist, desto besser.«

Ihre Augen begannen plötzlich zu glänzen. Sie weint, dachte er verblüfft. Aber das tat sie nicht. Ihr Blick hielt seinem stand, und er rückte wieder ein Stück ab, musterte sie schweigend. »Meine Männer werden sich jetzt so lange mit dir beschäftigen, bis du geredet hast, meinetwegen die ganze Nacht. Ich werde währenddessen ein heißes Bad nehmen und noch eine Kleinigkeit essen, gute Musik hören. Sobald du kooperierst, sehen wir weiter.«

Das war natürlich Blödsinn, und das wusste sie auch. Sie würde die Insel nie wieder verlassen.

Sie starb bei Sonnenaufgang. Mantor war unwirsch und spürte zugleich ein seltsames Bedauern – eine Frau mit ihren Fähigkeiten hätte einen guten Weg machen können. Aber es war ihnen nicht gelungen, sie zu brechen. Der Schmerz schien sie insbesondere in den letzten zwei Stunden kaum noch zu erreichen. Das war durchaus beklagenswert und darüber hinaus nicht ungefährlich. Nun würden sie nie erfahren, welche Rolle Saskia gespielt hatte, wie nahe sie wem auch immer gekommen war und welche Informationen an wen geflossen waren.

Die Frage, was mit ihrer Leiche geschehen sollte, durfte nicht leichtfertig oder nur oberflächlich durchdacht entschieden werden. Ein Grab in der Ostsee eignete sich normalerweise perfekt für ein endgültiges Verschwinden, aber womöglich war es bedeutend sinnvoller und reizvoll, einen Zusammenhang mit den zukünftigen Plänen der Gruppe zu kreieren. Einen Augenblick lang überlegte er, Saskia auch in der Nähe der Bunkeranlage zu begraben, dann entschied er sich dagegen. Der Kamerad war dort perfekt aufgehoben – die Staatsanwältin hatte die Stelle für sein Grab gut gewählt. Falls alles glattging, würde er nie gefunden werden, weil auch niemand nach ihm suchte. Sie mussten nur noch seinen Wagen sichern. Nach Saskia würde hingegen bald gesucht werden, und war sie erst gefunden, dürfte die Suche ausgeweitet werden, und eine zweite Leiche bliebe dann wohl nicht unentdeckt. Vielleicht sollte man den Behörden die Arbeit erleichtern und sie auf eine Spur setzen, der sie nur zu gerne folgen würden. Plötzlich lächelte Mantor. Alles eine Frage der Organisation, die bis ins kleinste Detail durchdacht sein musste.

Auch Stunden später, als sie längst wieder mit der Motoryacht auf der Ostsee unterwegs waren, war er immer noch hochzufrieden mit seinen Entscheidungen. Saskias Auto hatten sie nach gründlicher Inspektion – bei der sie ihren Laptop entdeckt hatten, den sich einer ihrer Experten ansehen würde – sowie sorgfältiger Spurenbeseitigung in der Nähe des Leichenablageortes abgestellt. Sein Entschluss, auf eine Durchsuchung ihres Zimmers zu verzichten, klang nach wie vor vernünftig. Das Hotel verfügte über eine Videoüberwachung; zudem durften sie davon ausgehen, dass die kluge Staatsanwältin nichts bei sich hatte, was sie kompromittieren könnte – schon gar nicht, nachdem sie ihren Verfolger beseitigt hatte. Nun hieß es: stillhalten, die Lage gründlich sondieren und analysieren, welche Nachrichten durchsickerten und worüber nichts nach außen drang.

Am nächsten Tag beauftragte er nach reiflicher Überlegung seinen besten Mann, den Beschatter, mit der Aufgabe, sich auf den Weg nach Bornholm zu machen, Sarah Pirohl aufzustöbern und im Auge zu behalten.

14

Die Burgruine von Hammershus war im Winter ein perfekter Ort. Im Sommer ergossen sich ganze Reisebusse voller Touristen über den geschichtsträchtigen Ort, an dem die Bornholmer im siebzehnten Jahrhundert den Schweden getrotzt und sie endgültig vertrieben hatten. In der dunklen Jahreszeit fand kaum jemand den Weg hierher. Die trutzigen Steinwände standen stumm über den Klippen hoch im Norden. Perfekt für eine einsame Begehung und beste Voraussetzungen für gute Fotos. Liva erklomm eine Mauer und blickte über die Ostsee; sie hob ihre Kamera und versuchte, das Licht einzufangen – ein zögerliches Blaugrau unter einer tiefen Wolkenwand, deren Schatten wunderbar mit der Farbe der verwitterten Steine korrespondierte. Liva studierte Fotografie in Kopenhagen. Sie wusste nur allzu gut, dass sie keine hochbegabte Bildkünstlerin war und ihre Umsetzung insbesondere technische Mängel aufwies, aber sie hatte ein Händchen für gute Motive. Szenen, die eine Geschichte erzählten, und zwar unaufdringlich und manchmal voller Poesie, Dramatik oder auch Humor.

Liva kannte Hammershus zu allen Jahreszeiten; sie besuchte die Ruine jedes Mal, wenn sie bei ihrer Schwester war, die ein kleines Café mit angeschlossenem Kunsthandwerkladen im gerade einmal drei Kilometer entfernten Alinge-Sandvig betrieb. Und jedes Mal fotografierte sie die Mauern und Rundbögen, das einfallende Licht, das Grün, das sich selbst im Dezember nicht beirren ließ, die dürren Bäume, die sich am Hang festkrallten, und die wie zufällig entstandenen Wasserstellen. Und bei jedem Besuch wanderte sie den steilen Weg hinunter zum Wasser, lief den steinigen Pfad entlang bis zum kleinen Hafen, suchte den Horizont ab, schoss das hundertste oder auch tausendste Foto genau aus diesem oder jenem Winkel.

Als sie sich an diesem Tag auf den Rückweg machte und den schmalen und steilen Pfad zur Burg erklomm, waren vielleicht zwanzig Minuten vergangen. Eine Wolke schob sich vor die Sonne. Sie schraubte den Deckel auf das Objektiv, blickte noch einmal zurück und wollte sich gerade auf den Weg hinunter zum Parkplatz machen, wo ihr Mountainbike etwas abseits hinter einem Gebüsch stand, als sie sich spontan entschied, ein weiteres Bild zu schießen – aus dem Inneren der Burg mit dem Blick durch einen Rundbogen hinaus aufs Meer. Das war auch so ein Motiv, das sie nicht zum ersten Mal reizte.

Sie kletterte über eine niedrige Mauer und nahm plötzlich zweierlei in der Stille wahr: zunächst das Geräusch eines sich entfernenden Wagens. Sie lauschte einen Moment, dann drehte sie sich um. Etwas war anders als vor einer halben Stunde. Auf den wie zufällig hindrapierten Steinen im Burginneren lag ein Bündel. So wirkte es jedenfalls aus der Entfernung von ungefähr zwanzig, dreißig Metern. Liva runzelte die Stirn und ging langsam näher. Eine Decke. Sie war hundertprozentig sicher, dass sie vor einer halben Stunde noch nicht dort gelegen hatte. Vielleicht war in der Zwischenzeit jemand hier gewesen und hatte sie vergessen. Das Motorengeräusch passte dazu. Aber warum sollte man zu dieser Jahreszeit eine Decke mit sich herumschleppen?

Sie ging noch näher heran, als sie bemerkte, dass sich die Decke ausbeulte. Ihr Herz klopfte plötzlich lautstark. Dort lag jemand. Sie schluckte und rief leise, dann etwas lauter. Keine Antwort. Vorsichtig trat sie näher heran und fasste nach sekundenlangem Zögern nach einem Zipfel der Decke. Schließlich zog sie behutsam. Ein Haarschopf, ein Gesicht, blutig, wie zertrümmert.

Liva wusste nicht, wie lange sie wie erfroren und stocksteif einfach nur dagestanden hatte, kaum atmend, unfähig, den Blick abzuwenden, bis es ihr endlich gelang, die Decke loszulassen und zu schreien. Wie viel Zeit verging, bis sie in der Lage war, ihr Smartphone aus der Tasche zu ziehen und die Polizei zu benachrichtigen, konnte sie auch Tage später nicht nachvollziehen. Irgendwann hörte sie Sirenen und bemerkte, dass sie das Innere der Ruine verlassen hatte. Sie zitterte am ganzen Körper.

Zum ersten Mal, seit Sarah auf Bornholm war, hatte sie tief und fest und zugleich bis nach Sonnenaufgang geschlafen. Sie war hungrig. Nach dem Frühstück setzte sie sich an ihren Laptop, ergänzte ihre Liste und schrieb einen langen Bericht zu ihren Besuchen bei Lotte und in Greifswald. Am späten Vormittag fuhr sie zum Einkaufen nach Aarkirkeby. An der Kasse unterhielten sich zwei Frauen sehr angeregt, und alle in der Schlange anstehenden Leute lauschten mit ernsten Mienen oder kommentierten in sorgenvollem Tonfall.

Sarahs Dänisch beschränkte sich auf das Notwendigste, aber was sie verstand, klang beunruhigend. Sie warf der Kassiererin, die sie nach zahlreichen Einkäufen inzwischen längst kannte und stets freundlich grüßte, einen langen fragenden Blick zu.

»Man hat jemanden gefunden«, erklärte sie ihr freundlicherweise auf Deutsch. »Eine tote Frau. Oben an der Burg.«

»Ein Unfall?«, fragte Sarah, während die Umstehenden sie aufmerksam ansahen.

Schulterzucken. Sarah bedankte sich. Im Wagen schaltete sie das Radio ein, aber die Nachrichtenzeit hatte sie gerade verpasst. Im Netz fand sich nicht mehr als das, was sie schon wusste. Man hatte eine Tote in der Burgruine Hammershus gefunden. Die Polizei ermittelte. Sarah fröstelte. Schon wieder eine Tote. Sie fuhr eilig nach Hause und schaltete den Fernseher ein. In einem regionalen Sender berichtete ein Reporter, der mit dem Rücken zum derzeit geschlossenen Besucherzentrum stand, dass zum Geschehen an der Burg noch keine Informationen vorlagen – soweit Sarah ihn verstehen konnte.

Da ist jemand herumgeklettert und abgestürzt, dachte sie. Die Burg war von allen Seiten frei zugänglich, und wenn man sich nicht vorsah oder übermütig die Mauern erklomm, war ein Sturz nicht ausgeschlossen. Zurzeit waren kaum Spaziergänger oder gar Touristen unterwegs, so dass die Chance, schnell gefunden zu werden, sehr gering war. Auf der Seeseite führte ein steiler Weg vorbei an zerklüfteten Felswänden mit schmalen Öffnungen hinunter zum Wasser. Als Kind hatte sie ihren Eltern in den Ohren gelegen, diese Abkürzung auszuprobieren …

»Tysk kvinde«, verstand sie plötzlich den Berichterstatter. Deutsche Frau. Sarah atmete scharf ein. Und ein drittes Wort: kriminalitet. Das musste nicht übersetzt werden. Ihr erster Gedanke war, Hannah anzurufen und sie darum zu bitten, sich auf die Schnelle schlauzumachen. Sie verwarf ihn nur einen Augenblick später. Solange sie nicht genauer wusste, worum es ging, musste sie die BKA-Frau nicht zusätzlich beschäftigen.

Sie stand auf und ging ins Schlafzimmer. Auf der schmalen Kommode lag ihre Hüfttasche. Sie durchsuchte zwei Fächer, dann zog sie die Visitenkarte aus der Tasche. Sie war etwas zerknittert, aber immer noch gut lesbar. Frederik Thomsen. Journalist. Vielleicht war er immer noch auf Bornholm und würde ihr sagen können, was passiert war. Sie wählte seine Mobilfunknummer, nach dem dritten Klingeln schaltete sich die Box ein. »Hallo, Frederik, hier spricht Sarah. Wir haben uns kürzlich in einem Café in Rønne kennengelernt, aber ich war ziemlich beschäftigt und hatte es etwas eilig. Du hast mir deine Karte gegeben. Ich würde mich freuen, wenn du mich zurückrufen würdest.«

Frederik meldete sich eine gute Stunde später. »Das ist ja eine Überraschung«, sagte er mit bezaubernd dänischem Dialekt.

Sie lächelte verlegen. Er schien sich tatsächlich zu freuen.

»Diesmal keine Eile?«, fuhr er fort.

»Könnte man sagen. Hast du ...«

»Ja, natürlich habe ich Zeit. In dem Café in Rønne – so in zwei Stunden?«

»Ja, gerne.« Sie räusperte sich. »Sag mal, hast du etwas von dem Unglück in Hammershus mitbekommen?«, schob sie nach. »Da kam was in den Nachrichten, aber ich habe nicht viel verstanden.«

Kurze Pause. »Ich könnte mich umhören, wenn es dich interessiert«, sagte er dann.

»Ja, schon.«

»Gut, bis nachher.«

Sarah ging unter die Dusche und ließ sich Zeit. Ihr letztes Date lag eine Ewigkeit zurück. Sie zog frische Jeans und einen bunten Strickpullover an, dazu knöchelhohe Stiefel. Nach kurzem Zögern griff sie zum Kajalstift und legte einen Hauch von Rouge auf.

Frederik saß am selben Platz wie bei ihrer ersten Begegnung. Auch den Laptop hatte er wieder dabei, und er sah genauso gut aus, wie sie ihn in Erinnerung hatte. Eine Art dänischer und junger Brad Pitt. Er lächelte und stand auf, um sie zu begrüßen. Sein Händedruck war fest. »Ich habe schon mal Cappuccino und Heidelbeerkuchen bestellt. Richtig?«

»Klingt nach einem Déjà-vu.«

Sie setzten sich, kurz darauf servierte die Kellnerin die Bestellung.

»Schön, dich wiederzusehen«, sagte er.

Sie erwiderte seinen offenen Blick. »Finde ich auch.«

»Was machst du auf der Insel?«

Ehrliche Antwort? Ausweichmanöver? »Ich muss mir über einige Dinge klar werden – beruflich und privat.«

Er schlug ein Bein über das andere. Sein Blick war plötzlich sehr intensiv.

Sie senkte kurz den Kopf. »Es ist kompliziert«, fügte sie dann hinzu. Und dramatisch, erschreckend, schwer zu verkraften, voller Fallstricke.

Frederik nickte langsam. »Ein guter Ort, um klar zu werden. Wenig Ablenkung. Stille.«

Am Nebentisch unterhielt sich ein Paar plötzlich in lautstarkem Tonfall; es klang nach Beziehungsstress. Frederik grinste. »Na ja, nicht immer.«

Sarah lächelte und biss von ihrem Kuchen ab. Einen Moment schwiegen sie. Dann suchte er ihren Blick. »Die Tote ist eine Deutsche«, sagte er plötzlich unvermittelt und in leisem Ton.

Sie hob das Kinn.

»Ihre Identität ist nicht klar.«

Sarah runzelte die Brauen. »Woher weißt du das?«

Er zwinkerte. »Guter Draht zur Polizei.«

»Seit wann haben Journalisten einen guten Draht zur Polizei?«, entgegnete sie verblüfft.

»Wenn eine Hand die andere wäscht – so kann man sagen, oder?«

»Ja, durchaus. Weißt du noch mehr?«

Er wiegte den Kopf. »Sie war Gast in einem Hotel in Rønne und mit einem Leihwagen unterwegs.« Er zögerte kurz. »In ihrem Ausweis steht der Name Saskia Pilhaim.«

Sarah stutzte. »Sagtest du nicht, ihre Identität sei unklar?«

»Stimmt. Es sind gefälschte Papiere.«

Sie starrte ihn verblüfft an. Er war verdammt gut informiert. Und offenbar verwendete er seine Kenntnisse nicht, indem er sie veröffentlichte, zumindest bislang nicht. In diesem Fall hätte sich dann allerdings der gute Draht zur Polizei sehr schnell erledigt.

Er stützte sein Kinn auf eine Hand. »Warum interessiert dich das?«

Sie sah kurz zum Fenster hinaus, dann gab sie sich einen Ruck. »Ich habe als Kommissarin gearbeitet, bis vor einiger Zeit.«

»Okay.«

Sie umfasste ihre Tasse mit beiden Händen. »Es ist eine Menge passiert und einiges schiefgelaufen, aber das ist eine lange und sehr hässliche Geschichte …« Sie schwieg und trank einen Schluck. Kein Thema für ein Date, dachte sie, schon gar nicht für ein Date mit einem Typen, der fatal an Brad Pitt erinnerte – an einen Brad Pitt in der dänischen Version. Andererseits konnte sie kaum verhehlen, dass sie zutiefst beunruhigt war. Eine tote Frau, die unter falschem Namen unterwegs war – das kam auf Bornholm sicherlich nicht alle Tage vor.

Er musterte sie eingehend, dann beugte er sich vor. »Es war kein Unfall.«

Sarahs Atem stockte. »Bist du sicher?«

Er nickte. »Die Frau wurde ermordet. Bei der Durchsuchung im Hotel wurde eine Quittung gefunden – von einem Einkauf in irgendeinem Supermarkt.«

»Das hat dir auch dein Kontakt verraten?«

»Ja, und noch mehr. Die Frau hat in Rostock eingekauft.«

Sarah zuckte zusammen und schloss einen Moment die Augen.

»Was ist?«, fragte er leise.

»Ich habe in Rostock gearbeitet«, flüsterte sie.

Er blinzelte, griff sein Smartphone und stand auf. »Bin gleich zurück. Nicht weggehen, bitte!«

Sarah blickte ihm nach, als er das Café verließ, auf die Straße trat und das Telefon ans Ohr presste. Durch die Scheibe beobachtete sie, dass er eine Weile redete, engagiert, wie es schien. Schließlich legte er auf und wartete einen Moment, den Blick aufs Display gerichtet. Kurz darauf kehrte er an den Tisch zurück.

»Ich habe ein Foto, es stammt aus dem Ausweis der Frau.« Er hielt ihr sein Smartphone unter die Nase. »Kennst du diese Frau?«

Sarahs Pupillen weiteten sich. Ein Zittern durchfuhr sie. Es ist genug, dachte sie entsetzt. Das kann nicht sein. Das darf nicht sein. Unmöglich, das …

»Sarah?«

Sie sah auf. »Ja.«

»Ja?«

»Ich kenne diese Frau.«

Er runzelte die Stirn. »Wer ist sie?«

»Yvonne Beyer, eine Staatsanwältin aus Rostock.« Sie hatte Mühe, ihre eigene Stimme wiederzuerkennen. »Sie stammt aus Berlin. Wir haben sogar zusammen studiert …« Sie fuhr sich mit beiden Händen durchs Haar. »Das ist unglaublich. Ich muss sofort telefonieren …«

Sie sprang auf. Ich kann nicht mehr, dachte sie. Es ist genug. Der Stuhl fiel krachend hinter ihr um. Sie stürzte aus dem Laden. Von Weitem bekam sie mit, dass Frederik nach ihr rief, seine Sachen zusammenraffte, einen Geldschein auf den Tresen warf und ihr nacheilte.

An ihrem Wagen angekommen, blieb sie schließlich stehen und stützte sich mit beiden Händen tief atmend ab. Er legte ihr eine Hand vorsichtig auf die Schulter. »Kann ich helfen?«

Sie drehte den Kopf herum. »Das ist eine lange, hässliche, grausame Geschichte«, flüsterte sie.

»Ich bin Spezialist für lange, hässliche, grausame Geschichten«, erwiderte er ruhig.

Sie richtete sich auf und musterte ihn.

»Du kannst mir vertrauen.«

Warum eigentlich? Die Frage, wieso dieser attraktive und ziemlich gut informierte Journalist ihren Weg ausgerechnet jetzt auf Bornholm kreuzte, flammte plötzlich in ihr auf.

»Du erzählst deine Geschichte, ich berichte dir meine«, fügte er hinzu.

Sie nickte langsam und richtete sich auf. »Okay. Aber ich muss erst telefonieren.«

»Ich auch. Die Polizei sollte den richtigen Namen des Opfers kennen, findest du nicht?«

»Ja – eine Hand wäscht die andere. Aber mein Name sollte dabei außen vor bleiben, zumindest im Moment.«

»Okay.«

Während Frederik mit seinem Kontaktmann bei der dänischen Polizei sprach, rief Sarah Hannah an.

»Alles in Ordnung bei dir?«, fragte die Kollegin statt einer Begrüßung.

»Nein. Yvonne wurde ermordet. Hier auf der Insel. Verdammt, worum geht es hier?« Ihre Stimme schwankte einen Moment. Sie atmete tief durch und begann, etwas flüssiger zu berichten. Als sie schwieg, hörte sie einen Moment nichts anderes als Hannahs Atmen.

»Du bist sicher, dass sie es ist?«, fragte sie schließlich.

»Ja – ich habe sie auf dem Foto ihres gefälschten Ausweises sofort wiedererkannt. Ich habe nicht den geringsten Zweifel.«

»Hat die Polizei das Foto veröffentlicht?«

»Nein. Bislang sind noch keine Details in der Öffentlichkeit bekannt geworden. Es gab, wie erwähnt, nur die Nachricht ...«

»Und wie bist du an das Foto gekommen?«

»Ich habe einen Journalisten kennengelernt, der gute Beziehungen zur hiesigen Polizei hat ...«

»Ach?«

»Wir sind uns vor einiger Zeit mal in Rønne über den Weg gelaufen, und ich habe ihn spontan kontaktiert, um mehr über die Meldung zu erfahren, weil mein Dänisch sehr schlecht ist«, erklärte sie rasch. »Hatte ich das nicht erzählt?«

»Nein. Nennst du mir den Namen?«

Sarah schloss kurz die Augen. Sind wir schon so weit, dass jeder Mensch in meiner Umgebung unter Generalverdacht gerät? Nein. Aber es konnte nicht schaden, vorsichtig zu sein. »Frederik Thomsen, ein Däne mit guten Deutschkenntnissen. Ohne ihn wüsste ich gar nicht, dass Yvonne das Opfer ist. Wie es scheint, weiß er noch mehr und ist bereit, sein Wissen mit mir zu teilen. Vielleicht arbeitet er an einer größeren Story.«

»Eine offizielle Bestätigung gibt es aber noch nicht?«

»Natürlich nicht. Ich weiß es erst seit wenigen Minuten, und Frederik telefoniert gerade mit der Polizei.«

»Vielleicht solltest du zurückkommen«, fuhr Hannah nach kurzem Überlegen fort. »Solange unklar ist, worum es hier geht …«

»Ich laufe nicht weg, diesmal nicht«, warf Sarah ein und hörte, dass Hannah tief ausatmete. Noch vor wenigen Minuten war sie einem Zusammenbruch sehr nahe gewesen. Aber der Moment war vorbei. Ich akzeptiere keine Schwäche, kein Ausweichen, dachte sie. Diesmal nicht, das würde mich bis an mein Lebensende verfolgen.

»Ich kann jetzt hier nicht weg«, bekräftigte sie ihren Entschluss. »Es käme mir wie eine Flucht vor. Und solange die Hintergründe verschwommen sind und ich dabei eine Rolle spiele, die ich immer noch nicht kenne, bin ich ohnehin nirgendwo sicher. Weder in der Abgeschiedenheit hier auf der Insel noch in der Hauptstadt oder wo auch immer.«

»Nun …«

»Du weißt, dass ich recht habe.«

»Ja, schon gut. Auf der einen Seite stimme ich dir zu. Doch wer immer die Staatsanwältin auf dem Gewissen hat, könnte längst dabei sein, auch dich ins Visier zu nehmen.«

»Das ändert nichts an meinem Einwand. Darüber hinaus wird es hier bald vor Polizisten nur so wimmeln. Keine perfekte Ausgangslage für den nächsten Mord, oder?« Sarkasmus war nicht unbedingt ihre Welt, aber in diesem Augenblick fühlte er sich gut an.

»Ich wollte es wenigstens versucht haben«, erwiderte Hannah.

»Du hast es versucht.«

»Was willst du jetzt tun, Sarah?«

»Das Gleiche wie in den letzten Wochen. Ich will herausfinden, was warum passiert ist.«

»Na schön. Ich fände es allerdings sehr beruhigend, wenn du dich regelmäßig melden würdest.«

»Das tue ich doch schon seit geraumer Zeit.«

»Stimmt.«

»Und was wirst du jetzt unternehmen?«, fragte Sarah.

»So schnell wie möglich den ganzen Apparat ankurbeln – in der Hoffnung, dass es uns gelingt, alle Tat- und Begleitumstände an einem Ermittlungsstandort zu versammeln. Sinnvollerweise in Rostock, aber warten wir es ab. Ich kümmere mich darum.«

Als Sarah das Gespräch kurz darauf beendete, stand Frederik in höflichem Abstand einige Meter neben ihr. Sie sah ihn an. »Fahren wir zu mir?«

Er nickte. Einen Moment hielt sie seinen Blick fest, dann stieg sie in ihren Wagen und fuhr voraus Richtung Øster Sømarken. Keine halbe Stunde später öffnete sie die Tür zu ihrem Haus, Frederik trat hinter ihr ein. Sie schloss ab und spürte plötzlich seinen Atem in ihrem Nacken. Langsam drehte sie sich um. Ihre Nasen berührten sich. Er sagte irgendetwas auf Dänisch, was ganz zauberhaft und geheimnisvoll klang. Einen Moment ertrank sie in seinem Blick. Dann legte sie die Arme um seinen Nacken, und er zog sie an sich. Seine Hände umfassten ihre Taille. Wieder wollte er etwas sagen, doch diesmal kam sie ihm zuvor. »Halt die Klappe. Es klingt wunderschön, wie du sprichst, aber reden können wir immer noch.«

»Wie du willst.«

15

Hannah hatte alle Hebel in Bewegung gesetzt und Lone umgehend mit Recherchen zu den Namen Saskia Pilhaim und Frederik Thomsen sowie – zunächst noch – inoffiziellen Nachforschungen zu Yvonne Beyer beauftragt. Ein offizieller Ermittlungsbeschluss würde dem Richter in Kürze zur Unterschrift vorgelegt werden, wie der zuständige Staatsanwalt wenig später über ihren Chef mitteilen ließ, auch wenn dieser sich lediglich erst einmal pro forma auf Pilhaim bezog.

Weder ihr Chef noch der Staatsanwalt oder Hannah zweifelten daran, dass der Richter zögern würde. Immerhin handelte es sich bei dem Opfer mit an Sicherheit grenzender Wahrscheinlichkeit um die deutsche Beamtin einer Strafverfolgungsbehörde, die außerhalb des Landes ermordet worden war – womöglich im Zusammenhang mit anderen schwerwiegenden Straftaten, die Berlin und Rostock seit Monaten beschäftigten –, so dass ein Eingreifen oder zumindest eine Ermittlungsbeteiligung des BKA nachvollziehbar war. Ganz sicher war es kein Zufall, dass sie sich ausgerechnet zu dieser Zeit auf Bornholm aufgehalten hatte.

Was noch fehlte, waren die endgültige Bestätigung, dass es sich bei der Frau tatsächlich um Yvonne Beyer handelte, sowie Erläuterungen des Rechtsmediziners über die Todesursache. Da die Aussage jedoch von einer ehemaligen Polizistin stammte, vertraute man ihrem Urteilsvermögen, zudem hatte Hannahs Vorgesetzter nachgeholfen. Und was Thomsen anging, so wollte Hannah schlicht Gewissheit. Dass er plötzlich in Sarahs Umfeld auftauchte und mit weitreichenden Informationen aufwarten konnte, stimmte sie nachdenklich. Aber das allein musste nichts heißen.

Hannah telefonierte mit Rostock und machte sich anschließend spontan selbst auf den Weg in die Hansestadt. Ihr Hund fand die Idee gut, allerdings fand Kotti die meisten Ideen gut, die von ihr kamen, Hauptsache, er durfte dabei sein. Telefonieren konnte sie auch von unterwegs, und ansonsten kümmerten sich Lone und ihr Rechercheteam um die weiteren Nachforschungen.

Hannah war eine gute Stunde unterwegs, als Lone sich meldete. »Die Vita des dänischen Journalisten ist unauffällig und sehr dünn«, kam sie sofort zur Sache.

Hannah atmete erleichtert aus.

»Zweiunddreißig Jahre alt, unverheiratet, geboren in der Nähe von Kopenhagen. Arbeitet für unterschiedliche Blätter und Onlinemagazine, Schwerpunkt Reportagen zu unterschiedlichen Themen – Umwelt, Politik, Medien und so weiter. Hat auch einige Zeit in Deutschland gelebt.«

»Das war's?«

»Ja.«

»Was ist mit der Familie?«

»Mutter ist verstorben, war auch eine Journalistin, doch eher als Klatschreporterin unterwegs, Vater unbekannt.«

»Okay.« Wenigstens konnten sie an der Stelle ruhigen Gewissens abschalten, und eine Unterstützung vor Ort war sicherlich hilfreich für Sarah. »Was hast du zum Pseudonym Pilhaim gefunden?«

»Einige Überraschungen, nachdem ich in die Tiefe gegangen bin.«

»Leg los.«

»Der Name taucht im Zusammenhang mit Kampfsport auf.«

»Was ist daran überraschend?«

»Die Staatsanwältin hat sowohl bei legalen als womöglich auch bei illegalen Fights mitgemacht und richtig hingelangt.«

Einen Moment war Hannah davon überzeugt, dass sie sich verhört hatte. »Wie bitte?«

»Ich bin durch Zufall darauf gestoßen. In der Datenbank gab es einen Treffer in Kopenhagen. Dort taucht der Name Pilhaim im Zusammenhang mit einem Kampf auf, bei dem vor Jahren eine Studentin so schwer verletzt wurde, dass man eine Untersuchung einleitete. Ihre Gegnerin war Pilhaim. Es dürfte kaum verwundern, dass man die Frau anschließend nicht ausfindig machen konnte. Seinerzeit hat Beyer an der Uni in Kopenhagen ein Erasmussemester absolviert. Es gibt Fotos zu der Geschichte – es handelt sich eindeutig um Yvonne Beyer, auch wenn sie im Ring verändert aussieht. Und ihre Gegnerin war ziemlich ramponiert.«

Hannah schüttelte den Kopf. »Das klingt in der Tat erstaunlich. Und wie kommst du auf illegale Fights?«

»Eine Zeitung berichtete recht ausführlich über diese Kämpfe, beschrieb Pilhaims Kampfstil als bedenklich brachial, nahe an der Grenze zu Techniken, die bei illegalen Fights angewandt würden. Ein anonymer Kommentator bemerkte dann dazu, dass er Pilhaim bei genau solchen Kämpfen gesehen hätte.«

Hannah blickte eine Weile schweigend durch die Windschutzscheibe. Sie war – ja: ziemlich perplex. »Hast du in Erfahrung bringen können, wer den Artikel geschrieben hat?«

»Es gab nur ein Kürzel. Ist das … Ach so, verstehe. Nein, es stimmt nicht mit Frederik Thomsen überein. Da gibt es keine Verbindung, soweit im Moment überschaubar.«

»Gut. Prüf bitte trotzdem, ob es eine Beziehung zwischen Thomsen und der verletzten Gegnerin gibt – nur zur Sicherheit.«

»Ja, gut. Mir ist noch etwas aufgefallen«, fuhr Lone fort. »Saskia Pilhaim – fällt dir an der Namenswahl etwas auf?«

»Hm, nein. Worauf willst du hinaus?«

»Sarah Pirohl – Saskia Pilhaim.«

Hannah spitzte die Lippen. »Das ist in der Tat interessant.«

»Nicht wahr?«

»Was würde ich nur ohne dich machen?«

»Ich schicke dir dann noch die ausführlichen Informationen zum Background von Yvonne Beyer«, fuhr Lone ungerührt fort. »Der Rechtsmediziner wird sich demnächst melden.«

»Danke.«

Hannah unterbrach die Verbindung. Irgendwas stimmte hier nicht, dachte sie. Sarah hatte Yvonne beiläufig und der Vollständigkeit halber erwähnt, weil es mit ihr eine Schnittstelle zwischen Berlin und Rostock gab, die einzige, um genau zu sein: eine ehemalige Kommilitonin, die im Gegensatz zu ihr das Studium durchgezogen und inzwischen als Staatsanwältin für Wirtschaftsdelikte in Rostock gearbeitet hatte. Sie hatte Yvonne als schweigsame Einzelgängerin beschrieben, deren Zuneigung zu ihr aufgefallen sei – allerdings nicht Sarah selbst, sondern einer anderen Kommilitonin. Sie selbst hatte davon höchstens am Rande etwas mitbekommen.

Diese schweigsame Frau stieg in den Ring, wo sie höchst gewalttätig agierte, und benutzte ein Pseudonym, das sie mit Sarahs Namen verknüpfte. War es denkbar, dass sie Berlin in Richtung Rostock verlassen hatte, um in Sarahs Nähe zu bleiben? Aber warum? Weil sie den Auftrag dazu hatte? Weil es eine Verbindung gab, die sich ihnen bislang nicht erschloss? Weil sie über Hintergrundkenntnisse verfügte, die mit Sarah und deren Ermittlungen zu tun hatten? Hannah stutzte. Keine wilden Spekulationen, rief sie sich selbst zur Ordnung, aber es konnte nicht schaden, diesbezüglich nachzuhaken, auch wenn die Namenswahl die Vermutung nahelegte, dass es sich eher um einen persönlichen Hintergrund handelte. Sie rief kurzerhand ihren Chef an und bat kurzfristig und der Vollständigkeit halber um Abklärung, ob Beyer womöglich verdeckt tätig gewesen war. Dann gab sie Gas.

Sie hoffte, dass ohne Verzögerung ein Durchsuchungsbeschluss vorliegen würde und sie sich mit einem Kollegen von Sarahs ehemaliger Dienststelle, die die Mordfälle bearbeitete, in der Wohnung der Frau umsehen konnte. Und falls Lone schnell war – und das war sie eigentlich immer –, würden bald jede Menge weiterer Informationen und Hintergrunddaten zu Beyer vorliegen.

Dienststellenleiter Piet Meinhold – ein großer massiger Mann – war nicht begeistert von Hannahs Eigeninitiative, den weiteren Verlauf der Ermittlungen mal eben selbst in die Hand zu nehmen und vor seiner Tür zu stehen, so viel stand bereits nach dem ersten Blickkontakt fest. »Das BKA persönlich«, begrüßte er sie mit unverhohlen kühlem Blick, übertriebenem Händedruck und schrägem Seitenblick Richtung Kotti, bevor er wieder hinter seinem Schreibtisch Platz nahm. »Wie kommen wir zu der Ehre?«

»Ich bevorzuge den kurzen Dienstweg, Kollege«, erklärte Hannah. Sie registrierte, dass er ihr keinen Stuhl anbot. Umso besser, wir sollten uns ohnehin zügig auf den Weg machen. »Der Fall weist womöglich noch ganz andere Dimensionen auf, als es im Moment den Anschein hat.«

»Das deuteten Sie am Telefon bereits an.«

»Ich möchte mich so schnell wie möglich in der Wohnung der Ermordeten umsehen und …«

»Wir haben noch keinen Beschluss.«

»Der wird in Kürze in Berlin ausgestellt und weitergeleitet werden. Es fehlen noch ein, zwei Formalien.«

Er lächelte und lehnte sich zurück; der Stuhl knarzte. »Dann sollten wir solange warten, Kollegin, und nicht den zweiten Schritt vor dem ersten machen.«

»Manchmal ist es notwendig und überaus angemessen, zwei Schritte auf einmal in Angriff zu nehmen, statt die Hände in den Schoß zu legen und abzuwarten.«

Meinholds Miene verdüsterte sich, er legte seine Pranken auf den Tisch. »Was meinen Sie mit Dimensionen?«

Hannah zögerte nur einen Moment. »Die Mädchenmorde.« Damit wagte sie sich zu diesem Zeitpunkt ziemlich weit vor.

Meinhold verzog den Mund. »Wie bitte?«

»Wir haben Anlass zu der Vermutung, dass der Mord an der Staatsanwältin in einem deutlich größeren Kontext steht und …«

»Ja, ja – von wegen Dimensionen. Sie wiederholen sich. Aber abgesehen von Vermutungen: Geht es vielleicht etwas konkreter?«

Hannah verlor höchst selten die Fassung oder ließ sich zu frechen Entgegnungen hinreißen, wenn ihr ein Kollege dumm kam oder unbedingt beweisen musste, dass er in seiner Dienststelle das alleinige Sagen hatte und sich nicht von einer übergeordneten Behörde in die Schranken weisen ließ. In diesem Fall war sie allerdings kurz davor, ihre gute Kinderstube zu vergessen. Selbst wenn auf den ersten Blick keine direkte Verbindung zu anderen Straftaten ersichtlich war – die Frau war letztlich eine Kollegin aus Rostock gewesen, die grausam ermordet worden war.

Sie holte tief Luft, als ihr Smartphone mit leisem Summen den Eingang einer Nachricht ankündigte, und griff in die Tasche. Lone hatte geschrieben und einige Fotos von Beyers Leiche an die Nachricht angehängt. Hannah erbleichte, während sie die Bilder betrachtete. Übelkeit stieg in ihr auf. Beyers Gesicht war nur noch eine blutige Masse, auch der Rest ihres Körpers war zerschunden.

Hannah blickte kurz zur Seite, sammelte sich und trat dann an Meinholds Schreibtisch. »Ist das konkret genug?«, fragte sie in leisem Ton und hielt ihm die Fotos einen Moment unter die Nase.

Meinhold zuckte zurück und erstarrte. »Scheiße«, flüsterte er entsetzt.

Hannah überflog Lones Nachricht. »Sie wurde gefoltert, Kollege«, fügte sie dann hinzu. »Eine Staatsanwältin, die hier in der Hansestadt tätig war. Sie musste über einen sehr langen Zeitraum Qualen erdulden, wie der Rechtsmediziner in seinem vorläufigen Bericht angibt. Schließlich hat man sie mit einer Drahtschlinge erdrosselt. Ich wiederhole, dass das Opfer im erweiterten Umfeld der Ermittlungen im Zusammenhang mit den Mädchenmorden auftaucht – in welcher Weise lässt sich noch nicht sagen, nicht jetzt und nicht hier. Vielleicht irren wir uns sogar, das kann ich nicht ausschließen. Dann geht es aber immer noch um einen äußerst brutalen Mord. Das mag alles etwas kryptisch für Sie klingen, doch dem BKA reicht in diesem Fall allein der vage Verdacht, und ich pfeife darauf, dass der notwendige Beschluss aufgrund der üblichen und häufig auch sinnvollen Ablaufroutinen wohl noch ein paar Stunden auf sich warten lassen wird. Ich versichere Ihnen, dass er dem Richter zur Unterschrift vorliegt und lediglich einige Details im Austausch mit den dänischen Kollegen fehlen. Und jetzt«, sie hob das Kinn, »will ich sofort die Wohnung von Beyer sehen und anschließend mit ihrem Vorgesetzten sprechen. Es wäre darüber hinaus hilfreich, wenn neben Ihnen ein Spurensicherungsteam bei der Wohnungsbegehung dabei wäre. Habe ich mich klar ausgedrückt?«

Meinhold erhob sich ächzend.

»Und bevor ich es vergesse: Mein Hund wird uns begleiten. Ich würde es begrüßen, wenn Sie fahren.«

Meinhold warf Hannah einen grimmigen Blick zu, begann aber hektisch zu telefonieren, während sie sich auf den Weg machten.

Beyers Wohnung stellte den Inbegriff von Unauffälligkeit dar. Zwei Zimmer, Küche, Bad, gehobene Ausstattung, aber keine Extravaganzen, zurückhaltende Farben, Fachbücher zur Rechtsprechung, einige Bildbände über europäische Hauptstädte sowie Skandinavien, Kampfkunst, internationale Romane und Thriller unterschiedlicher Thematik, Ordner mit persönlichen Unterlagen wie Schriftverkehr, Bank- und Versicherungsunterlagen, Studium und Ähnliches. Wie es aussah, hatte sie ihren Laptop mit nach Bornholm genommen, die Auswertung der dänischen Kollegen hatte jedoch gerade erst begonnen, doch auf den ersten Blick: keinerlei Auffälligkeiten.

Hannah ließ den Blick schweifen, während sich ein kleines Spurensicherungsteam auf die Suche machte. Die Wohnung war ordentlich, aber nicht penibel aufgeräumt, das galt auch für Schlafzimmer und Bad. Der Schreibtisch barg keine Überraschungen. Ungewöhnlich war, dass sich nirgendwo Hinweise auf Sozialkontakte fanden. Dazu passte auch ein weiterer Bericht von Lone. Yvonne war immer Einzelkämpferin gewesen. Keine Freunde, keine Verwandte, die Tante, bei der sie aufgewachsen war, lebte nicht mehr. Schule, Studium, Anstellung in der Staatsanwaltschaft, Wechsel nach Rostock.

Hannah öffnete den Schlafzimmerschrank: Kleidung für den Job, Freizeit, Sport, mehrere Taschen unterschiedlicher Größen. Hannah griff nach einer Sporttasche und packte einige wenige Utensilien aus – ein Handtuch, Latschen, mehrere Stirnbänder, auf einem befand sich das Logo eines Berliner Kampfsportclubs, auf einem zweiten entzifferte sie ein Rostocker Studio. Hannah schoss Fotos und leitete sie an Lone weiter. Falls noch Zeit blieb, würde sie dem Rostocker Club einen Besuch abstatten.

Sie sah hoch, als es an der Tür klopfte. Meinhold stand mit der Schulter an den Rahmen gelehnt und warf ihr einen undurchdringlichen Blick zu. »Wir müssen uns beeilen, wenn Sie den Staatsanwalt noch antreffen wollen«, erklärte er. »Der Mann wartet bestimmt nicht auf uns.«

Auf mich schon, dachte Hannah, aber sie behielt die Bemerkung für sich.

Staatsanwalt Grauwill machte seinem Namen alle Ehre. Er trug einen anthrazitfarbenen Anzug, sein Haar war hellgrau, das Hemd silbrig, das Begrüßungslächeln fiel verständlicherweise dürftig aus. Er war sichtlich mitgenommen. »Sie gehörte zu meinen besten Leuten«, sagte er schließlich. »Und das ist keine Floskel. Sie war richtig gut – klug, effizient, unaufdringlich. Sie hätte es weit bringen können, wenn sie gewollt hätte.«

»Sie wollte nicht?«

»Nein. Sie stand ungern im Mittelpunkt, sondern saß gerne in der zweiten oder sogar dritten Reihe – ihre eigenen Worte –, hat uneigennützig den Kollegen und Kolleginnen zugearbeitet. Es war nicht ihre Welt, vor Gericht in den Vordergrund zu treten oder überhaupt auf sich aufmerksam zu machen. Eine stille und hochbegabte Kollegin, die man schnell übersehen konnte. Dazu passt auch ihr Büro.« Grauwill stand auf. »Kommen Sie, ich zeige es Ihnen.«

Der Raum befand sich abseits der anderen Büros am Ende eines Ganges neben dem Archiv. Er war funktionell und karg eingerichtet. Aktenablagefläche, wohin man blickte, zwei riesige Schreibtische, PC, zwei verschlossene Schränke, ein Kaktus, Wasserkocher, Tee, eine Tasse.

Grauwill zuckte mit den Achseln. »Sie wollte es nicht anders. Das Einzige, worauf sie tatsächlich jemals bestanden hat, war ein eigener abgeschiedener Raum. Sie wollte keine Unterstützung in ihrer Nähe, niemanden. Sie wollte in Ruhe und alleine arbeiten. Ihre Worte.«

Hannah atmete tief durch. Die Atmosphäre war bedrängend düster. »Würden Sie die Schränke aufschließen?«

Grauwill zögerte eine Sekunde, dann nickte er. »In so einem furchtbaren Fall – ja, natürlich.«

Meinhold, der an der Tür stehengeblieben war, schnaubte leise. Hannah lächelte. »Danke.«

Das einzige Ungewöhnliche, was sie in dem Schrank entdeckte, war ein Diktiergerät, das in den achtziger Jahren des vergangenen Jahrhunderts modern gewesen sein dürfte, sowie ein kleiner Karton mit Diktierbändern. Beides war im obersten Fach hinter einer Reihe mit Aktenordnern verstaut.

Grauwill schüttelte den Kopf. »Der Kram lag wahrscheinlich schon in dem Schrank, als Beyer ihn für ihr Büro aus dem Lager holen ließ. Sie hat wahrscheinlich vergessen, die Dinger wegzuschmeißen oder ins Archiv zu bringen. Ich könnte mir vorstellen, dass die Bänder längst zu Staub zerfallen sind.«

Nicht auszuschließen. »Hat Staatsanwältin Beyer ihre Texte eigentlich diktiert?«

»Nein. Sie hat sämtlichen Schriftverkehr selbst verfasst – schnell und druckreif natürlich. Der Umweg über das Diktieren wäre ihr viel zu langwierig und umständlich gewesen. Das mündliche Erörtern war darüber hinaus nicht ihre Sache. So was soll es geben.« Er zuckte mit den Achseln.

Hannah überlegte kurz. »Haben Sie was dagegen, wenn ich mir die Bänder mal genauer ansehe oder besser gesagt: anhöre?«

»Ernsthaft?«

»Ja.« Wir sollten nichts unversucht lassen.

»Warum nicht?«

»Danke für Ihre Unterstützung.«

Grauwill nickte. »Alles Gute für die Ermittlungen. Ich hoffe sehr, dass Sie Erfolg haben.«

Hannah suchte die Adresse des Rostocker Kampfsportclubs heraus, doch der dortige Besuch brachte keine neuen Ergebnisse – zunächst jedenfalls nicht. Der Inhaber Kurt Siegert erinnerte sich zwar an Yvonne beziehungsweise Saskia, die seit einiger Zeit regelmäßig dort trainierte und recht begabt sei. Etwas Ungewöhnliches sei ihm aber nicht aufgefallen. Hannah war schon wieder auf dem Weg zum Wagen, wo Meinhold mit unvermindert schlechter Laune auf sie wartete, als Lone anrief. »Ich hab' was: Marie Weber.«

Hannah blieb stehen. »Leg los.«

»Diese Clubadresse taucht in den Akten zu den Mädchenmorden auf. Eine Schulfreundin von Marie hat bei einer Vernehmung ausgesagt, dass sie mal einen Selbstverteidigungskurs besucht hat, um gegen die Übergriffe ihres Stiefvaters gewappnet zu sein – vielleicht …«

»Danke, Lone. Da hake ich gleich nach. Melde mich später noch mal.«

Hannah wandte sich um und eilte zurück ins Sportstudio. Für einen Moment malte sie sich mit leisem Vergnügen aus, wie Meinhold im Wagen zetern würde. Kurt Siegert stand noch am Tresen und drehte sich zu ihr um. »Was vergessen?«

»Ja.« Hannah trat zu ihm. »Sagt Ihnen der Name Marie Weber etwas?«

Er schüttelte den Kopf.

»Sie hat hier trainiert.«

»Ach du liebe Güte. Ich kann mir doch nicht alle Namen merken.«

»Würden Sie in der Mitgliederliste nachsehen? Sie hat mal einen Selbstverteidigungskurs belegt.«

Siegert ging um den Tresen herum und setzte sich an den PC. Er tippte den Namen und sah wieder hoch. »Ja. Marie Weber, eine Schülerin.«

Treffer, dachte Hannah.

»Ist aber schon eine Weile her, dass sie hier war.«

»Sie wurde Anfang des Jahres ermordet.«

Siegert blinzelte und strich sich über den kahlen Schädel. »Das war mir gar nicht … ist ja furchtbar.«

»Können Sie sich daran erinnern, dass Marie mal gemeinsam mit Saskia trainiert hat oder die beiden miteinander zu tun hatten?«

Siegert schüttelte sofort den Kopf. »Keine Ahnung. Ich gebe nur selten Selbstverteidigungskurse.«

»Haben Sie den Namen des Übungsleiters für mich?«

Siegert legte die Stirn in Falten und wandte sich erneut zu seinem Computer um. »Patrick Schäfer«, las er schließlich vor. »Ein Sportstudent, der hin und wieder bei uns Kurse gibt. Soll ich ihn anrufen und bitten, mit Ihnen zu sprechen?«

»Das wäre hilfreich.«

Fünf Minuten später stand fest, dass Marie Weber und Yvonne Beyer einige Male zusammen trainiert hatten. »Die Kleine war richtig gut«, betonte Patrick Schäfer. »Sie zeigte keinerlei Respekt vor ihrer Gegnerin, obwohl die ein alter Hase war. Bei einem Kampf musste Saskia sich ganz schön anstrengen, um nicht die Kontrolle zu verlieren, zumindest zeitweise.« Leises Lachen. »Sie war, glaube ich, ganz schön verblüfft, dass Marie es wagte, so hinzulangen. Erst in der letzten Runde hat sie dann ein paar Tricks ausgepackt und Marie gezeigt, wer das Sagen hat.«

»Danke für Ihre Hilfe.«

Hannah gab Siegert das Telefon zurück. »Würden Sie noch einen Namen für mich überprüfen?«

»Wenn Sie schon so nett fragen.«

»Nicole Kerber. Sagt Ihnen der Name was?«

Siegert zögerte. »Da läutet was … Sie hat ganz in der Nähe in einem Bistro gearbeitet.«

»Richtig. Und sie wurde auch ermordet.«

»Ich weiß, aber sie hat hier nicht trainiert.«

»Das wissen Sie in dem Fall genau?«

»Ja, wir gehen häufiger dort was essen, also viele aus dem Studio.«

»Auch Saskia?«

»Möglich, aber das kann ich nicht beschwören.«

Hannah ging langsam und tief in ihre Gedanken versunken zum Wagen zurück.

»Wohin darf ich Sie jetzt fahren?«, fragte Meinhold in bissigem Ton, während Kotti leise winselte.

Hannah strich ihm über den Kopf. »In das Bistro, in dem Nicole gearbeitet hat.«

Der junge Mann hinterm Tresen war nicht sicher, ob Yvonne dort schon einmal Gast gewesen war, ausschließen würde er es aber nicht. »Vielleicht weiß der Chef mehr, aber der ist im Moment nicht hier.«

»Danke für Ihre Hilfe.«

Eine halbe Stunde später machte Hannah sich zu Meinholds großer Erleichterung auf den Rückweg nach Berlin. Die Frage, was es zu bedeuten hatte, dass die Staatsanwältin Marie Weber und womöglich Nicole Kerber persönlich gekannt hatte, rumorte in ihr. Existierte in der Hauptstadt eine ähnliche Verknüpfung?

Kurz vor Berlin fuhr sie von der Autobahn ab und unternahm einen längeren Spaziergang mit Kotti. Nach zwei vergeblichen Versuchen, Sarah zu erreichen, ging die nun ans Telefon. Sie klang etwas verschlafen, wurde aber zusehends munterer, als Hannah von ihrem Besuch in Rostock berichtete.

»Ich werde gleich morgen überprüfen, ob Yvonne und das Berliner Opfer Birte Lahnder sich über den Weg gelaufen sein könnten, vielleicht in dem Kampfsportclub«, meinte sie abschließend.

»Aber …« Sarah wirkte völlig perplex. »Selbst wenn … Ich wage gar nicht daran zu denken, welche Schlussfolgerung wir ziehen könnten oder gar müssten. Das ist doch absurd.«

»Einen irgendwie gearteten Zusammenhang mit den Fällen beziehungsweise den Ermittlungen haben wir ja durchaus vermutet, aber … Nun, was soll ich dazu sagen – abgesehen davon, dass absurd zu deinem Lieblingsadjektiv werden könnte?«

»Prügelattacken«, stieß Sarah plötzlich hervor. »Der Grinch! Du erinnerst dich an …«

»Natürlich! Birte und die Clique.« Hannah ließ das Telefon sinken. Plötzlich war sie sehr erschöpft. Sie hatte genug und sehnte sich nach Stille. Keine Gespräche mehr, keine neuen Impulse, die andere Szenarien oder schlichtes Entsetzen auslösten. Morgen ist auch noch ein Tag, dachte sie und verabschiedete sich kurz darauf von Sarah. Wieder am Auto angekommen, schrieb sie ihr noch eine kurze Nachricht. *Ach, übrigens – der Journalist ist in Ordnung.*

16

Sarah legte das Smartphone beiseite und warf die Bettdecke zurück, als Frederik den Kopf zur Tür hereinsteckte. »Bist du okay?«

Sie lächelte etwas zaghaft und schlüpfte in einen weiten Pullover und Jogginghose. »Ja, ich bin okay, glaube ich.« So okay, wie man sein kann, wenn man sich stundenlang mit einem fremden, schönen Mann geliebt hatte, um sich anschließend mit einer BKA-Kommissarin über Gewaltattacken, Mord und Totschlag auszutauschen und die neuesten Informationen und daraus folgenden Rückschlüsse kaum verdauen konnte.

»Glaubst du nur?« Einen Moment wirkte er tatsächlich beleidigt oder tat überzeugend so.

Sie trat zu ihm und küsste ihn. »Wo warst du?«

»Unter der Dusche und in der Küche. Hunger?«

»Ja.«

»Nudel-Gemüseauflauf?«

»Du kannst kochen?«

»Ja. Das kann ich auch«, prahlte er lächelnd.

Sie verdrehte die Augen und setzte sich an den Tisch. Es duftete köstlich, und es schmeckte ganz hervorragend. Sarah aß mit großem Appetit.

Die Situation mit Frederik am Tisch war seltsam unwirklich – schön und fremd zugleich. Die Nähe tat ihr gut. Im Display ihres Smartphones ploppte eine Nachricht von Hannah auf. Ein Lächeln huschte über Sarahs Gesicht. Ja, der Journalist ist in Ordnung. Allein die Tatsache, dass es offenbar zurzeit nötig war, jeden Menschen in ihrem näheren Umfeld zu überprüfen, ließ ziemlich tief blicken. Sie schob ihren Teller beiseite.

Frederik sah sie an. »Zeit für lange, hässliche, grausame Geschichten?«, fragte er in leisem Ton.

Sie atmete tief durch und nickte schließlich. »Lass uns Kaffee kochen. Es wird eine Weile dauern.«

Frederik war ein guter Zuhörer; er unterbrach sie nicht ein einziges Mal, sondern lauschte mit interessierter und zunehmend angespannter Miene. Sie begann mit ihrer Entscheidung für die Ausbildung zur Kommissarin, dem Aufbruch Richtung Rostock, schilderte die Mordfälle und ihren Rückzug von der Polizeiarbeit, erläuterte die ersten Recherchen, ausgelöst durch Henrik und Hannah, sowie die neuen Erkenntnisse, die auch im Zusammenhang mit einem weiteren alten Mordfall in Berlin endgültig das bedrängende Gefühl ausgelöst hatten, im Mittelpunkt eines Dramas zu stehen, dessen Hintergründe erschreckend nebulös oder ganz im Dunkeln blieben. Sie zögerte einen Moment, dann gab sie sich einen Ruck und berichtete auch über die Fragen zur Kanzlei ihres Vaters, erzählte vom Besuch bei ihrer Großmutter und deren Hinweisen, um schließlich wieder an den Ausgangspunkt zurückzukehren – den Mord an der Staatsanwältin.

»Und nun ist Yvonne getötet worden – eine Frau, die vor Jahren mit mir gemeinsam studierte, die mit einer zweiten Identität unterwegs war und ein Faible für brutalen Kampfsport hatte. Dass sie hier auf Bornholm ermordet wurde, kann unmöglich ein Zufall sein. Genauso wenig, wie es ein Zufall ist, dass sie die beiden getöteten Rostocker Mädchen kannte, wie sich inzwischen herauszukristallisieren scheint, und womöglich gibt es sogar eine Verbindung zum Mordopfer aus Berlin. Aber ob und wie das alles miteinander zusammenhängt, und warum sich das alles in meinem Umfeld abspielt und ob ich vielleicht die Nächste bin …« Sarah schüttelte den Kopf und biss sich auf die Lippen.

Frederik blickte einen Moment starr ins Leere. »Scheußlich«, sagte er dann leise.

Das sind definitiv keine Geschichten, die man lang und breit einem Mann erzählte, den man gerade erst kennengelernt und mit dem man einige höchst vergnügliche und leidenschaftliche Stunden genossen hat, auch wenn dieser Typ Journalist ist und sich dem eigenen Hinweis zufolge mit bösen Geschichten gut auskennt, dachte Sarah plötzlich und erschrak. Es war ein Fehler gewesen …

Er griff über den Tisch nach ihrer Hand und drückte sie fest. »Vielleicht gibt es mehrere Geschichten, die sich zufällig überschnitten haben«, bemerkte er. »Oder diese Staatsanwältin spielt eine Rolle, die noch niemand wirklich kennt.«

Sarah atmete tief aus und nickte. »Schon möglich. Aber was wollte sie hier? Hat sie mich beobachtet – womöglich schon seit Jahren? Und warum?« Sie griff sich mit beiden Händen in die Haare und schob sie nach hinten zurück. »Geht es um die Geschäfte meines Vaters?«

Sie schüttelte den Kopf und sah ihn an. »Genug jetzt. Was ist mit dir? Warum bist du ein Spezialist für hässliche und grausame Geschichten?«

Er hielt ihren Blick fest. Dann stand er auf, trat um den Tisch herum und schlang die Arme von hinten um ihren Hals, beugte sich hinunter und küsste sie zärtlich aufs Ohr. Sarah drehte den Kopf herum. Seine Augen schimmerten feucht. »Was ist los, Frederik?«

»Ich habe vor zehn Jahren einen Freund verloren.«

Sie verharrte still in seiner Umarmung.

»Er ist von einem Tag auf den anderen verschwunden.«

Er ließ sie abrupt los, richtete sich langsam auf und ging hinüber zum Sofa; sie folgte ihm. Er räusperte sich, suchte ihren Blick.

»Was ist passiert?«

Für den Bruchteil einer Sekunde huschte ein hilfloses Lächeln über sein Gesicht. »Sagt man das so im Deutschen – die Karten auf den Tisch legen?«

»Ja, aber …«

»Florian Schütter«, stieß er hervor.

Sarahs Augen weiteten sich.

»Wir hatten uns damals etwas Großes vorgenommen«, fuhr er mit angespannter Stimme fort. »Florian, Marvin und ich und ein paar andere, die in diesem Zusammenhang aber keine Rolle spielen. Florian und Marvin haben Jura und Wirtschaft studiert, ich war angehender Journalist – was uns verband, war die Begeisterung für Computerspiele, das Hacken, Darknet und so weiter. Wir haben uns auf einer Messe kennengelernt und schnell gemerkt, dass uns noch viel mehr verbindet. Wir waren davon überzeugt, dass es Dinge gibt, die man nur in Bewegung setzen und verändern kann, indem man sie mit illegalen Mitteln aufdeckt …«

Sarah atmete scharf ein. »Du gehörst zu den Whistleblowern?«

Er nickte.

Einen Moment war sie völlig perplex. »Aber was hat dich nach Berlin geführt und ausgerechnet das Interesse an der Kanzlei meines Vaters geweckt? Du bist Däne, auch wenn dein Vater Deutscher war. Oder war Schütter …«

»Ich war häufig in Deutschland«, warf er ein und blickte kurz auf seine Hände. »Und der Name meines Vaters ist auch schon gefallen.«

Plötzlich verstand Sarah. »Du bist Kolmers Sohn?«

»Ja.«

Gefühlte fünf Minuten blieb es still. Dieser Kreis hat sich geschlossen, dachte sie dann. Dann stutzte sie plötzlich und musterte ihn aufmerksam. »Und warum bist du ausgerechnet jetzt auf Bornholm?«

»Aus ähnlichen Gründen wie du. Ich verstecke mich ein bisschen, ich halte Augen und Ohren offen und …«

»Ist das alles?«

»Nein. Um ehrlich zu sein, verstecke ich mich gerade zurzeit mehr als ein bisschen.«

»Du bist noch aktiv?«

»Ja, und ich will wissen, was damals passiert ist. Florian ist ermordet worden, nachdem es ihm gelungen war, Daten abzugreifen. Daran besteht kaum ein Zweifel, auch wenn sich keine Hinweise auf eine Straftat fanden. Sie haben ihn erwischt, ihm womöglich eine Falle gestellt. Wir waren damals gerade mal Anfang zwanzig, das darf man nicht vergessen. Wir waren gut, allerdings ziemlich unerfahren, vielleicht auch unvorsichtig. Aber er hat keinen Namen verraten. Sonst hätten sie mich längst aufgestöbert und auch erledigt, und das Gleiche gilt für Marvin.«

»Aber das ist zehn Jahre her.«

»Und? Es hat deshalb nicht weniger Gewicht.«

Sarah stand auf und trat ans Fenster.

»Hör zu, ich …«

Sie drehte sich wieder um. »Ist mein Vater ein Mörder?«

Frederik erwiderte ihren Blick und biss sich auf die Unterlippe.

»Ist es so?«

»Die Kanzlei vertritt Leute, die Rechtsextreme finanzieren, Nazis und ihre Unterstützer, und das seit Jahrzehnten«, antwortete er schließlich. »Es existiert ein europaweites Netzwerk, bestehend aus zig Firmen und Strohmännern; es wird Geld gehortet, versteckt, vermehrt und dann zur Verschleierung über Umwege für Aktionen und Parteispenden zur Verfügung gestellt.«

»Aktionen?«

»Ja. Denk dir dazu, was du willst. Und das ist viel mehr als ein Verdacht, aber handfeste Beweise, die vor Gericht Bestand hätten, konnten nicht erbracht werden.«

»Und mit meinem Großvater hat es begonnen?«

Frederik nickte. »Dein Vater hat es fortgesetzt. Wie viel er weiß, was er eigenmächtig getan oder in Auftrag gegeben hat, wofür er steht«, er hob beide Hände, »kann ich nicht sagen. Vielleicht ist er eine Randfigur, ausschließlich interessiert an den Erträgen aus zig lukrativen Geschäften, die er sehr elegant einfädelt. Oder ein glühender Anhänger, der genau weiß, was da passiert. Fest steht, dass es brandgefährlich ist, sich mit diesen Leuten anzulegen. Und mein Vater hat sich damals entschlossen, seinen eigenen Weg zu gehen. Er hat nichts unternommen, weil ...«

»Er war in meine Großmutter verliebt.«

»Ja, und er hoffte zu dieser Zeit, dass es irgendwann ein Ende haben würde mit diesen alten Nazigeschichten und sein Sohn, dein Vater, die Ausrichtung der Kanzlei ändern würde. Das war ein gefährlicher Trugschluss.«

»Dein Vater hat dich für das Thema sensibilisiert?«

»Natürlich. Und er hat dafür gesorgt, dass nichts über mich bekannt wird – und dabei spielte es nur eine sekundäre Rolle, dass er eine Affäre mit einer Dänin hatte, die er vor seiner Ehefrau geheim halten wollte. Das war nur ein Grund.«

»Du hast die Kanzlei immer im Auge behalten?«

»Ja.«

»Auch mich?«

Er schloss kurz die Augen.

»Karten auf den Tisch, Frederik«, sagte sie leise und setzte sich wieder zu ihm aufs Sofa. »Unser Treffen ist kein Zufall, oder?«

»Nein.«

Sie schluckte und schob die Frage beiseite, wie er sie aufgestöbert hatte. Das dürfte ein Klacks für ihn gewesen sein.

»Großvater, Vater, Tochter«, sagte er. »Ich wollte, ich musste wissen, ob du die Tradition fortsetzt.«

»Verstehe.« Sie griff behutsam nach seiner Hand. »Tue ich nicht.«

»Ich weiß.«

»Es gibt einiges zu tun«, stellte Sarah plötzlich nüchtern fest. »Womit fangen wir an?«

»Yvonne«, erwiderte er ohne Zögern. »Der aktuellste und womöglich seltsamste Fall.«

»Und wenn hier Fäden zusammenlaufen, sollten wir das schnell in Erfahrung bringen.«

»Das wollte ich sagen.« Er legte den Arm um ihre Schulter und zog sie an sich heran. »Aber zunächst sollten wir …«

»Den Abend ausklingen lassen und uns besser kennenlernen?«

»So was in der Art.«

»Eine Frage habe ich allerdings noch«, wandte Sarah ein. »Wie erklärt sich dein ausgesprochen guter Kontakt zur dänischen Polizei?«

»Wie ich schon sagte – eine Hand wäscht die andere.«

»Du magst diesen Spruch, nicht wahr?«

»Er beschreibt treffend, was ich meine. In der Dienststelle in Rønne arbeitet ein guter Freund von mir …« Er zögerte. »Wir kennen uns seit vielen Jahren, seit damals, mehr muss ich eigentlich gar nicht sagen. Mal habe ich was für ihn, dann wieder hilft er mir weiter. Er ist ein Freund der Szene. Ich habe ihm versprechen müssen, dass sein Name niemals fällt, wenn ich eine Information von ihm weitergebe oder wie auch immer verwende. Daran halte ich mich, und er vertraut mir. Ohne gutinformierte Freunde ist es gerade in meiner Lage sehr schwer. Ich muss immer im Hintergrund bleiben, darf keine Aufmerksamkeit erregen.«

»Verstehe.«

Er strich ihr zart über den Rücken. »Wie schön.«

Mitten in der Nacht schlich er aus dem warmen Bett, schlüpfte in seine Klamotten und setzte sich vors Haus, um eine Zigarette zu rauchen. Sein Nikotinkonsum war kaum der Rede wert, aber hin und wieder brauchte er sie immer noch – in oder nach besonders stressigen, aufwühlenden Situationen. Als Florian damals verschwunden und Frederik klargeworden war, dass er aufgeflogen war, hatte er innerhalb weniger Stunden eine ganze Packung geraucht. Seitdem waren zehn Jahre vergangen, in der Zeit hatte er viele brenzlige Situationen und Krisen durchlebt, sich aber das exzessive Rauchen abgewöhnt. Die berühmte Zigarette danach war aber ebenso erlaubt wie die nach dem Tod seiner Mutter und der Beerdigung seines Vaters.

Sarah setzte die Tradition nicht fort. Das war ihm schon klar geworden, als er sich mit ihren Dateien beschäftigt hatte. Seine Schnüffelei war ihm nicht peinlicher, als unbedingt nötig – in seiner Lage war ihm kaum etwas anderes übriggeblieben, als sich aus erster Hand zu informieren. Er hatte die Anziehungskraft zwischen ihnen vom ersten Moment an gespürt, aber dass sie sich mit Haut und Haaren aufeinander einlassen würden, war kaum absehbar gewesen – und hallte immer noch nach. Kurzum: Er musste Sarah nicht auf die Nase binden, dass er ihr Haus längst kannte und es ihm auch nicht besonders schwergefallen war, ihren Aufenthaltsort ausfindig zu machen – um nicht aufzufallen, hatte er nicht ihr Handy gehackt, sondern das ihrer Mutter. Als ehemalige Polizistin und in Anbetracht der Ausmaße der Fälle dürfte Sarah wohl klar geworden sein, dass er sie nicht im Auge behalten hatte, indem er ihren Namen googelte.

Er zog ein letztes Mal an seiner Zigarette und drückte sie dann aus. Was immer diese Staatsanwältin angetrieben hatte, sie musste sich mächtige Feinde gemacht haben, Feinde, die unbedingt in Erfahrung hatten bringen wollen, womit sie sich beschäftigt hatte. Emil, sein Kontaktmann bei der Polizei, hatte berichtet, dass sie stundenlang gefoltert worden war, bis sie durch die Drahtschlinge starb. Unter Umständen war sie vom Verfassungsschutz auf Sarah angesetzt worden, was erklären würde, warum sie sich in der Nähe der Pirohl-Tochter aufgehalten hatte.

Gegen diese These sprach jedoch, dass kein Dienst es sich erlauben konnte, über mehrere Jahre hinweg jemanden abzustellen, obwohl kein hinreichender Anfangsverdacht bestand und über Sarah nichts zu den Aktivitäten der Kanzlei in Erfahrung gebracht werden konnte. Hinzu kam, dass sich relativ rasch feststellen ließ, ob und in welcher Weise Sarah in die Fußstapfen ihres Vaters trat. Und Frederik wusste, wovon er sprach, schließlich hatte er sich selbst immer wieder vergewissert, welchen Weg sie beschritt.

Der exponierte Ablageort der Leiche war bemerkenswert und verwunderte ihn. Die Täter hatten nichts dem Zufall überlassen – grausame Folter, der Tod mit der Drahtschlinge, Spurenbeseitigung. Dass es mehrere gewesen waren, die einen gutdurchdachten Plan umgesetzt hatten, daran zweifelte Frederik nicht einen Moment. Es war schwer vorstellbar, dass sie Bornholm auf den üblichen Wegen erreicht hatten – also per Fähre oder Flugzeug – und sich dem Risiko ausgesetzt hatten, bei einer Überprüfung ins Visier zu geraten. Und die Frage an dieser Stelle lautete, warum derart professionelle Täter eine ihnen wie auch immer in die Quere geratene Staatsanwältin nicht einfach verschwinden ließen? Warum suchten sie stattdessen dieses Aufsehen?

Es dürfte Bornholmer geben, die dazu eine Antwort parat hätten, obwohl sie nicht das Geringste zu den Hintergründen wussten: Die Deutschen hatten im Laufe der Geschichte auch auf der Insel immer wieder ihr Unwesen getrieben, ebenso die Schweden, aber das war gerade zweitrangig. Doch welche Absicht steckte dahinter, eine aufsehenerregende Mordermittlung loszutreten, die mehrere Dienststellen über Ländergrenzen hinweg beschäftigen würde, statt die Frau sang- und klanglos verschwinden zu lassen? Sie war eine Staatsanwältin, deren Hintergrund durchaus Anlass zu Spekulationen bot.

Frederik runzelte die Stirn. Das Ganze klang nach einem miesen Plan, der noch längst nicht abgeschlossen war.

Noch etwas war bemerkenswert, was angesichts der Fülle der Ereignisse und einer wahren Flut von Informationen bisher kaum Beachtung gefunden hatte: das Rostocker Bistro. Sowohl das Mordopfer Nicole Kerber als auch der Besitzer des Lokals Rolf Mantor wurden der rechten Szene zugeordnet. Zufall? Schwer zu glauben. Sie waren unauffällig geblieben, aber was hieß das schon? Es wäre sinnvoll, den Laden im Blick zu behalten, und ebenso riskant. Das war ihm auch klar. War es heutzutage noch etwas Besonderes, gar Herausragendes, der rechten Szene zugeordnet zu werden? Zigtausende ließen sich inzwischen hocherhobenen Hauptes auf rechten Demos blicken und verbaten sich die Bezeichnung Nazi. Stichwort: Wutbürger.

Frederik hoffte inständig, dass im Verlauf der Mordermittlungen Hinweise entdeckt wurden. Emil hatte ihn wissen lassen, dass die junge Frau, die die Leiche an der Burgruine gefunden hatte, angehende Fotografin war, die eine ganze Serie von Bildern geschossen hatte. Die Kollegen hielten es für möglich, dass auf den Aufnahmen mehr zu entdecken sein würde als die üblichen Ansichten von Hammershus. Außerdem gingen sie dem Hinweis nach, dass die junge Frau sich daran erinnerte, Motorengeräusche gehört zu haben, bevor sie die Tote entdeckte.

Frederik stand auf und hob den Blick. Der dunkle Nachthimmel war wolkenverhangen. Er ging leise ins Haus zurück, schlüpfte zu Sarah ins Bett. Vielleicht wachen wir morgen früh auf und stellen fest, dass es zwischen uns vorbei ist, bevor es überhaupt angefangen hat, fuhr es ihm plötzlich durch den Kopf. Zu viel Vergangenheit, zu viele böse, grausame Geschichten, unsicheres Terrain, dunkle unheilvolle Schatten. Ein One-Night-Stand zum Abreagieren und Ende. Unsinn, flüsterte eine andere Stimme in ihm. Uns quälen die gleichen Fragen. Selbst wenn …

Sie drehte sich zu ihm um und schmiegte sich in seine Arme. »Du hast geraucht«, flüsterte sie. »Warum hast du mir verschwiegen, dass du Raucher bist?«

»Habe ich nicht. Du hast nicht gefragt.«

»Na gut.« Eine Sekunde später war sie wieder eingeschlafen, und er hörte ihr Herz an seiner Brust klopfen.

17

Sarah blickte Frederiks Wagen einen Moment nach, bevor sie ins Haus zurückging. Allzu viel hatten sie beim Frühstück nicht geredet. Wir sind noch satt und erschöpft vom Vortag, dachte sie. Zu viele Emotionen, zu viele Überraschungen, die kaum in einer Nacht verdaut werden konnten. Davon abgesehen hatten sie eine Nachrichtensendung verfolgt, in deren Mittelpunkt der Mord von Hammershus stand. Keine Neuigkeiten, zumindest keine, die es bis in die Medien geschafft hatten.

Frederik hatte sich wenig später auf den Weg nach Hasle gemacht, wo er in einer Blockhütte wohnte. »Nach dem Rechten sehen«, wie er mit schrägem Lächeln hinzugefügt hatte. »Ich melde mich später.«

Eine Minute danach griff sie zum Smartphone und rief ihn an.

»Vermisst du mich?«

Sie lächelte. »Ich habe was vergessen.«

»Ja?«

»Kannst du ein Facebook-Profil hacken?«

Stille. Was für eine Frage?, dachte sie im nächsten Moment. Wahrscheinlich hatte er erwartet, dass sie ihm etwas Verliebtes ins Ohr flüstern würde oder einforderte, dass er es tat. So würden sich andere Paare verhalten, die sich gerade erst kennengelernt hatten. Sind wir ein Paar?

»Seltsame Frage«, sagte er schließlich, und es klang amüsiert. »Kannst du Auto fahren?«

Sie lachte erleichtert.

»Wann brauchst du es?«

»Schnell.«

»Schick mir, was du hast. Ich melde mich in einer guten Stunde oder auch zwei.«

»Okay. Danke und …«

»Ja?«

»Es war schön mit dir – trotz allem.«

»Es ist schön mit dir – trotz allem«, erwiderte er leise.

Anderthalb Stunden später hatte sie einen Namen und einiges mehr: Paul Schmitzke, zwanzig Jahre alt, Student an der Technischen Universität in Berlin, ergänzt um Handynummer und andere Kontaktdaten sowie einige Hintergrundinformationen zu Schule, Hobbys und so weiter. Grinch. Sarah war beeindruckt. Sie überlegte kurz, ob sie den Rest Hannah und den Berliner Kollegen überlassen sollte, dann entschied sie sich, erst einmal selbst aktiv zu werden. Letztlich ging sie lediglich einem spontanen Einfall nach, mit dem sie womöglich völlig danebenlag. Sie rief kurzerhand Pauls Handynummer an. Nach dem zweiten Klingeln wurde die Verbindung hergestellt. »Ja?«

»Wie soll ich Sie nennen – Paul oder Grinch?«

Stille.

»Legen Sie nicht auf.«

»Woher …«

»Völlig unwichtig. Ich brauche Ihre Hilfe, oder bleiben wir beim Du, Grinch?«

Tiefes Durchatmen. »Was willst du, verdammt?«

»Es geht um Birte, die Clique, Schlägereien.«

»Das hatten wir schon.«

»Du hast etwas beobachtet.«

»Selbst wenn …«

»Ich schicke dir ein Foto. Und ich will von dir wissen, ob du die

Frau wiedererkennst – ob sie diejenige war, die sich die Clique damals vorgenommen hat.«

»Und dann lässt du mich in Ruhe?«

»Ja.« Mal sehen, fügte Sarah in Gedanken hinzu. Wenige Augenblicke später hatte sie ihm ein Foto von Yvonne aus Studentenzeiten geschickt.

Grinch meldete sich fünf Minuten darauf. »Gut möglich«, sagte er leise. Er klang plötzlich unsicher und deutlich weniger aggressiv. Vielleicht hat das Foto etwas in ihm berührt, dachte Sarah. »Was ist passiert?«

»Sie haben ihr aufgelauert – die Clique.«

»Wo?«

»Am Nikolassee. Es war Sommer. Sie haben sich unter den Leuten, die am See in der Sonne lagen, ein Opfer gesucht, und diese junge Frau war die Richtige.«

Sarah atmete tief durch. »Warum?«

»Sie war allein, wirkte still und verletzlich und irgendwie … Ist ja auch egal.«

»Ist es nicht, Grinch.«

»Du hast versprochen, wenn ich was zu dem Foto sage, lässt du mich in Ruhe!« Er wurde plötzlich wütend.

»Stimmt. Aber ich muss es etwas genauer wissen.«

»Warum?«

»Weil sie ermordet wurde.«

»Das weiß ich doch längst.«

»Damit meine ich nicht Birte.«

»Ach …«

»Also?«

»Mann, sie haben ihr aufgelauert, als sie sich auf den Heimweg gemacht hat«, stieß er hervor.

»Sie war das richtige Opfer? Einfach so?«

»Ja, einfach so. Sie hat ihr Handtuch zusammengerollt, und Birte meinte, dass sie affig aussähe und sie große Lust hätte, ihr in den Hintern zu treten und … Die anderen haben gelacht. So fing es an.«

Grinch war dabei, dachte Sarah. Immerhin hat ihn sein schlechtes Gewissen Jahre später so bedrängt, dass er aktiv wurde.

»Sie haben sie übel verprügelt. Sie hat sich gewehrt, aber gegen vier, fünf Leute hatte sie keine Chance. Und jetzt lass mich mit der alten Story in Ruhe.«

Sarah ließ das Smartphone sinken. Plötzlich durchzuckte sie ein entsetzlicher Gedanke, der zunehmend deutlicher an Schärfe und Kontur gewann, je länger sie sich auf ihn einließ. Yvonne hatte sich gerächt. Sie hat den Namen von Birte aufgeschnappt und sich auf die Suche gemacht. Viele Wochen später hat sie ihr aufgelauert, sie entführt, totgeschlagen und dort vergraben, wo das ganze Drama begonnen hatte. Und es war Zufall gewesen, dass sie damals zu dem Team gehört hatte, das dem Vermisstenfall nachgegangen war, dachte Sarah. So weit nachvollziehbar, aber wie war es weitergegangen? War es denkbar, dass der brutale Übergriff der Clique ein tiefes Trauma und eine Kettenreaktion ausgelöst hatte? Nicht auszuschließen. Marie Weber war Yvonne im Ring in die Quere gekommen. War das alles gewesen und hatte diese bedrängende Situation ausgereicht, einen weiteren brutalen Mord zu begehen? Und wie passte diese zweite Tat zum Mord an Nicole und zum Schmücken der Opfer mit dem Tattoo? Und was hatte sie veranlasst, über Sarah als verantwortliche Ermittlerin herzuziehen?

»Ich weiß es nicht«, flüsterte Sarah. Es fehlte ein wichtiges Verbindungsstück, aber sie hatte das eindringliche Gefühl, dass sie ihm auf der Spur war. Plötzlich erinnerte sie sich an das letzte Telefonat mit ihrer Mutter, als sie gerade auf dem Weg nach Greifswald gewesen war. Eine Frau hatte angerufen und sich nach ihr erkundigt. Yvonne? Was wollte sie von mir?

Sarah schüttelte die Erstarrung ab, machte Feuer im Kamin, setzte sich an den Laptop und schrieb einen Bericht für Hannah. Sie begann mit den Neuigkeiten zu Frederik, schilderte das Gespräch mit Grinch und endete mit der Erkenntnis, dass Yvonne unter Umständen wieder als Racheengel unterwegs gewesen war. In dem Moment, in dem sie ihn abschicken wollte, meldete sich Frederik. »Alles gut?«

Sie atmete tief durch. »Ich bin okay – ja.«

»Was Neues?«

»Kann man sagen.« Sie schilderte ihm das Gespräch mit Grinch sowie ihre Schlussfolgerungen. »Das Ganze wird immer seltsamer«, sagte sie schließlich. »Was wollte die Frau von mir?«

»Schwer zu sagen, im Augenblick. Es klingt, als hätte sich das Ganze, so wie du es erzählst … irgendwie gesteigert.«

»Und nun ist sie selbst Opfer einer schrecklichen Gewalttat geworden. Das furchtbare Ende einer grausamen Odyssee.« Sarah schüttelte den Kopf. Es blieb nach wie vor äußerst verwirrend, auch wenn sich ein Zusammenhang anzudeuten schien.

»Ich habe auch Neuigkeiten«, fügte Frederik hinzu. »Die Polizei ist sicher, dass es sich bei dem Fahrzeug, das die Fotografin wegfahren hörte, um einen Geländewagen handelt. Sie haben frische Reifenspuren entdeckt, die den Schluss nahelegen.«

»Und die Fotos?«

»Die Auswertung läuft noch. Aber die Spurensicherung hat etwas in ihrem Zimmer gefunden, das interessant klingt – ein altmodisches Diktiergerät.«

Sarah setzte sich gerade auf. »Gibt es auch Bänder?«

»Ein Band, und es war recht gut versteckt. Es wird gerade übersetzt.«

Sarah stand auf und stellte sich ans Fenster. »Das ist sogar hochinteressant.«

»Ich weiß. Außerdem haben sie den Mietwagen entdeckt …«

»Wo?«

»Ganz in der Nähe von Hammershus in einem Waldstück am Steinbruchmuseum.«

»Das kann alles Mögliche bedeuten. Man hat sie dort entführt oder ihren Wagen ganz bewusst dort abgestellt.«

»Genau. Sie werden ihn natürlich gründlich untersuchen. Mehr kann ich im Moment nicht sagen. Ich muss jetzt ein bisschen arbeiten – also meinen ganz normalen Job machen.«

»Woran schreibst du gerade?«

»Eine Reportage über einen Kopenhagener Politiker. Sehr langweilig im Vergleich zu dem, womit wir uns sonst beschäftigen.«

»Langweilig wäre ja mal was«, seufzte sie. »Du …«

»Ich melde mich, natürlich … Übrigens: elsker dig.«

»Das heißt?«

»Hab dich lieb.«

Sarah lächelte. »Elsker dig klingt schöner.«

Er legte auf. Sie ließ seine Stimme einen Moment nachklingen, dann ergänzte sie den Bericht für Hannah und schickte ihn ab.

Die BKA-Frau meldete sich eine Viertelstunde später. »In ihrem Büro in Rostock gab es einen ganzen Karton voller Diktierbänder«, sagte sie nach knapper Begrüßung, und ihre Verwunderung war deutlich herauszuhören. »Ich habe eine Kollegin gebeten, sich die Bänder genauer anzusehen – besser gesagt: anzuhören. Sie meinte, dass sie entweder schadhaft sind, nichts enthielten, oder es sind dreißig Jahre alte Aufnahmen zu uralten Fällen. Allerdings ist sie mit der Prüfung noch nicht ganz durch, und ich denke, sie wird sich nicht jedes Band komplett von Anfang bis Ende angehört haben.«

»Vielleicht ist genau das nötig.«

»Ja, durchaus möglich. Ich nehme sie mir später selbst vor.«

»Hannah?«

»Ja?«

»Falls ich richtigliege, dass tatsächlich Yvonne die Mädchenmorde begangen hat – was könnte sie angetrieben haben? Du bist Psychologin ...«

Leises Lachen. »Das allein reicht nicht aus, die Tragweite solcher Taten einordnen zu können, ohne auch nur ein einziges Wort mit ihr gesprochen zu haben.«

»Die Tattoos«, ergänzte Sarah nachdenklich. »Freundschaft. Die Angriffe gegen mich ...« Ihr Puls beschleunigte abrupt. »Sie war still und wirkte immer isoliert, eine Kommilitonin betonte, dass sie mich mochte – ich weiß nicht, warum –, und sie freute sich, dass ich sie zu meiner Berliner Abschiedsparty eingeladen hatte, was im Übrigen eher zufällig und beiläufig geschah. Ich habe dem keinerlei Bedeutung beigemessen. Was ist zwischen diesen beiden Polen passiert – der stillen, unauffälligen, unerklärlichen Sympathie für mich und den höhnischen Angriffen nach den Morden?«

Kurzes Schweigen. »Wir werden den Hintergründen nur dann auf die Spur kommen, wenn die These zutrifft, dass Yvonne tatsächlich die Mörderin ist und Hinweise hinterlassen hat«, erklärte Hannah schließlich in sachlichem Ton. »Alles andere ist ...«

»Reine Spekulation, ich weiß. Aber ich werde das dumme Gefühl nicht los, dass ich fatalerweise etwas übersehen habe – vor vielen Jahren.«

»Selbst wenn – was willst du daraus ableiten? Eine Verantwortung für solche Taten. Das ist, um dein Lieblingswort zu benutzen: absurd.«

Sarah lächelte. »Na schön.«

»Das klingt schon besser. Und noch etwas: Ich habe seinerzeit beim Fall Birte Lahnder auch nicht meinen besten Tag gehabt, oder?«

»Du warst nur am Rande involviert, und du willst mich trösten.«

»Selbst wenn. Im Übrigen habe ich schon so manchen Fall zu Beginn lediglich am Rande begleitet, und plötzlich war ich mittendrin – weil mir etwas auffiel. In dem Fall war es anders. So etwas passiert. Wir hören uns.«

Sarah legte das Telefon beiseite und zog sich warm an. Zeit für einen langen Strandspaziergang Richtung Leuchtturm.

18

Ab Minute zwölf war auf dem alten Diktiergerät nur noch leises Rauschen zu hören. Hannah wartete drei Minuten und wollte gerade vorspulen, als plötzlich eine andere Stimme erklang: »Staatsanwältin Yvonne Beyer, zweites Dezernat Wirtschaftskriminalität, Akte Nummer X15–76 … nein, bitte streichen. Absatz.« Ein leises Lachen erklang, dann Schweigen, schließlich klackte es. Die Aufnahme war unterbrochen. Sie setzte mit sekundenlangem Atmen Augenblicke später wieder ein, und auf einmal herrschte eine seltsam gebannte Stille.

Sie hat sich die Aufnahme noch einmal angehört, überlegte Hannah, vielleicht mehrfach. Sie war womöglich amüsiert über die veraltete Technik.

»So hat man also vor Jahrzehnten gearbeitet. Interessant.« Das klang tatsächlich milde erstaunt. »Vorspulen, zurückspulen, abtippen, zuhören, vergleichen. Ein großer Aufwand für all diese Fälle und doch eine Erleichterung in Zeiten, in denen man auf Schreibmaschinen tippte und die Wenigsten schnell und fehlerlos schreiben konnten, schon gar nicht die Staatsanwälte. Dafür hatten sie ja die Sekretärinnen.« Lange Pause, Atmen, Klacken, erneutes Atmen. »Meine Stimme klingt seltsam. Fremd. Es ist meine Stimme. Ich höre sie selten, schon gar nicht auf diese Weise – sozusagen von außen auf mich eindringend.«

Sie sprach langsam, betonte behutsam. »Ich kenne Leute, die ständig reden, sich gerne reden hören, und ich frage mich oft, warum. Ich habe gelernt zu schweigen. Es ist besser so, das wusste ich

schon als Kind. Die Dinge bekommen erst Gewicht, wenn sie ausgesprochen werden. Wer wüsste das nicht besser als ich? Worte
brennen sich ein, formen Ereignisse, Geschichten, auch die brennen sich ein. Im Alltag, vor Gericht, eigentlich immer ...« Pause,
Zögern. »Was gesagt ist, kann man fatalerweise nicht mehr zurücknehmen, nie wieder. Geschichten sind in Stein gemeißelt. Das ist
so. Wahrheit, Lüge, Beschimpfungen, Lobeshymnen, beiläufige
Meinungsäußerungen, sinnloses Gebrabbel. Und wem sollte ich
auch etwas erzählen? Mir selbst? Nun ...«

Hannah lauschte fasziniert, während Yvonne offensichtlich und
völlig unerwartet Gefallen an ihrem Selbstgespräch fand und zunehmend flüssiger erzählte. Womöglich war es das erste Mal in ihrem
Leben. Vielleicht begriff sie, dass sogar ein Monolog eine befreiende
Wirkung entfalten konnte oder ihr eine neue Sicht auf sich selbst
eröffnete.

»Ihr würde ich gerne etwas erzählen, nach wie vor«, sagte Yvonne
plötzlich, und ihre Stimme klang nun anders – dunkler, zarter,
schmerzvoll. »Sarah.« Lange Pause. »Vielleicht wäre alles oder zumindest einiges ganz anders gekommen, wenn ich das Schweigen
hätte brechen können und sie mir zugehört hätte. Vielleicht war es
auch umgekehrt – hätte sie sich auch für mich interessiert, mich
beachtet, etwas in mir gesehen, wäre das Schweigen etwas anderem
gewichen. Vielleicht. Aber das hat sie nicht. Das hat nie jemand mit
ernsthaftem persönlichem Interesse, abgesehen von meiner Tante,
doch andere spielen keine Rolle.

Sarah war in meiner Vorstellung eine andere. Ganz sicher war sie
das, womöglich nur dort. Wunschtraum. Eine seltsam intensive Gewissheit, ohne dass es dafür einen einzigen Anhaltspunkt gab. Aber
damals ... Die Sehnsucht war so groß, so übermächtig, ausufernd,
sachlich realistische Erwägungen spielten keine Rolle. Ich wäre ihr
so gerne nahe gewesen, eine Vertraute, eine Freundin, mit der man

alles teilt, zu der man sich flüchtet oder der man Schutz bietet. Ich habe immer eine Verbindung gespürt. Ich war tief in mir drinnen sicher, dass es sie gab und Sarah sie irgendwann auch spüren würde. Ein Trugschluss von großer Reichweite. Wie hatte Tante Margret immer gesagt: Männer sind potentielle Schläger, Frauen beschützen dich oder erweisen sich als schwach, unfähig, ignorant, dumm, falsch oder auch bösartig. Lerne früh zu unterscheiden. So früh wie möglich. Es könnte dich vor fatalen Entscheidungen bewahren und sogar dein Leben oder das anderer retten.

Als Sarah mich zu ihrer Abschiedsfeier einlud, war ich davon überzeugt, dass es meine Chance war … unsere Chance. Ich war aufgeregt und voller Vorfreude. Aber es kam anders. Abrupte schmerzvolle Ernüchterung. Ich begriff mit dem ersten Blickkontakt, dass ich eingeladen war wie viele andere auch, die sich in ihrem E-Mail-Ordner angesammelt hatten. Mehr war das nicht. Sie begrüßte mich wie eine Fremde und schien irritiert, als würde sie mich gar nicht kennen und hätte Mühe, mein Gesicht einzuordnen. Wir hatten einige Semester zusammen studiert, dann ist sie zur Polizei gegangen. Nun war sie auf dem Sprung nach Rostock und verabschiedete sich mit großer verschwenderischer Geste, die auch mich einschloss – aber lediglich zufälligerweise. Ich bedeutete ihr nichts. Sie vergaß mich, noch während sie sich zu anderen Gästen umdrehte. Dass ich selbst bereits meine Fühler ausgestreckt hatte und mich auch in der Hansestadt niederlassen würde, wusste sie nicht. Natürlich nicht. Ich wollte unbedingt in ihrer Nähe bleiben. Daran änderte auch die Tatsache nichts, dass die Abschiedsfeier in keiner Weise so verlief, wie ich es mir erträumt hatte, ganz im Gegenteil. Meine Enttäuschung war abgrundtief, zugleich fühlte ich mich zutiefst beschämt. Mein Herz blutete. Das klingt dramatisch und – ja – fast ein wenig abgedreht. Und doch wusste ich am nächsten Morgen, dass ich meine Pläne nicht ändern würde. So schnell gebe ich nicht auf.« Lange Pause.

»Sarah ist Polizistin geworden ... In dem Zusammenhang hätten wir uns längst begegnen müssen. Das ist eine lange Geschichte, stelle ich gerade fest, und sie scheint immer mehr auszuufern.« Pause.

Hannah atmete tief ein. Die Staatsanwältin überlegt, wie viel sie erzählen darf, dachte sie – was sie offenlegt und damit nie wieder zurücknehmen kann, auch oder gerade vor sich selbst. Hannah war zutiefst bewegt. Ihre eigene Beziehung zu Worten, Gesprächen war eine völlig andere, der von Yvonne entgegengesetzt. Ein Großteil ihres Berufes basierte auf Kommunikation, hinzu kam, dass sie nach einem Unfall vor Jahren über die außergewöhnliche Fähigkeit verfügte, Gespräche zitatgenau wiederzugeben. Ein Talent, über das sie selten sprach, das sie aber häufig nutzte. Yvonne begann sich zu öffnen, seitdem sie zum ersten Mal ihre eigene Stimme gehört hatte – auf einem uralten Band.

»Ich fange an, mich mit diesem Gerät anzufreunden«, fuhr Yvonne fort. »Ich kann das Band hören, sooft ich will, löschen, überspielen, aber ich überspiele, lösche oder korrigiere es nicht – das würde die Authentizität zerstören. Ich mache Pausen, manchmal Stunden, manchmal Tage, ich höre es ein ums andere Mal, und währenddessen knüpft sich die Erzählung wie von selbst fort. Interessant ist, dass ich nicht mehr schweige. Ich rede mit mir selbst. Wie ein Kind, das in der Dunkelheit flüstert, um sich zu trösten. Klingt ein bisschen verrückt. Spielt keine Rolle. Wer eine Rolle spielt, ist Sarah.

Ich habe erst später erfahren, dass sie in der Ermittlungsgruppe war, die nach der vermissten Birte Lahnder suchte, und die Erkenntnis traf mich mit voller Wucht. Das konnte kein Zufall sein – schon wieder gab es eine Verknüpfung zwischen uns, noch dazu in diesem Zusammenhang. Das wühlte mich zutiefst auf.«

Ein langes Schweigen trat ein.

»Ich habe Birte getötet. Es ging nicht anders. Sie hatte es wirklich verdient. Ich bin selten einem derart grausamen Menschen begegnet. Ihr Hass hatte die ganze Gruppe verseucht, ihre Aggressionen geschürt und zum Ausbruch gebracht. Sie schlugen und traten wie entfesselt auf mich ein. Und obwohl ich zu der Zeit bereits seit einigen Monaten regelmäßig Kampfsport betrieb, weil ich lernen wollte, mich effektiv zu wehren, nachdem ich mal auf einem Bahnsteig angegriffen worden war, hatte ich keine Chance. Eine Gruppe Jugendlicher tobte sich an mir aus. Ich hatte gelernt, einen einzelnen Angreifer auszuschalten, auch zwei, aber vier, fünf junge Leute waren zu viel. Es gab Momente während dieser Prügelorgie, da war ich überzeugt, dass sie mich töten wollten, und war bereit zu sterben.

Aber das war nicht der schlimmste Augenblick. Das Furchtbarste war der Moment, als ich begriff, dass ich mich nicht zum ersten Mal in einer solchen Situation befand. Ich war ein Kind, ein kleines Kind, fünf, sechs Jahre alt. Der große schwarzhaarige Mann schlug mich – immer und immer wieder. Die dünne kleine Frau hielt mich fest, krallte ihre Fingernägel in meine Arme oder saß mit großen brennenden Augen vor mir und sah zu. Meine Eltern. Als sich mitten im Schmerz und in der Hilflosigkeit der Schleier auflöste, der mich bis dahin in einen dichten Kokon gehüllt hatte, und die Erinnerung plötzlich Besitz von mir ergriff, verstand ich zugleich, wie viel Schutz er geboten hatte. Die alten Bilder durchströmten mich wie eine Flutwelle, die alles zurückbrachte – die ständige Bedrohung, Zerstörung, Schmerz, Angst, Verbote. Essverbot, Spielverbot, Sprechverbot. Sprich am besten gar nicht! Beschützt hat mich immer nur eine: meine Tante, die jüngere Schwester meines Vaters. Und irgendwann waren sie fort, und ich blieb bei Tante Margret. Dort war ich sicher und behütet – keine Schmerzen, einige wenige Verbote, aber viele Warnungen, Unterstützung, die Forderung, etwas aus meinem Leben zu machen, zu lernen, zu studieren und niemals aufzugeben. Ich wusste nicht, wo meine Eltern waren. Ich habe nie nach ihnen gefragt. Ich hatte Angst, dass meine Frage sie zurückbringen würde. Die Erklärung, die Tante Margret mir später lieferte, klang überzeugend – sie sind bei einem Autounfall ums Leben gekommen. Diese Erklärung habe ich auch nie in Frage gestellt – bis zu diesem Tag am Nikolassee, als alles in mir aufbrach, als die Jugendlichen sich an mir austobten und jeder Schlag sich mit einem uralten Schmerz verbrüderte.

Irgendwann hörte ich, dass einer von ihnen versuchte, das Ganze zu beenden. Hört auf, sie hat genug. Lasst uns gehen. Schnell. Dann wurde es still. Wo bist du, Tante Margret? Schon lange tot. Du hast mich gerettet. Jetzt erst weiß ich, was du wirklich für mich getan hast. Ich schleppte mich nach Hause und war mehrere Tage krank. Der Schock ließ allmählich nach.

Was mich motivierte, schnell gesund zu werden, war zum einen der Schülerausweis, den ich gefunden hatte, nachdem die Gruppe verschwunden war. Er hatte auf dem Waldboden gelegen, zwischen Blut und Erbrochenem, meinem Blut, meinem Erbrochenen. Er gehörte Birte. Zum anderen durchstöberte ich den Karton mit den Dokumenten, die Tante Margret mir hinterlassen hatte – mehrere Ordner mit offiziellem Schriftverkehr, ein paar Fotoalben, Haushaltsbücher, in denen sie pingelig genau Ein- und Ausgaben aufgelistet hatte. Das war ihre Art gewesen. Sie hatte als Bürokauffrau nicht üppig verdient, aber wir konnten davon leben.

Tante Margret hatte viele Jahre im Büro einer Kfz-Werkstatt gearbeitet. Mit einem der Mechaniker war sie befreundet gewesen, vielleicht waren sie sogar ein Paar. Es gab einige Fotos aus der Zeit. Ich sah sie mir sehr genau an, ohne zu wissen, wonach ich suchte oder was ich zu entdecken hoffte. Dann stieß ich auf zwei Aufnahmen, eine war in der Werkstatt entstanden. Peter, der Mechaniker, stand an der Hebebühne unter einem Wagen und sah mit klaren Augen und ölverschmierten Händen in die Kamera. Das zweite war ein ausgeschnittener Zeitungsbericht über einen Unfall mit Todesfolge. Meine Eltern. Mein Vater war gefahren; er hatte auf einer Landstraße in einer engen Kurve die Kontrolle verloren und war gegen einen Baum gefahren. Beide Insassen waren sofort tot gewesen. Vom Wagen war nicht allzu viel übrig gewesen, dennoch war zu erkennen, dass es sich um das Auto von der Hebebühne handelte. Im Bericht stand, dass der Fahrer stark alkoholisiert gewesen war. Am Unfallgeschehen hatte es nicht den geringsten Zweifel gegeben.

Plötzlich war ich hundertprozentig davon überzeugt, dass meine Tante etwas unternommen, genauer gesagt, den Wagen manipuliert hatte – mit Hilfe ihres Mechanikerfreundes. Einige ihrer Bemerkungen Jahre nach dem Geschehen schienen mir passend zu dieser Annahme – manchmal muss man dem Schicksal eine Chance geben, indem man ihm einen kleinen Schubs verpasst –, auch wenn ich wusste, dass ein Beweis selbstverständlich etwas anderes ist. Fragen konnte ich sie auch nicht mehr. Ich hätte mich gerne bei ihr bedankt. Sie hatte mir das Leben gerettet.

Alles Weitere scheint so folgerichtig, auch wenn ich jetzt, Jahre später, darüber nachdenke. Ich fing an, Birte zu beschatten, einen Plan zu schmieden, zunächst als Spiel verkleidet. Tief im Inneren wusste ich längst, was ich tun wollte und tun würde. Im Internet trat die Gruppe unter Birtes Führung mit dem japanischen Schriftzeichen für Freundschaft auf – was für ein Hohn! Schließlich bot sich eine perfekte Gelegenheit, das Mädchen zu entführen. Ich konnte sie verstreichen lassen und weiter Pläne schmieden und tagträumen – oder sie ergreifen und handeln. Dem Schicksal einen Schubs geben, nachdem ich eine junge Frau, noch ein Teenager, so erlebt habe, wie sie war: bösartig, grausam, eine Gefahr für andere.

Ich habe sie ergriffen und Birte an einen stillen Ort am Nikolassee gebracht. Was ich vorhatte? Alles zurückzugeben und ihr die gleichen Prügel zu verabreichen, die ich ertragen musste – von ihr und den anderen aus der Gruppe, ganz besonders von ihr. Sie war die Leitfigur, die Hetzerin, die sich an meinen Schmerzen, an meiner Hilflosigkeit ergötzt hatte. Als ich fertig war, war sie tot, und nur der erste Schlag hatte Überwindung gekostet. Dann geschah alles wie von selbst, mein Körper übernahm die Regie. Ich gab noch viel mehr zurück als ihre Schläge und ihren Hass. Die alten Bilder und Ängste verschmolzen mit meinen Fäusten. Und es war gut. Ich wiederhole: Es war gut. Allein ihr fassungsloser Blick, als sie begriff, wer sich an ihr rächte und dass meine Vergeltung mit ihrem Tod enden würde, war es wert. Ich habe mein Vorgehen nicht einen Moment bedauert, geschweige denn bereut, weder direkt hinterher noch Wochen oder Monate später, auch wenn das verwundern mag. Immerhin bin ich Juristin. Das eine hat mit dem anderen nicht das Geringste zu tun. Birte war ein schlechter Mensch voller Zerstörungswut. Früher oder später hätte sie jemanden getötet oder in den Tod getrieben. Ich bin fast sicher, dass Tante Margret mir zugestimmt oder wenigstens Verständnis signalisiert hätte. Das erwähne ich nicht, um mich zu rechtfertigen. Es ist eine Feststellung. Es gibt Frauen, die man beschützt, und es gibt die anderen Frauen.

Ich habe Birte ausgezogen und im Wald vergraben, mit dem Gesicht nach unten, und dann in aller Ruhe sämtliche Spuren beseitigt, ihre Kleidung verbrannt, das Handy zerstört und entsorgt und darauf gewartet, dass die Polizei ermitteln würde. Ich malte mir aus, festgenommen und von Sarah vernommen zu werden. Ich stellte mir vor, wie sie dasitzen würde, die junge, noch sehr unerfahrene Kommissarin, Fragen stellte, mir in die Augen blickte, der Wahrheit auf den Grund zu gehen versuchte, indem sie Verbindungen herstellte … Ein aufregender Traum, der mich belebte und inspirierte, den ich ausschmückte und immer weiterspann, ohne ihn zu Ende zu führen. Denn an dieser Stelle hätte ich mich entscheiden müssen, ob es Sarah gelang, meine Schuld zu beweisen. Oder ob sie damit scheiterte und lediglich einen Verdacht hegte. Vielleicht hätte sie meine Schuld gar nicht beweisen wollen, wenn ihr klar geworden wäre, was dahintersteckte, welche Motive mich angetrieben hatten. Dann wäre sie womöglich ins Grübeln geraten oder von einem stillen Verstehen ergriffen worden. An der Stelle wurde es jedoch sehr kompliziert, es gab zu viele Varianten. Schließlich blendete ich die Spekulationen aus und wartete ab.

Vergeblich. Die Realität war weitaus nüchterner, eigentlich überhaupt nicht vergleichbar, denn es passierte: nichts. Die Suche nach der Vermissten brachte keine Erkenntnisse, und erst Jahre später wurde die Leiche entdeckt. Ich war zugleich erleichtert und zutiefst frustriert. Denn niemand sah genauer hin, keiner nahm sich die Zeit, das Leben dieser grausamen Schlägerin zu durchleuchten, ihr Umfeld, ihre Gruppe ins Visier zu nehmen, die sich mit einem Freundschaftszeichen schmückte. Dann und nur dann wäre es vorstellbar gewesen, dass Verknüpfungen zu mir geführt hätten. Ob daraus allerdings eine Situation entstanden wäre, in der ich ernsthaft unter Verdacht geraten wäre, ist jedoch noch einmal eine ganz andere Sache, wie ich aus dem zeitlichen Abstand heraus und aufgrund meiner beruflichen Erfahrung heute feststellen kann.

Wer verdächtigt eine körperlich zart wirkende angehende Juristin, eine Schülerin totgeschlagen und im Wald vergraben zu haben? Niemand, solange keine weiteren Indizien dafür sprechen und kein Motiv erkennbar ist. Man hätte mich nicht überführen können, sondern wäre auf ein Geständnis angewiesen gewesen. Ein Geständnis ohne Reue. Ob ich dazu bereit gewesen wäre? Nein.«

Hannah stoppte die Wiedergabe und holte sich etwas zu trinken. Sie war zutiefst aufgewühlt, auch weil der Vermisstenfall seinerzeit in ihre Zuständigkeit gefallen war – ja, lediglich am Rande beratend, dennoch ließ dieser Aspekt sie natürlich nicht kalt, ebenso wenig der offensichtliche Familienhintergrund. Sehr wahrscheinlich würde sich zu dem Unfalltod der Eltern und den Misshandlungen kein weiterer Hinweis in den Akten finden, womit das Motiv nicht verifizierbar war. Aber Yvonnes Schilderungen klangen ehrlich und erschütternd. Hannah war fest davon überzeugt, dass sie zur Serienmörderin geworden war, die sich mit gefährlichen Leuten angelegt hatte, zufällig wahrscheinlich. Leute, die womöglich falsche Rückschlüsse gezogen hatten, weil sie ihren Weg gekreuzt hatte. Keine voreiligen Schlussfolgerungen, mahnte sie sich selbst und betätigte erneut die Wiedergabe.

»Rostock«, sagte Yvonne schließlich nach einigen Sätzen, in denen sie kurz über ihren Abschied aus Berlin, Neubeginn in der Hansestadt und den Kampfsportclub berichtet hatte. »Marie Weber.« Pause. Leises Räuspern. »Bei ihr war alles anders. Das Mädchen hat gelernt, sich zu verteidigen, um ihrem Stiefvater die Stirn bieten zu können. Sie war eine starke Persönlichkeit, und sie konnte mich nicht ausstehen. Viele Menschen mögen mich nicht oder meiden meine Gegenwart. Das war schon immer so. Vielleicht kriegen sie unterbewusst mit, wozu ich in der Lage bin. Diese Überlegung beschäftigt mich seit geraumer Zeit. Eins führt zum anderen – auch das ist ein Gedanke, der mich nicht mehr loslässt. Vielleicht habe ich deswegen den Mut gefunden, meine Stimme diesem alten Gerät anzuvertrauen und auf einem Band zu hinterlassen, das irgendwann in irgendeinem Müllcontainer landen wird oder in Flammen aufgeht. Nur ich weiß, dass es dieses Band gibt, nur ich habe meine Stimme gehört, die all diese Taten beschreibt. Geständnis. Es ist ein Geständnis. Ein Geständnis ohne Reue, ja, zumindest teilweise. Ich gestehe drei Morde, und wenn ich schon dabei bin, gestehe ich auch meine Begeisterung für das Kämpfen, für illegale Fights, bei denen ich ohne

Rücksicht zuschlagen kann und die ich immer gewinne. Jeder Schlag ist eine Befreiung.

Warum gerade jetzt? Weil eins zum anderen kommt und ich weiß, dass all das böse enden wird. Daran gibt es nicht den geringsten Zweifel. Die Gewalt ist vor zig Jahren gesät worden, tief in mir verwurzelt, wird sie mich nie wieder loslassen. Ich mache mich auf eine Reise, nach Bornholm. Sarah ist dort, ich bin ziemlich sicher, dass sie sich dort verkrochen hat, um die Zeit in Rostock zu vergessen, ihre Unfähigkeit als Kommissarin zu verarbeiten – ihre Wunden zu lecken. Ihre Mutter hat sich ein bisschen verhaspelt, und ich erinnere mich, wie Sarah mal von der Insel schwärmte, von den wunderbaren Stränden gerade im Süden – vielleicht war das während ihrer Abschiedsfeier im Kreise ihrer engsten Freunde, als ich am Rand der Gruppe stand und zuhörte, aufmerksam, begierig, ihre Nähe auskostend, und niemand achtete auf mich, wie so oft. Ich bin immer noch erstaunt, dass ich den Mut fand, ihre Mutter anzurufen, und wie leicht es mir fiel, sie zu umgarnen, zu manipulieren und zu Bemerkungen zu verleiten, die mir weiterhelfen würden. Vielleicht habe ich ja doch endlich den Weg zur Sprache, zum Sprechen gefunden.

Doch wie geht es weiter, wenn ich Sarah ausfindig gemacht habe? Die unfähige Kommissarin. Dumm, unfähig, einfältig und ignorant. Eine abgrundtiefe Enttäuschung, mal wieder. Sie hat mich immer wieder enttäuscht, und die Frage, warum ich sie nicht einfach vergesse, drängt sich auf, nicht zum ersten Mal. Sie war nicht die, für die ich sie hielt oder halten wollte, oder diese Wunsch-Sarah war tief verborgen, unentdeckt, ein verborgener Schatz, den ich bergen könnte. War es diese Hoffnung, die mich immer weitertrieb? Auf manche Fragen gibt es keine Antworten oder nur solche, die an der Oberfläche kratzen und Mutmaßungen in den Raum stellen. Würde mich meine unerklärliche Faszination in die Lage versetzen, ihr gegenüber trotzdem das Schweigen zu brechen? Vielleicht ist es genau das, was ich will, wonach alles in mir strebt. Warum sonst sollte ich ihr sogar auf die Insel folgen? Ihr gegenüber das Schweigen brechen, nachdem ich mit mir selbst zu sprechen gelernt habe. Interessante Überlegung; der Satz klingt nach, seine Melodie erzeugt ein anhaltendes Echo, das mein Herz schneller schlagen lässt.

Aber zurück zu Marie. Das tapfere Mädchen konnte mich nicht ausstehen, das habe ich mit jeder Faser gespürt, und doch hat sie meine Nähe gesucht – weil sie lernen und von mir profitieren wollte. Ihr war klar, dass ich ihr etwas beibringen konnte – im Ring. Sie war eine interessante Kämpferin, die ich gerne beobachtete. Insofern hatten wir beide etwas davon, uns auf eine gewisse Nähe einzulassen. Dann hat sie das Foto entdeckt, das ich in meinem Spind hatte – ein Foto von Sarah. Ihr Blick sprach Bände – höhnisch, verächtlich, angewidert. So eine bist du also? Im nächsten Moment fragte ich mich, wie ich so dumm sein konnte, ein Foto von Sarah bei mir zu tragen. Ich werde nie vergessen, wie Marie mich ansah. Ich erwiderte ihren Blick, und plötzlich wich sie ihm aus. Von diesem Moment an geriet etwas in Bewegung, ich spürte es mit jedem Atemzug. Marie fing an, mich zu belauern und sich über mich lustig zu machen. Ein paar Tage später sprach sie mich im Ring mit meinem richtigen Namen an, und sie schob in süffisantem Ton ein »Frau Staatsanwältin« hinterher. Ich wusste sofort, dass sie es darauf anlegte, mich bloßzustellen. Ich musste handeln, und in dem Moment, in dem ich begann, einen Plan zu schmieden, durchströmte mich tiefe Zufriedenheit, Gewissheit, eine Art vibrierende Aufbruchsstimmung. Ich lasse nie wieder zu, dass mich jemand ungestraft verfolgt, angreift, unter Druck setzt, verhöhnt oder womöglich sogar erpresst. Diese Zeiten sind endgültig vorbei, und jeder, der das versucht, muss die Konsequenzen tragen. Das war das eine, das andere erschloss sich im selben Moment: Ich war im Begriff, ein Muster zu knüpfen.

Es begann das gleiche Spiel wie in Berlin. Ich begrüßte es wie einen alten Bekannten. Ich begann zu planen, noch intensiver, beschwingter und umfassender, und zugleich schwelgte ich in der Vorstellung, dass Sarah ermitteln würde. Ein wunderbares Phantasiegebilde entstand, das ich mit immer neuen Details auszuschmücken begann. Das Freundschaftszeichen war so ein Detail. Ich besorgte mir Klebetattoos und war hingerissen von dem erstaunlich lebhaften Wachtraum, in dem Sarah beginnen würde, eins und eins zusammenzuzählen, zu erkennen, dass es eine Verbindung gab, und dann würde sie den alten Fall in Berlin genauer unter die Lupe nehmen, um endlich zu entdecken, dass ich … Aber mein Plan und mein stringentes Vorgehen waren zu gut und zu professionell für den schnöden Polizeialltag. Das ist mir heute klar. Ich bin Staatsanwältin und verfüge über interne Kenntnisse, wie man sein Handeln gut versteckt. Vielleicht hätte ich weniger perfekt vorgehen müssen, aber das liegt mir nicht, und natürlich wollte ich nicht ins Gefängnis. Ich wollte, dass Sarah mich entdeckt, mit mir spricht, mich befragt, Nähe zulässt, aufmerksam wird, mich beachtet, sich ernsthaft mit mir und der Tat auseinandersetzt, so dass auch für sie eine Verbindung entsteht, die für mich schon so lange existiert. Die kluge, schöne Sarah! Sie sollte beweisen, dass sie zu den Frauen gehört, die auch Tante Margret gutgeheißen hätte. Das war meine Hoffnung. Sie offenbarte sich in dem Moment in aller Deutlichkeit und schärfer als je zuvor.

Diesmal passierte sehr viel. Die Leiche wurde schnell entdeckt. Ein Verdächtiger ebenfalls. Innerhalb kürzester Zeit stand fest, dass der Mord aufgeklärt war. Ich war zunächst perplex und dann völlig entsetzt. Der Stiefvater hatte vor Gericht keine Chance. Natürlich – er neigte zu Gewalt, hatte sich in Widersprüche verwickelt, und sein

Alibi war nicht überzeugend. Aber niemand hatte sich die Mühe gemacht, genauer hinzusehen. Das Klebetattoo war wahrscheinlich gar nicht bemerkt worden. Als der Stiefvater sich einige Zeit später das Leben nahm, waren alle davon überzeugt, dass er mit seiner schweren Schuld nicht klargekommen war. Was für ein Irrtum! Der Mann war unschuldig – in diesem Punkt.

Je mehr ich über den Fall und die Ermittlungen nachdachte, desto mehr überschwemmte mich eine grenzenlose Enttäuschung, gepaart schließlich mit einer stetig wachsenden Wut. Sarah, die neue leitende Ermittlerin, hochgelobt für ihren fulminant schnellen Erfolg, hatte es komplett versaut. So deutlich musste man es aussprechen. Sie war ein kleines, ein mickrig flackerndes Licht am Ermittlerhimmel. Ein Mann hatte wegen ihrer Oberflächlichkeit und Gier nach dem schnellen Erfolg Suizid begangen; dieses Leben ging auf ihr Konto. Das mag zynisch und paradox aus meinem Munde klingen, und ganz fair war es auch nicht, weil sie natürlich nicht alleine die Verantwortung trug. An diesem Punkt angelangt, war ich für Momente nahe dran, sie aus meinem Leben zu streichen, das Muster zu beenden. Aber durfte ich sie so einfach davonkommen lassen? Sollte sie im Ungewissen bleiben und mit ihr die Rostocker Polizei? Und wie würde sich mein Leben dann anfühlen? Schal. Einsam. Ziellos.

Die junge Frau aus dem Bistro nahm mir die Entscheidung ab. Nicole war sympathisch, fleißig, aufgeweckt, und sie gehörte zu den wenigen Menschen, die unvoreingenommen auf mich zugingen. Das war mir schon lange nicht mehr passiert. Hin und wieder richtete sie das Wort an mich, plauderte, spendierte mir eine Extraportion Salat. Dass ihre Freundlichkeit alles andere als uneigennützig war, verstand ich erst eine ganze Weile später, nachdem ich die Einladung zu einem Gruppentreffen ohne langes Zaudern angenommen hatte. Eine Bande von Neonazis hockte in dem Keller des Bistros zusammen und schwor sich auf altbekannte Parolen ein. Es war abscheulich. Nicole stellte mich mit hochroten Wangen irgendwelchen Typen vor und faselte was von neuen, glanzvollen Zeiten, in denen sich so manch einer warm anziehen müsste. Da wird nicht lange gefackelt. Kein Platz für Leute, die nicht hierhergehören, und wer das ist, bestimmen wir und sonst niemand. Nicole war eine Mitläuferin, eine junge Frau, die in dieser Welt ein Zuhause gefunden und die Parolen längst verinnerlicht hatte. Sie erzählte mir hinter vorgehaltener Hand, dass sie vor einiger Zeit mal bei einer Aktion dabei gewesen war, als ein türkisches Restaurant demoliert worden war. Nicht nur das, hatte sie hinzugefügt. Der Besitzer hätte mächtig Prügel bezogen, seine Frau auch …

Nicole war fest davon überzeugt, dass es ihr gelungen war, mit mir ein neues Mitglied für die Bewegung zu rekrutieren, obwohl ich mit keiner Silbe meine Zustimmung bekundet und eine weitere Einladung ausgeschlagen hatte. Sie wurde aufdringlich, zudringlich, unangenehm. Eins kam zum anderen. Sie bot sich als mein nächstes Opfer, als Fortschreibung des Musters förmlich an, und sie passte hervorragend zu meiner Absicht, die Rostocker Ermittler – vorneweg Sarah Pirohl – in ihrer Unfähigkeit vorzuführen.

Nicole starb wie Birte und Marie, das Tattoo fehlte nicht, und zur Ergänzung schrieb ich ein paar unfreundliche Worte an die Adresse von Sarah. Das tat ich im Laufe der Zeit immer wieder. Es hält die Erinnerung an die Taten wach, hilft mir, meine innere Balance zu finden und meiner grenzenlosen Enttäuschung Ausdruck zu verleihen. Ich war sicher, dass ihre Welt einstürzen würde, und ich behielt recht. Eine Weile später verschwand sie von der Bildfläche; zugleich wurden Ermittler in Berlin und Rostock tätig. Sie haben weitreichende gemeinsame Nachforschungen angeschoben. Von einem Serienmörder ist die Rede – der Rostocker Totschläger, wie der Täter genannt wird. Natürlich gehen sie von einem Mann aus, aber immerhin passiert endlich etwas. Ich verfolge die Bemühungen manchmal mit Staunen und mache mir klar, dass sie mich suchen. Ich bin sicher, dass sie mich niemals finden werden, solange ich nicht selbst dazu beitrage. Wie einfach es ist, unentdeckt zu töten, sofern man nur einige Regeln beachtet, etwas Geschick an den Tag legt und sein Tun perfekt tarnt.

Sarah muss viel lernen, eigentlich alles, was nötig ist, um als Ermittlerin erfolgreich zu werden, die Tat hinter dem Geschehen zu entdecken, ihre Verstrickungen zu lösen und zu analysieren. Bisher hat sie alles falsch gemacht. Drei Menschen sind getötet worden – in ihrem erweiterten Umfeld –, und mein Name ist nie gefallen, zumindest nicht offiziell. Ich werde mich auf die Suche nach ihr machen. Allein der Gedanke berauscht mich. Ende der Aufzeichnung.«

Klack. Klack. Rauschen.

Hannah brauchte etliche Minuten, um das ganze Ausmaß des Geständnisses zu begreifen. Dann ließ sie das Band erneut durchlaufen und erstellte eine Audiodatei, die sie an die Berliner und Rostocker Kollegen sowie nach kurzem Zögern auch an Sarah verschickte. Womöglich beinhaltete das Band, das im Hotel in Rønne gefunden wurde, weitere Hinweise zu ihrem Mörder. Nach kurzem Überlegen schickte sie dem Polizeilichen Staatsschutz eine Mitteilung über das Bistro und regte weitergehende Maßnahmen sowie die Bildung einer Ermittlungsgruppe an. Ihrer Einschätzung nach wurde es höchste Zeit, eine Sonderkommission zu bilden, die sämtliche Fälle bearbeitete und sich mit den dänischen Kollegen austauschte.

Sarah meldete sich, als Hannah gerade zu Hause eingetroffen war.

»Auch auf die Gefahr hin, weinerlich zu klingen: Kannst du mir verraten, wie ich damit fertig werden soll?«, fragte sie. Ihre Stimme klang fremd, sehr leise und zutiefst deprimiert.

Hannah goss sich ein Glas Wein ein und setzte sich in ihren Sessel. »Der Schuh ist viel zu groß, den du dir gerade anziehen willst«, erwiderte sie ruhig. »Das weißt du hoffentlich. Genau das hatten wir schon, oder? Wie viele Kollegen sind inzwischen mit all diesen Fällen beschäftigt, ohne dass ein Verdacht gegen Yvonne aufkam? In unseren Fokus ist sie mittlerweile gerückt, aber erst der Mord an ihr hat …«

»Ich weiß«, warf Sarah ein. »Es ist dennoch ziemlich starker Tobak.«

»Das ist mir klar, und ich verstehe, dass du betroffen bist …«

»Das geprügelte, misshandelte Kind«, ergänzte Sarah nachdenklich. »Müssen wir an der Stelle auch genauer hinsehen?«

»Du spielst auf die Tante und den Unfall der Eltern an? Ganz ehrlich – die Zeit werden wir kaum haben. Außerdem bin ich davon überzeugt, dass es keine Akte gibt.«

»Zumindest das sollten wir überprüfen.«

»Einverstanden. Ich veranlasse es. Gibt es schon Einzelheiten zu dem Band aus dem Hotelzimmer?«, wechselte Hannah schließlich das Thema. Das Ganze würde Sarah noch lange beschäftigen, davon war sie überzeugt, und vielleicht nie wieder richtig loslassen.

»Ja. Das ist allerdings bisher nicht sonderlich aufschlussreich. Yvonne berichtet von ihrer Suche nach mir, einer geplanten Fahrt in den Süden. Es gibt keinerlei Hinweise, dass sie sich beobachtet fühlte oder dergleichen. Sie sind aber noch nicht ganz durch mit der Prüfung. Vielleicht kommt da noch was nach.«

»Woher hast du die Information?«

»Frederiks Freund bei der Polizei war so freundlich.«

»Okay. Habt ihr eigentlich Yvonnes Laptop gefunden?«

»Davon weiß ich nichts.«

»Vielleicht haben die Täter ihn entdeckt und verschwinden lassen«, überlegte Hannah. »Ich hoffe, dass das Ganze so schnell wie möglich von einer Soko bearbeitet wird, die alle Aspekte berücksichtigt und in der zeitnah neue Erkenntnisse ausgetauscht werden. Eine deutsche Polizistin haben wir ja bereits vor Ort.«

»Ich bin nicht mehr …«

»Natürlich bist du noch oder wieder im Dienst. Denk darüber nach, ob du dich dort nicht offiziell einklinken solltest. Eine Aussage über deine Beziehung zu Yvonne ist ja ohnehin fällig, findest du nicht?«

Pause. »Ich denke darüber nach.«

»Tu das.«

»Wenigstens sind die Mädchenmorde jetzt aufgeklärt«, schob Sarah schließlich hinterher. »Bleibt noch der ganze andere …«

»Du sagst es. Tu bitte nichts Unüberlegtes, das gilt übrigens auch für Frederik Thomsen.«

»Wie meinst du das?«

»Nun, es gibt zum ersten Mal eine eindeutige Spur, die womöglich tiefer in genau jene rechten Kreise führt, mit denen unter Umständen die Kanzlei zu tun hat. Stichwort: das Verschwinden von Florian Schütter. Kolmers Sohn hält seit Jahren die Augen offen. Immerhin hat er auch dich im Blick behalten. Er beweist einen langen Atem.«

»Ja, aber …«

»Was ich sagen will: Es handelt sich um gefährliche Leute, die nicht lange fackeln, wie wir wissen. Leute, die vielleicht auch etwas mit dem Mord an Yvonne zu tun hatten. Immerhin hat sie ein Gruppenmitglied ermordet. Es ist alles andere als sinnvoll, wenn Thomsen sich allein auf die Suche macht. Ich hoffe, dass ihm das klar ist.«

»Selbstverständlich. Er weiß doch, was passieren kann.«

»Das sollte er sich unbedingt immer wieder vor Augen halten.«

Hannah legte auf. Sie hatte ein ungutes Gefühl und konnte lange nicht einschlafen. Wie würde sie sich an Thomsens Stelle verhalten, insbesondere wenn sich auch bei intensiveren Recherchen kein hinreichender Verdacht ergab – aus dem einfachen Grund, weil sie es mit Profis zu tun hatten, die alle Spuren und Indizien verwischt hatten? Und was würde sie unternehmen, wenn sie erfahren hätte, dass wichtige Mandanten ihres eigenen Vaters aus Nazikreisen stammten?

19

Frederik hatte in den letzten Jahren mehrfach versucht, eine Mail mit Trojaneranhang in der Kanzlei unterzubringen, und es war ihm nie gelungen. Die Sicherheitsvorkehrungen waren überragend, fast beängstigend gut. Niemand hatte je Mails geöffnet, die nicht mindestens eine zweifache Prüfung durchlaufen hatten. Im Rostocker Bistro würde es ähnlich schwierig werden – sofern es eine Verbindung mit Pirohl gab. Unversucht wollte er es trotzdem nicht lassen, zumal ein ähnliches Sicherheitssystem die Verbindung quasi belegte, zumindest für Frederik.

Frederik schickte eine Mail an Rolf Mantor in seiner Eigenschaft als Bistrobesitzer, aber er tat ihm nicht den Gefallen, auf ein Angebot für exklusive Kaffeesorten hereinzufallen. Die Homepage des Bistros bot auch keine Anhaltspunkte. Im Keller des Bistros fanden die Gruppentreffen statt, überlegte Frederik erneut – so hatte es die ermordete Staatsanwältin beschrieben. Diese Treffen allein bewiesen gar nichts. Lediglich die Verbindung zur Kanzlei, zu Pirohl und seinem Partner Hagen Dietrich wäre bedeutsam. Namen, Zahlen, Konten, verstecktes Geld, Hinweise auf Aktionen, die damit finanziert wurden – unter anderem politische Einflussnahme, Lancieren von Falschmeldungen, Straftaten unterschiedlicher Schwere bis hin zu Mord. Florian hatte seinerzeit einiges entdeckt, auf einem Stick gespeichert und war nie am verabredeten Treffpunkt angekommen. Es war davon auszugehen, dass die Sicherheitsvorkehrungen seitdem noch einmal beträchtlich verstärkt worden waren und regelmäßig aktualisiert wurden.

Frederik packte ein paar frische Klamotten in seine Reisetasche, verschloss die Blockhütte und machte sich auf den Weg zu Sarah. Sie planten, gemeinsam zu recherchieren. Falls sie nicht weiterkamen, würde Frederik am nächsten Tag Richtung Rostock reisen – das aber musste Sarah nicht wissen. Er würde behaupten, dass er sich in seiner Redaktion sehen lassen musste. Sie sollte sich weder Sorgen machen noch ihn aufzuhalten versuchen. Er traf seit zehn Jahren komplett eigenständige Entscheidungen – unterstützt immer wieder von seinem Vater –, und er lebte konsequent allein. Beziehungen hielten höchstens einige Monate, mehr hatte er nie gewollt. Sein Fokus war ein anderer. Vielleicht ändert sich alles, wenn ich dieses Schwein endlich erwischt habe, dachte er. Mantor. Er sah sich das Bild von ihm immer wieder an. Seitdem er sich eingehender mit ihm befasste, gab es endlich ein Gesicht. Natürlich war ihm bewusst, dass er falsch liegen könnte, weil Mantor eine Randfigur war, die hin und wieder bei einer Demo die rechte Hand in die Höhe streckte, sich für extremistische Parolen erwärmte und Räumlichkeiten zur Verfügung stellte. Das allein machte ihn nicht verdächtig, als entscheidender Drahtzieher in einem derartig komplexen Geflecht tätig zu sein. Aber es tat gut, endlich ein Gesicht zu haben, einen Anhaltspunkt, den er fixieren konnte, und selbstverständlich musste er ihn überprüfen, so gründlich wie irgend möglich, auch wenn das Risiko groß war und sein Argwohn kaum mehr als vage berechtigt.

Sein zweites Handy vibrierte, als er sich gerade angeschnallt hatte. Emil. »Ja?«

»Auf dem Band ist noch ein interessanter Abschnitt.« Emil sprach leise und beiläufig wie immer. »Ist gerade raus an die deutschen Kollegen. Wir bilden ein gemeinsames Team. Das geht jetzt alles ziemlich schnell. Da hat jemand was angeschoben.«

»Dann kannst du es auch an mich weiterleiten.«

»Da komm ich nicht ran, und wenn ich …«

»Schon gut, wir wollen kein unnötiges Risiko eingehen. Um was geht es?«

»Die Frau wurde verfolgt – hier auf der Insel.«

»Und? Konnte sie jemanden erkennen?«

»Nein.«

»Und weiter?«

»Du wirst es nicht glauben.«

»Ich glaube dir alles, erst recht in diesem Zusammenhang.«

»Sie hat den Verfolger getötet und unten am alten Bunker in Dueodde vergraben. Gleich morgen früh werden sie ein Team rausschicken, und dann wird es hier richtig hoch hergehen.«

»Danke, mein Freund.«

Frederik steckte das Handy ein und saß einen Moment wie eingefroren hinterm Steuer. Schließlich schüttelte er die Erstarrung ab und fuhr los.

Die Nacht war kurz gewesen. Sarah hatte Hannah nicht mehr persönlich erreichen können, um sie von der neuesten Entwicklung in Kenntnis zu setzen – wahrscheinlich hatte sie ihr Telefon ausgeschaltet, um zur Ruhe zu kommen. Aber sie schickte ihr umgehend eine Nachricht. Dafür klingelte ihr Smartphone am nächsten Morgen in aller Frühe.

»Setz dich mit den Kollegen in Rønne in Verbindung«, erklärte Hannah nach einem flüchtigen Morgengruß. Ihre Stimme klang kristallklar.

Sarah wand sich aus Frederiks Arm, der bereits hellwach war und das Licht eingeschaltet hatte.

»Sie sprechen gut Deutsch, außerdem kannst du Thomsen mitnehmen.«

»Aber …«

»Wir sind dabei, ein großes Team zu bilden, und du gehörst dazu. Die Aussage vom Band schicke ich dir gleich. Dann weißt du im Einzelnen Bescheid. Du bist wieder im Dienst, und zwar ganz offiziell. Ich habe dich bereits angekündigt – als Kollegin, die eine Auszeit benötigte, praktischerweise auf Bornholm, und nun wieder zur Stelle ist. Ich gebe zu, dass ich ein wenig über deinen Kopf hinweg entschieden habe, aber was immer dort auf der Insel gerade los ist – es muss sofort aufhören. Außerdem laufen bei dir alle Fäden zusammen.«

Sarah atmete tief durch. »Okay. Was ist mit der Kanzlei? Mit der Rolle meines Vaters?«

»Ich würde an deiner Stelle nicht mit der Tür ins Haus fallen«, riet Hannah. »Es gibt dort zwei Leichen und womöglich einen rechtsextremistischen Hintergrund. Entscheide selbst, was du wann erzählst, um die Ermittlungen voranzutreiben.«

Sie sah Frederik an. »Aber ich muss … wir müssen unbedingt …«

»Thomsen heraushalten, das ist mir auch klar. Er ist ein Journalist aus Kopenhagen, den du auf Bornholm kennengelernt und dem du dich anvertraut hast.«

»So ist es.«

»Noch was – es existiert keine Ermittlungsakte zum Unfallgeschehen, bei dem Yvonnes Eltern starben«, fuhr Hannah fort. »Da ist zu keinem Zeitpunkt etwas in Frage gestellt worden. Auch zu Yvonnes Tante und der Kfz-Werkstatt hat meine Recherchefrau nichts Auffälliges entdeckt.«

»Das ging aber schnell«, staunte Sarah. »Quasi über Nacht.«

»Meine Recherchefrau ist blitzschnell, und sie liebt es, Anfragen sofort abzuarbeiten. Sie hat nicht übertrieben gründlich gesucht, aber sie hat gesucht und nichts entdeckt. Ich vertraue dennoch Yvonnes Darstellung. Sie erklärt einiges.«

»Danke und bis nachher, Hannah.«

Frederik stand auf und kochte Kaffee. Zwei Minuten später traf die Audiodatei mit Yvonnes Aufnahme ein.

»Ich bin überrascht, dass es einen Verfolger gibt – oder besser gesagt: Es gab ihn«, erklang ihre Stimme. »Ich habe ihn bemerkt, weil es zurzeit auf den Landstraßen auf Bornholm ausgesprochen ruhig zugeht, nur wenige Fahrzeuge sind unterwegs. Der Wagen ließ sich zurückfallen, kam wieder näher, war plötzlich verschwunden und tauchte wieder auf. Um einen Zufall auszuschließen, steuerte ich einen abgelegenen Parkplatz auf der Strandmarksvejen ganz im Süden der Insel an. Wenig später traf der Wagen ein und hielt am anderen Ende. Ein Mann entleerte seinen Müll und zündete sich eine Zigarette an. Ich war plötzlich felsenfest davon überzeugt, dass er mich beschattete. Ich tat so, als müsste ich mal austreten und schlich mich in einem weiten Bogen an ihn heran. Plötzlich hielt er Ausschau nach mir, ich trat aus dem Gebüsch heraus und ging direkt auf ihn zu. Er starrte mich verdutzt an.

›Was wollen Sie von mir?‹, fragte ich ihn.

›Wie bitte?‹

›Sie verfolgen mich.‹

›Warum sollte ich das tun?‹

›Das ist die Frage.‹

Ich ging noch näher an ihn heran. Er wirkte selbstsicher, aber ich hatte den Eindruck, dass es ihn beträchtliche Mühe kostete, seine Überraschung zu verbergen.

›Lassen Sie mich in Ruhe‹, sagte er plötzlich.

›Für wen arbeiten Sie?‹

Er fuhr herum und starrte mich an. Einen Moment schien er zu schwanken, ob er die Situation mit einem lässigen Spruch beenden und sich davonmachen sollte oder dem plötzlich aufflammenden Wunsch, mich zu beleidigen oder gar zu verletzen, nachgeben durfte. Ich lächelte. Die meisten Menschen mögen mich nicht, und wenn sie sich bestätigt fühlen, dass sie mit ihrer Abneigung richtigliegen, fliegt ein hämisch verächtlicher Schatten über ihr Gesicht. So war es bei ihm auch. ›Nun?‹

›Was soll der Scheiß, du Schlampe?‹, schrie er mich an. ›Wofür hältst du dich eigentlich?‹

Er hob beide Hände und machte zwei schnelle Schritte auf mich zu. Das war ein Fehler. Ich drehte mich einen halben Schritt aus der Linie, holte schnell und schwungvoll aus und trat ihm kraftvoll zwischen die Beine. Das Ganze dauerte keine zwei Sekunden. Er schnappte laut stöhnend nach Luft, wurde weiß wie die Wand und ging auf die Knie. Dieser Schmerz muss tatsächlich höllisch sein. Der Idiot hatte mich völlig falsch eingeschätzt. Ich gebe zu, es machte mir Spaß, ihn derart überrumpelt zu haben. Ich warf einen Blick auf die Straße, wo sich nach wie vor niemand blicken ließ, dann bückte ich mich und suchte seinen Blick. ›Was willst du von mir?‹

Er stöhnte immer noch. Ich öffnete den Reißverschluss seiner Jacke, im selben Moment umklammerte er meine Handgelenke und versuchte, mich zu Boden zu reißen. Auch das hätte er besser bleiben lassen. Ich traf ihn mit dem Knie unter der Nase. Der Schlag war wuchtig ausgeführt und tötete ihn innerhalb von Sekunden. Das Nasenbein hatte sich in sein Gehirn geschoben. So war es nicht unbedingt geplant gewesen, zumal ich nun nicht erfahren würde, warum er mich verfolgte, aber ich spürte nicht das geringste Bedauern. Ich war sicher, dass er Ähnliches mit mir vorgehabt hatte. Die Frage war nur, warum?«

Sarah unterbrach die Aufnahme, während Frederik Kaffee eingoss, und nahm ihre Tasse. Einen Moment versank sie in seinen dunkelgrünen Augen. »Der nächste Tote«, sagte sie leise. »Fängt man an abzuhärten nach so vielen Menschen, die durch Gewalt starben?« Wahrscheinlich muss man das, fügte sie stumm hinzu, zumindest als Kommissarin.

»Vielleicht ist es diesmal einer, der es verdient hat«, meinte Frederik.

»Yvonnes Überzeugung nach haben es alle ihre Opfer mehr oder weniger verdient.«

Er nickte nachdenklich. »Ja, stimmt.«

Sarah trank einen Schluck Kaffee, dann startete sie erneut die Wiedergabe.

»Auch wenn es einsam war, ich musste schnell handeln. In seiner Jacke steckten Handschuhe, die ich mir überstreifte, dann schleifte ich ihn in seinen Wagen. Bis zum Wald an der südlichen Spitze war es nicht weit. Ich stellte ihn hinter den Resten der alten Bunkeranlage ab. Am schwierigsten und aufwändigsten war es, sein Grab zu schaufeln, ausgestattet lediglich mit einer kleinen Schneeschaufel, die sich beim Werkzeug im Kofferraum befand. Es war mühsam und zeitraubend. Ich konnte von Glück sagen, dass kein strenger Frost herrschte. Unter diesen Umständen hätte ich mir etwas anderes zur Entsorgung der Leiche ausdenken müssen. Er trug Papiere bei sich, die auf den Namen Stefan Kleiber lauteten, Anfang vierzig, geboren und wohnhaft in Magdeburg. Ich beseitigte meine Spuren, ließ den Wagen im Wald stehen und lief zurück zum Parkplatz. Als ich wieder im Hotel eintraf, waren mehrere Stunden vergangen. Ich stellte mich zwanzig Minuten unter die heiße Dusche und steckte anschließend sämtliche Klamotten in die Waschmaschine, die das Hotel seinen Gästen im Keller zur Verfügung stellte, auch meine Stiefel.

Die Frage, warum Stefan Kleiber mich verfolgt hatte, ließ mich nicht einen Augenblick los. Im Grunde gab es nur zwei Möglichkeiten: Entweder irrte ich mich, und der Typ hatte tatsächlich nur zufällig denselben Weg wie ich eingeschlagen. Somit hätte ich einiges falsch gedeutet und überreagiert. Die zweite Möglichkeit: Der Mann gehörte zu den Bistro-Leuten aus Rostock, was wiederum bedeuten würde, dass ich nach dem Mord an Nicole in deren Visier geraten war. Aber war das nicht ein bisschen weit hergeholt? Ein paar Dutzend tumbe Neonazis grölen noch tumbere Parolen und ergötzen sich an der Vorstellung, dass ihr schräges Weltbild inzwischen in den Köpfen vieler Bürger angekommen ist. Und ausgerechnet diesen Leuten war etwas an mir aufgefallen, wozu mehrere Polizeidienststellen nicht in der Lage gewesen waren? Kaum vorstellbar.

Spät in der Nacht loggte ich mich ins Hotel-WLAN ein und suchte auf einer anonymen Surfseite nach Stefan Kleiber – ohne ihn zu finden. Das könnte die Rostock-These bestätigen. Der Wind konnte aus allen möglichen Seiten wehen. Ich werde die Strecke morgen noch einmal abfahren und zudem eine Möglichkeit suchen, auf nicht nachvollziehbaren Umwegen in der Polizeidatenbank nach dem Mann Ausschau zu halten.«

Damit endete die Aufnahme.

»Am Tag darauf wurde sie entführt, gefoltert, ermordet und auf der Burgruine abgelegt«, sagte Sarah. Ihre Stimme klang gedämpft.

»Sie hat einen großen Fehler gemacht«, bemerkte Frederik.

»Die tumben Neonazis?«

»Ja, sie hat sie unterschätzt – wie so viele das tun.«

»Mag sein, aber wir wissen noch nicht, ob …«

»Nein, natürlich nicht«, unterbrach Frederik sie und stand abrupt auf. »Den einen großen Beweis werden wir nicht finden, sofern wir nicht ganz viel Glück haben. Ich suche seit zehn Jahren danach. Die Neonazis für tumbe Gesellen zu halten ist überhaupt der größte Fehler, den man machen kann.«

Sarah musterte ihn. Er war aufgebracht. Was er eigentlich sagen wollte und sich aus Rücksicht auf sie verkniff: Ihr Vater und die Leute, deren Geld er geschickt verwaltete, waren alles – nur nicht dumm. Es fiel ihr immer noch schwer, ihren Vater so zu sehen – in der Tradition als Handlanger, Mitmacher, Gestalter. Oder verschanzte er sich hinter der Fassade seiner anwaltlichen Aufgaben für Mandanten, die ihn gut bezahlten, ohne sich im Einzelnen mit ihren Ansichten und Vorhaben zu beschäftigen?

Das war jedoch nach allem, was sie bisher über seine Rolle erfahren hatten – Großmutter Lotte, Kolmer –, kaum denkbar, dachte sie.

»Lass uns frühstücken und dann nach Rønne fahren«, unterbrach Frederik ihre Gedanken und griff nach seinem Telefon. »Ich kündige uns an, okay?«

Sarah nickte. Viel Appetit hatte sie nicht, aber Frederiks Haferflocken mit frischem, leicht gedünstetem Obst schmeckten wider Erwarten ganz hervorragend.

Zwanzig Minuten später machten sie sich auf den Weg in die Hafenstadt. Das wird ein langer Tag, dachte Sarah. Es wird Stunden dauern, alles zu koordinieren, sämtliche Informationen und Hintergrunddaten mit Berlin, Rostock und Kopenhagen auszutauschen, abzugleichen, ein ums andere Mal darzulegen und schließlich ein Team zu bilden, das über die Landesgrenzen hinweg agieren konnte. Und auf Bornholm ging es immer eine Spur ruhiger und gemächlicher zu. Hetze war hier ein Fremdwort.

Bezogen auf die Polizeiarbeit musste sie ihre Einschätzung wenig später ändern – Hektik war zwar nicht spürbar, aber doch eine gute Portion Anspannung. Der brutale Mord hatte alle aufgeschreckt, nun gab es sogar ein zweites Opfer, und die Dänen wollten die Angelegenheit zügig vom Tisch haben. Während Sarah mit Frederiks Übersetzungshilfe ihre Recherchen, die alten Fälle und die Vorgeschichten einem Team von Ermittlern und Polizisten unter der Leitung von Kommissar Mikkel Bentsen erläuterte, trafen Nachrichten und Hintergrundmaterial aus Berlin und Rostock ein, und die Spurensicherung machte sich mit einer Hundestaffel auf den Weg zur Bunkeranlage. Der Leichenfund wurde wenig später bestätigt. Nur vom Wagen gab es keine Spur. Die Überprüfung von Stefan Kleiber aus Magdeburg ergab keine Übereinstimmung. Dass seine Ausweispapiere gefälscht waren, stellte sich wenig später heraus und wunderte Sarah nicht. Wenn sie Pech hatten, blieb seine Identität im Verborgenen. Alles Weitere zur Todesursache lag nun erst einmal in der Hand der Rechtsmedizin und der Kriminaltechnik, die auch seine Kleidung gründlich unter die Lupe nehmen würden.

Mikkel Bentsen verteilte schließlich die Aufgaben in seinem Team und lud Sarah und Frederik zu einem frühen Mittagessen in die Cafeteria ein. Sein Deutsch war ganz passabel, hin und wieder half Frederik aus, oder sie behalfen sich mit Englisch. Wie im dänischen Sprachgebrauch üblich, verwendete er das Du.

»Zwei Tote, zwei Morde, beide deutsche Bürger – davon gehen wir aus, auch wenn noch keiner weiß, wer dieser Stefan Kleiber wirklich ist«, lenkte er das Gespräch beim Nachtisch wieder auf die Fälle. »Eine Leiche auf Hammershus, die andere an der Bunkeranlage. Wenn es stimmt, was die Staatsanwältin gesagt hat, ist zumindest der Mord an dem Mann vollständig aufgeklärt. Und dann gibt es noch einige weitere Fälle in Deutschland, begangen von dieser Frau, und mittendrin vielleicht ein paar Nazis.« Er hob beide Hände und schüttelte den Kopf. »Mit so vielen Gewalttaten hatten wir seit Jahrzehnten nicht zu tun.«

Da mussten erst die Deutschen kommen, dachte Sarah. Sie sah ihn abwartend an. In der großen Besprechungsrunde hatte sie ihn als tatkräftigen, pragmatischen und besonnenen Leiter erlebt, der eine natürliche Autorität und Erfahrung ausstrahlte. Jetzt zog er ein Gesicht, das seine Sorge und auch Erbitterung überdeutlich widerspiegelte. »Warum hier – auf einer dänischen Ferieninsel? Normalerweise kommen die Deutschen, um sich an den Strand zu legen und Hot Dogs zu essen und ganz viele Fotos zu machen. Und wir haben nicht allzu viel zu tun – ein paar Diebstähle, Prügeleien, Autounfälle, Betrug, Zollvergehen, auch mal einige Gewalttaten. Plötzlich ist Winter, ich habe mit dem BKA zu tun, mit den Spezialisten aus Kopenhagen und ...« Er fuhr sich mit einer Hand durch sein hellbraunes Haar. Für einen Moment wirkte der Kommissar zutiefst bestürzt.

Sarah tauschte einen langen Blick mit Frederik. Mikkel Bentsen sah sie an. »Du bist dabei, Kommissarin?«, ergriff er wieder das Wort. »So wie deine Kollegin vom BKA gesagt hat – als Schnittstelle zwischen den dänischen und deutschen Kollegen?«

Sarah nickte. Das hat Hannah mal eben eingefädelt.

»Dann sollten wir ganz offen sein, nicht wahr?«

»Natürlich.«

»Liegt die ermordete Staatsanwältin richtig mit ihrem Verdacht?«, fragte er weiter. »Was meinst du? Nazis, die ihr von Rostock nach Bornholm folgen?«

»Um herauszufinden, was sie hier wollte.«

Bentsen setzte ein nachdenkliches Gesicht auf. »Sie war auf gestörte Weise an dir interessiert, nicht wahr?« Er sah kurz Frederik an, der ihm zunickte, bevor er sich wieder Sarah zuwandte. »Sie begeht drei Morde und ist entsetzt, dass ihr niemand auf die Schliche kommt – dass du ihr nicht auf die Schliche kommst. Eine seltsame Killerin, oder? Dann sucht sie auf der Insel nach dir und tötet einen Mann in Notwehr, der sie verfolgt hat. Schließlich stirbt sie unter der Folter.«

Sarah atmete tief durch. »Ohne die Aufzeichnungen wüssten wir immer noch nicht, was warum passiert ist, und wären auf Spekulationen angewiesen.«

»Warum hat man sie gefoltert?«

»Rache für den Mord an Nicole, den sie gestanden hat.«

»Ja, vielleicht.«

»Oder Rache für den Mord an ihrem Beschatter.« Sarah blinzelte. Plötzlich durchzuckte sie ein Gedanke. »Vielleicht hatten ihre Verfolger darüber hinaus den Verdacht, dass sie etwas über mich herausfinden wollte. Sie könnten schon in Rostock bemerkt haben, dass sie sich auffällig für mich interessiert, und wollten es genauer wissen.«

»Und warum?« Bentsen sah sie irritiert an. »Das verstehe ich nicht.« Er warf Frederik erneut einen langen Blick zu.

Sie gab sich einen Ruck. »Es geht auch um meine Familie – um meinen Vater und Großvater, beides Juristen. Es gibt eine dunkle Geschichte, auf die ich selbst erst im Laufe der Ermittlungen gestoßen bin – mehr oder weniger zufällig durch eine Querverbindung.«

Bentsen legte seine Hände übereinander und sah sie mit gerunzelter Stirn an. »Weiter.«

Sarah berichtete in wenigen Sätzen von den Recherchen, in deren Verlauf auch die Pirohls beziehungsweise die Kanzlei in den Fokus geraten war, beschränkte sich jedoch auf die nüchternen Tatsachen und sich zunehmend verdichtende Verdachtsmomente; dabei erwähnte sie zwar den vermissten Florian Schütter, ohne jedoch in die Tiefe zu gehen, was die Rolle der Whistleblower anging.

Bentsen schwieg eine ganze Weile, nachdem sie geendet hatte. »Das hört sich nicht gut an«, sagte er schließlich.

»Nein. Ich schlafe auch nicht besonders gut. Die Rostocker Fälle hatten mich bereits komplett ausgelaugt. Als sich dann herausstellte, dass es tatsächlich auch noch einen weitreichenden familiären Zusammenhang gibt, war ich entsetzt und erschüttert. Ich bin es immer noch. Oder ich denke, hoffe, aus einem üblen Alptraum aufzuwachen. Dann wieder male ich mir aus, meine Eltern zu besuchen und alles auf den Tisch zu packen, was ich inzwischen weiß. Das Gesicht meines Vaters …« Sie schüttelte den Kopf. »Schwachsinn, ich weiß, gefährlich noch dazu.« Sie blickte hoch, ihre Stimme klang auf einmal zittrig. »Ich hoffe sehr, dass alles restlos aufgeklärt wird und niemand sich vor der Verantwortung drücken kann.«

Eine Weile blieb es still am Tisch.

Kurz bevor das Schweigen unangenehm zu werden drohte, räusperte sich Bentsen. »Aber warum genau ist es so abgelaufen? Dieser grausame Mord. Gehen wir davon aus, dass es so war: Die Täter hatten den Verdacht, dass die Staatsanwältin nicht nur eine von ihnen ermordet hat, sondern eine Schnüfflerin war, die dich seit langer Zeit im Blick behielt.«

Sarah nickte. »Den Eindruck könnten sie gewonnen haben.«

»Und die Schlussfolgerung der Täter war, dass es ihr um Informationen über die Geschäfte der Kanzlei ging. Das wollten sie genauer wissen, und darum sind sie ihr auf den Fersen geblieben – das ist die Annahme?«

»Ja.«

Bentsen runzelte die Stirn. »Aber sie hat ja nichts gefunden.«

»Was meinst du?«

»Du gehörst nicht dazu. Wie hätte sie etwas bei dir finden können? Dein Vater weiß doch, dass du dich nicht für die Kanzlei interessiert hast.«

»Das ist ein interessanter Einwand«, gab Sarah zu. »Doch manchmal reichen schon Details, um einen solchen Verdacht zu schüren – Kontaktdaten zum Beispiel. Oder auch nur die vage Vermutung, jemand könnte den Auftrag erteilt haben, im Umfeld der Kanzlei herumzuschnüffeln und mich vielleicht zu ködern.« Sie hob die Hände. »Nur so ein Gedanke. Außerdem hat sie ihren Verfolger enttarnt und getötet, und sie hat Nicole ermordet. Sie war gefährlich. Aus anderen Gründen, nur das wussten diese Leute nicht, zumindest anfangs nicht.«

»Stimmt, aber …« Bentsen rieb sich das Kinn. »Warum dieser auffällige Mord? Warum haben sie die Frau nicht einfach irgendwo vergraben – an der Bunkeranlage zum Beispiel, in der Nähe ihres eigenen Opfers? Oder auf See? Nein, sie bringen sie nach Hammershus – eine deutsche Staatsanwältin, die erdrosselt wurde! Diese Leute wissen, was der Fund auslöst. Polizei, Überprüfungen, Untersuchungen, deutsche und dänische Behörden. Warum nehmen sie dieses Risiko auf sich? Fühlen sie sich so sicher?«

Sarah sah Bentsen aufmerksam an. »Davon müssen wir wohl ausgehen. Vergessen wir nicht, dass sie nicht die geringste Ahnung haben, wie weit unser Kenntnisstand aufgrund der Bänder ist. Sonst hätten sie sich nicht so weit vorgewagt.«

»Wenn sie die Bänder entdeckt und vernichtet hätten, wüssten wir kaum die Hälfte.«

Sarah zögerte. »Du meinst, es könnte noch etwas anderes dahinterstecken?«

»Das ist eine wichtige Frage. Es wirkt …«

»Wie eine Inszenierung«, warf Sarah ein.

»Wer weiß, was da noch auf uns zukommt.« Bentsen zuckte mit den Achseln, schwieg einen Moment und fixierte dann Frederik. »Und du bist ganz zufällig auf der Insel?«, schwenkte er plötzlich um.

»Ich bin oft hier, arbeite an meinen Reportagen oder entspanne ein paar Tage.«

Bentsen hob eine Braue. »Verstehe. Und ihr habt euch ganz zufällig hier kennengelernt.« Er ließ seinen Blick zwischen Sarah und Frederik schweifen.

»Die Insel ist nicht groß.«

»Hm.«

An diesem Punkt glaubt er uns nicht, dachte Sarah. Das würde ich an seiner Stelle auch nicht tun.

»Du schreibst nicht zufällig über diese Kanzlei?«, blieb Bentsen beim Thema.

»Gar keine schlechte Idee«, meinte Frederik. »Aber …«

»Im Moment schreibst du besser gar nichts zu den Geschehnissen!«, warf der Kommissar schnell ein; sein Ton hatte deutlich an Schärfe gewonnen. »Viel zu gefährlich.«

»Ich weiß.«

Wenig später beendeten sie die Mittagspause. Die beharrliche Art des Kommissars gefiel Sarah. Seine Frage nach dem Motiv für den Leichenablageort würde sie nicht zur Ruhe kommen lassen und einiges andere auch nicht. Bentsen versprach, sich zu melden, sobald es Neuigkeiten gab, und kehrte ins Kommissariat zurück. Sarah blickte ihm eine Weile hinterher und tastete nach Frederiks Hand. »Was hast du jetzt vor?«

»Ich muss mich in der Redaktion sehen lassen«, erwiderte er.

»Ausgerechnet jetzt?«

»Ich schiebe es schon eine ganze Weile vor mir her«, entgegnete er. »Ich beeile mich.« Er lächelte.

»Versprochen?«

»Versprochen.«

20

Sarah steuerte den Parkplatz an, auf dem Yvonne nach Überzeugung der dänischen Kollegen ihren Verfolger aller Wahrscheinlichkeit nach niedergeschlagen und getötet hatte. Beamte der Spurensicherung waren die Strandmarksvejen abgefahren und hatten alle Parkplätze mit Mülleimern überprüft, ohne jedoch weitergehende Hinweise entdeckt zu haben. Aufgrund der Nähe zur Bunkeranlage hatte man sich auf diesen Parkplatz als wahrscheinlichen Tatort festgelegt, der, von Buschwerk umgeben, von der Straße nicht gut einsehbar und darum ideal für das Vorgehen war, wie es Yvonne beschrieben hatte.

Sarah stellte ihren Wagen ab und sah sich um. Sie war skeptisch. Der Parkplatz war nach ihrer Einschätzung zu klein. Yvonne hatte von einem abgelegenen Platz gesprochen und berichtet, dass der Mann, der sich Stefan Kleiber nannte, seinen Müll entleert hatte. Von einem Mülleimer war jedoch gar nicht die Rede gewesen. Es gab leider genügend Leute, die ihren Aschenbecher und sonstigen Dreck einfach in die Natur oder auf die Straße entsorgten. Zum anderen standen die angrenzenden Büsche und Bäume nicht besonders dicht. Yvonnes Schilderung, dass sie so getan hätte, als müsste sie austreten, um sich Kleiber schließlich unbemerkt zu nähern, wäre auf diesem Parkplatz nicht sonderlich gut zu realisieren gewesen – schon gar nicht vor dem Hintergrund, dass Kleiber ein Profi war.

Sarah fuhr weiter, prüfte zwei weitere Parkplätze und fuhr schließlich über einen schmalen Weg in eine langgezogene Parkbucht, die nicht als Parkplatz ausgeschildert war. Sie hielt am anderen Ende, an der Stelle, an der Yvonne gewartet haben könnte, und blickte durch das Fenster zurück. Sie hatte in gebührendem Abstand beste Sicht auf jeden Wagen, der auf den Platz fuhr. Sarahs Puls beschleunigte sich. Sie stieg aus, lief den Weg ab und schoss mehrere Fotos. Der kleine Müllhaufen, den sie am Wegrand entdeckte, bestand im Wesentlichen aus Papierresten, die von einer Imbissbude stammen könnten, einer Getränkedose und einigen Kippen. Für einen DNA-Abgleich müsste es reichen. Falls der Mann im System war, würden sie einen Treffer landen. Sarah sammelte den Müll in eine Plastiktüte, schickte Bentsen die Fotos und rief ihn an.

»Ich glaube, ich habe den richtigen Parkplatz entdeckt«, sagte sie und schilderte ihm ihren Eindruck. »Hier passt alles deutlich besser zusammen als auf dem Platz, den die Spurensicherung für den richtigen hält. Wir sollten den Müll untersuchen. Es wäre eine Chance ...«

»Könnten wir machen«, unterbrach Bentsen sie. »Meine Leute haben aber alles sehr gründlich abgesucht«, schob er dann hinterher. Seine Stimme klang missmutig. Sarah war klar, dass ihm ihre Schlussfolgerung nicht behagte, nach der seine Leute womöglich oberflächlich gearbeitet haben könnten, und diese Vorstellung wollte er nicht einfach so stehenlassen – schon gar nicht auf Veranlassung einer deutschen Polizistin, die sich zwar ganz gut auf der Insel auskannte, aber letztlich eine Touristin war.

»Das haben sie ganz sicher«, erwiderte sie.

»Und wo liegt der Fehler?«

»Ihr habt euch darauf verlassen, dass der Typ einen Mülleimer benutzen würde.«

Bentsen schwieg.

»Das ehrt euch. Wenn ich richtigliege, kippen die meisten Dänen ihren Müll nicht einfach in den Wald, schon gar nicht auf einer kleinen zauberhaften Ferieninsel. In Deutschland passiert das sehr oft.«

Durchatmen.

»Mein Vater geht nicht gerade als Vorbild durch, nach dem, was ich seit einigen Wochen über ihn weiß oder zu wissen meine«, fügte Sarah schließlich hinzu. »Wir haben häufig auf Bornholm gecampt – in Naturcamps direkt an der Küste. Man durfte nichts liegen lassen, keinen einzigen Papierschnipsel, und das haben wir auch nicht. Doch dieser Typ hat seinen Dreck einfach aus dem Auto gekippt. Wahrscheinlich hätte er den Mülleimer nicht einmal benutzt, wenn er direkt vor ihm gestanden hätte.«

»Verstehe.« Das klang versöhnlich. »Bringst du den Kram schon mal her? Die Techniker könnten sofort einen Blick darauf werfen.«

»Na klar. Bin unterwegs.«

»Gut. Noch was. Der Rechtsmediziner hat sich gemeldet. Die Todesursache entspricht der Bandaufzeichnung.« Bentsen sprach langsam und suchte immer mal wieder nach dem richtigen Wort. »Das Nasenbein ist tief ins Gehirn vorgedrungen. Er war sehr schnell tot. Die Frau hatte einen mächtigen Schlag, daran besteht kein Zweifel.«

»Habt ihr schon was zur Kleidung vorliegen?«

»Der Bericht dürfte heute noch eintreffen.«

»Ich bin gespannt, ob uns das weiterbringt. Bis gleich.«

Am frühen Abend lieferte das BKA einen Treffer beim DNA-Abgleich. Stefan Kleiber hieß Gregor Lohfeld, Anfang vierzig, geboren in Cottbus, Anstellungen in der Bau- und Sicherheitsbranche, war zuletzt in Berlin gemeldet. Eine erste Überprüfung hatte dort ergeben, dass lediglich sein Name auf dem Türschild einer Wohngemeinschaft vermerkt war. Im Haus kannte ihn niemand.

Weitere Recherchen durch das BKA ergaben am späten Abend, dass es bemerkenswert wenig zu Lohfeld gab. »Aber wir haben ein altes Foto ausgegraben«, berichtete Hannah, die per Videokonferenz zugeschaltet war. »Es zeigt ihn auf einer Demo neben einem

Mann namens Wolfram Schiefer, Ende vierzig – ehemals NPD-Mitglied, später bei der Nationalen Alternative aktiv, dort aber wieder ausgetreten, zurzeit parteilos und in der Versenkung verschwunden. Die Fotos sind unterwegs zu euch. Wir dürfen oder müssen wohl davon ausgehen, dass Lohfeld nicht eigenständig gehandelt hat. Weitere Nachforschungen sind natürlich angeschoben. Ihr kriegt so schnell wie möglich Bescheid.« Sie blickte zur Seite und dann wieder direkt in die Kamera. »Wir haben hier absolute Nachrichtensperre verhängt. Diese Namen sollten auf keinen Fall in der Presse oder wo auch immer auftauchen.«

Bentsen hob eine Braue und warf einen Blick in die Runde, der auch Sarah einschloss, dann wandte er sich wieder dem Monitor zu. »Habt ihr in Berlin auch das Gefühl, es könnte noch mehr passieren?«

Hannah überlegte. »Ehrlich? Wir haben keine Ahnung. Warum Bornholm? Warum diese öffentliche Zurschaustellung?«

»Das ist die Frage«, murmelte Bentsen. »Darüber denken wir auch nach. Die letzten Nazis sind schon vor einer Weile verschwunden. Wir hatten gehofft, dass es für immer ist.«

Hannah zuckte mit keiner Wimper. »Kann ich gut verstehen, Kollege. Mir geht es genauso.«

Als Sarah später nach Hause fuhr, überkam sie ein dumpfes Gefühl. Die Ermittlungen hatten gewaltig Fahrt aufgenommen, und falls sie mit Wolfram Schiefer auf der richtigen Spur waren, dürfte bald Licht ins Dunkel fallen. Ihre Erkenntnisse durften mit keiner Silbe an die Öffentlichkeit dringen. Was war mit Frederik? Würde sein Kontaktmann ihn selbst bei strikter Geheimhaltung mit Informationen versorgen? Und falls nicht, erwartete er dann, dass sie ihn einweihte? Sie biss sich auf die Unterlippe. Das nannte man dann wohl einen handfesten Gewissenskonflikt.

Mantor trank seinen zweiten doppelten Espresso, kurz nachdem das Bistro geöffnet hatte. Er ging die Bestelllisten durch und behielt eine Weile den jungen Typen im Blick, der seit einiger Zeit für Nicole hinter der Theke aushalf. Tom machte sich gut. Er war charmant, aber unaufdringlich, engagiert, flink und durchaus selbstbewusst. Keiner, der sich übertrieben anstrengte, nur weil der Chef in der Nähe war. Tom war Schüler, gerade achtzehn geworden und hatte sich auf den Aushang im Bistro gemeldet. Er wollte sich das Geld für den Führerschein selbst verdienen, wie er Mantor erzählt hatte. Sie hatten eine vierwöchige Probezeit vereinbart, doch Mantor war bereits nach wenigen Tagen überzeugt davon, dass er ihm den Job geben würde. Tom passte gut ins Bistro, und sein Profil war auch in Ordnung. Keinerlei Auffälligkeiten. Wie es schien, interessierte ihn Politik nicht besonders. Vielleicht war er formbar, vielleicht blieb er ein sympathischer Schüler, der aushilfsweise während der Schulzeit jobbte und nach dem Abitur kündigen würde, weil er in einer anderen Stadt einen Studienplatz ergattert hatte. Man würde sehen. Mantor wechselte einen kurzen Blick mit ihm, lächelte und warf einen Blick auf sein Smartphone, das den Eingang einer Nachricht signalisierte. »Heute Abend auf ein Bier?«

Er tippte ein Okay, ging in sein Büro und schloss die Tür hinter sich. Wenige Minuten später klingelte sein zweites Handy.

»Was gibt's?«

»Hier ist richtig was los«, sagte der Beschatter. »Überall Polizei.«

»Das war zu erwarten.«

»Sie haben die Leiche am Bunker gefunden.«

Mantor stutzte. Das allerdings war interessant.

»Und die Tochter vom Anwalt mischt kräftig mit.«

»Das heißt?«

»Sie ist wieder als Polizistin unterwegs.«

Mantor runzelte die Stirn. »Sie kannte die Staatsanwältin. Vielleicht hat sie sich deshalb eingeschaltet.«

»Und es gibt einen Typen, mit dem sie was hat, wie es aussieht – dänischer Journalist.«

»Auffälligkeiten?«

»Auf den ersten Blick gibt es da nichts. Und den zweiten verkneife ich mir gerade, solange hier so viel los ist. Es sei denn, du hast eine andere Idee dazu.«

»Behalt sie im Blick.« Mantor zögerte nur einen Moment. »Falls sich mal eine Gelegenheit bietet, ihr ein bisschen auf die Füße zu treten, lass dir was einfallen. Aber sei vorsichtig.«

Mantor unterbrach die Verbindung. Er starrte einen Moment ins Leere. Obwohl sie die Situation gut gelöst hatten – es behagte ihm ganz und gar nicht, dass die kleine Staatsanwältin nicht geredet hatte. Die Verbindung zwischen ihr und Sarah war womöglich vielschichtiger und aufschlussreicher, als er angenommen hatte. Was wusste das Pirohl-Töchterchen über die Kanzlei, wie stand sie dazu und was hatte sie weitergegeben, ohne dass ihr Vater auch nur irgendetwas ahnte? Welche Rolle spielte sie bei der dänischen Polizei? Mantor würde nicht so weit gehen zu behaupten, dass er nervös sei, doch die Unwissenheit an einzelnen Stellen, die dunklen Flecken, die sich einer Deutung widersetzten, störten das Gesamtbild, und das gefiel ihm ganz und gar nicht. Andererseits: Natürlich hatten sie genügend Zeit, und niemand ahnte etwas von ihren Vorbereitungen – davon war er hundertprozentig überzeugt, sonst wären längst andere Maßnahmen ergriffen worden. Was spielte es da noch für eine Rolle, wie die Bornholmer auf die verbuddelte Leiche gestoßen waren und was genau die Pirohl-Tochter bewegte, sich einzumischen? Das war allenfalls nebensächliches Geplänkel, das sich idealerweise bald von selbst lösen würde. Hauptsache, sie behielten den Überblick.

Er verstaute das Handy und lächelte. Ruhe bewahren, alles im Blick behalten, auf Eventualitäten vorbereitet sein. Die Ermittlungen auf Bornholm würden ins Leere laufen und in absehbarer Zeit eingestellt werden, dessen war er sicher. Und wenn der Alltag längst wieder eingekehrt war, die Bornholmer mit der bevorstehenden Feriensaison beschäftigt waren und sich kaum noch jemand intensiver mit den Morden beschäftigte, weil es anderes zu tun gab, wurde es Zeit für die nächste Phase.

Am Tag darauf erreichte ihn mitten in der Nacht die Anweisung, Pirohl zu informieren. Der Anwalt sollte dafür sorgen, dass zeitnah eine beträchtliche Summe Bargeld zur Verfügung stand, deren Herkunft verschleiert war. Zeitnah bedeutete: sehr schnell. Es gab einen vielversprechenden Kontakt sowie die Aussicht auf eine interne und hochbrisante Information aus höchsten Kreisen. Mantor lächelte. Manchmal war es sehr einfach. Auch hohe Beamte hatten menschliche Schwächen, mit denen man sie hervorragend ködern und erpressen konnte. Oder sie waren ein Vorbild an Charakter und moralischer Integrität, saßen jedoch auf einem aussichtsreichen Posten, der hochbrisante Informationen versprach. Dann musste man sich etwas einfallen lassen – perfekt lanciertes und entlarvendes Material präsentieren, das schlicht erstunken und erlogen war, aber erschreckend authentisch wirkte. Offensichtlich war es gelungen, den Mann vom Verfassungsschutz in die Enge zu treiben. Er würde als Quelle zur Verfügung stehen, weil das Risiko eines Karriereknicks zu groß war, selbst wenn er überzeugend beweisen könnte, dass er im Sinne des Materials unschuldig war. Wahre Unschuld existierte jedoch in Zeiten des Internets nicht. Irgendetwas blieb immer hängen, und sei es ein dumpfes Gefühl, bei wem auch immer. Das Material würde verschwinden, sobald er geliefert hatte, und obendrauf gab es ein schönes Taschengeld, das dem Mann helfen würde, den Schreck zu überwinden. Mantor war

235

zufrieden, und er schlief den Rest der Nacht tief, fest und traum-
los.

Frederik war nach Kopenhagen geflogen, er hatte ein paar Stunden
in der Redaktion verbracht und schließlich einen Text abgegeben,
der keine Begeisterungsschreie beim Ressortleiter auslösen würde,
aber das konnte er gerade nicht ändern. Er war nach Hause gefahren, hatte seine Wohnung kontrolliert, die Kleidung gewechselt, ein
paar Riegel und Obst eingepackt und war zügig wieder aufgebrochen – Richtung Deutschland. Er entschied sich für die Route über
Fehmarn und benötigte in der Nacht bei geringem Verkehrsaufkom-
men keine fünf Stunden. Über dem Rostocker Hafen ging eine trübe
Wintersonne auf, als er seinen Wagen abstellte.

Er stülpte sich eine Perücke über, verzierte seine Wangen mit
einem Bart und frühstückte an einem Imbiss. Möwen pickten in
den Abfällen und stritten sich um Essensreste. Hafenarbeiter waren auf dem Weg zur Schicht. Ein Schiffshorn ertönte in dumpfem
Klang.

Frederik warf die Serviette in den Mülleimer und machte sich zu
Fuß auf den Weg zum Bistro, das erst in einer guten Stunde öffnen
würde. Auf der gegenüberliegenden Straßenseite gab es einen Zei-
tungsladen. Der Besitzer stellte Zeitschriftenständer auf die Straße
und pfiff leise. Frederik kaufte einige Blätter und musterte das
kleine unauffällige Lokal eine ganze Weile. Im Ladeninneren war
das Licht eingeschaltet, ein junger Mann traf Vorbereitungen, wie
durch das hell erleuchtete Fenster zu erkennen war. Frederik lief die
Straße einige Male auf und ab, um wieder warm zu werden, und
versuchte dann, einen Blick in den Hinterhof des Gebäudes zu werfen, das mit einem verschlossenen Tor gesichert war. Keine Chance.
Schließlich betrat er das Bistro gemeinsam mit einer jungen Frau,
die es sehr eilig hatte und einen Cappuccino-to-go bestellte. Frede-

rik ließ sich in eine Eckbank fallen, breitete die Zeitungen aus und trank Milchkaffee.

Irgendwo in diesem Laden gab es eine Videokamera, das hatte er Sarahs Unterlagen entnommen, die entsprechende Hinweise der Rostocker Ermittler notiert hatte. Er war sicher, dass Mantor seinen Laden regelmäßig auf Spyware überprüfte, und hatte seine ursprüngliche Idee, eine Minikamera zu platzieren, längst verworfen. Interessant war die Frage, wo sich der Keller befand, den die Staatsanwältin erwähnt hatte.

Er bestellte einen weiteren Kaffee und fragte nach der Toilette.

»Im Gang neben der Garderobe«, sagte der junge Typ.

Frederik ließ sich Zeit, suchte nach baulichen Veränderungen. Ein Abgang zu einem Keller war nirgends zu entdecken. Der dürfte sich auf der Rückseite befinden, überlegte er. Gut gesichert durch einen verschlossenen und videoüberwachten Hof. Als er zurückkam, war der junge Typ verschwunden, und Rolf Mantor stand hinter dem Tresen. Sein Blick streifte Frederik nur kurz, der sich wieder hinter seinen Zeitungen verschanzte. Wenig später brach er auf.

Als er vor der Tür stand, spürte er, dass sein Pullover durchgeschwitzt war. Seine Hände zitterten. War das der Kerl, bei dem die Fäden zusammenliefen? Der Typ fürs Grobe? Ein unauffälliger Mann in mittleren Jahren, der ein Bistro leitete? Dem Florian in die Arme gelaufen war? Ich könnte mir eine Knarre besorgen, in den Laden zurückgehen und sie dem Typen an die Stirn halten, dachte Frederik. Antworten verlangen. Sonst knall ich dich ab! Wirklich? Stell dich nie auf eine Stufe mit denen, hatte sein Vater immer gesagt, bleib aufrecht. Aber man muss sich doch wehren! Es kommt auf die Mittel an. Und wenn sie immer mindestens einen Schritt schneller und finanziell unabhängig sind, über beste Verbindungen verfügen, mehr Einfluss haben, als wir uns vorzustellen vermögen, und keinerlei Skrupel, Gegenwehr auf grausamste Weise auszuschalten? Wir bleiben demokratisch – immer? Rechtschaffen? Klar und gesetzestreu? Mit welchem Erfolg? Und wo begann die Grauzone – beim Hacken? Wie viele Hinweise und Beweise benötigt die Justiz, um einzugreifen? Zu viele, noch dazu in einem System, in dem die Mühlen derart langsam mahlten und auf dem rechten Auge blinde Flecken die Sicht versperrten.

Sein Vater war tot. Wie zufrieden er in den letzten Jahren gewesen war, ließ sich schwer sagen. Aufrecht? Ja und nein. Er hatte sich zurückgezogen, man könnte auch sagen: geduckt und versteckt. Inwiefern damals eine grundsätzliche Auseinandersetzung mit dem alten Pirohl stattgefunden hatte, konnte Frederik nicht nachvollziehen. Fest stand, dass sein Vater eine Entscheidung getroffen und seinen eigenen Weg gegangen war, aber nie der Typ gewesen war, der offen rebelliert hätte. Das traf auch auf seine Ehe zu. Die Beziehung zu Frederiks Mutter war immer ein Geheimnis geblieben, selbst als seine Ehefrau gestorben war. Aufrecht würde er das nicht unbedingt nennen; andererseits war es in Anbetracht von Frederiks Werdegang keine schlechte Idee, dass er familiäre und persönliche Zusammenhänge stets diskret behandelt hatte. Und Frederik selbst hatte nie gegen die Entscheidungen seines Vaters aufbegehrt und wagte erst nach seinem Tod, sie kritisch zu hinterfragen. Als Florian vor zehn Jahren verschwand, hatte er ihn nur oberflächlich eingeweiht – weil es für alle Beteiligten zu gefährlich war und er es auch gar nicht genauer wissen wollte. Das war in seinem Alter womöglich sein gutes Recht gewesen.

Frederik zündete sich eine Zigarette an und ging zu seinem Wagen zurück. Müdigkeit und Erschöpfung überfielen ihn schlagartig, begleitet von dem sehnsüchtigen Wunsch, dass endlich alles vorbei sein würde. Ein Ende dieser kräftezehrenden und aufreibenden Odyssee, ein gutes Ende, das Florian gerecht wurde und all den anderen, die es erwischt hatte. Ein naiver Wunsch? Sehr wahrscheinlich. Naiv und kindisch. Hatte man die einen erwischt und idealerweise entlarvt, vorgeführt, ihnen den Prozess gemacht und sie eingesperrt – noch so ein Wunschtraum –, würde sich irgendwo eine neue Gruppe bilden, oder die Drahtzieher tauchten rechtzeitig ab, und alles ging von vorne los. Und ideal geschah ohnehin selten, schon gar nicht, wenn es um Nazis ging.

Einen Moment lang überlegte er, sich in der näheren Umgebung ein Zimmer zu nehmen, ein paar Stunden zu schlafen und dann weiter zu recherchieren und zu suchen – nach Mantor, seinen Leuten, dem Keller und irgendeiner Möglichkeit, etwas Entscheidendes zu entdecken. Als er im Wagen saß, verwarf er den Plan wieder. Sinnloses Herumgestochere würde ihn nicht weiterbringen und erhöhte das Risiko aufzufliegen.

Er fuhr los und drehte die Heizung hoch. Sarahs Gesicht tauchte plötzlich vor seinem inneren Auge auf. Was für eine wundervolle Begegnung! Eine Pirohl, die so anders war. Warme Sehnsucht durchströmte ihn. Er wischte sich über die Nase. Träumte er tatsächlich von einem Happy End? Wir fangen zusammen die bösen Buben, die miesen Nazis, die menschenverachtenden Mörder, und dann wird alles gut? Träume waren nicht verboten, oder? Man durfte sie allerdings auf keinen Fall mit der Realität verwechseln.

Die Idee, nach Berlin zu fahren, blitzte unerwartet in ihm auf. Er zögerte keine drei Sekunden, dann fuhr er auf die A19, hinter Güstrow steuerte er einen Rastplatz an und aktivierte mit einer neuen SIM-Karte ein altes Dualbandhandy. Die Nummer wusste er auswendig. Es klingelte dreimal, dann wurde die Verbindung hergestellt.

»Ich habe Lust auf Döner«, sagte er leise.

»Bist du sicher?«

Frederik lächelte. »Und ob.«

»Du weißt doch …«

239

»Natürlich. Müssen wir nicht lange bereden. Aber nichts spricht gegen einen Döner irgendwo am Kottbusser Damm und eine gepflegte Unterhaltung unter Freunden. In zirka drei Stunden bin ich da.«

»Okay.«

Frederik entfernte die SIM-Karte und fuhr weiter. Marvin war ängstlich, das war er schon immer gewesen, und zugleich war er unglaublich mutig, weil er seine Angst ein ums andere Mal überwunden hatte. Inzwischen hatte er Familie und würde nichts tun, was sie in Gefahr brachte. Dennoch wusste er immer noch sehr genau, auf welcher Seite er stand, und nichts hielt ihn davon ab, wichtige Informationen weiterzuleiten. Die dringende Bitte um Kontaktaufnahme behagte ihm zwar nicht, und er würde eine sehr unruhige Zeit in seinem Büro verbringen und das Treffen keinesfalls in die Länge ziehen, aber er schlug sie nicht aus.

Drei Stunden später parkte Frederik am Maybachufer und lief hinüber zu dem Dönerladen, in dem es auch einige Sitzplätze gab. Marvin sah ihm entgegen. Frederik blinzelte und stellte sich zunächst an, um seine Bestellung aufzugeben, bevor er nach hinten durchging. Marvin trank eine türkische Limonade und hatte seinen Döner bereits zur Hälfte verdrückt.

»Lange nicht gesehen«, sagte Frederik. »Schön, dass du Zeit hast.«

Marvin nickte und trank einen Schluck Limo. Er wirkte angespannt. »Es ist wohl einiges los«, meinte er schließlich.

»Wohl wahr …« Frederik stand auf, holte seinen Döner und eine Cola vom Tresen. Der Duft war umwerfend. Er biss ab und verdrehte genussvoll die Augen. »Ist das lecker.«

»Was treibt dich hierher?«

»Ich war in Rostock. Es gibt einen Namen. Die Einzelheiten …«

Marvin hob die Hände. »Will ich eigentlich gar nicht wissen.«

»Ich denke schon. Vorher war ich auf Bornholm.«

Marvin warf ihm einen irritierten Blick zu. »Dieser grausame Mord – geht es darum?«

Frederik lächelte, widmete sich erneut seinem Döner, kaute hastig und berichtete zwischendurch in Kurzform über seine Begegnung mit Sarah, den Ereignissen auf Bornholm, dem Bistro in Rostock, fasste die neuen Erkenntnisse der Ermittlergruppe zusammen – in leisem, beiläufigem Tonfall, als würde er über Alltägliches plaudern.

Marvin wirkte beeindruckt. »Das hat ja mächtig Kreise gezogen«, meinte er andächtig. »Aber du weißt, dass ich …«

»Und es wird weiter Kreise ziehen.« Frederik leerte seine Cola und bestellte Kaffee, bevor er sich wieder Marvin zuwandte. »Entspann dich. Kein Mensch weiß, dass ich hier bin, und meine Identität als dänischer Journalist steht nach wie vor. Niemand zweifelt, niemand hinterfragt sie.«

Marvin zog eine Braue hoch. »Tatsächlich? Du steckst da mittendrin, wenn ich das richtig verstanden habe.«

Frederik winkte ab. »Ja, aber Sarah steht auf unserer Seite, das Gleiche gilt für die BKA-Frau …«

»Hannah Jakob«, murmelte Marvin.

»Sie hat nur mit besonderen Fällen zu tun.«

»Auf mich wirkte sie auch vertrauenswürdig, sonst hätte ich kaum aus dem Nähkästchen geplaudert, aber das Risiko für Leute wie uns wächst, sobald sich der Personenkreis erweitert, der Bescheid weiß. Das muss ich kaum betonen.«

»Natürlich nicht. Aber manchmal muss man etwas wagen.«

»Darum bist du hier?«

Frederik holte die Kaffeetassen vom Tresen und blickte einen Moment zum Fenster hinaus. Wintergrau und Schmuddelwetter am Kottbusser Damm. Weihnachtsdekorationen. »Wir haben und hatten immer ihn im Blick, nicht wahr? Pirohl.«

Marvin stellte seine Tasse wieder ab. »Natürlich – vor dem familiären Hintergrund ist das ja wohl nachvollziehbar.«

»Hagen Dietrich …«

»Hält den Laden zusammen, sorgt für die Abläufe in der Kanzlei, kümmert sich um Personal und Sicherheit. Es gab nie eine Lücke. Er ist zuverlässig wie ein Uhrwerk.«

»Wir haben nicht besonders intensiv in seinem Umfeld gesucht.« Marvin beugte sich vor. »Worauf willst du hinaus?«

»Vielleicht lohnt es sich, mal bei ihm anzusetzen.«

»Die Sicherheitsvorkehrungen dürften inzwischen kaum gelockert worden sein, insbesondere nicht in letzter Zeit«, entgegnete Marvin. »Auch nicht im privaten Bereich. Keiner von denen klickt auf einen Mailanhang und lässt uns auf seiner Festplatte surfen.«

»Normalerweise nicht, aber wenn wir genügend Informationen und Daten zu ihm haben, könnte ein Kontaktversuch …«

Marvin schüttelte den Kopf. »Wir haben es seinerzeit auch bei ihm versucht. Was sollte jetzt anders sein, gerade jetzt?«

»Es sind zehn Jahre vergangen, und wir haben uns auf Pirohl konzentriert.«

»Du hörst mir nicht zu. Sie werden besonders vorsichtig sein.«

»Dann müssen wir besonders klug vorgehen.«

»Es gibt kein Wir!« Das klang beinahe verzweifelt.

»Okay. Du machst nichts, was Risiken birgt.«

Marvin blies die Wangen auf. »Darf ich mal laut loslachen? Schon unser Treffen ist riskant, wenn dir jemand auf den Fersen ist.«

»Wir essen hier einen Döner, und mir ist niemand auf den Fersen.«

Marvin starrte ihn an. »Das dachte Florian auch.«

»Wir haben dazugelernt.«

»Die auch.«

»Passive Hintergrundrecherche«, fuhr Frederik unbeirrt fort. »Wir suchen einen Hebel, an dem wir ansetzen können.«

Marvin kniff die Lippen zusammen. »Warum machst du das nicht selbst?«

»Weil du besser, effektiver und schneller bist, dich in Berlin auskennst und ich noch mehr zu tun habe.«

»Aha. Und dann? Wir haben uns geschworen, dass wir ...«

Frederik griff nach Marvins Arm. »Beruhig dich«, flüsterte er. »Es ist ganz harmlos.«

Marvin atmete tief durch. »Na schön – was schwebt dir vor, so ganz harmlos?«

»Ich will alles über Dietrich wissen, was du abgreifen kannst, ohne Spuren zu hinterlassen« flüsterte Frederik. »Den üblichen Kram, ergänzt zum Beispiel um Informationen darüber, ob er eine Putzfrau hat, welche Hobbys seine Frau betreibt, geht einer von denen fremd, Pornos auf dem Rechner, erweiterter Familienhintergrund, wie feiern die Weihnachten und so weiter. Und in dem Zusammenhang: Gibt es eine Weihnachtsfeier in der Kanzlei? Name der Catering-Firma wäre klasse. Du ahnst, was ich meine, oder? Fang einfach irgendwo an, sobald sich die Möglichkeit bietet. Wir suchen die berühmte Lücke, und die kann sich überall auftun.«

Frederiks Wangen hatten zu glühen begonnen. Er lächelte, obwohl Marvin ihn mit ausdrucksloser Miene fixierte. »Du begibst dich auf dünnes Eis«, sagte er schließlich. »Egal, warum – ich will nicht mit dir einbrechen. Das ist das Letzte, was ich will. Diese ganze Nazi-Scheiße ...«

Frederik schüttelte den Kopf. »Beruhig dich. Versuch es, als reinen Rechercheauftrag zu begreifen, bei dem du mit dem Hintern im Warmen sitzen bleibst, okay?«

»Warum ...«

»Da läuft eine richtig schräge Sache, das kannst du mir glauben.« Er beugte sich vor. »Ich werde mir niemals verzeihen, wenn etwas geschieht, direkt vor unseren Augen, und ich in der Lage gewesen wäre, es zu verhindern – und sei es nur mit zwei, drei Hinweisen. Das bin ich, das sind wir Florian schuldig.«

Marvin presste die Kiefer aufeinander, schob dann seinen Teller beiseite und blickte auf die Uhr. »Na schön. Ich kann dich ohnehin nicht umstimmen, egal, wie gut meine Argumente sind. Aber jetzt muss ich erst mal zurück in die Kanzlei. Du hörst von mir.«

»Okay.«

Er schlüpfte in seine Jacke und stellte den Kragen auf. »Was genau hast du jetzt vor?«

»Ich ruhe mich ein bisschen aus, erledige noch das eine oder andere und fahre zurück auf die Insel, morgen, übermorgen. Das ist im Moment die grobe Planung, aber die ist nicht … wie sagt ihr Deutschen – in Stein gemeißelt?«

»So sagen manche.«

»Klingt merkwürdig, ist aber ein aussagekräftiges Bild.«

Marvin trat zu ihm und klopfte ihm etwas unbeholfen auf die Schulter. »Bis dann. Und …«

»Ja, wir sind beide sehr vorsichtig, mein Freund.«

Frederik machte sich auf den Weg, wenige Minuten nachdem Marvin das Lokal verlassen hatte. Er fuhr mit der U-Bahn zum Gendarmenmarkt. Die Kanzlei war hellerleuchtet. Er legte den Kopf in den Nacken und starrte zur Fensterfront hinauf. Sein Herz klopfte schnell und kraftvoll, er griff nach seinem Smartphone und rief Sarah an. »Alles okay bei dir?«

»Ja. Schön, dass du anrufst.« Er hörte das Lächeln in ihrer Stimme. »Wo bist du? Noch in Kopenhagen?«

»Ja. Es dauert etwas länger als geplant. Mein Chef hat noch eine andere Sache für mich, um die ich mich kümmern soll. Ich kann ihm das schlecht abschlagen.«

»Verstehe.«

»Was machst du gerade?«

»Ich war in Rønne – Besprechung mit Bentsen und seinem Team«, erzählte Sarah. »Dann habe ich Freunde besucht. Sie leben seit ein paar Jahren auf der Insel. Ihnen gehört mein Häuschen, und ich dachte, ich lasse mich da mal blicken.«

»Du klingst ganz munter.«

»Bin ich auch. Ich habe den Eindruck, dass das Ermittlerteam gut harmoniert. Allerdings …«

»Ja?«

»Meine Freunde haben ziemlich entsetzt reagiert, als ihnen klar wurde, dass der Mord an Yvonne nicht nur am Rande etwas mit mir zu tun hat.«

»Haben sie Angst um dich?«

»Ja, schon, doch das ist es nicht«, erwiderte Sarah zögernd. »Für einen Moment hatte ich das Gefühl, dass sie mich dafür verantwortlich machen, dass der vorweihnachtliche Frieden auf Bornholm gerade so empfindlich gestört wird.«

Frederik runzelte die Stirn. »Wirklich?«

»Ach, vergiss es!«, schob sie hinterher. »Vielleicht reagiere ich auch nur etwas empfindlich.«

»Verständlich nach all dem, was passiert ist.«

»Ja, vielleicht. Ich vermisse dich.«

Er lächelte. »Ich dich auch. Wir sehen uns bald. Pass auf dich auf.«

»Du auch.«

Das Glockenspiel des Französischen Doms ertönte, kurz bevor er auflegte.

21

Sarah legte das Handy beiseite. Sie war zehn Minuten zuvor nach Hause gekommen. Ihre aufgeräumte Stimmung hatte bereits einen empfindlichen Dämpfer erhalten, als sie plötzlich die Vermutung anflog, dass Lisas entsetzter Blick eine seltsam vorwurfsvolle Note enthielt. Wenig später war sie aufgebrochen. Und nun telefonierte sie mit Frederik, der behauptete, in Kopenhagen zu tun zu haben, während das Glockenspiel des Französischen Doms in Berlin am Gendarmenmarkt im Hintergrund erklang. Für wie blöd hält er mich eigentlich?

Sie kaute zehn Minuten auf der Frage herum, dann griff sie erneut zum Handy.

»Ja?« Das klang fröhlich, unbeschwert. »Wolltest du mir noch was Nettes sagen?«

»Eher nicht.«

Pause.

»Willst du mich verarschen?« Sarah hätte zu gerne sein Gesicht gesehen.

»Ähm …«

»Soweit ich weiß, gibt es in Kopenhagen keinen Französischen Dom mit dem Glockenspiel vom Gendarmenmarkt in Berlin.«

Sie hörte, dass er laut ausatmete.

»Du bist sehr aufmerksam.«

»Und du eher nicht. Also? Und erzähl mir jetzt bitte nicht, dass ich nicht alles wissen sollte – zu meinem eigenen Schutz. Ich bin Polizistin, schon vergessen?«

»Du hast deine Dienstmarke abgegeben.«

»Lass den Quatsch!«, entgegnete sie scharf. »Warum diese Spielchen?«

Schweigen, dann leises Räuspern. »Vielleicht ist es Gewohnheit. Ich verstecke mich seit zehn Jahren, mache Spielchen, wie du sagst«, erwiderte er schließlich zögernd. »Mal mehr, mal weniger gut. Ich habe hier einen Freund besucht, den ich auf keinen Fall in Gefahr bringen darf. Dann bin ich weitergefahren und habe von Weitem einen Blick auf die Kanzlei geworfen. Und morgen fahre ich zurück Richtung Bornholm. In Kopenhagen war ich übrigens auch, aber nur kurz. Und noch was – erzählst du mir alles?«

»Was meinst du?«

»Die Ermittlungsergebnisse darfst du doch gar nicht weitergeben.«

»Nein, darf ich nicht. Aber da du einen Kontaktmann hast, spielt das keine so große Rolle, oder?«

»Mein Kontaktmann kommt nicht an alles heran.«

Sarah atmete tief durch. »Okay, kürzen wir das Ganze ab: Bitte lüg mich nicht an, was deinen Aufenthaltsort angeht. Das ist gefährlich.«

»Einverstanden.«

Sie nickte. »Schade, dass du jetzt nicht hier bist.«

»Finde ich auch.«

»Was hast du eigentlich Weihnachten vor?«

»Ist das eine ernst gemeinte Frage?«

Sarah überlegte kurz. »Meine Mutter hat nachgefragt, wann ich komme.« Sie zögerte. »Was hältst du von der Idee, dass ich …«

»Nichts!«, warf er sofort ein. »Gar nichts.«

»Du weißt, worauf ich hinauswill?« Sie hob beide Brauen.

»Natürlich. Du überlegst, ob du brav nach Hause fährst und ein bisschen die Fühler ausstreckst, während der Rest der Familie Weihnachtslieder singt.«

Und so tut, als sei alles in bester Ordnung, fuhr Sarah stumm fort.

»Richtig?«

»Ja.«

»Lass es. Viel zu gefährlich.«

»Glaubst du wirklich, dass mein Vater in der Lage wäre …« Sie schluckte. Allein der Gedanke klang bizarr.

»Weniger dein Vater«, entgegnete Frederik in festem Ton. »Glaub mir, die Aufgaben in diesem Netzwerk sind gut verteilt. Und in die Kanzlei kommst auch du nicht einfach so rein.«

»Aber gib es zu – ein bisschen verlockend klingt es doch, oder?«

»Nein. Mein Freund hielt es auch für verlockend und sehr einfach, in der Kanzlei herumzuschnüffeln.«

»Das kannst du nicht vergleichen«, entgegnete sie entrüstet.

»O doch.«

»Wenn ich einfach absage, wird mein Vater womöglich viel eher stutzig.«

»Glaube ich nicht. Du bist wieder als Polizistin tätig und lebst dein eigenes Leben.«

»Na schön. Einen Versuch war es wert.« Sie wollte sich gerade verabschieden, als eine Idee in ihr zu keimen begann. »Was hältst du davon, wenn du …«

»Ja?«

»Du könntest meine Großmutter besuchen.«

Stille.

»Letzte Grüße von deinem Vater bestellen.«

»Und weiter?«, flüsterte Frederik.

»Meine Eltern besuchen sie an einem der Weihnachtstage sicherlich. Letztes Jahr ist mein Vater alleine zu ihr gefahren.«

»Worauf willst du hinaus?«

»Keine Ahnung. Denk dir was aus. Sie ist im Kopf viel fitter, als alle annehmen – das ist jedenfalls meine Überzeugung. Und wenn du sie von mir grüßt, wird sie sich riesig freuen.« Sarah biss sich auf die Unterlippe. Ihr Herz klopfte plötzlich schneller.

»Ich denke darüber nach«, sagte Frederik leise. »Vielleicht bleibe ich doch noch einen Tag länger oder auch zwei.«

»Gut.« Sie hielt kurz inne und gab sich dann einen Ruck. »Ich habe noch zwei Namen für dich, obwohl keine Silbe zu beiden nach außen dringen darf. Der Typ, den Yvonne getötet hat, war mit falschen Papieren unterwegs; sein Klarname lautet Gregor Lohfeld, er ist Anfang vierzig und taucht im Umfeld von Wolfram Schiefer auf, ehemals NPD-Mitglied, hat sich später bei der Nationalen Alternative eingeklinkt, seit einiger Zeit nicht aktiv, soweit bekannt. Die Verfassungsschutzleute haken da intensiv nach, aber vielleicht kannst du auf deine Art dazu etwas recherchieren.«

»Gut möglich.«

Als sie auflegte, sah sie vor ihrem inneren Auge, wie Lottchen zur Tür starrte, durch die Frederik gerade getreten war, und sich ein Leuchten auf ihrem Gesicht auszubreiten begann, als sie begriff, dass Kolmers Sohn sie besuchte.

Die Rechercheergebnisse waren eindeutig. Wolfram Schiefer lebte seit geraumer Zeit komplett unauffällig, so lautete das Resümee der Verfassungsschützer, die Hannah kontaktiert hatte und die sich zügig mit ihrer Einschätzung zurückgemeldet hatten; für Gregor Lohfeld galt Ähnliches. Dass diese Beurteilung lediglich an der Oberfläche kratzte, da Lohfeld rein zufällig aufgeflogen war, lag auf der Hand. Dennoch traf die Feststellung zu, dass beide zurzeit öffentlich nicht in Erscheinung traten, sich politisch nicht engagierten, weder auf Demonstrationen noch auf Versammlungen oder bei anderen Treffen, die die Verfassungsschützer im Blick hatten.

Hannah hatte eine Weile mit einem BKA-Experten für Rechtsextremismus gesprochen und war danach noch beunruhigter, als sie es ohnehin schon war. Schiefer war als schillernde und vielschichtige Persönlichkeit aufgetreten, der bei strammen Nazis genauso angeeckt war wie bei gemäßigten Rechten; jemand, der schlecht einzuordnen war und sich schließlich nach diversen parteiinternen Auseinandersetzungen zurückgezogen hatte. Fotos zeigten einen gut aussehenden Mann mit Frau und Kindern auf einem kleinen Hof im südöstlichen Mecklenburg-Vorpommern. Schiefer war gelernter Kaufmann, der seinen Lebensunterhalt mit der Organisation und Durchführung von aufwändigen Aktivreisen verdiente – Touren mit Hundeschlitten im nördlichen Skandinavien, Bergwanderungen, Segeltörns, Wanderungen mit dem Eselwagen, Jagdausflüge und so weiter.

Auf den ersten Blick wirkte es ganz so, als hätte der Mann seine politischen Ambitionen weit hinter sich gelassen und eine neue Bestimmung gefunden. Auch der zweite Blick förderte nichts zutage – seine Finanzen waren geordnet, die Kontakte wirkten unauffällig. Erst beim dritten Ansatz zeigte sich eine Spur. Lone Geising hatte zig Fotos von Veranstaltungen und Feiern ausfindig gemacht, die im Anschluss der Reisen einschließlich Umtrunk und Filmvorführungen auf dem Hof stattgefunden hatten und in den Weiten des Netzes auftauchten. Sie hatte Bild für Bild und unzählige Videos akribisch durchgesehen und dabei nicht nur Lohfeld und Mantor entdeckt, sondern auch Bernd Pirohl.

Am späten Abend traf Hannah sich erneut mit dem Rechtsextremismus-Experten, der den schrägen Namen Daniel Hihmler trug und mit dem sie seit Jahren auch privat befreundet war. Daniel bestand stets darauf, schlechte Witze zu seinem Namen selbst zu machen.

»Sag mir, was das zu bedeuten hat«, bat sie ihn, während sie in einer kleinen Bar in der Bergmannstraße in Kreuzberg auf ihre Getränke warteten.

Daniel nahm sich ein paar Nüsse und verzog den Mund. »Das muss ich nicht, oder?«

Hannah wartete, bis der Barkeeper ihre Gläser abgestellt und sich einem anderen Gast zugewandt hatte. »Doch, Daniel. Es geht mir nicht um die sich zunehmend verdichtenden Hinweise auf rechte Umtriebe und Typen, die in dem Zusammenhang immer wieder auftauchen und auf die wir womöglich ganz zufällig gestoßen sind. Auch nicht um die Tatsache, dass es Männer mit Geld gibt, die mit Hilfe von Wirtschaftsprofis und Juristen seit Jahrzehnten an einem Netzwerk stricken und es finanzieren. Wofür genau, lassen wir gerade mal außen vor, denn an dem Punkt ist ja inzwischen der Phantasie kaum noch eine Grenze gesetzt.«

»Wohl wahr.«

»Und doch frage ich mich, was das soll. Die Rechten haben Zulauf wie seit Kriegsende nicht mehr, sie sitzen in Parlamenten, dürfen überall Reden schwingen, Hass, Lügen, Antisemitismus und Rassismus verbreiten, werden in Talkshows eingeladen, veröffentlichen unsägliche Bücher und Verschwörungstheorien. Man kann sich über sie lustig machen, wenn man unbedingt möchte, perplex und entsetzt reagieren oder wutschnaubend menschliche Dummheit und Ignoranz anprangern, nur eines kann man nicht: die Gefahr leugnen. Sie ist präsent und wächst seit einigen Jahren stetig weiter.«

Er nickte langsam.

»Was also wollen die noch? Es läuft doch sehr gut für sie. So gut wie seit Jahrzehnten nicht.«

»Ganz einfach: mehr. Viel mehr.«

Hannah trank einen Schluck von ihrem Tonic.

»Wenn ich ein bisschen spekulieren sollte, würde ich mal behaupten, dass dieser Schiefer inzwischen andere Aufgaben wahrnimmt, die weit über seine Ambitionen in der Touristikbranche hinausgehen«, fuhr Daniel fort.

»Du meinst, er schiebt die Abenteuerreisen nur vor?«

»Vielleicht. Und wenn er das tut, dann sehr geschickt, nicht nachweisbar und von vermögenden Leuten unterstützt, die von Pirohls Kanzlei beraten werden. Er verbindet vermutlich auch das eine mit dem anderen. Aber genauer werden wir das erst erfahren, wenn er aus seinem Loch kriecht.«

»Er hat sowohl bei der NPD als auch bei der Nationalen Alternative wieder aufgehört«, grübelte Hannah weiter.

»Graben- und Hahnenkämpfe, soweit wir wissen«, meinte Hihmler. »Es hat rumort. Der Mann hat womöglich ganz eigene Vorstellungen und wartet nur auf den richtigen Zeitpunkt, das Ruder an sich zu reißen und nach vorne zu preschen – mit Gleichgesinnten, auch aus der NAD, die sich ihm dann anschließen. Leute, die nur darauf warten, dass es endlich richtig losgeht.«

Hannah starrte Hihmler an. »Das klingt … bedrohlich. Aber welche Bedeutung hat in diesem Zusammenhang der grausame Bornholmer Mord an einer Staatsanwältin, die ihnen nach allem, was wir bisher wissen und uns zusammenreimen, sehr wahrscheinlich rein zufällig in die Quere gekommen ist? Die Frage beschäftigt ohnehin alle Ermittler, die mit dem Fall zu tun haben. Und niemand hat dazu eine gute oder auch nur halbwegs überzeugende Idee.«

»Diese Leute fühlen sich sehr sicher«, antwortete er leise. »Sie sind perfekt organisiert und ausgestattet und haben keine Mühe, Schlupflöcher zu nutzen.«

»Und warum wird die Leiche der Staatsanwältin für alle Welt sichtbar zurückgelassen – wie auf dem Präsentierteller?«

Während sie die Frage aussprach, fuhr ihr ein Schauer über den Rücken. Präsentierteller. Das ist es, es geht um ein Zeichen, dachte sie. Und alle sollen es sehen. Sie suchte Daniels Blick. »Das wirkt alles äußerst beunruhigend.«

Er nickte. »Wenn ich euch noch einen Tipp geben darf …«

»Wir sind dankbar für jeden Denkanstoß.«

»Hinterfragt Bornholm. Warum dort?«

»Nun, wir gehen davon aus, dass sie an der Staatsanwältin drangeblieben sind, die ihrerseits Sarah im Blick hatte. Wäre die Kollegin Richtung Mallorca aufgebrochen, würde es jetzt wohl eine deutsch-spanische Zusammenarbeit geben.«

»Vielleicht. Doch möglicherweise hat die Insel noch eine andere Bedeutung. Die Täter waren gut organisiert und unauffällig auf Bornholm unterwegs, haben keine Spuren hinterlassen – bis auf ihren toten Kameraden, der die Frau offenkundig gewaltig unterschätzte.«

»Und den wiederum hätten wir ohne die Diktierbänder mit dem Geständnis nicht entdeckt.«

»Genau. Hinzu kommt, dass An- und Abreise nicht nachvollzogen werden konnten, wenn ich das richtig verstanden habe.«

Hannah nickte. »Die Überprüfung der Flüge und Fähren hat nichts ergeben. Auch die Küstenwache konnte nicht weiterhelfen.«

»Wundert mich nicht. Ich halte es für denkbar, dass die Kameraden nicht zum ersten Mal auf Bornholm unterwegs sind.« Er überlegte einen Moment. »Während des Zweiten Weltkrieges war die Insel besetzt.«

»Nicht nur die Insel.«

»Du sagst es. Aber vielleicht steckt mehr dahinter.« Er warf ihr ein schräges Lächeln zu. »Ihr habt genug zu tun. Wenn es dir recht ist, kümmere ich mich selbst um das Thema.«

»Gerne. Danke.«

Als Hannah zwei Stunden später zu Hause eintraf, leuchtete ihr Anrufbeantworter. Henrik hatte eine Nachricht hinterlassen. *Ich könnte über Weihnachten ein paar Tage freibekommen. Meine Lust auf das übliche Familienfest in Rostock hält sich allerdings in Grenzen. Was haben Sie so vor, wenn ich fragen darf? Wenn Sie mögen, können*

Sie mich unter dieser Nummer erreichen. Bis dann, vielleicht. Kurze Pause. *Auf Bornholm und auch in Berlin ist ja einiges los.*

Hannah zögerte nur einen Augenblick, Sekunden später war Henrik in der Leitung. »Ich hätte nichts dagegen, über etwas anderes zu sprechen«, sagte sie leise. »Und alles hat mit Ihnen angefangen, wenn Sie sich erinnern.«

»Und ob.« Er räusperte sich. »Ich erinnere mich sogar sehr gut.«

Pause. Hannah war verlegen, das war ihr schon länger nicht mehr passiert. »Also, ich fahre Weihnachten nicht zu meiner Familie, und mein Sohn hat mir schon mitgeteilt, dass er verreist.«

»Wir könnten etwas essen gehen«, erklärte er eilig. »Muss ja keine Weihnachtsgans sein.«

»Nein, muss es nicht.«

»Kino und Popcorn wäre auch eine Idee.«

»Unbedingt. Allerdings weigere ich mich, »Der kleine Lord« oder irgendwas mit Aschenbrödel zu gucken.«

Er lachte. »Dann lieber Bruce Willis oder Tom Cruise.«

»So ist es.«

»Schön, ich melde mich, wenn ich genauer Bescheid weiß.«

»Ja.« Hannah legte rasch auf. Henrik war sehr charmant, außerdem Ende dreißig, wenn überhaupt, und damit etliche Jahre jünger als sie, ungefähr zehn, um genau zu sein. Aber er wirkte älter. Sie verdrehte die Augen. War das wichtig? Nein. In den letzten Jahren hatte sie wenig Glück mit Beziehungen gehabt, und berufliche Gründe allein waren nicht ausschlaggebend gewesen. Außerdem – es war sehr voreilig und ließ tief blicken, bereits von einer Beziehung zu sprechen. Der Kontakt konnte allenfalls als anregender Flirt zwischen zwei Kollegen bezeichnet werden, die keine Lust auf traditionelles Weihnachten mit der Familie hatten und sich sympathisch waren. Sehr sympathisch. Ende.

Am nächsten Morgen lag Schneegriesel über der Stadt. Hannah

gab sich unbeeindruckt, schlüpfte zu Kottis großer Freude in ihre Joggingklamotten und gönnte ihm eine große Runde im Treptower Park. Nach gut dreißig Minuten vibrierte ihr Handy, und Daniels Konterfei blickte ihr vom Display entgegen.

»Es ist etwas Merkwürdiges geschehen«, erklärte er ohne Einleitung.

Hannah blieb stehen. Einen Moment lang befürchtete sie, dass sein Haus mal wieder mit Parolen und Hasstiraden vollgeschmiert worden war und er unter Polizeischutz stand, was im Laufe seiner Karriere häufig genug vorgekommen war. »Ich bin ganz Ohr.«

»Ich komme gerade von einem vertraulichen Gespräch mit einem Kollegen vom Verfassungsschutz und dessen Vorgesetzten.«

»So früh am Morgen?« Hannah ging dann langsam weiter.

»Es war sehr wichtig.«

»Und davon darfst du mir erzählen?«

»In diesem Fall schon.«

Hannah rief leise nach Kotti. »Ich mache mich sofort auf den Weg.«

Keine halbe Stunde später saß sie in Daniels Büro – einem Raum von fast epischen Ausmaßen, gefüllt mit Bücherregalen bis unter die Decke sowie Beistelltischen voller Akten und Kladden und einem runden Besprechungstisch, an dem mehr als ein gutes Dutzend Leute Platz fand. Daniel hatte für Frühstück gesorgt. Hannah griff zu.

»Ein Kollege vom Verfassungsschutz wurde erpresst«, begann Daniel, nachdem er Hannah einen Kaffeebecher gereicht hatte.

Sie stellte den Becher wieder ab und sah ihn gespannt an.

»Man hatte ihm Kinderpornos untergejubelt – sehr gut gemacht übrigens, die IT-Leute beschäftigen sich bereits damit. Ansonsten hat er sich relativ klug verhalten, indem er eine Kollegin eingeweiht und sich zumindest im Nachhinein seinem Vorgesetzten anvertraut hat, mit dem wiederum ich häufig eng zusammenarbeite.«

Hannah lehnte sich zurück und wartete ab.

»Die Erpresser wollten Namen von Geflüchteten, die aktuell als Gefährder eingestuft werden.«

Hannah runzelte die Stirn.

»Der Kollege hat die Namen zweier Brüder herausgegeben, einschließlich Aufenthaltsort. Sie stammen aus dem Irak und stehen seit kurzem unter Beobachtung. Warnhinweise von den belgischen und französischen Kollegen liegen vor. Kontakte zur radikalen Szene werden vermutet.«

Hannah biss von ihrem Brötchen ab und ignorierte Kottis flehenden Blick. Sein Frühstück war überaus üppig gewesen, auch wenn er höchst überzeugend den Anschein erweckte, dass er sich an den letzten vernünftigen Bissen schon gar nicht mehr erinnern konnte und kurz vor dem Hungertod stand.

»Der Ablauf der ganzen Sache war … ungewöhnlich. Es sollte alles sehr schnell gehen. Der Kollege musste innerhalb von einem Tag reagieren. Sie haben ihm quasi kaum Bedenkzeit gelassen – keine schlechte Strategie, wenn man jemanden in die Enge treiben und zu schnellen Handlungen zwingen will. Die Übergabe war auch bemerkenswert. Er musste einen handgeschriebenen Zettel in einem Schnellimbiss mit einem Klebestreifen unter seinem Stuhl befestigen.«

Hannah hob beide Brauen. »Old school?«

»So ist es. Keine Mail an eine kryptische Adresse, keine Aktionen mit uralten Handys – ein Zettel, handgeschrieben. Und die Idee war gut. Der Laden war voll und unübersichtlich, und der Kollege hatte natürlich die Anweisung, sich anschließend sofort auf den Heimweg zu machen.«

»Lass mich raten – die erwähnte Kollegin hat den Imbiss im Blick behalten?«

»So ist es. Sie hat über zwei Stunden in dem Laden verbracht, sich x-mal umgezogen und sehr viel Fastfood zu sich genommen, bis jemand auftauchte, der den Zettel an sich nahm.« Daniel atmete tief durch. »Sie konnte ihm eine ganze Weile folgen, hat ihn dann aber doch verloren – kurz vor Rostock. Natürlich fuhr er nicht über die Autobahn, und die Kennzeichen waren gefälscht.«

Hannah schwieg verblüfft.

»Natürlich wäre es noch klüger gewesen, wenn der Kollege vorher zu seinem Vorgesetzten gegangen wäre, um eine großangelegte Aktion zu ermöglichen«, fügte Daniel hinzu. »Andererseits … In der Kürze der Zeit wäre es ohnehin schwierig gewesen, etwas auf die Beine zu stellen.«

»Noch dazu unbemerkt«, fügte Hannah hinzu. »Hat die Kollegin Fotos von dem Wagen gemacht?«

»Ja. Natürlich musste sie weit zurückbleiben, aber es gibt ein paar Schnappschüsse, und über einen wirst du dich freuen – sofern man in diesem Zusammenhang überhaupt von Freude sprechen kann.« Daniel griff in einen Hefter und reichte Hannah ein grobkörniges Foto, auf dem die Rückfront eines Fahrzeugs zu erkennen war – sie tippte auf Passat oder Nissan. Ein Aufkleber an der Scheibe war rot eingekreist.

Hannah blickte hoch. »Hilfst du mir auf die Sprünge? Besonders viel erkenne ich da nämlich nicht.«

»Unsere Spezialisten schon. Schiefer hat solche Aufkleber an seine Touris verteilt.«

Hannah atmete tief aus. »Das ist …«

»Eindrucksvoll?«

»Ja, und ihr wart schnell. Damit gibt es eine Verknüpfung.« Hannah legte das Foto wieder auf den Tisch und blickte Daniel an. »Was haben die vor? Mit einem Anschlag einem Anschlag zuvorkommen und sich als Retter präsentieren?«

»Das ist eine Möglichkeit, die wir nicht ausschließen können. Sie klingt sogar ziemlich plausibel.«

Sie atmete tief aus. »Es wird eine Menge Leute geben, die mehr oder weniger offen ihre Sympathie für eine solche Aktion zum Ausdruck bringen werden.«

»Diese Einschätzung teile ich. Daraus ließe sich sehr viel politisches Kapital schlagen, frei nach dem Motto: Wir sollten mit all denen in dieser Weise verfahren. Zumindest haben wir durch die Entdeckung einen Vorsprung. Wir behalten die Brüder nun noch engmaschiger im Blick, und wir haben die Rostocker auf dem Plan, wovon die hoffentlich nicht das Geringste ahnen. Und Verstärkung ist bereits angefordert. Wenn sie aktiv werden, schnappen wir sie.«

Hannah nickte gedankenverloren. Sie töten Yvonne auf bestialische Weise, stellen die Leiche zur Schau und erpressen wenig später einen Verfassungsschützer, um die Kontaktdaten zu einem irakischen Brüderpaar zu erhalten, das als Gefährder eingestuft war. Gab es möglicherweise doch irgendeine Verbindung zwischen diesen Polen, die über die Zufallsbegegnung mit der Staatsanwältin hinausging?

»Noch was.« Daniel griff nach einem weiteren Brötchen. »Ich war gestern Abend ziemlich aufgekratzt, als ich nach Hause kam, also habe ich mich noch mit Bornholm beschäftigt und etwas Interessantes entdeckt. Vor einigen Jahren haben sich die Dänen mal bei uns beschwert, allerdings blieb es bei einem internen Hinweis. Es ging um Rechte auf der Insel. Sagt dir der Name Caroline Rothell etwas?«

Hannah zögerte.

»NAD-Politikerin aus der ersten Reihe. Sie reist einmal pro Jahr nach Bornholm, um ihres Großvaters zu gedenken – Friedrich Rothell ist am 28. 12. 1943 auf Bornholm ums Leben gekommen. Er war einer der Gestapooffiziere, die aus Berlin entsandt worden waren, um den Bornholmern Feuer unterm Hintern zu machen – so war es zumindest geplant, nachdem fünfhundert Juden die Flucht gelungen war. Darüber hinaus wurde Widerstand auf der Insel sehr großgeschrieben.«

»Klingt sympathisch.«

»Friedrich Rothell ist übrigens erschossen worden, als er sich die im Bau befindliche Bunkeranlage angesehen hat.«

Hannah öffnete den Mund – und schloss ihn wieder. Daniel nickte. »Und die Staatsanwältin verbuddelt dort ihren Beschatter – einen sehr wahrscheinlich rechtsextremistischen Typen, der sie einfach nur ein bisschen im Auge behalten sollte.«

»Soweit wir wissen«, schob Hannah nach.

Zehn Minuten später machte sie sich auf den Weg zu Lone Geising. Alle Ermittler mussten so schnell wie möglich auf den neuesten Stand gebracht werden. Die Fälle entwickelten eine erschreckende Dynamik.

22

Sarah hatte den Rest einer Tapetenrolle über den Küchentisch gelegt, straff gezogen und befestigt und entwarf nun mit farbigen Filzstiften ein großes Schaubild – die Fälle, Namen der Opfer, der angenommenen Täter sowie Verdächtigen, Orte, Bezüge, Hintergrund, im Mittelpunkt: Bornholm, flankiert von Berlin, Rostock, Mecklenburg-Vorpommern.

Manchmal ließ sich ein Gesamtbild auf diese Weise eindringlicher, lebendiger und anschaulicher erfassen als in einer schnöden App am Laptop tippend.

Hannahs neuester Bericht hatte sie zutiefst bestürzt – mal wieder. Wenn ich der Soko einen Namen geben müsste, würde ich Sisyphos wählen, dachte sie. Immer wenn wir zwei oder drei Schritte bewältigt und erhellende Erkenntnisse gewonnen haben, passiert etwas Neues, entdecken wir weitere Rätsel, Fallstricke, Motive, Verknüpfungen, mögliche Angriffsflächen und müssen – zumindest teilweise – von vorne anfangen.

Als Kind hatte sie die Bunkeranlage hundert Mal erklommen, hundert Mal hatte ihr Vater erzählt, dass auch auf der Insel Krieg geherrscht hatte. Einzelheiten über den Hintergrund hatte er nicht erwähnt, auch später nicht. Und Sarah begriff in diesem Moment, dass die wesentlichen Punkte in seiner Erzählung stets offen geblieben waren, worüber sie erst jetzt stolperte. Was hatte er ausgelassen? Nun, das war nach den Erkenntnissen der letzten Wochen weder schwer zu erraten noch verwunderlich: der Widerstand der Bornholmer gegen die Besetzung durch Nazideutschland, die imposante Zahl von

Menschen, denen mit Hilfe der Inselbewohner die Flucht nach Schweden gelungen war.

Mantor, Nicole, Lohfeld, Schiefer. Das Foto von Letzterem sah sie sich genauer an. Sie hatte das eigentümliche Gefühl, diesem Mann schon einmal begegnet zu sein. Nicht ausgeschlossen, dachte sie. Vielleicht war ich als Kind oder Jugendliche einmal dabei, als mein Vater ihn oder eine Veranstaltung besuchte – nein, verwarf sie den Gedanken sofort wieder. Schiefer war erst seit ein paar Jahren als Reise-Organisator tätig. Also müsste ein Zusammentreffen vorher stattgefunden haben, vielleicht in der Kanzlei oder in privatem Rahmen. Spielte das eine Rolle? Nein. Mein Vater ist mit alldem aufs Engste verknüpft, daran gibt es längst keinen berechtigten Zweifel mehr. Die stetige Wiederholung dieses Aspekts machte es nicht einfacher – nicht nach all dem, was inzwischen geschehen war. Und was bedeutete das plötzliche Interesse für das Brüderpaar? War tatsächlich ein Anschlag auf Flüchtlinge geplant, um politisches Kapital daraus zu schlagen?

Sie trat zwei Schritte vom Tisch zurück und kaute auf dem Stift herum, während sie das bunte, mit unzähligen Pfeilen und Verbindungsstrichen ausstaffierte Schaubild betrachtete. Falls es Frederik tatsächlich gelingen sollte, über Hagen Dietrich in die Kanzlei vorzudringen, dürfte es weitere Namen und Zusammenhänge geben. Langsam wurde es eng auf der Tapetenrolle … Sie legte den Stift beiseite und verschränkte die Arme. Ihr Kopf dröhnte. Frische Luft war eine gute Idee. Sie zog sich warm an.

Die See war still und spiegelblank. Friedlich. Richtung Leuchtturm ging jemand spazieren. Als sie zum Haus zurückkam, frischte ein böiger Wind auf, der an den Ästen der Kiefern zerrte. Sie nahm einen Korb Holz mit ins Haus und heizte den Ofen an. Kurz darauf hörte sie einen Wagen vorfahren. Sie sah zum Fenster hinaus. Bentsen. Er stieg aus und blickte sich einen Moment um, bevor er die Veranda hinaufstieg. Sarah öffnete die Tür. Der dänische Kollege wirkte mitgenommen und ernst.

»Neue Schreckensnachrichten?«, fragte sie und bat ihn herein. Er schüttelte den Kopf.

»Setz dich doch. Magst du einen Tee trinken?«

Er nickte. Sarah setzte Wasser auf und stellte Tassen bereit, während Bentsen ihr Schaubild eingehend musterte. »Soviel ist passiert? Kaum zu glauben.«

Warum bist du hier, Kollege?, dachte Sarah. Sie suchte seinen Blick.

»Du wohnst hier ganz schön einsam«, ergriff er das Wort.

»Das Haus gehört Freunden, niemand weiß, dass ich hier bin.« Fast niemand, fügte sie stumm hinzu.

Er fixierte sie. »Vielleicht ist es besser ...«

»In ein Hotel in Rønne zu ziehen?« Sie warf ihm einen schrägen Blick zu.

Er zuckte mit den Achseln. »Na schön. Ich schicke ab und zu einen Wagen vorbei.«

Warum bist du hier?, wiederholte Sarah ihre Frage stumm. Sorge um eine deutsche Kollegin, die ihren Job erst hinschmeißen und vergessen, dann Versäumtes ordnen und aufarbeiten wollte und nun mitten in den hässlichsten Fällen steckte, die seit langer Zeit auf der Insel geschehen waren? Sie goss Tee ein.

»Wie lange kennst du den Journalisten?«

»Ein paar Tage.«

»Eine sehr kurze Zeit.«

»Ich vertraue ihm. Sein Ruf ist exzellent, in jeder Hinsicht.«

»Gut.« Er drehte die Tasse zwischen seinen Händen. »Wo ist er jetzt?«

»Er hat in seiner Redaktion in Kopenhagen zu tun und kehrt morgen oder übermorgen zurück.« Sie hob das Kinn.

Er hielt ihrem Blick stand. »Es sind schwierige Zeiten. Man wird … misstrauisch. Das ist sehr schade. Ich hoffe, dass deine Leute dieses Nest bald ausheben werden, zum Beispiel in …«

»Rostock?«

»Ja.« Er tippte auf die bunte Tapete.

»Das hoffe ich auch. Aber so einfach ist es nicht. Im Moment gibt es einen Haufen Indizien, aber nichts, womit man sie tatsächlich dingfest machen könnte. Und ein Typ wie Mantor sichert sich nach allen Seiten ab. Es ist bestimmt sinnvoller, ihn einzukreisen, ohne dass er davon etwas mitbekommt. Umso größer ist die Chance, dann auch die Drahtzieher dran zu kriegen.«

»Habt ihr keine V-Leute in der Szene?«

Schwieriges Thema, dachte Sarah. »Ehrlich gesagt – keine Ahnung. Auf die Schnelle könnte man dort ohnehin nichts bewegen.«

»Auf die Schnelle kann man in einer Behörde meistens nichts bewegen, deshalb sind uns die Kriminellen so häufig einen Schritt voraus. Was glaubst du, Sarah – kann so etwas passieren, wie deine Kollegin es angedeutet hat? Ein Attentat auf die Brüder?«

Sarah blickte ins Leere. Einen Moment blieb es still. Sie zuckte zusammen, als Bentsen plötzlich aufstand. »Vergiss die Frage. Kann ohnehin niemand beantworten.«

»Wir stehen unter Anspannung.«

»Ja. Danke für den Tee«, sagte er leise. An der Tür wandte er sich noch einmal um. »Was machst du, wenn das alles vorbei ist?«

Sie sah ihn verdutzt an. »Keine Ahnung. Wie kommst du darauf?«

»Nur so.« Er legte die Hand auf die Klinke. »Bye.«

»Bye.«

Sie lauschte dem Klang des davonfahrenden Wagens nach. Was Bentsen tatsächlich gewollt hatte, blieb verschwommen. Vielleicht wusste er es selbst nicht so genau. Unruhige Zeiten. Ich sollte meinen Kram packen und verschwinden, fuhr es ihr plötzlich durch den

Kopf. Lisa wäre es recht, und Bentsen kommt auch ohne mich klar. Kein Mensch braucht hier vor Ort eine deutsche Polizistin, nur weil sie sich zufällig auf der Insel aufhält, ein Mordopfer kennt und auf beängstigende Weise in all das verstrickt ist. Ich habe den Müll entdeckt, der zu Lohfeld führte. Ein gutes Gegenargument, denn ohne Lohfeld hätten sie Schiefer nicht entdeckt. Und Ende des Monats reist Caroline Rothell nach Bornholm, eine deutsche Politikerin, die im Kreis ihrer Mitstreiter den Bunker besuchen und mit gefalteten Händen ihres getöteten Gestapo-Opas gedenken wird. Ich bin mittendrin in dieser fürchterlichen Geschichte. Vielleicht ziehe ich die Morde an. Ein absurder Gedanke und doch seltsam aufwühlend.

Sekundenlang blieb sie wie eingefroren stehen. Dann riss sie sich aus der Erstarrung und schlüpfte in warme Kleidung. Bevor sie das Haus verließ, breitete sie eine Decke über den Tisch mit dem Schaubild. Mit dem Wagen brauchte sie kaum zehn Minuten für die Strecke bis zur Bunkeranlage. Sie parkte in einem Waldweg. Kein Mensch war zu sehen. Graues Gemäuer, Farbschmierereien, ein Rondell aus alten Steinen und kriegerischen Zeiten. Es roch nach Moos. Sie kletterte ins Innere, wie sie es als Kind unter sommerlichem Himmel getan hatte, während ihre Eltern zusahen, fotografierten und dem Töchterchen zuwinkten. Ein Sonnenstrahl blitzte zwischen den Baumstämmen auf, erleuchtete für Momente die Szenerie. Sarah hob den Kopf und blinzelte. Wir sollten Kameras installieren, dachte sie.

Sie wandte sich um und wollte gerade über die verwitterte Mauer klettern, als sie ein Geräusch hörte, ein Knacken. Sie verharrte. Stille. Rascheln. Stille. Ein Tier, dachte sie. Sie drehte sich um, schlich in den moosigen Schatten des Gemäuers und kletterte in eine Öffnung, wo sie sich in die hinterste Ecke hockte. Sie atmete flach. Eine Minute verging, eine zweite. Sie war im Begriff, sich zu erheben, als sie eine Bewegung wahrnahm. Auf dem Rondell zu ihrer linken Seite stand jemand. Ein Mann. Sie hielt den Atem an. Seine Gestalt hob sich wie ein Scherenschnitt vor dem graudämmrigen Himmel ab. Er hielt Ausschau, ohne sich zu rühren. Sarah tastete nach ihrem Smartphone. Es ist dunkel, dachte sie. Man wird nichts erkennen können außer einer dunklen Gestalt. Besser als gar nichts. Sie schirmte das Display mit einer Hand ab, aktivierte die Stummschaltung und die Fotoapp und schaltete mit zittrigen Fingern den Blitz aus. Als sie wieder hochblickte, war der Mann verschwunden. Kurz darauf hörte sie einen Motor starten. Sie sprang hoch und rannte los – Richtung Straße. Als sie aus dem Wald kam, konnte sie nur noch die Rücklichter erkennen. Sie hastete zu ihrem Wagen. Mit fahrigen Händen fingerte sie ihren Schlüssel aus der Tasche; als sie einsteigen wollte, fiel ihr Blick auf einen Vorderreifen. Er war platt, ebenso einer der Hinterreifen.

Einen Moment war sie sprachlos, dann wählte sie Bentsens Nummer, erreichte aber nur seine Mobilbox. Sie legte auf, ohne eine Nachricht zu hinterlassen, und rief Lisa an.

»Ich habe zwei platte Reifen«, erklärte sie ohne Umschweife. »Kannst du mir helfen?«

»Ich bin gerade auf dem Weg zum Dienst. Ich frage Tobias, er müsste noch Zeit haben. Was ist eigentlich passiert? Zwei platte Reifen auf einmal, das ist ja schon ziemlich ungewöhnlich.«

»Du sagst es. Wahrscheinlich hat sie mir jemand aufgeschlitzt.« Pause. »Bist du sicher?«

»Ziemlich.«

Sarah hörte, dass Lisa tief Luft holte. »Ich glaube … Also, ich denke, wir müssen mal reden.«

»Klar, aber im Moment ist es sehr ungünstig. Es wird demnächst dunkel, ich stehe im Wald an der Bunkeranlage und fange an zu frieren. Ganz geheuer ist mir die Atmosphäre hier gerade nicht.«

»Ich sage Tobias, dass er sich beeilen soll. Schick mal deine genaue Position.«

»Okay. Danke.«

Lisa unterbrach die Verbindung ohne ein weiteres Wort. Es war nicht allzu schwer zu erraten, was sie bewegte, und wie richtig Sarah mit ihrer Vermutung lag, bestätigte sich kurz darauf in aller Deutlichkeit, als Tobias mit einem zweiten Ersatzreifen eintraf. Der Wechsel dauerte kaum zehn Minuten.

Tobias wischte sich die Hände ab und suchte ihren Blick. »Sarah, nimm es uns bitte nicht übel, aber …« Er wischte sich über die Nase. »Wir haben den Eindruck, dass du in eine ziemlich düstere Geschichte verwickelt bist. Heute hat man dir die Reifen aufgeschlitzt, morgen könnte das Haus brennen. Und …«

Sarah hob eine Hand. »Warte mal – habe ich das richtig verstanden? Ihr habt Angst um euer Haus? Ich verstehe. Ich ziehe so schnell wie möglich aus.«

Er sah sie an. »Du klingst merkwürdig. Verstehst du das wirklich?«

Morgen könnte das Haus brennen! Sie musterte ihn einen Moment schweigend. »Natürlich verstehe ich das«, erklärte sie dann in unverhüllt ironischem Tonfall.

Er blinzelte und zog die Brauen zusammen.

»Ich reise hier an, gebe vor, mich zurückziehen zu wollen und bin plötzlich in eine düstere Geschichte verwickelt, wie du es nennst. Mal abgesehen davon, dass sich deine Wortwahl so anhört, als wäre ich Mafiamitglied geworden, kann ich dich gut verstehen. Es wäre wirklich schade um euer Strandhäuschen. Wenigstens gebe ich es euch frisch renoviert zurück.«

»Das ist nicht fair«, entgegnete er ruhig.

Sie hielt inne und atmete tief durch. »Ja, du hast recht. Ich …« Sie schüttelte den Kopf. »Tut mir leid, ich bin gerade etwas dünnhäutig.« Sie wandte sich abrupt um und zog die Wagentür auf. »Danke für deine Hilfe, und ich kümmere mich so schnell wie möglich um eine andere Bleibe. Liebe Grüße an Lisa.« Ihre Stimme zitterte. Dann startete sie den Motor und fuhr los.

Ihr Handy klingelte mehrfach, als sie am Haus angekommen war, aber sie stellte die Verbindung nur her, als sie Bentsen erkannte, um ihm Bescheid zu sagen, dass alles in Ordnung sei und sie ihr Problem allein gelöst habe. Lisas Nummer ignorierte sie. Ein Telefonat, bei dem ihr die Stimme versagte, war gerade das Letzte, wonach ihr zumute war. Sie begann zu packen und aufzuräumen – bestürzt, traurig und beschämt zugleich. Die Vorstellung, in ein Hotel umzuziehen, widerstrebte ihr zutiefst. Schließlich schrieb sie Frederik eine Nachricht. *Ich muss mein Haus verlassen. Hast du eine Idee, wo ich einigermaßen sicher unterkommen könnte?*

Die Antwort traf unmittelbar ein. *Bei mir in Hasle. Wenn du magst. Alles sehr einfach, aber genug Platz auch für zwei.*

Klingt gut. Wir könnten es probieren. Wie komme ich da jetzt rein? Jetzt sofort? Was ist passiert?

Vergiss es. Später mehr dazu. Ich will noch heute ausziehen.

Okay. Ich habe einen zweiten Schlüssel versteckt. Schicke Dir ein Foto. Lösch es wieder, wenn du ihn gefunden hast.

Mach ich. Kuss und DANKE.

Das Foto zeigte die Seitenansicht einer Blockhütte samt Adresse. Ein Pfeil verwies auf einen Besen. *Griff lässt sich abschrauben,* stand darüber.

Keine schlechte Idee, schrieb Sarah. *Wie im schönsten James-Bond-Film.*

Ja, und besser als ein Marmeladenglas im Holzstapel.

Sarah runzelte die Stirn und starrte sekundenlang auf ihr Handy. Dieser miese Tag nimmt kein Ende. *Ich sollte doch in ein Hotel gehen,* antwortete sie schließlich.

Minuten später rief Frederik unter einer anderen Nummer an. Sie ließ es fünfmal klingeln, bis sie das Gespräch annahm. »Du warst in meinem Haus?«

»Bevor wir uns kennenlernten – ja.«

»Das ist …« Sie schüttelte den Kopf.

»Wir kannten uns noch nicht«, erklärte er in beschwörendem Ton. »Ich habe …«

Sarah ließ das Telefon sinken. Wie hatte Bentsen heute so schön gesagt? Schwierige Zeiten. Man wird misstrauisch, leider. Sie hielt das Handy wieder ans Ohr. »Scheiße, Frederik, das ist …«

»Ich musste es tun. Du hättest an meiner Stelle genauso gehandelt – zu diesem Zeitpunkt. Darauf gehe ich jede Wette ein.«

Dazu sagte sie nichts.

»Sarah? Bitte – wir müssen einander vertrauen! Und … ja – du kannst jetzt in mein Haus und alles durchwühlen, wenn du willst oder es für nötig hältst.«

Er hat recht, dachte sie plötzlich. Aber es fühlte sich trotzdem nicht gut an.

»Sarah!«

»Ja, schon gut.«

»Irgendwann ist das alles vorbei.«

»Bist du sicher?«

»Ja. Und nun sag mir, warum du so plötzlich das hübsche Strandhaus verlassen musst.«

Sie schilderte ihm den Besuch am Bunker, ihre Beobachtungen, berichtete von den aufgeschlitzten Reifen und schließlich vom Gespräch mit Tobias, bei dem sie die Fassung verloren hatte.

»Es ist eine gute Idee, den Ort zu wechseln«, meinte Frederik nach kurzem Überlegen.

»Du denkst offenbar ganz pragmatisch.«

»Nach Möglichkeit ja.«

»Okay.«

»Fühl dich wie zu Hause.«

Knapp zwei Stunden später fuhr sie los. Sie machte einen Abstecher bei Lisa und Tobias, wo sie den Hausschlüssel in den Briefkasten warf, dazu einen Zettel mit einem schlichten »Entschuldigung und danke für alles«. Von Rønne benötigte sie keine Viertelstunde bis Hasle, aber sie nahm sicherheitshalber einen weiteren Umweg in Kauf, legte Zwischenstopps ein und behielt den nachfließenden Verkehr im Blick. Das Blockhaus befand sich am Fælledvej unweit des Campingplatzgeländes. Das Grundstück war nicht besonders gut einsehbar – ein Carport und dichte Büsche versperrten die Sicht auf den Eingangsbereich. Die Fensterläden waren geschlossen. Sarah ging jede Wette ein, dass Frederik eine Videoüberwachung installiert hatte. Verständlich, dachte sie. Und sehr beruhigend.

Keine halbe Stunde später hatte sie ihre Habseligkeiten ausgepackt und Feuer gemacht. Sie schloss zweimal um und inspizierte die fremden Räume, während eine Suppe auf dem Herd kochte. Freiliegende Dachbalken, Holz in allen Schattierungen, bunte Teppiche. Die Küche war klein, aber bestens ausgestattet. Dass Frederik gerne kochte, war unübersehbar. Es gab Gewürze, deren Namen Sarah nicht das Geringste sagten, und Küchengeräte, die sie noch nie benutzt hatte. Im Wohnraum stand ein wuchtiger, dunkel gebeizter Schreibtisch vor dem hinteren Fenster, am Zugang zur Terrasse befand sich der Esstisch, die beiden anderen Räume waren fast identische Schlafzimmer mit einer Kommode am Bett und sommerlichem Strandbild darüber; das Bad war groß und verfügte sogar über eine Badewanne.

Sie schaltete den Fernseher ein und aß ohne großen Appetit. Es war dunkel und still.

23

Frederik hatte sich ein Zimmer in einer Pension in Steglitz genommen und ein paar Stunden Schlaf nachgeholt. Marvin meldete sich am späten Abend mit einer verschlüsselten Nachricht; in einem Postfach im Darknet hatte er ein paar Hinweise sowie Altbekanntes zu Hagen Dietrich zusammengestellt. Frederik lächelte. Marvin war wirklich schnell, auch wenn das zunächst mal nicht nach großartigen Neuigkeiten klang. Womöglich wollte er seinen Teil des Jobs auch nur so schnell wie möglich erledigen. Verständlich.

Hagen Dietrich, einige Jahre jünger als Pirohl, war ein gründlicher und konsequenter Mann. Im Netz gab es über die Erwähnung auf der Homepage der Kanzlei hinaus so gut wie nichts über ihn. Das war schon vor zehn Jahren so gewesen. Florian hatte seinerzeit in Erfahrung gebracht, dass er verheiratet war und in Dahlem lebte. Die Ehe war kinderlos geblieben, und seine Frau Hilda hatte ihren Geburtsnamen Schuster behalten.

Die Adresse war immer noch gültig, wie Frederik wenig später feststellte. Er parkte auf der gegenüberliegenden Seite nahe dem Thielpark und scannte die Umgebung mit seinem Nachtsichtgerät. Die kleine Villa erstickte fast unter Weihnachtsschmuck; Zaun- und Fassadenlichter blinkten um die Wette. Neben der Garage standen zwei merkwürdige Tretroller – wuchtig, kompakt, mit unterschiedlich großen Rädern. Frederik suchte im Netz nach einem vergleichbaren Modell und stellte fest, dass die Geräte beim Zughundesport verwendet wurden. Hagen Dietrich und seine Frau hielten sich beim Sport mit ihren Hunden fit, das zumindest war mal ein neuer, durchaus beachtenswerter Aspekt.

Frederik wollte sich gerade wieder auf den Weg machen, als die Haustür aufschwang. Dietrich trat heraus, an seiner Seite waren zwei Huskys zu erkennen. Eine späte Abendrunde, dachte Frederik und ließ das Fernglas sinken. Er wartete, bis der Anwalt mit seinen Hunden um die Ecke verschwunden war, dann stieg er aus und ging langsam am Haus vorbei. Wie nicht anders zu erwarten gewesen war, konnte er eine Videokamera nicht erkennen, aber er zweifelte nicht daran, dass es sie gab, verborgen unter Weihnachtsgirlanden und anderem Zierkram. Er schob seine Kapuze tief ins Gesicht, aktivierte seine Kamera und lief erneut so dicht wie möglich am Haus vorbei, um die Roller zu fotografieren.

Als er nachts in die Pension zurückkehrte, überspielte er das Material und die Schilderung seiner nächtlichen Beobachtungen an Marvins Postfach, ergänzt um Informationen zum Zughundesport in Berlin. Als er ins Bett kroch, war es drei Uhr. Marvin meldete sich kaum vier Stunden später.

»Interessant«, meinte er knapp.

»Finde ich auch.« Frederik rieb sich den Schlaf aus den Augen und setzte sich auf. »Vielleicht schaffst du es, den PC von Hilde Schuster zu kapern.«

»Du denkst an eine gefakte Mail vom Hundesportverein?«

»So was in der Art.«

»Man könnte einiges abgreifen. Wenn es gut läuft, gibt es vielleicht sogar eine Mailweiterleitung an die Kanzlei.«

»So ist es.«

»Gefällt mir, die Idee. Ich melde mich.«

Frederik stand auf, duschte ausgiebig und frühstückte auf dem Zimmer, während er im Netz Informationen zu dem Seniorenheim recherchierte, in dem Sarahs Großmutter lebte – wobei die Bezeichnung Residenz wohl eher zutraf. Man durfte davon ausgehen, dass es der alten Dame dort an nichts mangelte, was sich mit Geld bezahlen ließ.

Als die Geschäfte öffneten, fuhr er in die Schlossstraße, kaufte Blumen, einige Bastelutensilien aus dem Schreibwarenladen und ein Buch – eine Fotoserie über Bornholm mit robustem Einband und breitem Buchrücken. Diese äußeren Aspekte waren wichtiger als die Geste, die Frau mit einem angemessenen und passenden Präsent zu erfreuen, denn der Bildband hatte im Grunde nur eine Aufgabe zu erfüllen: als Versteck für eine Minikamera zu dienen. Die Idee hatte in ihm zu keimen begonnen, seitdem Sarah seinen Besuch im Seniorenheim angesprochen hatte. Er hoffte inständig, dass sie mit ihrer Einschätzung bezüglich der kritischen Einstellung ihrer Großmutter zu ihrem Sohn sowie ihrer Gesundheit richtig lag. Falls sie irrte oder es der alten Frau akut schlechter ging, musste er improvisieren.

Zwei Stunden später besah er sich sein Werk mit kritischen Augen. Die Einkerbung am Einband war nicht wahrzunehmen, wenn man nicht wusste, wonach man suchte. Niemand würde ohne Verdacht die Linse der Kamera entdecken, die er zwischen großformatigen Buchstaben am Buchrücken angebracht hatte. Er war zufrieden, aber das Vorhaben barg einige Risiken und Unwägbarkeiten. Ideal wäre es, wenn der Bildband nicht mehr bewegt würde, sobald Frederik ihn platziert hatte. Sollte doch mal jemand auf die Idee kommen, sich das Buch anzusehen, musste es wieder an den vorgesehenen Platz zurückgestellt werden, um den Aufnahmewinkel nicht zu verändern. Andererseits war die Aufzeichnung der Gespräche von herausragender Bedeutung, weniger ein scharfes Bild vom Besucher. Demnach durfte es lediglich das Zimmer nicht verlassen, die alte Dame sollte also keinesfalls auf die Idee kommen, es beispielsweise an ihre Nachbarin zu verleihen.

Ein weiterer kritischer Punkt bestand darin, dass die Kamera wieder abgeholt werden musste – um Spuren zu verwischen. Auch die Übertragung per Mobilfunknetz barg Tücken, weil es in Deutschland nicht besonders zuverlässig war und zudem Spuren hinterließ, obwohl Marvin einige Tricks draufhatte, die Daten über mehrere Server umzuleiten und sowohl Sender als auch Empfänger zu verschleiern. Dennoch: Falls jemand zu suchen begann und sich im IT-Bereich ein wenig auskannte, war eine Entdeckung nicht auszuschließen. War es das wert? Womöglich würde Bernd Pirohl kaum eine halbe Stunde für seine Mutter erübrigen, ein bisschen über Alltagskram plaudern, ihr schließlich frohe Weihnachten wünschen und sich wieder auf den Weg machen. Oder die Anspannung zwischen ihnen würde zum Ausdruck kommen und der Sohn sich zu Bemerkungen hinreißen lassen, von denen er annahm, dass sie niemals an ein anderes Ohr dringen würden.

Frederik ließ die Frage noch einige Minuten kreisen, dann telefonierte er mit Marvin und Sarah, schlüpfte in seine Verkleidung und machte sich auf den Weg nach Potsdam.

Am Empfang der Seniorenresidenz stand ein junger Mann in Anzug und mit frisch gegeltem Haar hinter dem Tresen. Als Frederik durch die Tür trat, hob er sofort den Blick. Frederiks Hoffnung, dass er ohne großartige Kontrolle direkt in das Zimmer von Lotte Pirohl gehen konnte, schwand mit jedem Schritt. Er hatte zwar gut gefälschte Ausweispapiere dabei, mit denen er sich als Dozent aus Arhus ausgab, doch falls der Anwalt von einem dänischen Besucher erfuhr, könnte er unter Umständen stutzig werden. Die Alternative, sich als Deutscher auszugeben, hatte er allerdings nicht ernsthaft in Erwägung gezogen – sein Dialekt war zu auffällig.

Frederik gab sich große Mühe, ein entspanntes Lächeln zu zeigen, aber er wusste, dass es nicht hundertprozentig überzeugend wirkte.

Der Mann am Empfang nickte ihm zu. »Was kann ich für Sie tun?«, fragte er in freundlichem Ton.

Frederik musterte das Namensschild auf dem Tresen – Sebastian Hofmann. »Guten Tag, Herr Hofmann. Ich möchte Frau Pirohl besuchen.«

Hofmann nickte höflich. »Sind Sie ein Verwandter?«

»Nein, das nicht, aber ich bin mit ihrer Enkelin Sarah befreundet, die leider nicht selbst vorbeikommen kann«, erwiderte Frederik. »Wir haben uns auf Bornholm kennengelernt. Als sie erfuhr, dass ich in Berlin bin, bat sie mich, ihrer Großmutter einen Besuch abzustatten und ein Weihnachtsgeschenk vorbeizubringen.«

»Verstehe. Dürfte ich einen Blick auf Ihren Ausweis werfen?«

»Natürlich.« Frederik zückte seine Papiere.

Hofmann reckte den Hals. »Danke, Herr … Pedersen. Richtig ausgesprochen?«

»Christian Pedersen. Ich bin Däne …«

»Das hört man.«

Wirklich? Frederik räusperte sich. »Das sagen viele.« Dicht gefolgt von *Sie sprechen aber gut Deutsch.*

»Sie sprechen aber gut Deutsch.«

»Danke.«

Hofmann sah ihn an, als erwarte er eine ausschweifendere Erklärung, als die ausblieb, nickte er höflich und nannte ihm die Zimmernummer. »Frau Pirohl wird sich bestimmt freuen.«

»Das denke ich auch.«

»Sie können den Aufzug nehmen oder die Treppe.«

Frederik entschied sich für Letzteres. Die Tür zum Treppenhaus befand sich neben der Rezeption; sie war geöffnet. Er blieb einen Moment stehen, als er aus Hofmanns Blickfeld verschwunden war, und lauschte. Gleichzeitig nestelte er nach seinem Handy und tat, als würde er etwas nachsehen. Hofmann telefonierte, seine Stimme klang gedämpft, war aber dennoch zu verstehen. »Hier Hofmann vom Empfang, Herr Pirohl.«

Scheiße, dachte Frederik. Dieser kleine Wichtigtuer.

»Gerade ist ein Besucher gekommen, der noch nie hier war, um Ihre Mutter zu besuchen.« Kurzes Schweigen. »Ein Däne, er heißt Christian Pedersen.« Erneutes Schweigen. »Er sagt, dass er mit Sarah befreundet sei. Sie sind sich auf Bornholm begegnet, und er bringt nun in ihrem Auftrag ein Weihnachtsgeschenk vorbei.« Pause. »Ja, ich denke schon.« Pause. »Gut. Mach ich. Kein Problem.«

Frederik lief eilig nach oben. Jede Wette, dass der eifrige Hofmann in Kürze vor der Tür stehen und einen Kontrollblick werfen würde. Wenn es dabei bliebe, war alles okay. Wenige Momente später betrat er das Zimmer von Lotte Pirohl, die am Tisch saß und in einer Zeitung blätterte. Sie sah mit wachen Augen auf, als Frederik vor ihr stand.

»Frau Pirohl, ich freue mich, Sie kennenzulernen«, sagte er und hielt ihren Blick fest. »Sarah lässt Sie grüßen. Sie kann leider nicht selbst kommen.«

Ihre Augen leuchteten warm. Sie deutete ein Nicken an. Frederik ging näher und setzte sich zu ihr. Sie warf einen Blick auf den Blumenstrauß.

»Soll ich sie in eine Vase …«

Eifriges Nicken mit geöffnetem Mund. Wahrscheinlich lacht sie mich wegen dieser dämlichen Frage aus, dachte er. Sie wandte sich zu einer Kommode um, und Frederik stand auf. Im unteren Fach gab es eine beachtliche Auswahl an Vasen in jeder Größe. Er suchte ein passendes Gefäß aus, schnitt die Blumen an und ordnete sie zu einem lockeren Strauß. Lotte Pirohl machte ein Gesicht, als gefiele ihr, wie er sich bemühte, dann sah sie in Richtung Fenster. Dort stellte er die Vase ab.

»Ich heiße übrigens Frederik«, sagte er leise, als er sich wieder zu ihr gesetzt hatte. »Frederik Thomsen. Unten am Empfang habe ich allerdings einen anderen Namen angegeben.«

Sie runzelte die Brauen, legte den Kopf ein wenig schief, wirkte aber weder erschrocken noch konsterniert. Frederik musste allerdings bedenken, dass es nicht einfach war, auf ihrem durch die Lähmung gezeichneten Gesicht eine Regung zu deuten. Sarah hatte ihm geraten, sich auf ihre Augen zu konzentrieren.

»Der Kerl ist sehr neugierig – und hat sofort Ihren Sohn benachrichtigt.«

Sie starrte ihn an.

»Niemand sollte erfahren, wer ich tatsächlich bin und warum ich Sie besuche.«

Blinzeln.

»Ich habe Sarah auf Bornholm kennengelernt.«

Sie deutete ein Nicken an.

»Und ich ... ich bin Kolmers Sohn«, schob er leise nach.

Ihre Reaktion war ebenso bemerkenswert wie still. Ihre Augen schwammen plötzlich in Tränen.

»Frau Pirohl ...«

Es klopfte an der Tür. Hofmann, dachte Frederik. Sie sah zur Seite, atmete tief ein und nickte ihm dann zu.

»Ja?«

Der fleißige Mann vom Empfang öffnete die Tür. »Möchten Sie vielleicht einen Kaffee trinken?«, fragte er höflich und warf einen prüfenden Blick in die Runde.

»Das ist nett, gerne.«

Hofmann zog die Tür wieder heran, und einen Moment gewann Frederik den untrüglichen Eindruck, dass Lotte Pirohl ihm ein verschwörerisches Zwinkern zuwarf. Er schob das Buch über den Tisch. »Das ist ein ganz besonderes Geschenk«, flüsterte er, und während er ihr erklärte, was er vorhatte, war er hundertprozentig davon überzeugt, dass sie ihn zum einen hervorragend verstand und zum anderen seine Absicht in vollem Umfang guthieß.

Als Hoffmann wenige Minuten später mit dem Kaffee kam, stand der Bornholm-Bildband im Regal, und Lotte Pirohl lächelte mit schiefem Mund. Frederik würde die Kamera aktivieren, bevor er das Zimmer verließ, und dann konnten sie nur noch hoffen, dass Bernd Pirohl seine Mutter zu Weihnachten besuchte und ein paar denkwürdige Bemerkungen vom Stapel ließ.

Eine halbe Stunde später verabschiedete er sich von der alten Dame. Er lief grüßend am Empfang vorbei, blieb allerdings abrupt stehen, als Hofmann sich abwandte, und ging Richtung Toiletten weiter. Hofmann hatte zum Telefon gegriffen und gab Entwarnung. So wirkte es zumindest.

Wenig später verließ Frederik das Gebäude durch den Hinterausgang, überquerte die Straße, lief durch einen Park; sein Wagen stand in einer Nebenstraße. Soweit er es mitbekommen hatte, war ihm niemand gefolgt. Er stieg ein, fuhr quer durch die Stadt und weiter Richtung Drewitz zur Autobahnauffahrt. Als er in der Pension eintraf, war es Nachmittag. Er war verschwitzt, müde und zufrieden. Zeit für eine Pause. Er schrieb eine kurze Nachricht an Sarah und legte sich aufs Bett. Er schlief ein, bevor sein Kopf das Kissen berührte.

24

Sarah hatte den halben Tag im Kommissariat Rønne verbracht. Neue Ermittlungsergebnisse lagen nicht vor. Ein Teil des Teams war mit Recherchen, Auswertungen von Mobilfunkanschlüssen und Überwachungskameras beschäftigt, eine andere Gruppe suchte händeringend nach Zeugenaussagen, einem Geländewagen und forschte nach dem möglichen Unterschlupf der Täter. In regelmäßigen Abständen wurden die deutschen Dienststellen auf dem Laufenden gehalten und umgekehrt. Sarah hatte sich die Aufnahmen der Fotografin vorgenommen, aber auch nichts darauf entdeckt, was als weiterführender Hinweis dienen könnte.

Bentsen wirkte mürrisch – verständlicherweise. Zwei Morde, und sie hatten nichts in der Hand. Abgesehen von einem Haufen Spekulationen sowie weitverzweigten und schwammigen Zusammenhängen in rechtsextreme Kreise, dachte Sarah. Ihre Gedanken schweiften ab. Sie dachte an Frederik und sein wagemutiges Vorhaben. Lottchen wird sich freuen, und es wird alles gutgehen, beschwor sie sich. Als seine Nachricht eintraf, dass alles bestens geklappt hatte, war sie ziemlich erleichtert. Einen Moment später wurde ihr erneut und mit aller Schärfe klar, wie bizarr die Situation war. Sie würden ihren Vater beschnüffeln und dabei fragwürdige Mittel einsetzen. Als Polizistin durfte sie diese nicht gutheißen, solange die juristischen Voraussetzungen nicht gegeben waren, als Tochter hatte sie mit der Aktion endgültig ihren Abschied eingeläutet.

Sie zuckte zusammen, als Bentsen plötzlich vor ihrem Schreibtisch stand. »Es gibt einen endgültigen Obduktionsbericht.«

Sie sah hoch. »Etwas Besonderes?«

»Vielleicht. Der Arzt hat sich die Füße genauer angesehen, besser gesagt den Dreck.«

Sarah drehte ihren Stuhl herum und sah Bentsen an.

»Zwischen den Zehen gibt es Schmutzpartikel …«

»Sie haben sie halbnackt gefoltert?«

Der Kommissar nickte. »Kälte zermürbt und verursacht zusätzliche Schmerzen.«

»Verstehe.«

»In dem Schmutz konnten Spuren von Benzin nachgewiesen werden.«

»Hinweise auf eine Garage, Werkstatt oder so was?«

»Ja, gut möglich.«

»Es dürfte Tausende auf Bornholm geben, oder?«

»Vielleicht auch nur ein paar hundert.«

»DNA-Spuren?«

»Das nicht, aber …« Bentsen spitzte kurz die Lippen.

»Du machst es sehr spannend.«

Er lächelte – zum ersten Mal seit langem. »Ich habe gerade mit den Technikern gesprochen. Du erinnerst dich, dass die Leiche in eine Decke gehüllt war? Darin haben sie einen Papierrest entdeckt.« Bentsen zückte sein Smartphone und öffnete die Fotoapp. »Müsste dir was sagen.«

Sarah musterte den zerknitterten Papierstreifen. »Erinnert mich an den Müll, den Lohfeld in den Wald gekippt hat.«

»Kurz bevor sein Nasenbein sein Gehirn durchstieß.« Bentsen nickte mit ungerührter Miene und rief das nächste Foto auf. »Dann kannst du mit dem Wort vielleicht auch etwas anfangen.«

RAUCHW, entzifferte sie mit Mühe. Eine Papierserviette von einer Imbissbude, überlegte sie. Plötzlich durchzuckte es sie. »Rostocker Rauchwurst.«

Bentsen hob eine Braue.

»Dieser Fetzen, vielleicht eine Serviette oder ein Pappstreifen, stammt aus einem Imbiss, in dem diese Rostocker Spezialität verkauft wird.«

»Sicher?«

»Darauf wette ich.« Sie ließ sich in die Lehne zurückfallen.

Das war ohne Zweifel ein wichtiger Hinweis, der für die Ermittler eine weitere Bestätigung für die Umtriebe der Rostocker Gruppe darstellte, zumindest konnte man auf den Gedanken kommen. Doch ein lupenreiner Beweis sah natürlich anders aus.

»Für einen eindeutigen DNA-Nachweis reicht der Papierfetzen in dem Fall leider nicht, dafür sind in der Decke Haare gefunden worden, die die Kollegen untersuchen. Hier könnte ein Abgleich klappen, wenn wir Glück haben und Vergleichsmaterial vorliegt.«

Ein einziges Haar oder Speichel von Mantor, dachte sie, und wir könnten ihn festnehmen – falls er die Spuren hinterlassen hatte. Dazu bräuchten sie allerdings zunächst mal eine Probe von ihm, wandte sie ein, und die würden sie nach formaljuristischen Regeln angesichts der nicht vorhandenen Beweislage kaum fordern können. Bislang konnten sie nicht einmal beweisen, dass Mantor im fraglichen Zeitraum auf Bornholm gewesen war. Sein Alibi war garantiert phänomenal gut. Und selbst wenn sich herausstellte, dass die Haare an der Decke von ihm stammten, nützte ihnen diese Gewissheit gar nichts, sofern sie nicht zugelassene Ermittlungsmethoden angewandt hatten. Doch zumindest …

Bentsen berührte sie kurz am Oberarm. »Wir werden schon was finden, und irgendwann passt alles zusammen.«

Sarah lächelte. »Ja. Ich gebe die Ergebnisse gleich mal weiter.«

Eine gute Stunde später machte Sarah sich auf den Heimweg, unterwegs ging sie einkaufen. Wenige Kilometer hinter der Stadtgrenze bemerkte sie, dass sie der Macht der Gewohnheit gefolgt und Richtung Süden gefahren war. Sie wendete in Höhe des Flugplatzes und fuhr zurück. Beim Blick in den Rückspiegel fiel ihr ein Wagen auf, der sehr langsam fuhr, schließlich bremste und auch wendete. Sarahs Herzschlag beschleunigte sich. Sie fuhr langsam in die Stadt zurück, der andere Wagen folgte ihr in sicherem Abstand. Sie rief Bentsen an.

»Mir folgt jemand«, sagte sie statt einer Begrüßung.

»Wo bist du?«

»Ich bin gerade wieder in die Stadt zurückgefahren – auf dem Zahrtmannsvej an dem kleinen See ...«

»Fahr weiter, gleich rechts ist eine Kfz-Werkstatt.«

»Okay, ich brauche ohnehin neue Reifen.«

»Ich bin gleich da.«

Sarah stellte wenig später ihren Wagen ab und ging langsam zum Servicebüro. Hinter der Glastür drehte sie sich um und behielt den Parkplatz im Blick. Zwei Minuten später erkannte sie Bentsens Fahrzeug. Zehn Minuten danach war klar, dass sie sich entweder geirrt hatte oder der Verfolger abgehauen war. Der Wagen war nirgends zu entdecken. Verlegenheit machte sich in ihr breit.

»Tut mir leid, Kollege, aber nach den aufgeschlitzten Reifen ...«

»Musst du vorsichtig sein, na klar. Und bevor du weiterfährst, wird ein Kollege überprüfen, ob du einen Tracker am Fahrzeug hast.«

»Wenn es so wäre, müsste er mich nicht engmaschig verfolgen«, erwiderte sie.

»Du kannst nicht wissen, was er beabsichtigt. Dauert nur ein paar Minuten und hätten wir schon längst mal überprüfen sollen.«

Ihr Wagen war sauber. Schließlich fuhr sie nach Hasle – mit vielen Schlenkern und auf zahlreichen Umwegen. Sie kontrollierte jede Tür, jedes Fenster und kümmerte sich erst dann um ein spätes Essen. Frederik rief an, als sie den Abwasch erledigte.

»Wir haben etwas«, sagte er, und seine Stimme vibrierte vor Aufregung. »Marvin ist es gelungen, einen Trojaner zu platzieren – auf dem Rechner von Hagen Friedrichs Frau. Sie ist auf eine Mail hereingefallen, die – angeblich – vom Hundesportverein kam.«

Sarah setzte sich. »Manchmal ist es so einfach.«

»Man muss dranbleiben.«

Das hat Bentsen heute auch gesagt, dachte Sarah. »Und? Spann mich nicht so auf die Folter!«

»Es existiert eine Weiterleitung an die Mailadresse ihres Mannes, wie wir gehofft hatten. Die kennen wir nun auch. Interessant ist ein Austausch zwischen den Eheleuten wegen zwei Terminen. Ich schicke dir das gleich. Einmal geht es um Ende Dezember ...«

»Der Rothell-Gedenktag am Bunker?«

»Das ist wohl anzunehmen. Und Hagen Dietrich ist mit dabei, wie es klingt. Außerdem geht es noch um das erste Wochenende im Januar.«

Sarah runzelte die Stirn.

»Guck es dir an. Klingt nicht gerade aufregend, aber mal sehen, was Marvin noch entdeckt.«

»Alles klar. Wann kommst du?«

»Ich mache mich morgen auf den Weg, falls nichts dazwischenkommt.«

»Was sollte dazwischenkommen?«

»Nun, weitere Entdeckungen auf der Festplatte, auf die ich hier vor Ort reagieren sollte.«

Die Nachricht traf wenig später ein und klang zunächst einmal unspektakulär: *Bitte denk bei den nächsten Terminplanungen daran, dass ich zwischen dem 27. und 29. Dezember nicht in Berlin bin*, schrieb Hagen Dietrich an seine Frau. *Und das erste Januarwochenende stehe ich auch nicht zur Verfügung.*

Hilde Schuster hatte wenig später geantwortet: *Ich vergesse keine*

Termine, wenn du sie mir mitteilst! Was genau ist eigentlich am ersten Januarwochenende los?

Eine wichtige Klausurtagung. Wir sprechen noch darüber. Muss jetzt los.

Hagen Dietrich würde also nach Bornholm reisen – falls sie mit ihrer Annahme richtig lagen, denn im Moment konnten sie nicht ausschließen, dass es bei seinen Terminen um etwas anderes ging. Sarah runzelte die Stirn. War ihr Vater jemals zu diesem Zeitpunkt auf der Insel gewesen? Durchaus möglich. Sie konnte sich allerdings nicht daran erinnern, dass in der Familie je darüber gesprochen worden war, doch das musste nichts heißen. Was den Termin im Januar anging, so würde sich sicherlich feststellen lassen, ob tatsächlich eine Klausurtagung geplant war. Vielleicht erzählte Dietrich seiner Frau aber auch nicht alles. Sie las den Austausch ein zweites Mal und leitete das Ganze schließlich an Hannah weiter.

Mitten in der Nacht schreckte sie aus dem Schlaf hoch. Einen eisigen Moment lang war sie davon überzeugt, dass sich jemand Zutritt zum Haus verschaffte. Ihr Puls raste. Dann entdeckte sie, dass ein Ast gegen das Wohnzimmerfenster schlug. Ihr Herzschlag beruhigte sich erst nach mehreren Minuten wieder. Sie stand am Fenster und starrte hinauf zu einem frostigen Wintermond.

Bevor sie ins Bett zurückkroch, schrieb sie Frederik eine SMS. *Wir brauchen DNA von Mantor. Ich kann nicht glauben, dass ich dir das schreibe, aber ich weiß keinen anderen Weg, um in seinem Fall endgültig Gewissheit zu gewinnen. Lösch um Gottes willen diese Nachricht wieder!*

Hannah war fest davon überzeugt, dass Lone eine ganze Weile benötigen würde, um etwas zu den Hintergründen des Januarwochenendes herauszufinden, das Hagen Dietrich erwähnt hatte, aber die Kollegin meldete sich bereits nach einer guten Stunde.

»Die Partei veranstaltet eine Klausurtagung«, berichtete sie.

»Ich nehme an, du sprichst von der Nationalen Alternative Deutschland?«

»Ja. Die NAD-Leute treffen sich in Rostock.«

»Ist Hagen Dietrich im Umfeld der Partei überhaupt schon einmal stärker hervorgetreten?«

»Das ist es ja – nein. Noch nie. Der Mann taucht in keinem Parteizusammenhang auf, nicht öffentlich jedenfalls. Dass er auf die Insel reist, kann er sicherlich gut verbergen, aber wenn er zu einer Klausurtagung fährt, dürfte ein Versteckspiel deutlich schwieriger sein.«

»Vielleicht gibt es gar keinen Zusammenhang«, überlegte Hannah. »Oder er will sich nicht mehr verstecken. Warum auch?«

»Das wäre eine Erklärung. Ach, übrigens, nur so nebenbei – Caroline Rothell ist auch gelernte Juristin, Fachgebiet Versicherungsrecht.«

Hannah bezweifelte, dass der Aspekt eine Rolle spielte, war aber wie so oft über Lones Gründlichkeit verblüfft.

»Gibt es eigentlich inzwischen mehr zu Rolf Mantor?«, fragte Hannah, während sie Sarahs Bericht noch einmal überflog. »Die sich verdichtenden Hinweise auf ihn sind beinahe erdrückend.«

»Die Rostocker haben die neuesten Ergebnisse auch vorliegen«, erwiderte Lone. »Eine Rückmeldung gab es bisher nicht.«

»Gut, ich kümmere mich selbst darum.«

Hannah seufzte. Ein Gespräch mit Piet Meinhold dürfte schwierig werden. Der Kollege wirkte persönlich beleidigt, dass die Täter ausgerechnet in seiner Stadt gesucht wurden. Sie rief dennoch in der Rostocker PI an und begrüßte ihn freundlich. Er reagierte wie erwartet zurückhaltend.

»Sie rufen wegen dieses Papierfetzens an, nicht wahr?«, kam er sofort zur Sache. »Überzeugt mich nicht. Das kann von jeder Imbissbude stammen, an der diese Wurst verkauft wird. Und das ist weiß Gott nicht nur in Rostock der Fall.«

»Aber auch in Rostock. Und da wir inzwischen immer wieder auf Indizien stoßen, die uns ein ums andere Mal hoch an die Küste führen, ist dieser Aspekt durchaus wichtig.«

»Und was soll ich jetzt machen? Zu Mantor rennen und ihn fragen, wann er das letzte Mal Rauchwurst gegessen hat?«

Hannah biss die Zähne zusammen. »Warum sind Sie eigentlich derart abweisend und unkooperativ?«

»Wie bitte?«

»Mir persönlich ist es völlig egal, aus welcher Ecke des Landes diese Leute stammen. Ich will, dass wir die Mörder kriegen, und ich würde gerne die Motive erforschen und weitere schlimme Straftaten zu verhindern helfen – ob sie nun in Rostock, Berlin, auf Bornholm oder wo auch immer geplant sind.«

»Aber …«

»Die dänischen Kriminaltechniker haben diesen Papierfetzen entdeckt, er konnte identifiziert werden, und nun stellt sich die Frage, was wir damit anfangen. So tun, als hätte er keinerlei Bedeutung, weil man diese Wurst an vielen Orten kaufen kann? Oder ein Indiz aufgreifen, das zum wiederholten Mal auf Rostock und Mantor weist? Ein Mann, der sich sehr wahrscheinlich im Mittelpunkt eines Netzwerkes bewegt, das wir bisher nur in Ausschnitten erahnen, der höchstwahrscheinlich ein grausamer Mörder ist und womöglich weitere Taten plant. Ich würde ihm und seinen Leuten nur allzu gerne das Handwerk legen. Das wird schwer, vielleicht gelingt es nur in Ansätzen, aber wir sollten es versuchen.«

Schweigen.

»Sind Sie noch dran, Kollege?«

»Und dieser ganze Scheiß hat mit den Mädchenmorden angefangen«, entgegnete er – nun in deutlich gemäßigterem Tonfall. »Ich kann es kaum fassen.«

»Im Zusammenhang mit diesen Fällen hat sich die Spitze des Eisberges gezeigt und uns schließlich in eine ganz andere Richtung geführt«, entgegnete Hannah. »Das sollten wir als Chance begreifen.«

Pause.

»Okay. Was erwarten Sie jetzt von mir, von uns? Wir haben kaum genug Leute für den ganz normalen Polizeialltag. Ich kann nicht rund um die Uhr Kollegen zur Observierung abstellen.«

»Das LKA ...«

»Ist auch unterbesetzt, aber ich kümmere mich.«

»Ich rede mit den Staatsschutzleuten. Das Problem ist, dass der Verdacht zwar auf der Hand liegt, aber nicht ausreicht, um ...«

»Was Sie nicht sagen. Wir agieren doch ständig hart an der Kante, nicht wahr? Machen wir zu viel, heißt es, wir seien übergriffig und bewegen uns im rechtsfreien Raum. Machen wir zu wenig und halten uns im Hintergrund, sind wir die Vollidioten, die den Arsch nicht rechtzeitig hochkriegen. Und verlieren wir mal die Nerven, sind wir brutale Schläger.«

Hannah schloss kurz die Augen. »Wenn man Ihnen so zuhört, könnte man glatt den Eindruck gewinnen, dass Sie Ihren Job von ganzem Herzen lieben.«

Einen Moment blieb es still. »Sie haben ja sogar Humor«, sagte er dann. »Also gut, ich sehe zu, dass wir den Mann im Blick behalten, vielleicht nur stundenweise.«

»Das ist doch ein guter Ansatz. Noch etwas, Kollege – Anfang Januar findet in Rostock die Klausurtagung der NAD statt. Sollten Sie in dem Zusammenhang im Vorfeld irgendwelche Auffälligkeiten feststellen ...«

»Lass ich von mir hören, keine Sorge.«

Piet Meinhold übernahm die erste Schicht am nächsten Tag. Die BKA-Frau ging ihm gewaltig auf die Nerven, aber er konnte nicht verhehlen, dass sie ihm auch imponierte. Wer sich von seinem Herumgepolter nicht abschrecken ließ, war ganz sicher aus besonderem Holz geschnitzt. Das war das eine. Das andere war ihr offensichtlich unerschütterlicher Glaube, dass ein engagiertes Team eine große Chance hatte, diesen furchtbaren Mord mit all seinen dunklen Hintergründen und zig weiteren Straftaten aufzuklären, wenn es nur einen langen Atem bewies, jedes Detail erfasste, ein ums andere Mal neu ansetzte und niemals resignierte. Beim BKA tickten die Uhren ein bisschen anders, geschmeidiger, ruhiger, ohne den ganzen Stress im Polizeialltag, durfte man vielleicht einwenden, aber soweit er mitbekommen hatte, war die Kriminalpsychologin immer wieder hautnah mit großen Fällen beschäftigt und blieb keineswegs gemütlich in ihrem Schreibtischsessel sitzen. Sie machte sich selbst auf den Weg – zusammen mit diesem dürren Köter an ihrer Seite.

Piet hatte im Laufe seiner Karriere bereits mehrfach aufgegeben und sich zumindest innerlich verabschiedet. Mal war der Polizeiapparat im entscheidenden Moment überfordert gewesen, und sie mussten Gewalttäter wieder laufen lassen, mal hatte er den Stress nicht ertragen können, oder er hatte schlicht danebengelegen. Als Dienststellenleiter machte er keine schlechte Figur, aber wenn er noch einmal vor der Situation stünde, sich für einen Beruf entscheiden zu müssen, würde er eine andere Wahl treffen. Seine erste Ehe war gescheitert, die zweite stand auf der Kippe, zu seinen Kindern hatte er kaum Kontakt. Ob es besser um seine Beziehungen stünde, wenn er Gärtner oder Elektriker geworden wäre, würde er spontan bejahen.

Das kleine Bistro war gut besucht – ein junger Typ stand alleine hinter dem Tresen, in der Küche arbeitete eine ältere Frau. Piet schoss diverse Fotos, setzte sich eine Weile später zu einem zweiten, ausgedehnten Frühstück an einen kleinen Tisch am Fenster und hätte es glatt zu einem seiner Lieblingslokale erkoren, wenn er nichts über die Hintergründe wüsste. Am späten Mittag sollte ihn eigentlich ein Kollege ablösen, doch der war zu einem Einsatz im Rahmen häuslicher Gewalt gerufen worden. Das konnte dauern. Piet fluchte, dann bekam er mit, dass Mantor eingetroffen war und Ware auslud; wenig später verabschiedete sich der junge Typ. Das war eine gute Gelegenheit, sich noch einmal ins Bistro zu setzen und den Kuchen zu probieren. Mantor wirkte unauffällig, freundlich, aufmerksam. Kaum vorstellbar, dass … Traue keiner noch so harmlosen Miene; das Gleiche galt für angeblich gefährlich oder auffällig wirkende Gesichter, die sogenannte Verbrechervisage existierte nicht.

Mantor servierte ihm einen Streuselkuchen mit Obst und zog sich dann mit einem freundlichen Nicken zurück. Er telefonierte mehrfach, und während Piet darüber nachgrübelte, ob die Verdachtsmomente inzwischen ausreichten, seine Mobilfunkdaten zu überwachen, betrat ein junger, bärtiger Mann mit halblangem Haar den Laden. Er bestellte Kaffee und Kuchen und setzte sich an einen Fensterplatz, etliche Tische von Piet entfernt. Er genoss seinen Kuchen, sah auf die Straße und vertiefte sich zwischenzeitlich immer wieder in eine Zeitung.

Piet wollte gerade aufstehen, als sein Blick auf die Schlagzeile der Zeitung fiel. Er stutzte. Wenn ihn nicht alles täuschte, war die Ausgabe alles andere als aktuell. Er zog sein Smartphone aus der Tasche. Augenblicke später war klar, dass der Bärtige eine Zeitung las, die mehrere Tage alt war. Na und? Piet blieb sitzen. Er strich sich über den Nacken, führte die Tasse, die längst leer war, immer wieder zum Mund und wartete ab.

Mantor kam aus der Küche nach vorne, stellte eine Platte mit

Törtchen ab, trank einen Schluck Wasser und verschwand wieder im hinteren Bereich. Der Bärtige erhob sich abrupt, legte seine Jacke über den Arm und schlenderte Richtung Tresen, als wollte er noch einen Blick auf die Leckereien werfen. Plötzlich streckte er eine Hand aus, schnappte sich das Glas, aus dem Mantor getrunken hatte, und schlüpfte blitzschnell zur Tür hinaus.

Piet blieb der Mund offen stehen. Er zögerte einen Moment, dann erhob er sich und legte einen Schein auf den Tresen. Als er den Türgriff in der Hand hatte, blickte Mantor um die Ecke. Piet nickte ihm zu, dann sah er die Straße hinunter. Der Bärtige lief zweihundert Meter vor ihm, und er hatte es eilig. Piet war nicht besonders in Form, aber solange er keine Sprints einlegte und sich alle drei Meter umsah, müsste es ihm gelingen, unbemerkt dranzubleiben. An der Lübecker Straße bog der Bärtige zum Hafen ab; sein Wagen stand hinter einer Baustelle. Piet aktivierte die Kamera in seinem Smartphone.

25

Sarah hatte sich entschlossen, an diesem Morgen nicht ins Kommissariat nach Rønne zu fahren, sondern auf eigene Faust eine Tour quer über die Insel zu unternehmen und nach abgelegenen Häusern Ausschau zu halten. Yvonne war entführt und über Stunden misshandelt worden. Eine Befragung unter Folter ließ sich aber nicht in irgendeiner Unterkunft durchführen, auch nicht im Winter auf Bornholm. Keine neue Erkenntnis. Die Täter benötigten Abgeschiedenheit, und natürlich hatte weder Mantor noch jemand aus seinem Umfeld unter seinem eigenen Namen etwas angemietet. Auch das war altbekannt. Weitere Nachforschungen hatten bislang keine Ergebnisse gebracht und wurden erheblich durch den Umstand erschwert, dass die Gruppe sich sehr wahrscheinlich seit geraumer Zeit regelmäßig auf Bornholm aufhielt, was eine zeitliche Eingrenzung erschwerte.

»Zu diesem Punkt müssen wir uns keine großartigen Gedanken machen, denn spätestens am 28. erfahren wir mehr«, hatte Bentsen achselzuckend bemerkt.

Aber nur, falls es uns gelingt, die Bunkeranlage unbemerkt zu überwachen und der Gruppe zu folgen, die dann auch tatsächlich denselben Unterschlupf benutzte wie Yvonnes Mörder. Und genau davon war Sarah keineswegs überzeugt. Diese Leute agierten überaus umsichtig und vorausschauend und überließen nichts dem Zufall. Natürlich war ihnen klar, dass die Polizei nach einem solchen Mord länderübergreifend ermittelte; sie dürften auch mitbekommen haben, dass es einen zweiten Leichenfund gegeben hatte, und mussten davon ausgehen, dass die Ermittler in einigen Punkten eins und eins zusammengezählt hatten. Kurzum: Sie würden noch vorsichtiger werden. Auch eine Absage oder ein kurzfristiges Verschieben der Reise war nicht auszuschließen. Zudem war es eine Sache, den Besuch der NAD-Frau an der Bunkeranlage intern und in bestimmten Kreisen zu nutzen, aber eine ganz andere, den Unterschlupf aufzusuchen, in dem kurze Zeit zuvor ein brutaler Mord verübt worden war. Warum sollten sie das unnötige Risiko eingehen, die Polizei auf diese Spur zu bringen und eine Politikerin in einen derartigen Zusammenhang zu stellen? Außerdem war völlig unklar, wer am 28. Dezember mit von der Partie sein würde. Doch in dieser Sache war Bentsen bei seiner Meinung geblieben, hatte aber auch nichts dagegen gehabt, dass sie sich allein auf den Weg machte.

Im Laufe des Morgens war sie an mehreren abgelegenen Grundstücken vorbeigefahren – ein Reitstall mit Wohngebäude, zwei Höfe, eine Obstplantage sowie eine Werkstatt für landwirtschaftliche Maschinen –, ohne etwas Auffälliges entdeckt zu haben. Wenn sich Leute blicken ließen, hatte Sarah sie in einem bunten Sprachgemisch befragt, aber niemandem war etwas Besonderes aufgefallen oder hatte Mantor, Lohfeld oder Nicole Kerber anhand von Fotos erkannt.

Hannah rief an, als Sarah gerade ihr Gespräch mit einem älteren Mann beendet hatte und in ihr Auto gestiegen war, um in Richtung Ostküste aufzubrechen.

»Ich schicke dir mal ein paar Fotos. Sieh sie dir in Ruhe an. Dann reden wir.«

»Alles klar.«

Sarah wartete einen Moment und war nicht zum ersten Mal über den beneidenswert schnellen Upload der Bilder verblüfft. Die Fotos zeigten einen jungen bärtigen Mann, der in … Ihre Augen weiteten sich. Das war Frederik, der in Rostock unterwegs war und gerade in seinen Wagen stieg. Er sah mit Perücke und Bart deutlich verändert aus, aber es handelte sich um sein Auto, und in der Vergrößerung konnte Sarah ihn mühelos identifizieren.

Sie hob das Smartphone ans Ohr. »Was ist passiert?«, fragte sie zögernd.

»Das frage ich dich.« Hannahs Stimme klang ein wenig kühl. »Er ist einem Kollegen aufgefallen, der das Bistro beobachtet hat und ihm dann folgte.«

Scheiße, dachte Sarah.

»Du kennst den Kollegen sogar – dein ehemaliger Chef Piet Meinhold.«

Sarah biss sich auf die Unterlippe. Seit wann übernimmt Piet Observierungsaufgaben? Die Frage behielt sie für sich.

»Mantors Bistro wird überwacht, nicht rund um die Uhr, dafür reicht der Verdacht nicht aus, aber immerhin sporadisch. Und ich konnte Meinhold überzeugen, sich zu engagieren. Das war gar nicht so einfach.«

»Kann ich mir vorstellen.«

»Wenn wir nun auch noch anfangen, uns gegenseitig den Job schwerzumachen, können wir es gleich lassen. Das ist das eine. Das andere: Thomsen hat sich nicht sonderlich geschickt angestellt, als er dem Bistro einen Besuch abstattete und ein Glas mitnahm, aus dem Mantor getrunken hatte.«

»Hannah, die Haare an der Decke …«

»Ich weiß! Aber wir können eine DNA-Übereinstimmung nicht verwenden, wenn wir so dämlich tricksen.«

»Ich hätte so gerne Gewissheit.«

»Und dafür lohnt ein solches Risiko? Hast du, habt ihr vergessen, wozu diese Leute fähig sind?«

»Umgekehrt wird ein Schuh daraus«, wandte Sarah ein. »Sie sind zu allem fähig, und wir müssen …«

»Ein paar Grenzen überschreiten?«

Sarah schwieg.

»Das ist sehr gefährlich.«

»Ich weiß.«

»Und das Fatale ist: Falls sich keine Übereinstimmung ergibt, bedeutet das noch gar nichts.«

»Das ist mir auch klar.«

Erneute Pause. »Bewahrt das Glas gut auf«, fuhr Hannah schließlich fort. »Vielleicht können wir es zu einem anderen Zeitpunkt verwenden.«

Sarah atmete tief durch. »Und was wirst du Meinhold sagen?«

»Das lass meine Sorge sein. Und noch was: Thomsen sollte bei derlei Aktionen sorgfältiger vorgehen. Wenn er schon den unauffälligen Bistrobesucher spielt, der in einer Zeitung blättert, sollte sie aktuell sein. Richte ihm das aus.«

Sarah schluckte. »Mach ich.«

»Gut. Hast du mir sonst noch was zu sagen?«

»Wie meinst du das?«

»Das weißt du ganz genau. Wo war Thomsen noch?«

»Ich habe keine Ahnung.«

Sarah hörte, dass Hannah tief durchatmete. »Falls du mich anlügst, kann ich nur hoffen, dass es sich lohnt.«

Es ist besser, wenn du nicht alles weißt, dachte Sarah und verabschiedete sich. Sie legte das Smartphone zur Seite. Als sie den Motor startete und vom Hof fuhr, sah sie im Rückspiegel den Mann, mit dem sie gerade gesprochen hatte. Er stand im Schatten der Torausfahrt und starrte ihr hinterher. Hinter der nächsten Kurve aktivierte sie ihr Headset und rief Bentsen an. »Könnt ihr mal einen Hof beziehungsweise eine Werkstatt überprüfen?« Sie gab die Adresse durch.

»Warum?«

Es ist so ein Gefühl, dachte Sarah, aber sie wusste, wie das klang.
»Der Mann war durchaus gesprächsbereit, aber ...«

»Ja?«

Sie schob eine Haarsträhne zurück.

»So eine Idé?«

Das hieß auf Deutsch so viel wie Ahnung und traf es eigentlich ganz gut. »Ja.«

»Na schön. Lass uns eine Stunde Zeit.«

Bentsen meldete sich eine gute Stunde später. »Johan Moeller, Mitte vierzig, ihm gehört der Hof in dritter Generation. Es lag nie etwas gegen ihn vor. Er repariert landwirtschaftliche Maschinen, baut ein bisschen Gemüse an und so weiter.«

»Lebt er dort allein?«

»Ja. Er ist geschieden.«

»Finanzen?«

»Unauffällig – auf den ersten Blick. Er verdient nicht viel, zahlt einen Kredit ab, den er vor ein paar Jahren für Renovierungsmaßnahmen aufgenommen hat.«

»Engagiert er sich politisch?«

»Keine Ahnung. Wie gesagt – es lag nie etwas vor.« Kurzes Zögern. »Und du kannst nicht sagen, was dich stutzig macht?«

Er hat mir seltsam intensiv nachgestarrt, dachte sie. Das kann ich kaum laut sagen. Es ist lächerlich. »Nichts Bestimmtes, abgesehen davon, dass der Hof ideal liegt und außer ihm niemand dort lebt.«

Leises Räuspern. »Ich lasse ihn genauer überprüfen. Wie sagt ihr Deutschen manchmal – sicher ist sicher?«

Sarah lächelte. »Genau.«

»Übrigens – weißt du, was ich an Stelle der Täter gemacht hätte, um mich in Ruhe und unbemerkt mit meinem Opfer zu beschäftigen?«

»Nein.«

»Ich hätte sie auf ein Boot geschafft.«

Sarah war verblüfft.

»Auch nur so eine Idé. Lasse ich auch prüfen. Allerdings mache ich mir keine großen Hoffnungen.«

Später kochte Sarah eine Kleinigkeit. Als sie ins Bett ging, teilte Frederik ihr in einer SMS mit, dass er am nächsten Vormittag die Fähre von Sassnitz nehmen würde. Ihr Herz machte einen Sprung.

Mantor war in seine Stammkneipe gefahren. Der Anruf vom Beschatter erreichte ihn wie vereinbart auf dem Festnetz des Lokals, und er zog sich zum Telefonieren in den leeren Billardraum zurück. Die Tür schloss er hinter sich ab. »Was ist so dringend?«

»Die Pirohl-Tochter.«

Nicht schon wieder, dachte Mantor.

»Sie unterstützt die Polizei nicht nur als Zeugin. Sie ermittelt.«

Er atmete scharf ein. »Geht das etwas konkreter?«

»Unser Mann berichtet, dass sie Höfe abklappert und Fotos herumzeigt.«

»Fotos von wem?«

»Zum Beispiel von dir.«

Mantor ließ den Hörer kurz sinken. »Von wem noch?«

»Kann er nicht sagen.«

Eiskalte Wut stieg in Mantor auf. Die Schnüffler waren deutlich dichter herangerückt, als er es für möglich gehalten hätte. Und Auslöser war womöglich ausgerechnet eine Pirohl? Was für eine bescheuerte Situation! Er starrte auf den Billardtisch. Wie viel wussten sie? Zu viel, eindeutig. Andererseits aber nicht so viel, dass es zum Handeln gereicht hätte. Wie sehr dieser Staat sich doch immer wieder selbst ein Bein stellte. Es war lächerlich. Aber das war im Moment ganz und gar nicht das Problem. Darüber würden sich zu gegebener Zeit andere Leute Gedanken machen. Wir müssen in Erfahrung bringen, wie viel sie wissen, aber eine überhastete Aktion verbot sich von selbst.

»Bist du noch dran?«, fragte der Beschatter.

»Ja. Behalte sie weiterhin im Blick. Ich denke darüber nach.«

»Okay.«

»Sorg dafür, dass es keinerlei Spuren auf dem Hof gibt.«

»Ist doch längst geschehen.«

»Und der Wagen von unserem toten Kameraden?«

Kurze Pause. »Darum habe ich mich schon gekümmert.«

Mantor legte auf, ohne eine Antwort abzuwarten.

Fünf Minuten später hinterließ er eine Nachricht in der Kanzlei und rief Pirohl kurz darauf auf seinem Prepaidhandy an. »Deine Tochter beginnt allmählich, mir auf die Nerven zu gehen.«

»Was?«

»Sie spielt die Inselpolizistin.«

»Ach, Unsinn. Sie hat mit dem Beruf abgeschlossen, das habe ich doch …«

»Ich würde kaum Kontakt aufnehmen, wenn ich nicht sicher wäre.«

Nachdenkliches Schweigen. »Sie kannte diese Frau«, erklärte er dann. »Die beiden haben zusammen studiert.«

»Erzähl mir etwas, das ich noch nicht weiß.«

»Sogar ich habe sie mal kennengelernt. Was ist …«

»Lassen wir das, Pirohl. Stell keine blöden Fragen. Du machst deinen Job, ich meinen.«

»Das tue ich. Aber was genau erwartest du jetzt von mir?«

»Bring in Erfahrung, wie der Ermittlungsstand ist«, sagte Mantor in scharfem Ton. »Sorg dafür, dass deine Tochter zu Weihnachten nach Hause kommt und ein bisschen plaudert. So was in der Art wäre hilfreich. Was genau weiß die Kleine eigentlich? Gibt es mal wieder ein Leck bei dir?«

»Hier gibt es kein Leck. Meine Tochter hat nicht die geringste Vorstellung …«

»Da sei dir bloß nicht zu sicher. Wann hast du eigentlich zum letzten Mal mit ihr geredet?«

»Das tut hier gar nichts …«

»Vielleicht tut es eine ganze Menge zur Sache. Meine Güte, Pirohl, halt deinen Laden sauber, so wie es dein Vater getan hat.«

»Den hast du doch gar nicht mehr gekannt.«

»Sein Ruf hallt immer noch nach. Und das eine hat mit dem anderen herzlich wenig zu tun.« Mantor hielt inne. Es war kein guter Zeitpunkt, auszuteilen und damit zusätzlich Sand ins Getriebe zu streuen. Pirohl war ein Meister im Knüpfen von wichtigen Kontakten und Rekrutieren von Unterstützern, und wenn er Geldquellen umleitete, fand niemand eine Spur. Darin war er womöglich noch begabter als sein Vater. Der hatte über andere Qualitäten verfügt. Führungsqualitäten.

»Vergiss es«, schob Mantor nach kurzer Pause nach. »Sie haben nichts, sonst hätten die mich längst zum Gespräch gebeten. Aber fest steht, dass sie intensiv herumschnüffeln, und ich will wissen, was Sache ist.«

»Natürlich. Ich rede mit ihr.«

»Und noch was, was die meisten Väter interessieren dürfte. Einen Lover hat sie auf der Insel auch schon gefunden. Deine Tochter scheint sich da ziemlich heimisch zu fühlen.«

»Stell dir vor, das weiß ich schon.«

»Ach?«

»Ich habe sogar einen Namen – Christian Pedersen.«

»Du erstaunst mich immer wieder. Und woher genau weißt du das?«

»Der Typ hatte in der Hauptstadt zu tun und war so freundlich, im Auftrag meiner Tochter ein Weihnachtsgeschenk für ihre Groß-

mutter im Seniorenheim abzugeben. Darüber bin ich diskret informiert worden.«

Mantor stutzte.

»Ein üppiger Blumenstrauß, sehr geschmackvoll.«

»Gibt es noch mehr zu diesem Pedersen?«

»Mitte dreißig, spricht gutes Deutsch.«

»Ein Foto gibt es zufälligerweise nicht? Die haben doch sicherlich
Überwachungskameras in dem schicken Laden.«

»Da müsste ich nachfragen. Ich melde mich morgen.«

»Heute, Pirohl, erledige das heute.«

»Es ist spät und …«

»Umso besser. Kümmere dich gleich darum. Dir wird schon was
einfallen, da bin ich ganz sicher. Ich rufe in zwei Stunden wieder an.
Bevor ich es vergesse – was ist mit deinem Kompagnon? Alles auf
Reihe?«

»Wie besprochen. Er ist am 28. und auch im Januar mit von der
Partie. Meinst du nicht auch, dass du langsam mal deutlicher werden könntest. Wie genau soll das alles ablaufen?«

Mantor lächelte. »Dein Partner wird zusätzliche Aufgaben wahr-
nehmen, während du dich nur noch um die Kanzlei kümmerst und
deinen Unijob an den Nagel hängst. Genauer musst du es gar nicht
wissen. Es gibt genug anderes zu tun, das unsere komplette Aufmerksamkeit erfordert.«

Darauf erwiderte der Anwalt nichts, und ein weiteres Telefonat
war nicht nötig. Pirohl mailte ihm kurz vor Ablauf der Frist das ver-
schwommene Bild von einer Überwachungskamera. Die Gesichtszüge waren nicht besonders gut zu erkennen, dennoch wurde Mantor stutzig. Nicht ausgeschlossen, dass ihm der Mann schon einmal
über den Weg gelaufen war.

Bei der Suche im Netz entdeckte er schließlich einen dänischen
Dozenten unter diesem Namen, der allerdings zehn Jahre älter war

und nur wenig Ähnlichkeit mit dem Mann an der Rezeption aufwies. Wahrscheinlich handelte es sich um einen Allerweltsnamen oder eine Fälschung. Die Sache ließ ihm keine Ruhe. Er überprüfte die Aufzeichnungen der Bistro-Überwachung, die er zum letzten Mal zwei Wochen zuvor überspielt hatte. In den frühen Morgenstunden wurde er schließlich fündig und brauchte anschließend eine ganze Weile, bis die Erkenntnisse gesackt waren. Ein junger Däne besuchte unter falschem Namen Lotte Pirohl, tauchte darüber hinaus mehrfach in seinem Bistro auf und ließ schließlich ein Glas mitgehen. Die Staatsanwältin, dachte er. Es war ein Fehler gewesen, sie sterben zu lassen, bevor sie geredet hatte. Er war felsenfest davon überzeugt, dass sie dafür verantwortlich war, dass Hinweise auf ihn und die Aktivitäten der Gruppe durchgesickert waren.

Schließlich schrieb er dem Anwalt eine Nachricht und forderte ihn auf, zu seiner Mutter zu fahren und Einzelheiten über Pedersens Besuch herauszufinden. Sofern er wusste, bekam sie kein Wort mehr heraus, das über unverständliches Krächzen hinausging. Was also hatte Pedersen dort gewollt? Herumschnüffeln. Mantor nickte. Vielleicht hat er nach einem Tagebuch gesucht, nach Briefen, Fotoalben, Hinweisen zum alten Pirohl. Aber die hatte der Sohn längst aussortiert.

Als Nächstes begann Mantor mit den Vorbereitungen für ein Treffen mit Schiefer. Er musste umfassend informiert werden, und zwar persönlich und so schnell wie möglich. Die alles entscheidende Frage war, ob der Plan – wie vorgesehen – umgesetzt wurde oder aufgrund der aktuellen Entwicklungen angepasst werden sollte.

26

Kurz bevor Frederik in Hasle eintraf, hatte Sarah eine Weile auf der Frage herumgekaut, ob sie ihn erst über Hannahs Anruf in Kenntnis setzen sollte oder zunächst ins Bett zerrte. Es lief dann eher so, dass sie es gar nicht ins Bett schafften, sondern sofort auf der Couch landeten. Viel Gelegenheit zum Reden blieb nicht, auch später nicht, als sie dann weiter ins Schlafzimmer zogen. Es wurde schon dunkel, als Frederik zu kochen begann, und eine Weile später aßen sie vor dem Kamin. Er erzählte noch einmal ausführlich von seinem Besuch bei Lotte. Sarah bedauerte es, dass sie ihm die Stimmung verderben musste.

Sie legte ihr Smartphone auf den Tisch und schob es zu ihm hinüber. Er starrte gefühlt drei Minuten auf die Bilder und schwieg weitere fünf, nachdem Sarah ihm berichtet hatte, dass er beobachtet worden war.

»Du kannst von Glück sagen, dass es ein Kollege war, dem du aufgefallen bist.«

Frederik blies die Wangen auf. »Das ist …«

»So etwas passiert«, fiel Sarah ihm beschwichtigend ins Wort.

»So etwas darf nicht passieren.«

»Viel wichtiger ist, dass bei meiner Großmutter alles glatt gelaufen ist.«

Frederik verschränkte die Hände hinterm Nacken und schüttelte den Kopf. Er wirkte ziemlich verstört, und die Sache mit der alten Zeitung nahm ihn beträchtlich mit.

»Läuft die Übertragung gut?«, fragte Sarah schließlich.

Er nickte. »Marvin leitet die Aufzeichnungen weiter. Das heißt, dass wir nicht in Echtzeit auf dem Laufenden sind, aber das lässt sich nicht ändern. Lieber kein Risiko.« Er räusperte sich. »Gibt es hier was Neues?«

»Nichts Spektakuläres.« Sie erzählte ihm von Johan Moellers Hof, und sie beschlossen, die Gegend am nächsten Tag gemeinsam zu erkunden. Frederik nahm sich eine Zigarette und ging vor die Hütte. Als er einige Minuten später nicht zurückkehrte, folgte sie ihm nach draußen. Er saß auf der Terrasse und starrte in die Dunkelheit. Sie lehnte den Kopf an seine Schulter. Minutenlang schwiegen sie.

»Es ist so schön hier«, sagte er schließlich leise. »Meine Mutter hat die Insel geliebt. Ich auch. Und jetzt …«

»Was ist jetzt?«

»Einige miese Menschen können alles kaputtmachen.«

»Das lassen wir nicht zu.«

Er legte den Arm um sie und drückte sie fest an sich.

»Lass uns ins Bett gehen.«

»Schon wieder?« Sein Grübchen vertiefte sich.

»Man kann dort auch einfach nur schlafen.«

Sie kehrten ins Haus zurück, Frederik schloss mehrfach um und kontrollierte sämtliche Fenster, bevor sie ins Bett gingen. Sarah genoss sein behutsames Streicheln, das leise Seufzen, den Geruch, den er ausströmte. Er flüsterte etwas auf Dänisch, das sie nicht verstand, und schlief schließlich ein.

Den nächsten Tag verbrachten sie im Norden der Insel und klapperten zwischen Rønne, Allinge und Bølshavn kleine Ansiedlungen und Gehöfte ab. Es war ein kalter, aber klarer Tag; die Sonne übergoss die Insel mit einem warmen, versöhnlichen Rotton. Die Umgebung des Hofes von Johan Moeller erkundeten sie auf einem langen Spaziergang. Es war still und friedlich.

»Sehr einsam«, sagte Frederik. »Hier hat man seine Ruhe. Wollen wir etwas näher heran?«

»Der Typ kennt mich«, wandte Sarah ein.

»Nur ein bisschen näher. Er muss uns gar nicht sehen.«

Die Hofanlage war nur von der Toreinfahrtsseite einsehbar, wie sie wenige Minuten später aus sicherer Entfernung im Schutz einer Baumgruppe feststellten. Frederik blickte durch sein Fernglas. »Das Tor sieht ziemlich neu aus«, meinte er und reichte es Sarah.

»Er hat Sanierungsarbeiten durchgeführt. Dafür hat er sogar einen Kredit aufgenommen.«

Frederik wiegte den Kopf. »Das Tor ist sehr robust, ebenso das Gemäuer, das den Innenhof abschirmt …« Er runzelte die Stirn. »Wirkt ähnlich abgeschottet wie das Haus in Rostock, in dem sich das Bistro befindet – wehrhaft wie eine kleine Burg.«

»Darüber sollten wir mit Bentsen sprechen.«

»Gute Idee.« Frederik griff nach seinem Smartphone. »Aber es kann nicht schaden, wenn Marvin noch ein bisschen recherchiert, auf seine Art, auch wenn er nicht begeistert sein wird, dass ich ihn schon wieder einbinde.«

Nach allem, was Sarah mitbekam, war Marvin überhaupt nicht begeistert, ganz im Gegenteil, zumal er seinen freien Tag hatte. Er ließ sich aber schließlich überreden, Moeller abzuklopfen. Am frühen Abend, keine halbe Stunde, nachdem sie nach Hasle zurückgekehrt waren, meldete er sich. Frederik aktivierte den Lautsprecher.

»Politisch ist der Typ nicht unterwegs oder so versteckt, dass ich ihn nicht entdecken kann. Halte ich aber eher für unwahrscheinlich«, meinte Marvin.

Ich auch, dachte Sarah.

»An seiner Exfrau lässt er allerdings kein gutes Haar. In verschiedenen sozialen Netzwerken ätzt er gegen sie – soweit mein dänisches Übersetzungsprogramm es einigermaßen korrekt wiedergibt.

Anfänglich gab es auch Kommentare von ihr. Die lassen darauf schließen, dass sie ihn wegen körperlicher Gewalt und merkwürdiger Freunde verlassen hat.«

»Das klingt interessant«, murmelte Frederik. »Sag mal, an seine Bankdaten …«

»Vergiss es. Selbst wenn ich könnte, an der Stelle bin ich raus. Hast du vergessen, dass ich meine Brötchen als Anwalt verdiene?«

»Natürlich nicht.«

»Dann dürfte dir klar sein, dass ich hier meine Existenz riskiere.«

Das reicht immer noch nicht, um Moeller zu vernehmen oder sich auf dem Hof umzusehen, dachte Sarah. Dennoch schrieb sie einen Kurzbericht für Hannah und Bentsen, ohne großartig auf die Quellen dieser Hinweise einzugehen.

Sie saßen beim Essen, als Marvin sich erneut meldete. »Es gibt ein interessantes Video. Die alte Dame hat Besuch bekommen.«

Sarah legte ihre Gabel beiseite, Beklommenheit stieg in ihr auf. Frederik warf ihr einen Blick zu. »Der Sohn?«

»Genau. Ich habe die Aufzeichnung ein bisschen bearbeitet und zu einem Clip zusammengeschnitten. Das macht es leichter für euch.«

»Danke.«

Das Video setzte mit einem flüchtigen Seitenblick von Lottchen ein, die am Tisch saß; die Kamera erfasste sie im Profil, einen Augenblick später erkannte Sarah ihren Vater, der sich zu seiner Mutter setzte. Er saß auf dem Stuhl, auf dem Sarah vor einiger Zeit gesessen hatte.

»Ich hoffe sehr, dass es dir gutgeht«, sagte er. Die Stimme klang etwas gedämpft. Frederik korrigierte die Lautstärke.

Lottchen verzog keine Miene.

»Vielleicht magst du mir mal ein kleines Zeichen geben, aus dem ich schließen kann, wie es dir geht?«

Das konnte oder wollte Lottchen aber offensichtlich nicht.

»Keine Antwort ist auch eine Antwort.« Sarahs Vater deutete ein Kopfschütteln an. »Nun, dann nicht. Das Spiel kenne ich ja schon.« Er wandte den Kopf. »Was für ein schöner Blumenstrauß, und das mitten im Winter. Du hattest Besuch?«

Winziges Zucken einer Augenbraue.

»Ich bin ja verblüfft. Sarah hat sich in den letzten Jahren kaum für dich interessiert, und plötzlich schickt sie ihren Freund vorbei? Nur weil der zufällig in der Gegend ist?«

Lottchen rührte sich nicht.

»Was wollte er?«

Blinzeln.

»Was hast du gesagt?« Sein Ton klang plötzlich hämisch. »Ich kann dich so schlecht verstehen.«

Sarah spürte, wie Übelkeit in ihr aufstieg. Du widerliches Arschloch!, dachte sie.

Ihr Vater griff über den Tisch nach ihren Händen, und Lottes Gesicht verwandelte sich plötzlich in eine schmerzverzerrte Grimasse. Sarah presste eine Hand vor den Mund. Die Kamera erfasste nicht, was genau ihr Vater machte, aber dazu gehörte auch nicht viel Phantasie. Er tat ihr weh. Wie konnte ich ihn derart falsch einschätzen? Ganz einfach – er ist mein Vater.

Er beugte den Kopf vor. »Weißt du eigentlich, wie sehr ich es genieße, dass du nicht mehr sprechen kannst und hier …« Er warf einen Blick durch den Raum, »… langsam verrottest? Inmitten dieser beschaulich luxuriösen Atmosphäre. Vater hätte es gutgeheißen, da bin ich mir sicher – Stil und Haltung, du erinnerst dich? Natürlich erinnerst du dich. Als er starb, kannte deine Erleichterung keine Grenzen mehr. Weißt du, wie erleichtert ich war und bin, dass du nun zum Schweigen verdammt bist? Keine Vorhaltungen und Einmischungen mehr, keine neuen Richtlinien, die du für nötig befindest, und ich entscheide, was hier, in der Familie und in der Kanzlei passiert. Das ist wunderbar. Und es ist einiges passiert, und es wird noch viel mehr geschehen. Du wirst dich wundern, sofern dir noch so viel Zeit bleibt. Auf der einen Seite wäre es schön, deine Reaktion zu erleben, dein Entsetzen zu spüren, auf der anderen … Ist ja auch egal.«

Ihr Vater zog die Hände zurück und seufzte. »Es ist aber andererseits auch schade, dass du so gar nichts mehr von dir geben kannst. Ich hätte zu gerne gewusst, was dieser Typ hier wollte.«

Er stand plötzlich auf, kam mit der Blumenvase zurück, durchwühlte den Strauß und stellte ihn schließlich zur Seite. »Aber vielleicht ist es ja auch ganz harmlos. Ein Weihnachtsgruß von Sarah. Wie reizend! Nun, ich werde es so oder so herausfinden, da kannst du sicher sein – Mutter.« Das klang gehässig.

Sekunden später brach er auf, und das Bild wurde dunkel.

Sarah konnte nicht abschätzen, wie lange sie ins Leere geblickt hatte, als Frederik plötzlich aufstand und zwei Gläser Wein eingoss. Sie tranken schweigend.

Ich schäme mich, dachte sie, ich bin voller Entsetzen, und zugleich frage ich mich, wie das sein kann. Habe ich so viel übersehen? Nicht wahrhaben wollen? Diese Frage stand nicht zum ersten Mal im Raum. Was ist mit meiner Mutter? Sie suchte Frederiks Blick. »Du hast mich immer wieder überprüft, nicht wahr?«

»Ja. Auf der Suche nach …«

Sie winkte ab. »Das weiß ich doch, aber was ist mit meiner Mutter?«

Er zuckte mit den Achseln. »Sie betreibt ihr Sportstudio und hat mit der Kanzlei nichts zu tun.«

»Sicher?«

»So sicher man sein kann, wenn man gründlich nachforscht.«

»Aber sie muss doch etwas ahnen!«

»Warum? Dein Vater betreibt die Kanzlei, ist ein angesehener Dozent, der Familie geht es gut …« Er hob beide Hände.

Sie fixierte ihn. »Willst du darauf hinaus, dass ich ja auch nichts gemerkt habe.«

»Nun …«

»Aber sie ist seine Frau!«, warf Sarah ein. »Die kennen sich seit Jahrzehnten, und selbst wenn sie mit der Kanzlei kaum etwas zu tun hatte – sie kannte meinen Großvater, und die Konflikte zwischen meinem Vater und seiner Mutter können ihr doch nicht gänzlich verborgen geblieben sein.«

Frederik stellte sein Glas ab und ergriff ihre Hände. »Er hat es geschickt verborgen, und sie wollte es vielleicht nicht sehen. Oder sie denkt sich ihren Teil, kümmert sich aber nicht darum.«

Sie hielt seinen Blick fest.

»Ich weiß nicht, was da vorgeht, Sarah. Ich kann nur vermuten. Und ich bin natürlich voreingenommen.«

»Mein Vater ist ein Schwein, der seine eigene Mutter …« Sarah wandte das Gesicht rasch zur Seite, atmete zweimal tief durch, dann blickte sie ihn wieder an. »Wenn alle Stricke reißen, sorge ich dafür, dass wenigstens das …«

Er zog sie an sich. »Psst. Vergiss das jetzt.«

»Das kann ich nicht.«

»Lass uns lieber überlegen, was wir aus dem Video schließen können.«

Sarah rückte etwas ab und sah ihn forschend an. »Was gibt es denn da noch zu überlegen?«

»Ich meine, über sein widerliches Verhalten deiner Großmutter gegenüber hinaus. Was geht in ihm vor?«

Sie kreuzte die Beine zum Schneidersitz. »Er ist misstrauisch, er ahnt oder befürchtet, dass etwas im Gange ist. Er wirkt irgendwie … wütend. So kenne ich ihn gar nicht. Erbost. Sie bietet ihm schon wieder die Stirn.«

Frederik nickte. »Und weiter?«

»Er kündigt so etwas wie eine Überraschung an, über die sich meine Großmutter wundern wird – und wahrscheinlich nicht nur sie. Er drückt es sogar so aus, dass sie entsetzt sein würde«, fügte Sarah nach kurzem Überlegen hinzu. »Das darf man wohl als Drohung auffassen.«

»Aber was genau steckt dahinter? Wie lautet der Plan? Sie töten die Brüder, die als Gefährder gelten – und dann?«

»Werden sie in einem anonymen Bekennerschreiben behaupten, dass sie einem Anschlag zuvorgekommen sind«, fuhr Sarah fort. »Das zumindest halten die Verfassungsschützer für ein vorstellbares Szenario. Es wird ein großes, vielstimmiges Echo geben, angefeuert durch entsprechende Stellungnahmen, Verlautbarungen, Andeutungen, Lügen, Hetze und so weiter, das ganze Programm. Es werden sich die Leute angesprochen fühlen, die lieber heute als morgen den neuen, alten Aufbruch erleben möchten.«

»Und darum müssen es Flüchtlinge sein, die als Gefährder eingestuft sind?«

Sarah nickte. »Vor diesem Hintergrund lässt sich doch perfekt agitieren – aus deren Sicht.«

»Also müssen wir jetzt nichts anderes tun, als die Gefährder zu schützen und darauf zu hoffen, die Täter rechtzeitig zu schnappen?«

»Richtig, und das klingt gut – sofern die Kollegen rechtzeitig eingreifen, ohne dass sie etwas davon mitkriegen, und wir ihnen etwas nachweisen können.«

Frederik setzte ein nachdenkliches Gesicht auf.

»Was ist?«

»Es wird die Stimmung trotzdem beeinflussen. Selbst wenn man sie schnappt – sie werden zu Helden, und zwar nicht nur für einige wenige, die in dem Zusammenhang immer klatschen, oder die üblichen Verdächtigen. So etwas kann richtig überschwappen.«

Sarah starrte ihn entsetzt an. »Ich glaube, ich habe genug für heute. Das klingt einfach nur scheußlich.«

»Du hast recht. Wir sollten das Thema jetzt beenden und ins Bett gehen.«

Sarah war im Begriff aufzustehen, als ihr Smartphone klingelte. Sie blickte aufs Display und wieder hoch zu Frederik. »Das ist mein Vater«, flüsterte sie. »Was mache ich jetzt?«

»Du gehst ran«, sagte er sofort. »Lass dir nichts anmerken. Ich wette, er will sich nur vergewissern, was mich angeht.«

»Ich kann jetzt nicht mit ihm sprechen«, erwiderte Sarah.

»Und ob du das kannst. Denk dran, ich habe mich als Christian Pedersen ausgegeben.«

Sie starrte ihn an, es klingelte noch zweimal, er nickte ihr zu, sie griff zum Handy und nahm den Anruf entgegen.

»Sarah. Ich hoffe, ich störe nicht.« Die Stimme ihres Vaters klang erfreut, warm, munter, wie immer. Das war verstörend normal.

»Hallo, ich … Nein, du störst nicht.« Sie wechselte mit dem Telefon ans andere Ohr. Ihre Hand zitterte, und ihre Stimme klang fremd, unsicher, aber Frederik hob einen Daumen und strich ihr über den Rücken. »Bei euch alles in Ordnung?«

»Na klar. Alle gesund und munter. Und bei dir? Bornholm im Winter bekommt dir immer noch gut?«

Sie malte sich aus, wie er am Fenster stand und forschend hinausblickte, während er auf ihre Antwort wartete und zugleich einzuschätzen versuchte, was sie bewegte, wonach sie auf der Insel suchte. Sie machte sich klar, dass dieser Mann ein Leben geführt hatte, von dem sie nicht das Geringste geahnt hatte. Sie war die Tochter eines Mannes, der zu einer Gruppe von Rechtsextremisten gehörte und mit seiner Kanzlei den finanziellen Background organisierte, wie es sein Vater vor ihm getan hatte.

»Sarah? Bist du noch dran?«

»Ja. Es geht mir gut.«

»Du klingst etwas bedrückt.«

»Das bin ich auch. Du hast vielleicht von dem Mordfall gehört, der hier gerade hohe Wellen schlägt.«

»Natürlich.«

»Das Opfer ist eine ehemalige Kommilitonin von mir.«

»Das ist ja schrecklich.«

»Ja. Ich habe mich spontan entschlossen, die Polizeiarbeit zu unterstützen. Sie können eine deutsche Beamtin ganz gut gebrauchen. Ich koordiniere die Zusammenarbeit mit den deutschen Behörden.«

»Ich verstehe. Hoffentlich findet ihr den Täter bald. Gibt es denn schon Ergebnisse?«

»Leider nicht.« Sie presste die Kiefer aufeinander. »Das Ganze wird sich wohl noch eine Weile hinziehen.«

»Du darfst über Einzelheiten nicht sprechen, stimmt's?«

»Das darf ich natürlich nicht, aber es gibt tatsächlich keine Fortschritte bei den Ermittlungen«, erklärte sie ruhig. »Geschweige denn Verdächtige. Aber wir bleiben dran und gehen davon aus, dass es früher oder später eine Spur gibt.«

»Du klingst, als wärst du wieder mittendrin in der Polizeiarbeit. Wolltest du nicht ursprünglich …«

»Ja, ich wollte alles hinschmeißen«, fiel sie ihm ins Wort. »Und das habe ich ja auch. Aber eine grausam ermordete junge Frau, die ich persönlich kannte, hat einiges verändert – für den Moment jedenfalls.«

»Ich verstehe. Sarah, deine Mutter und ich hoffen aber, dich Weihnachten zu Hause begrüßen zu können.«

»Daraus wird wohl nichts.« Die Antwort kam sehr schnell und eine Spur zu energisch, das hörte sie selbst. »Tut mir wirklich leid«, fügte sie abschwächend hinzu.

»Das ist aber sehr, sehr schade …«

Frederik gab ihr ein Zeichen und wies auf sich.

»Ja, ich weiß, aber das wird mir gerade alles ein bisschen zu viel. Darüber hinaus … Nun, ich habe jemanden kennengelernt und werde ganz sicher nicht allein unterm Weihnachtsbaum sitzen.«

Leises Lachen. »Ach so ist das. Nun, dann hoffe ich, du stellst ihn uns bald mal vor.«

»Da findet sich bestimmt eine Möglichkeit.«

»Denk dran, deiner Großmutter eine Karte zu schicken.«

Danke für die Vorlage, dachte Sarah. »Längst geschehen. Mein Freund hatte in Berlin zu tun und war so nett, einen Blumenstrauß bei ihr abzugeben.«

»Der junge Mann hat Manieren. Gefällt mir.«

Wie schön, dachte sie zynisch. Sie schloss kurz die Augen. »Grüß Mama.«

»Das mache ich. Bis bald.«

Sie legte das Telefon beiseite. Für Augenblicke hörte sie nichts als das Knistern der Holzscheite und Frederiks leises Atmen.

27

Die Ermittlungen traten auf der Stelle. Die einzelnen Teams auf Bornholm sowie in Berlin und Rostock gingen vergleichsweise zügig und straff organisiert ihren Aufgaben nach, Rücksprachen und Updates funktionierten gut, alle Ermittlungsbeteiligten wussten, was zu tun war. Aber ein Durchbruch war nicht in Sicht, und alle befanden sich in abwartender Anspannung. Zumindest empfand Hannah es so. Die Befürchtung eines bevorstehenden Anschlags, zu dessen Ablauf viel zu wenig bekannt war, versetzte sie in höchste Unruhe. Und je mehr Zeit verging, ohne dass sich eindeutige, juristisch verwertbare Beweise gegen Mantor und seine Gruppe fanden, die deutlich über Indizien, Vermutungen und Thesen hinausgingen, desto unbehaglicher war ihr zumute.

Die beiden Brüder aus dem Irak wurden engmaschig überwacht – sie waren sogar in ein anderes Flüchtlingsheim verlegt worden. Auf dem Tempelhofer Feld war eine unauffällige Observierung besser zu organisieren. Wahrscheinlich hatte es noch nie zuvor Gefährder gegeben, die derart umfassend geschützt wurden und von denen zugleich die begründete Befürchtung ausging, dass sie selbst eine Gefahr darstellten. Hannah hatte eine Weile mit dem zuständigen Einsatzleiter telefoniert, und dieser Aspekt des Auftrages schien ihn besonders zu beschäftigen, wobei er eine Prise Zynismus nicht verbergen konnte.

Bei der ganzen Sache ist einiges nicht geheuer, dachte sie. Sarahs neueste Hinweise zu ihrem Vater klangen erschreckend. Dass die junge Kollegin nicht näher darauf eingehen wollte, woher sie ihre

Informationen bezogen hatte, machte es noch schwerer. An dieser Stelle ließ sie sich auch nicht beirren – weder durch Zureden noch durch Strenge.

»Es spielt keine Rolle, Hannah«, hatte Sarah betont, und ihre Stimme hatte matt geklungen. »Ich weiß es jetzt ganz genau. Er gehört zu ihnen, und das bezieht sich nicht nur auf das gekonnte Jonglieren mit Geldanlagen. Und das muss ich erst mal verdauen, was viel schwerer ist, als ich befürchtet hatte.«

Hannah verkniff sich den Einwand, dass sie mit eigenmächtigen Nachforschungen die Ermittlungen gefährdete, und falls sie an irgendeiner Stelle aufflog, konnte sie vielleicht nicht mehr rechtzeitig eingreifen und etwas glattbügeln – wie im Fall von Thomsen. Das wusste Sarah selbst nur allzu gut.

»Wie wäre es, wenn du über Weihnachten versuchst abzuschalten?«, schob Hannah schließlich hinterher. Das klang etwas lahm und beinahe wie ein mütterlicher Rat.

»Ist das dein Ernst?«

»Für den Tag an der Bunkeranlage ist alles vorbereitet, soweit ich informiert bin. Gönn dir etwas Ruhe.«

»Nun, wir behalten den Hof im Auge.«

»Zu Johan Moeller gibt es nichts, was ihn in einen Zusammenhang mit Mantor bringt.«

»Noch nicht.«

Hannah schwieg.

»Und du?«, fragte Sarah. »Entspannst du dich wenigstens über die Feiertage?«

»Ich versuche es.« Hannah lächelte. »Pass auf dich auf.«

»Du auch.«

Die Weihnachtstage waren ein Geschenk, das Hannah mit beiden Händen ergriff und rundum genoss. Henrik. Kino und Popcorn. Essen beim Inder. Spaziergänge an der Spree. Zärtlichkeit.

Sex. Lange Gespräche und Fachsimpeleien. Als er nach der zweiten gemeinsamen Nacht mit betretener Miene erklärte, dass er ihr ein Geständnis machen müsste, hielt sie kurz den Atem an und rechnete mit einer Reihe furchtbarer Bekenntnisse, zum Beispiel einer festen Freundin, diversen Kindern, mit allem Möglichen ...

»Ich war mal mit Sarah zusammen«, sagte er zerknirscht. »Nicht lange, es war eher ...«

Hannah lachte so laut auf, dass Kotti sie verwirrt anstarrte.

»Was gibt es denn da zu lachen?«

»So etwas fällt bei dir unter Geständnis? Glaub mir, da habe ich ganz andere Geschichten erlebt.« Sie lachte erneut. »Sarah ist eine junge, schöne und hochinteressante Frau, die im Übrigen aktuell mit einem dänischen Journalisten zusammen ist. Was gibt es da zu gestehen?«

»Wenn du das so locker siehst ...« Er lächelte.

»Das Einzige, worüber ich mir übrigens in dem Zusammenhang Gedanken mache, ist die Tatsache, dass Sarah meine Tochter sein könnte.«

Er verdrehte die Augen. »Die Sache mit dem Alter hat mich noch nie interessiert. Ich hab dich gesehen und ...« Er hob die Hände. »Es war um mich geschehen, und das weißt du auch.«

»Wie charmant!« Er ahnt nicht, dass mein fünfzigster Geburtstag nicht mehr so weit entfernt ist. Sollte ein solcher Gedanke im Moment überhaupt eine Rolle spielen? Eine wunderbar rhetorische Frage ...

»So bin ich nun mal.« Er zog sie an sich. »Lust auf Badewanne und Rotwein?«

»Du meinst, Rotwein in der Badewanne trinken?«

Er nickte. »Und was uns sonst noch so einfällt.«

Henrik hatte am Tag nach Weihnachten einen Einsatz. Bei einem Flugzeugabsturz in Südamerika waren Dutzende von Menschen ums Leben gekommen, und das Identifizierungsteam war angefordert worden. Sie fuhr ihn in aller Herrgottsfrühe zum Flughafen, verbrachte anschließend einen halben Tag träumend im Bett und gönnte Kotti in der zweiten Hälfte eine ausgedehnte Runde an der Spree.

Der nächste Tag war der Achtundzwanzigste. Sie saß ab acht Uhr in ihrem Büro – so wie alle Teammitglieder sich bereithielten. Die Bunkeranlage wurde weiträumig und verdeckt überwacht. Fast zwei Dutzend Beamte waren im Einsatz, verkleidet als Spaziergänger und Jogger, versteckt in dichtem Buschwerk oder warteten in abseits geparkten Fahrzeugen. Jede halbe Stunde meldeten sich die Bornholmer, und entweder Bentsen oder Sarah erstatteten Bericht. Die Anspannung war mit Händen zu greifen.

»Sie sind zu viert«, berichtete Sarah. »Gestern im Hotel in Rønne eingetroffen. Caroline Rothell mit ihrem Bruder, dazu Hagen Dietrich und Simone Kirber, eine Parteifrau. Sie laufen am Bunker entlang, unterhalten sich leise und starren ein paar Löcher in die Luft. Wirkt nicht gerade aufregend.«

Am frühen Nachmittag kehrte die Rothell-Gruppe nach Rønne zurück. Sie aßen dort, niemand verließ das Hotel, Aufbruch am nächsten Morgen zur Fähre Richtung Sassnitz.

Das war es?, dachte Hannah verblüfft. Sie ging davon aus, dass die Kollegen eine Möglichkeit gefunden hatten, Gespräche zu belauschen, aber offenbar war nicht das Geringste dabei herausgekommen, das für die Mordermittlungen und die Anschlagspläne hilfreich war. Wir haben nichts in der Hand, dachte sie. Dieses Datum und der angenommene Zusammenhang existierten nicht oder auf eine derart versteckte Weise, dass sie es nicht erkannten. Wenn es so weiterging, würde die Sonderkommission in Kürze aufgelöst. Der zuständige

Staatsanwalt hatte bereits signalisiert, dass die aktuelle Lage zeitnah überdacht und den Erfordernissen angepasst werden musste. Zeitnah bedeutete sehr wahrscheinlich, dass er noch die Klausurtagung am ersten Januarwochenende abwarten wollte. Anschließend würde man zwar weiterhin die Gefährder im Auge behalten, aber darüber hinaus jedes örtliche Team seinen Aufgaben überlassen.

Piet Meinhold machte sich am Samstag gegen Mitternacht hundemüde auf den Heimweg, nachdem er seinen abschließenden Bericht an alle beteiligten Dienststellen geschickt hatte. Er war zufrieden mit dem bisherigen Verlauf. Das Hotel, in dem die Parteiveranstaltung stattfand, war weiträumig gesichert worden. Beamte kontrollierten Straßen, Wege, Passanten, umliegende Geschäfte und Gebäude, im Hotel befand sich gutgeschultes Sicherheitspersonal. Eine kleinere Demo von NAD-Gegnern war umgeleitet worden. Alles verlief bislang in relativ normalen Bahnen, und es sah ganz danach aus, als ob es am morgigen Tag ähnlich unaufgeregt weitergehen würde. Im Saal wurden Reden geschwungen, draußen passten die Staatsdiener auf, dass jeder seine Meinung ungehindert äußern konnte, und darüber hinaus richtete der Staatsschutz sein Augenmerk auf alle möglichen Leute.

Piet schob eine Pizza in den Ofen und stellte sich unter die Dusche. Zwanzig Minuten später schaltete er den Fernseher ein und öffnete eine Flasche Bier; die Pizza verbreitete einen köstlichen Duft. Er nahm einen ersten Bissen, trank einen Schluck, schaltete die Programme durch und blieb an einem alten Western hängen, als das Telefon klingelte – sein Diensthandy.

Das glaube ich nicht, dachte er und biss ein zweites Mal ab. Das Klingeln hörte nicht auf. Er schob die Pizzaschachtel wütend beiseite und griff nach dem Handy. »Ich hoffe sehr, dass du dich verwählt hast«, blaffte er.

»Leider nicht.«

»Was ist los?«

»Die Kacke ist am Dampfen, das ist los«, entgegnete der Einsatz-leiter für die Nachtschicht. »Wir haben eine Leiche gefunden.«

Piet schüttelte den Kopf. »Könnt ihr das nicht allein regeln«, stöhnte er. »Ich bin seit ewigen Zeiten im Einsatz wegen die-ser ...«

»Es handelt sich um eine NAD-Politikerin.«

Piet riss die Augen auf. »Wie bitte? Sag nicht ... Caroline Rothell?«

»Genau die.«

»Scheiße. Was ist passiert?«

»Das wissen wir noch nicht. Klar ist bisher nur, dass sie brutal ermordet wurde. Besser, du machst dich auf den Weg.«

Das glaube ich nicht, dachte Piet. Nahm diese miese Geschichte denn nie ein Ende? »Wo habt ihr sie gefunden?«

»Am Thomas-Müntzer-Platz, vor dem Gustloff-Bunker.«

Das klang nach einem klaren Statement, dachte Piet perplex. Der Bau von Hochbunkern zum Schutz gegen Luftangriffe begann in Rostock 1940. Der Gustloff-Bunker war in Teilen erhalten geblieben und stand unter Denkmalschutz. Seinen Namen verdankte er dem einige Jahre zuvor in der Schweiz ermordeten Wilhelm Gustloff, der daraufhin zum Nazi-Märtyrer gekürt worden war. So viel wusste Piet noch aus dem Geschichtsunterricht. Der Ablageort der Leiche war alles, nur kein Zufall.

»Bist du noch dran, Chef?«

Piet schüttelte die Erstarrung ab. »Ich mache mich sofort auf den Weg. Wer ist bereits informiert?«

»Offiziell noch niemand – abgesehen von Technik, Rechtsmedi-zin und Einsatzbeamten natürlich –, aber Presse ist bereits vor Ort. Keine Ahnung, wie die immer gleich den Braten riechen.«

Fünf Minuten später raste Piet Richtung Thomas-Müntzer-Platz. Seine Müdigkeit war wie weggefegt. Die Ersten, die er aus dem Bett klingelte, waren die Staatsschutzleute und die BKA-Frau in Berlin, als Nächstes das LKA.

Die Szene war gespenstisch. Der Platz war hell erleuchtet, flackerndes Blaulicht, so weit man blickte, Einsatzwagen blockierten die Zufahrtsstraßen, Beamte versperrten die Wege, Schaulustige reckten die Hälse, Handykameras blitzten auf. Die Leiche lag hinter einer Sichtschutzabtrennung, wo mehrere Kriminaltechniker und der Rechtsmediziner ihre Arbeit machten.

Piet trat näher. »Kannst du schon was sagen, Doktor?«

Der Mediziner winkte ihn heran. »Schau sie dir an. Viel mehr muss man im Moment nicht dazu sagen. Und woran sie gestorben ist, dürfte sich dir auf Anhieb erschließen.«

Piet ging in die Hocke. Die Frau war brutal misshandelt worden, Hände und Füße waren gefesselt, ihr Gesicht war von zahlreichen Schlägen entstellt, doch todesursächlich war das Erdrosseln mit einer Drahtschlinge gewesen. Piet wollte sich gerade wieder erheben, als der Arzt einige Haarsträhnen des Opfers zur Seite schob. »Hier, schau mal.«

Piet beugte sich vor – eine Zwei prangte auf der Stirn.

»Filz- oder Faserstift. Das werden wir natürlich noch genauer untersuchen.«

Zwei, dachte Piet und erhob sich langsam. Einen Moment stand er wie betäubt vor der Ermordeten und blickte ins Leere. Als einer der Techniker ihm die Handtasche des Opfers reichte, zuckte er zusammen. »Fehlt was?«

»Wahrscheinlich ihr Handy, soweit wir auf den ersten Blick feststellen können. Wir lassen es so schnell wie möglich orten.«

Eine halbe Stunde später befand sich Piet auf dem Weg in die Dienststelle. In Kürze würde es zugehen wie in einem Tauben-

schlag – Polizeibeamte aus zig Dienststellen und Behörden, Staatsschutz, Staatsanwaltschaft, Einsatzleitung, Presseanfragen … Er
zog sich für einen Moment in sein Büro zurück. Warum zum Teufel
bin ich nicht Gärtner geworden?

28

Frederik schlief noch tief und fest, und Sarah hatte sich entschlossen, ihn nicht zu wecken, und war allein zu ihrem morgendlichen Strandspaziergang aufgebrochen. Sie lief über den verwaisten Campingplatz zum Wasser hinunter. Unruhe nagte in ihr. Das neue Jahr hatte ruhig begonnen; sie musste sich langsam überlegen, wie es weiterging, und zwar unabhängig von den zunehmend schleppender verlaufenden Ermittlungen und ihrem ganz persönlichen Vorhaben, früher oder später ihren Vater zur Rede zu stellen.

Die Sonne schob sich über den Horizont. Sie genoss das tiefrote warme Licht und machte sich erst auf den Rückweg, als ihr Magen zu knurren begann. Frederik stand in der offenen Tür und blickte ihr mit angespannter Miene entgegen. Sie beschleunigte ihre Schritte. »Was ist los?«

»Hast du heute Morgen mal auf dein Handy geguckt?«

»Nein. Ich hatte es gestern Abend stumm geschaltet … Was gibt es?«

Er gab die Tür frei. »Caroline Rothell ist ermordet worden.«

»Was?«

»Es wird gerade in allen Medien gebracht.«

Sarah hielt die Luft an. »Das …« Sie trat eilig ein und holte ihr Smartphone. Hannah hatte mehrfach versucht, sie zu erreichen. Sie rief zurück, aber die Kollegin ging nicht an ihr Telefon. Sarah goss sich einen Kaffee ein und verfolgte mit starrer Miene eine Sondersendung im Fernsehen. Einzelheiten zum Tathergang lagen bislang nicht vor beziehungsweise wurden aus ermittlungstaktischen Gründen zurückgehalten. Nicht mehr lange, dachte Sarah. Sie spürte eisige Beklommenheit aufsteigen, als der Auffindeort genannt wurde. Ein Bunker aus dem Zweiten Weltkrieg. Sie wechselte einen langen Blick mit Frederik, als ihr Handy klingelte – Hannah.

»Um Gottes willen, was ist passiert?«, flüsterte sie.

»Etwas Schreckliches. Ich bin bereits in Rostock. Kollege Meinhold hat mich heute Nacht in Kenntnis gesetzt. Ich konnte dich nicht ...«

»Ausnahmsweise war mein Handy stumm geschaltet.«

»Das dachte ich mir. Hier überschlagen sich gerade die Ereignisse. Wir hoffen, dass die verhängte Nachrichtensperre so lange wie möglich hält, aber ... Wo fange ich an?«

Sarah hatte die Kollegin bislang noch nicht derart aufgewühlt erlebt. »Ich habe gerade eben das erste Mal davon gehört – in den Nachrichten. Du kannst also ganz von vorne anfangen. Und ich schalte dich auf Lautsprecher.«

»Nach einem anonymen Hinweis auf eine Straftat wurde die Leiche von Caroline Rothell gegen ein Uhr früh von Kollegen der Streifenpolizei aufgefunden – Ort: Thomas-Müntzer-Platz, neben dem Luftschutzbunker.«

Sarah riss die Augen auf.

»Ja, du hast richtig gehört – an dem Luftschutzbunker, der nach Wilhelm Gustloff benannt ist, einem ermordeten Nazis, der von den eigenen Leuten daraufhin als Märtyrer verehrt wurde.«

»Das klingt ...«

»Es kommt noch schlimmer. Rothell wurde misshandelt und mit einer Drahtschlinge erdrosselt. Auf ihrer Stirn steht eine Zwei. Was den bisher recherchierten Hintergrund des zeitlichen Ablaufs nach Aussagen ihrer Parteifreunde angeht, so ist nur bekannt, dass Rothell am späten Nachmittag eine längere Pause einlegen wollte, um abends zur Tagung, genauer gesagt zu einem Arbeitsessen zurückzukehren. Als sie nicht auftauchte, nahm man an, dass sie ihre Pläne wohl geändert hatte. Per Handy war sie nicht erreichbar, aber das beunruhigte niemanden. Apropos Handy – es fehlt. Ein erster Ortungsversuch ist fehlgeschlagen, doch heute Morgen gab es schließlich zwischenzeitlich ein Signal. Du ahnst nicht, wo es herkam – Berlin, Tempelhof. Dort befindet sich übrigens das Flüchtlingsheim, in dem die beiden Brüder untergebracht wurden.«

Sarah tauschte einen Blick mit Frederik, der sie entsetzt ansah.

»Ist es das, was sich gerade aufdrängt?«, ergriff sie das Wort. »Die gleiche Tötungsart, der Hinweis auf ein erstes Opfer – beide Morde sollen dem Brüderpaar in die Schuhe geschoben werden?«

»Davon müssen wir ausgehen.«

»Aber das ist doch … Schwachsinn!«, entfuhr es Sarah. »Die beiden wurden überwacht. Sie haben das beste Alibi überhaupt.«

»Na und? Sie haben es nicht selbst getan – so wird argumentiert werden, weil die beiden ja längst wissen, dass sie unter Beobachtung stehen. Sie haben einen Auftrag erteilt, an wen auch immer. Gut vernetzten Terroristen dürfte das nicht schwerfallen. Alles eine Frage der Darstellung.«

»Und das soll funktionieren?«

»Wenn ich meinen Kollegen, seines Zeichens Experte für Rechtsextremismus, richtig verstanden habe – ja«, meinte Hannah.

»Das sieht doch ein Blinder, dass es sich um eine Inszenierung handelt!«

»Wirklich? Falls die ganze Geschichte so ausgeschlachtet wird, wie er und andere Experten es befürchten, dann in der Weise, dass wir es mit einer radikalen Gruppe von mordenden Flüchtlingen zu tun haben, die uns Deutschen einen Denkzettel erteilen, egal, wo wir uns gerade aufhalten. Sie quälen und töten zwei Frauen – beide im Übrigen gelernte Juristinnen, eine davon die bekannte NAD-Politikerin Rothell. Die andere ist Staatsanwältin für Wirtschaftskriminalität gewesen, und sicherlich wird sehr bald verbreitet werden, dass sie sich für rechte Positionen interessierte. Wie klingt dieses Szenario in den Ohren von Leuten, die endlich einmal mit der üblichen Politik abrechnen wollen und sich eine Führung wünschen, die aufräumt und Deutsche schützt?«

»Das klingt nur scheußlich. Und … unfassbar!«, ereiferte sich Sarah. »Dennoch können wir das ganze Szenario mit unseren bisherigen Ermittlungsergebnissen zum Einsturz bringen. Das ist nicht nur schief, es stimmt vorne und hinten nicht. Alles wird perfekt organisiert, und dann schalten die Täter das Handy in der Nähe des Flüchtlingsheims ein? So ein Blödsinn. Die Zwei auf der Stirn – damit jeder mit der Nase draufgestoßen wird? Wer glaubt so etwas? Und wo ist die Eins bei Yvonne? Die gibt es nicht, weil der Plan zu diesem Zeitpunkt noch nicht ausgegoren war. Weißt du, warum sie sie nicht an der Bunkeranlage hier auf der Insel abgelegt haben?«

»Nun …«

»Dort war ihr Kamerad begraben, auf den wir nicht stoßen sollten. Das ist der Grund!«

»Mag sein, aber all das wird die Leute nicht interessieren, die glauben möchten, was ihnen präsentiert wird«, wandte Hannah ein. »Keiner von denen, die sich wutschnaubend schnelle und radikale Veränderungen wünschen, wird sich mit Detailbetrachtungen und deren Logik aufhalten. Und selbst wenn an der einen oder anderen Stelle Fragen auftauchen sollten, spielen sie keine Rolle, weil es um die große Aussage geht.«

Sarah ließ die Worte sacken. »Und diese Gruppe ermordet ihre eigenen Leute?«, ergriff sie dann wieder das Wort. »Was erwarten sie? Dass Wut und Empörung überschwappen und die NAD bei den nächsten Wahlen dreißig Prozent oder mehr bekommt – vielleicht dreiunddreißig?«

»Nicht ganz. Es sind eben nicht die eigenen Leute, und das ist durchaus ein entscheidender Punkt. Mein Kollege tippt darauf, dass es eine neue Partei geben wird, die aus dieser Konstellation erheblichen Profit schlagen wird, wenn wir es nicht zu verhindern wissen. Erste Kommentare in den entsprechenden Foren weisen bereits darauf hin.«

»Das heißt?«

»Das heißt, dass Gerüchte über ausgeklügelte Mordpläne von Flüchtlingen lanciert wurden, und die verbreiten sich in Windeseile. In Rostock und Chemnitz sind bereits Demos angekündigt, Berlin wird nachziehen. Sarah, die rechte Szene sehnt sich nach dem ganz großen Aufbruch, nach jemandem, der intelligent ist, charismatisch wirkt, klare Ziele überzeugend definiert und umsetzt und allen Zauderern und halbherzigen Mitläufern eine Absage erteilt. Jemand, der nicht ohne Sinn und Verstand hetzt, sondern unverbraucht ist und ganz neu und groß denkt. Das ist definitiv nicht die NAD.«

»Lass mich raten: Schiefer?«

»Mein Kollege würde glatt eine Wette darauf abschließen.«

»Und jetzt?«

»Brauchen wir so schnell wie möglich Beweise und eine bis ins letzte Detail saubere Aufklärung.«

»Wir haben noch nicht mal genug, um die Drahtzieher zum Gespräch zu bitten.«

»Wir arbeiten daran.«

»Und was soll ich tun?«

»Behaltet diesen Hof im Auge. Wenn du richtig liegst und sich dort nur der kleinste Hinweis findet, der mit Mantor zu tun hat, sind wir einen guten Schritt weiter«, sagte Hannah. »Die Auswertungen von Überwachungskameras, die Untersuchungen der Kriminaltechnik, Zeugenbefragungen und so weiter laufen hier bereits auf Hochtouren. Wahrscheinlich kehre ich morgen nach Berlin zurück. Dort gibt es auch einiges zu tun. Ich hoffe, dass wir das Handy aufstöbern können – dann lässt sich womöglich genauer feststellen, auf welchem Weg es in die Hauptstadt gekommen ist.«

»Und was ist mit Schiefer?«

»Er wird beobachtet.«

»Darauf pellt er sich wahrscheinlich ein Ei«, entgegnete Sarah in schnoddrigem Ton. Dann fiel ihr etwas ein. »Hagen Dietrich. Was sollte er dort?«

»Gute Frage. Ich tippe darauf, dass er Caroline Rothell im Auge behalten sollte.«

»Was passiert mit dem Brüderpaar?«

»Man organisiert eine Verlegung …« Das klang zögernd. »Ich hoffe nur, dass nichts durchsickert.«

Sarah schloss kurz die Augen. Und mein Vater weiß von all dem und hat womöglich eifrig mitgeplant?

»Sarah?«

Sie gab sich einen Ruck. »Ja. Ich schicke dir eine Videodatei. Frag mich nicht, woher ich sie habe. Mein Vater im Gespräch mit seiner Mutter. Vielleicht gibt es eine Möglichkeit, das Ganze zu verwenden oder wenigstens Hinweise aufzugreifen.«

»Verstehe. Noch etwas – das Glas aus dem Bistro …«

»Wir lassen uns etwas einfallen«, erklärte Sarah, als Hannah den Satz unvollendet ließ.

Damit beendete sie das Telefonat und sah Frederik an.

»Lass uns frühstücken und dann zum Hof rausfahren«, sagte er. »Vielleicht tut sich dort etwas.«

»Und vorher fahren wir bei Bentsen vorbei.«

»Du glaubst, dass er einen DNA-Abgleich vornehmen wird?«

»Ja.«

Wolfram Schiefers Videobotschaft verbreitete sich ab dem späten Nachmittag im Netz und wurde innerhalb kürzester Zeit zigtausend Mal angesehen. Schiefer sah gut aus; er trug Hemd und Sakko, seine Hände lagen locker auf dem Tisch. Sein Blick war ernst und klar. Er sah direkt in die Kamera und strahlte Souveränität aus.

Hannah war gerade im Hotel eingetroffen, als Lone ihr den Link schickte. Sie spielte das Video auf ihrem Laptop ab und ließ Schiefer keine Sekunde aus den Augen.

»Ein furchtbares Verbrechen ist geschehen«, erklärte er mit fester und ruhiger Stimme. »Bisher kennt niemand die genauen Hintergründe, und ich möchte nicht mit wilden Spekulationen die Stimmung anheizen. Fest steht jedoch, dass eine Politikerin gequält und ermordet wurde, und es mehren sich die Hinweise, dass es ein weiteres Opfer gibt – eine junge Staatsanwältin, die bereits vor einiger Zeit auf ähnlich schreckliche Weise getötet wurde. Die Polizei ermittelt auch in diesem Fall mit Hochdruck, und wir hoffen, dass die Täter schnell gefasst werden. Wer sich mit den politischen Gegebenheiten in unserem Land beschäftigt und eins und eins zusammenzählen kann, ahnt längst, worum es hier geht.«

Er legte eine kurze Pause ein. Das Timing war ganz hervorragend, dachte Hannah und bemühte sich, objektiv zu bleiben und sich nicht von den Gefühlen der Beklemmung und tiefen Bestürzung den Blick verstellen zu lassen. Was will und kann dieser Mann? Auf jeden Fall gelingt es ihm, seine Sicht der Dinge darzulegen, ohne die üblichen Hass- und Hetzparolen zu verbreiten. Und damit war er womöglich noch viel gefährlicher.

»Fest steht auch, dass ich mich angesichts dieser Geschehnisse entschlossen habe, in die Politik zurückzukehren. Niemand, dem unser Land wichtig ist, kann angesichts dieser Gräueltaten untätig zusehen oder sich darauf beschränken, sein Entsetzen, seine Empörung und womöglich Wut kundzutun. Das reicht nicht. Ganz und gar nicht. Wir alle sind aufgerufen, uns zu engagieren und eine Situation zu beenden, in der unsere Mitbürger zum wehrlosen Spielball werden. Und ich werde es auf meine Weise tun – gemeinsam mit meinen Freunden und vielen Menschen, die einen Aufbruch ermöglichen wollen.«

Auch bei diesen Worten blieb er im Ton ruhig und ernst. Kein wütendes, empörtes Stakkato, keine hasserfüllten Tiraden, nichts dergleichen. Der Mann spiegelte Ernsthaftigkeit, Sachlichkeit und Stärke. Dabei verhehlte er mit keiner Silbe, dass trotz seiner beschwichtigenden Worte für ihn längst feststand, wer die Morde auf dem Gewissen hatte.

»Wir gründen eine Partei, die sich nicht scheut, die Dinge beim Namen zu nennen und Ziele zu kreieren, die für unser Land wichtig sind«, fuhr er fort. »Wir werden für ein Miteinander einstehen, in dessen Mittelpunkt ein patriotischer und sozialer Grundgedanke steht. Ein Land, in dem jeder willkommen ist, der zu uns passt, aber nicht jeder, dem es passt, kann sich ungefragt zwischen uns breitmachen und uns seine Kultur ungefragt aufdrängen, geschweige denn, unsere Freiheit beeinträchtigen und ungestraft Straftaten begehen. Hier gilt es, einiges geradezurücken. Der Gastgeber ist derjenige, der festlegt, welche Gäste er unter welchen Bedingungen in sein Haus lässt.«

Hannah stellte sich einen Augenblick lang vor, wie Schiefer diese Rede öffentlich hielt. Der frenetische Jubel seiner Anhänger war ihm angesichts solcher Worte gewiss.

Er nickte bekräftigend. »Ich will mich für unser Land engagieren, ein Deutschland, das selbstbestimmt seine Werte formuliert. Ein Land, dessen Bürger keine Angst haben müssen – weder vor Armut im Alter noch vor Mieten, die sich keiner leisten kann, noch vor Gästen und Besuchern, die uns ausnutzen, um ihre eigenen Ziele zu verfolgen.« Ein winziges Lächeln zupfte an seinem Mundwinkel. »Für ein freies selbstbestimmtes Deutschland: FSD.«

Das Bild verdunkelte.

Wenn wir die Morde nicht aufklären, kommt er damit durch, dachte Hannah. Daniel Hihmler, mit dem sie wenig später telefonierte, stimmte ihr zu. »Er macht das richtig gut – wirkt entspannt, zugewandt, gelassen und lässt doch keinen Zweifel, in welche Richtung es gehen wird«, erläuterte er. »Seinerzeit hat er sich mit den anderen Parteien im rechten Spektrum überworfen, jetzt geht er seinen eigenen Weg, der gut vorbereitet ist, und zwar in jeder Hinsicht. Die Stimmung passt, die anderen Parteien sind zu unentschlossen oder wirken zumindest so. Er muss nur loslegen und wird lediglich dann stolpern, wenn eine Inszenierung der Morde eindeutig nachweisbar ist.«

»Kurzum: Der Mann ist gefährlich.«

»Brandgefährlich. Er hat auf alles eine Antwort, und er bereitet sich seit langer Zeit auf diese Situation vor. Er wird Zulauf haben, auch aus den anderen Parteien.«

Und zu allem Überfluss sieht er auch noch gut aus und ist rhetorisch geschickt, dachte Hannah.

Sie drehte eine Runde mit Kotti, als Meinhold sie anrief. »Haben Sie Lust auf einen Besuch bei Mantor?«

Hannah blieb abrupt stehen. »Haben Sie was entdeckt?«

»Die Dänen haben irgendeinen DNA-Schnelltest gemacht.«

»Ach?«

»Sie sagen, dass es beim Abgleich mit den Haaren in dieser Decke, in die die Leiche von der Staatsanwältin gehüllt war, einen Treffer gibt. Keine hundertprozentige Übereinstimmung, aber doch auffällig.« Er räusperte sich. »Sie ahnen, worauf ich anspreche?«

»Natürlich, das können wir allerdings nicht verwenden, Kollege – nicht offiziell. Wir wissen Bescheid, aber wir können ihn nicht damit konfrontieren.«

»Ich weiß.«

»Wir dürfen noch nicht einmal eine Andeutung machen, sonst haben wir Dienstaufsichtsbeschwerden am Hals, die uns über Monate blockieren, wenn er es darauf anlegt. Und ich habe das dumme Gefühl, dass er genau das tun würde.«

»Auch damit sagen Sie mir nichts Neues. Er ist völlig auf der sicheren Seite. Ein paar Anhaltspunkte Richtung Rostock und sein Bistro, und das war es auch schon – so bedenklich sich das Ganze auch für uns darstellt. Nur Indizien, und er reibt sich die Hände.«

»So ist es. Worauf also wollen Sie hinaus?«

»Was halten Sie davon, wenn wir ihn besuchen und so tun, als müssten wir bezüglich des Mordes an der Staatsanwältin noch ein paar Details klären? Dabei könnten wir ein bisschen ins Plaudern geraten.«

Hannah spitzte die Lippen.

»Selbst wenn er den Braten riecht – vielleicht entlocken wir ihm die eine oder andere Bemerkung, oder er wird aktiv, sobald wir gegangen sind.«

Gar keine schlechte Idee, dachte Hannah. Besser, als herumzusitzen und auf Ergebnisse zu warten oder sich den Kopf zu zermartern, wie es weitergehen könnte. »Und wie komme ich zu der Ehre, dass ich mit von der Partie sein darf?«

»Zu zweit wirkt das Ganze eindringlicher, zumal Sie vom BKA immer eine gute Figur machen.«

Hannah lächelte. »Der Meinung waren Sie aber nicht immer, wenn ich mich recht entsinne.«

»Na ja, ich denke, letztlich ziehen wir alle an einem Strang, oder?«

»Natürlich.«

»Ich bin manchmal ein bisschen ruppig, was mein Auftreten angeht«, fuhr Meinhold zögernd fort. »Das ist nicht in Ordnung, und …«

»Das passiert schon mal. Treffen wir uns vor dem Bistro?«

»In zehn Minuten.«

Auf dem Weg zu dem Lokal nahm eine Idee in Hannahs Überlegungen Gestalt an. Viele Detailaspekte der einzelnen Fälle traten vor der Wucht der neuen Ereignisse in den Hintergrund, zu Unrecht vielleicht – so zum Beispiel die Tatsache, dass die Staatsanwältin ein Geständnis hinterlassen hatte. Die Audiobänder waren Mantor entgangen, man könnte ihn damit konfrontieren. Sie nickte nachdenklich und war gespannt, wie er darauf reagieren würde.

Eine Gruppe junger Leute verließ das Lokal, als sie eintraten. Der Bistro-Inhaber beendete ein Telefonat und sah ihnen mit aufmunterndem Lächeln entgegen. »Was darf es sein?«

Hannah bestellte zwei Milchkaffee, während Meinhold sich an einen Tisch am Fenster setzte. »Hätten Sie ein paar Minuten Zeit für uns?«, fragte sie, als Mantor die Tassen auf ein Tablett stellte und zwei Kekse dazulegte.

Sein Blick wurde sofort wachsam. Hannah zückte ihren Ausweis.

»BKA«, sagte er abwartend. »Ja, na klar. Ich muss nur in die Küche Bescheid sagen …«

Wenige Augenblicke später setzte sich Mantor zu ihnen. Der Mann wirkte völlig durchschnittlich – hellbraunes Haar, blaue Augen, mittelgroß, mittelschwer. Meinhold zeigte ihm ebenfalls seinen Ausweis. Falls er beunruhigt war, ließ er sich nicht das Geringste davon anmerken.

»Ich bin gespannt«, sagte Mantor. »Ich dachte, dass alle verfügbaren Polizisten beschäftigt sind, nach dem Mord letzte Nacht.«

»Sind wir auch«, gab Meinhold lapidar zurück.

»Und was wollen Sie bei mir?« Mantor verschränkte die Arme vor der Brust. »Geben Sie es zu, Sie haben erfahren, dass mein Kaffee der beste hier in der Gegend ist.«

Seine Selbstsicherheit ist frappierend, dachte Hannah. Er weiß genau, dass wir nichts in der Hand haben, das uns Spielraum für weitreichende Ermittlungen gegen ihn verschafft. Darüber hinaus ist er geschult, spontan auf ungewöhnliche Situationen zu reagieren.

»Wir gehen noch einmal alle Details im Zusammenhang mit dem Mord an der Staatsanwältin durch. Sie erinnern sich sicherlich«, erklärte Meinhold geduldig. Fast wirkte es, als wäre er bemüht, lediglich seine To-do-Liste abzuhaken.

»Ach so, ja, ich habe gehört, dass beide Frauen von diesen Typen ...«

»Wir haben gehört, dass die Staatsanwältin häufig hier war – in Ihrem Bistro«, fiel Meinhold ihm ins Wort. »Ganz in der Nähe gibt es ein Sportstudio, das sie regelmäßig besucht hat.« Er trank einen Schluck Kaffee. Dann zückte er sein Smartphone und zeigte Mantor ein Foto von Yvonne Beyer.

Mantor zuckte mit den Achseln. »Ja, stimmt, die war häufiger mal hier. Unscheinbare Frau.«

»Nur auf den ersten Blick, Herr Mantor«, schaltete Hannah sich ein. »Wir haben inzwischen einiges über sie in Erfahrung gebracht, was Sie in Staunen versetzen würde.«

»Wirklich? Und was hat das mit mir zu tun?«

»Nun, das hat zum Beispiel damit zu tun, dass Yvonne Beyer und Nicole Kerber sich kannten, und zwar über die Begegnung hier im Bistro hinaus.«

Er verzog den Mund. »Davon weiß ich nichts. Was meine Mitarbeiter privat unternehmen ...«

»Ich verstehe.« Hannah fixierte ihn, was er ungerührt über sich ergehen ließ. Sie beugte sich ein Stück über den Tisch. »Ich bin sicher, dass Sie sehr viel mehr wissen.«

»Ich fühle mich geschmeichelt.« Er lächelte.

»Warten wir es ab.« Hannah lehnte sich wieder zurück, überlegte einen Moment und sah Mantor dann erneut an. »Wir haben etwas Hochinteressantes bei Yvonne entdeckt. Sie hat Aufzeichnungen hinterlassen.«

Für den Bruchteil einer Sekunde zuckte Mantors linkes Augenlid. Dann hatte er sich wieder in der Gewalt.

»Eine Audiodatei, würde man heute sagen«, fuhr Hannah fort und nippte kurz an ihrem Kaffee. »Der ist übrigens wirklich sehr gut.«

Meinhold räusperte sich.

»Um genau zu sein – sie hat Diktierbänder hinterlassen.«

»Und?«

»Sehr interessantes Material.«

Mantor sah sie still an. Er war gespannt, aber er wusste natürlich, dass irgendwelche Andeutungen nicht ausreichten, ihn festzunehmen – sonst wäre die Polizei längst bei ihm aufgekreuzt. »Machen Sie es immer so spannend?«

»Bevor ich Ihnen erzähle, was Yvonne auf Band gesprochen hat, sollte ich vielleicht hinzufügen, dass ich über eine ungewöhnliche Begabung verfüge. Ich merke mir Gespräche wortwörtlich, dafür kann ich übrigens nichts. Eine Laune der Natur, die mir nicht immer gefällt.«

»Und?«

»Nun, ich werde zitatgenau wiedergeben, was sie gesagt hat, und falls Sie mir nicht glauben, sorge ich dafür, dass Sie einen Mitschnitt aus dem Original erhalten.«

Mantor lehnte sich zurück. »Sie ziehen eine ziemliche Show ab, Frau Kommissarin. Was soll das?«

»Sie werden erstaunt sein.« Hannah nickte ihm zu, überlegte kurz und begann – auch zu Meinholds Verblüffung – zu rezitieren: »*Nicole war sympathisch, fleißig, aufgeweckt, und sie gehörte zu den wenigen Menschen, die unvoreingenommen auf mich zugingen. Das war mir* schon lange nicht mehr passiert. Hin und wieder richtete sie das Wort an mich, plauderte, spendierte mir eine Extraportion Salat. Dass ihre Freundlichkeit alles andere als uneigennützig war, verstand ich erst eine ganze Weile später, nachdem ich die Einladung zu einem Gruppentreffen ohne langes Zaudern angenommen hatte. Eine Bande von Neonazis hockte in dem Keller des Bistros zusammen und schwor sich auf altbekannte Parolen ein. Es war abscheulich. Nicole stellte mich mit hochroten Wangen irgendwelchen Typen vor und faselte was von neuen, glanzvollen Zeiten, in denen sich so manch einer warm anziehen müsste. Da wird nicht lange gefackelt. Kein Platz für Leute, die nicht hierhergehören, und wer das ist, bestimmen wir und sonst niemand. Nicole war eine Mitläuferin, eine junge Frau, die in dieser Welt ein Zuhause gefunden und die Parolen längst verinnerlicht hatte. Sie erzählte mir hinter vorgehaltener Hand, dass sie vor einiger Zeit mal bei einer Aktion dabei gewesen war, als ein türkisches Restaurant demoliert worden war. Nicht nur das, hatte sie hinzugefügt. Der Besitzer hätte mächtig Prügel bezogen, seine Frau auch … Nicole war fest davon überzeugt, dass es ihr gelungen war, mit mir ein neues Mitglied für die Bewegung zu rekrutieren, obwohl ich mit keiner Silbe meine Zustimmung bekundet und eine weitere Einladung ausgeschlagen hatte. Sie wurde aufdringlich, zudringlich, unangenehm. Eins kam zum anderen.«

Hannah brach ab. Mantor hatte sie keine Sekunde aus den Augen gelassen. Sie war hundertprozentig davon überzeugt, dass er völlig perplex war und nicht das Geringste von Yvonnes Einschätzung geahnt hatte.

»So ein Schwachsinn«, sagte er schließlich, aber es kostete ihn Mühe, Haltung zu bewahren. Seine Kiefermuskeln waren angespannt.

»Es kommt noch besser. Wir gehen davon aus, dass Yvonne Ihre Mitarbeiterin getötet hat.«

Er sah sie starr an.

»Aber das wussten Sie, oder?«, fügte Meinhold hinzu. »Hat sie Ihnen gestanden, nicht wahr?«

Mantor fasste Meinhold ins Auge, der seinen Keks auspackte und in den Mund steckte. »Sehr lecker«, lobte er und nickte.

»Was wollen Sie?«, fragte Mantor. »Was soll das ganze Theater? Warum breiten Sie irgendwelchen Mist vor mir aus, den diese Staatsanwältin von sich gegeben hat? Inzwischen ist sie auch tot, und mittlerweile wissen doch alle, wer die beiden Frauen auf dem Gewissen hat.« Er schob ein kühles Lächeln hinterher.

Hannah sah ihn an. »Das wissen wir – ja«, sagte sie schließlich leise und schob ihre Kaffeetasse beiseite. Langsam stand sie auf. Ihr Herzschlag beschleunigte. »Das ist alles sehr gut eingefädelt«, sagte sie fast flüsternd. »Aber jede Rechnung hat Unbekannte. Es wird nicht aufgehen.«

»Es gibt immer einen zweiten oder sogar dritten Lösungsweg«, erwiderte er ebenso leise und verzog keine Miene.

Augenblicke später verließen sie das Bistro. Meinhold sah sie von der Seite an. »Er hat Kameras in dem Laden«, sagte er schließlich.

»Ich habe sehr leise gesprochen.«

Er nickte. »Was für ein …«

»Ganz Ihrer Meinung, Kollege.« Sie blieb plötzlich stehen. »Er weiß, dass wir seine DNA haben – die Überwachungskamera dürfte die Aktion mit dem entwendeten Wasserglas aufgezeichnet haben.«

»Und dennoch tritt er derart selbstbewusst auf? Ich meine – selbst wenn ihm klar ist, dass wir das nicht benutzen dürfen …«

»Es gibt immer einen zweiten oder sogar dritten Lösungsweg«, wiederholte Hannah.

Meinhold blickte hinunter Richtung Hafen. »Und jetzt?«

»Er muss observiert werden.«

»Wir haben keine Leute, und der Staatsanwalt …«

»Sie übernehmen den Haupteingang, ich parke an der Rückseite, in zwei Stunden wechseln wir.«

Er seufzte. »Das habe ich befürchtet.«

»Ich auch. Noch etwas, Kollege«, sie streckte die Hand aus, »ich heiße Hannah.«

Er lächelte. »Piet – wie man spricht.« Er zögerte. »Diese Begabung ...«

»Habe ich wirklich – nach einem Sturz auf den Kopf. Liegt schon viele Jahre zurück. Manchmal verblüffe ich die Leute damit.«

Hannah fuhr um den Block und parkte hinter einem Bauwagen. Sie war immer noch aufgewühlt, und sie war sicher, dass sie Mantor überrascht hatten. Aber was wir brauchen, ist kein weiterer Hinweis, der uns in unserer Überzeugung bestärkt, sondern ein Beweis für seine Täterschaft. Er wird sich keine Blöße geben und spontan einen Kontakt herstellen, der uns in die Karten spielt, überlegte sie weiter. Sie schrieb ein Memo zum Gespräch mit Mantor, telefonierte eine Weile mit Daniel und Lone. Wie es aussah, konnte bislang nicht nachvollzogen werden, mit wem Caroline Rothell Kontakt gehabt hatte, nachdem sie die Tagung verlassen hatte. Ihre Mobilfunkdaten gaben nichts dazu her. Und inzwischen mehrten sich die Stimmen, die Schiefer zujubelten und von einer großen Chance auf umwälzende Veränderungen sprachen.

Hannah starrte in die Dunkelheit. Kotti saß still hinter ihr.

Mantor war auf den Dachboden gegangen und hielt Ausschau. Er ahnte nicht nur, dass er beschattet wurde, er wusste es. Die Kommissare saßen in ihren Wagen. Beide rührten sich seit Stunden nicht oder tauschten nur die Plätze. Wie albern! Und doch hatte der überraschende Besuch Spuren hinterlassen. Das konnte er nicht leugnen. Insbesondere die Tatsache, dass die Beamten mehr über die Staatsanwältin und Nicole wussten als er, machte ihm zu schaffen. Sie hatte Nicole ermordet. Wie hatte sie das vor ihm verbergen können – unter der Folter? Das war kein Trick der Kommissare, davon war er überzeugt. Es passte zudem zu dieser Verrückten – dass ihm der Gedanke gar nicht erst gekommen war, sprach nicht unbedingt für ihn. An ihrem Laptop hatten sich zwei Leute versucht, ohne etwas Auffälliges zu entdecken. Und? Sollte ihn das trösten?

Nachts um vier ging die Kommissarin mit ihrem Hund eine Runde spazieren. Mantor genoss einen Moment die Vorstellung, die arrogante Beamtin fertigmachen zu lassen, während er zusah. Seine Leute würden sie windelweich prügeln oder was auch immer mit ihr anstellen. Reg dich ab, Mantor, sprach er sich selbst beruhigend zu. Es dauert nicht mehr lange, dann haben andere das Sagen, und diese Schlampe konnte sich einen neuen Job suchen.

29

Der Hof lag still unter eisigen Schatten. Sarah hatte keine Ahnung, wie sinnvoll es war, in der Kälte auszuharren und ein ums andere Mal das Gehöft im Auge zu behalten, ohne tatsächlich zu wissen, ob sie mit ihrer Ahnung richtig lag. Es galt nicht gerade als schlagendes Argument, dass das Grundstück ideal, nämlich noch einsamer lag als viele andere abgelegene Höfe auf der Insel. Dennoch – es tat gut, irgendwie aktiv zu bleiben.

Die Nachrichten aus Rostock klangen zutiefst beängstigend. Niemand hatte irgendetwas von der Entführung der Politikerin mitbekommen, und die Auswertungen waren bislang ohne Treffer geblieben. Caroline Rothell war aller Wahrscheinlichkeit nach in eine Falle gelockt worden. Man hatte sie misshandelt, getötet und dann am Hochbunker abgelegt. Die Nachforschungen zu Fahrzeugen, die in der Umgebung von Kameras erfasst worden waren, liefen auf Hochtouren, und Sarah ging davon aus, dass es keine weiterführenden Ergebnisse geben würde. Im Laufe der Überprüfungen würde sich wahrscheinlich sehr bald herausstellen, dass ein Wagen mit gefälschten oder unleserlichen Kennzeichen unterwegs gewesen war oder einzelne Kameras ausgefallen waren – und die weitere Suche würde im Sande verlaufen.

Wenn sie sich die Andeutungen ihres Vaters in Erinnerung rief, war davon auszugehen, dass die Gruppe seit geraumer Zeit an einem ausgeklügelten Plan feilte und ihn nun umsetzte. Yvonne war Teil der Geschichte geworden, weil sie zur falschen Zeit am falschen Ort aufgetaucht war, sich auffällig verhalten, die Gruppe womöglich ausgebremst oder zeitweise zumindest verunsichert hatte, doch letztlich hatte nicht einmal dieser Umstand die Leute aufhalten können. Sie war kurzerhand so ins Geschehen eingebunden worden, dass bei einem oberflächlichen Blick alles hervorragend zueinander zu passen schien, und den Rest würde niemand hinterfragen, der ohnehin nur das sah, was er sehen wollte.

Sarah hob das Fernglas, als das Tor aufschwang. Johan Moeller hatte auch in der Weihnachtswoche an seinen Maschinen herumgewerkelt – das jedenfalls konnte man aus den Geräuschen in seiner Halle schließen. Zweimal war jemand vorbeigekommen, der Hilfe benötigte, zweimal war Moeller zu einem Einkauf aufgebrochen. Darüber hinaus war der Mann ein Einsiedler, kümmerte sich um ein paar Tiere, stand rauchend im Hof und telefonierte selten. Das jedenfalls hatte Bentsen ihr mitgeteilt, der eine schnelle Überprüfung auf dem kurzen Dienstweg ermöglicht hatte.

Der Lieferwagen passierte das Tor und stoppte, Moeller stieg aus und schloss ab, dann fuhr er weiter. Sarah griff nach ihrem Handy und informierte Frederik, der auf der anderen Seite des Grundstücks Wache hielt.

»Was hältst du davon, wenn du ihm folgst?«, fragte er.

»Und du machst einen kleinen Spaziergang?«

»So in etwa.«

»Sei bloß vorsichtig.«

Sarah startete den Motor und folgte Moeller in großem Abstand. Er fuhr zunächst Richtung Klemensker und bog dort nach Süden ab. In Nyker hielt er an der Bäckerei. Dort wurde das Knäckebrot nach traditionellem Rezept gebacken, wie Sarah wusste. Wenige Minuten später setzte er seinen Weg über den Ellebyvej Richtung Süden fort. An einem baumumsäumten Feldweg bog er ab.

Sarah zögerte einen Moment und folgte ihm schließlich langsam. Zweihundert Meter weiter wurde der Baumbestand dichter, und der

Weg gabelte sich. Sarah fuhr hinter der Abzweigung rechts heran und stieg aus. Sie nahm an, dass Moeller einen seiner Kunden besuchte, der hier draußen seine Hilfe benötigte. Sie ging ein paar Schritte, um einen Blick in die Gabelung zu werfen, dann kehrte sie um. Es war besser, den Wagen zurückzusetzen und an der Hauptstraße auf ihn zu warten, statt das Risiko einzugehen, dass er bei seiner Rückkehr auf sie aufmerksam wurde.

Sarah öffnete die Tür und wollte gerade einsteigen, als sie aus den Augenwinkeln eine Bewegung in ihrem Rücken wahrnahm. Sie fuhr herum, und im nächsten Moment hörte sie das Knacken eines Zweiges. Ein Mann trat hinter einem Gebüsch hervor – groß, dunkel, maskiert, Lederklamotten. Ihr Gaumen wurde schlagartig trocken. Er stand breitbeinig wenige Meter von ihr entfernt und starrte sie an. Sarah atmete schwer. Sie hatte das Gefühl, ihr Herz würde vereisen. Bentsen hatte ihr eine Waffe besorgt, doch die lag im Wagen.

»Ich gebe dir einen guten Rat, Sarah«, ergriff der Mann plötzlich das Wort. Seine Stimme klang leise und scharf. »Übertreib es nicht. Wir haben kein Problem damit, Leute zu beseitigen, die uns im Weg stehen. Das kann auch dich jederzeit treffen, selbst wenn du eine Pirohl bist. Hast du das kapiert?«

Sie blieb stumm.

»Betrachte mich als deinen Schatten. Ich sehe immer, was du tust und was du vorhast, und mach dir klar, dass es dich jederzeit erwischen kann.«

Sarah gab sich einen Ruck und hob das Kinn. Wenn er sie töten wollte, hätte er das längst getan. Hier ging es um eine Drohung, die sie zutiefst einschüchtern, verängstigen sollte, was ihm durchaus gelungen war – zumindest bis zu diesem Augenblick.

»Wirklich?«, erwiderte sie, und einen Moment war sie selbst verblüfft über ihren forschen Vorstoß.

»Zweifelst du etwa daran?«

»Ihr habt euch von einer unscheinbaren Staatsanwältin vorführen lassen.«

Er verlagerte das Gewicht von einem Bein aufs andere. »Sei vorsichtig mit dem, was du sagst. Sei überhaupt vorsichtig. Die Frau ist tot, und ihr Ende war nicht schön.«

»Das wissen wir. Und doch ist es ihr gelungen, Entscheidendes für sich zu behalten.«

Der Maskierte machte einen Schritt auf sie zu. Sarah schluckte und zwang sich mit aller Gewalt stehen zu bleiben, keinen Zentimeter zurückzuweichen. Er wird mir nichts tun. Noch nicht. Er wird mir …

»Nimm dich in Acht!«

Er blieb sekundenlang einen Meter starr vor ihr stehen, dann drehte er sich ruckartig um und verschwand mit wenigen, etwas unbeholfenen großen Schritten hinter dem Gebüsch. Nur Augenblicke später hörte sie das Aufheulen eines Motorrades. Sarah rannte los, aber er war aus ihrer Sichtweite entschwunden, bevor sie einen Blick auf das Fahrzeug werfen konnte.

Sie ging langsam zu ihrem Wagen zurück. Ihre Knie zitterten, und ihr war schwindelig. Sie trank einen Schluck Wasser, atmete mehrfach tief durch und wollte gerade losfahren, als ihr etwas einfiel. Sie ging zurück zu der Stelle, wo der Maskierte gestanden hatte, und brauchte nicht lange, um einen frischen Fußabdruck zu finden. Auch das Motorrad hatte Spuren hinterlassen. Vielleicht war der Typ zu selbstsicher gewesen, dachte Sarah. Außerdem hatte er sich von ihr provozieren lassen.

Sie informierte Bentsen, der seine Leute von der Kriminaltechnik losschicken würde. Sie blickte in die Ferne und grübelte. Da war noch etwas gewesen, das haften geblieben und sie stutzig gemacht hatte. Irgendeine Kleinigkeit, womöglich unwichtig oder doch ein aufschlussreiches Detail, das ihr im Moment nicht einfiel.

Als sie wenig später während der Rückfahrt mit Frederik telefonierte, fiel es ihr abrupt wieder ein. »Der Typ hatte einen seltsamen Gang«, stieß sie hervor.

»Wie meinst du das?«

»Irgendwie linkisch …«

»Ein komisches deutsches Wort, das ich nicht verstehe.«

»Steife Bewegungen. Vielleicht … trägt er eine Prothese.«

»Das ist interessant.«

»Finde ich auch. Ich telefoniere gleich mit Hannah. Das BKA kann mit dem Hinweis vielleicht etwas anfangen.«

»Das kann ich mir auch vorstellen … Sarah?«

»Ja?«

»Verdammt, das war …«

»Ich weiß. Keine Alleingänge mehr«, sagte sie. »Hat Bentsen auch gesagt. Hast du wenigstens irgendwas entdeckt?«

»Ich bin in den Innenhof geklettert. Da liefen allerdings zwei Wachhunde herum – diese großen Köter mit den beeindruckenden Beißern, die keine Fragen stellen, sondern gleich zupacken. Von denen haben wir bisher nichts mitbekommen. Ich denke, es ist kein Zufall gewesen, dass sie gerade heute den Hof bewachten.«

»Klingt auch nicht sonderlich entspannt.«

»Nein. Auf der anderen Seite des Hofes habe ich dann noch einen weiteren, vom Rest der Anlage abgeschotteten Zugang zu einem Gebäude entdeckt und konnte einen Blick durch das Fenster in einen Geräteschuppen werfen. Wirkt alles sehr aufgeräumt und ordentlich. Zu aufgeräumt und ordentlich für einen Schuppen. Außerdem war er verdammt gut gesichert – mit zwei Schlössern. Ich habe ein paar Fotos gemacht. Vielleicht erkennt man irgendeinen Anhaltspunkt.«

Sarah ließ seine Worte sacken. »Wir brauchen etwas, das Bentsen einen Durchsuchungsbeschluss liefert. Leite die Fotos an ihn weiter … Nein, halt, schick sie mir. Das ist der korrekte Weg.«

»Alles klar.«

Am späten Abend fuhr Sarah auf Bentsens Einladung ins Kommissariat nach Rønne. Seine Stimme hatte am Telefon zum ersten Mal überhaupt optimistisch geklungen. »Wir haben Spuren. Komm vorbei.«

Frederik entschied sich, in Hasle zu bleiben und mit Marvin zu sprechen. Als Sarah das Kommissariat betrat, war es deutlich nach zehn Uhr. Auf dem Tisch im Gruppenraum stapelten sich Pizzaschachteln. Der Wandmonitor zeigte das Standbild vom Hof. Bentsen kam ihr entgegen. »Hunger?«

»Nein, danke. Ich habe schon gegessen.«

»Okay.« Er nickte, ließ einen Kollegen mit dem Handy am Ohr vorbei und bot ihr einen Platz an. »Die Spuren sind … Na ja, wir haben was entdeckt, könnte man sagen.« Ein leises Lächeln flog über sein Gesicht.

Sarah sah ihn gespannt an.

»Zum einen haben wir jetzt die Schuhgröße und deinen Hinweis, dass der Mann vielleicht eine Prothese trägt oder mal einen Unfall hatte. Das ist schon mal sehr gut. Damit kann die Recherche eingegrenzt werden. Aber es kommt noch besser. Der Mann ist sehr schnell mit seinem Motorrad gestartet, nicht wahr?«, fuhr Bentsen fort.

»Ja. Er hat ziemlich viel Gas gegeben. Ich denke, er wollte verhindern, dass ich noch einen Blick auf das Bike erhasche und mir das Modell einpräge, oder er war einfach sauer.«

»Sauer?«

»Ich wirkte wohl nicht ganz so eingeschüchtert, wie er es sich wahrscheinlich ausgemalt hatte.«

»Wie auch immer – das hätte er besser gelassen.«

Bentsen beugte sich vor. Seine Augen leuchteten. »Die Räder sind durchgedreht«, erklärte er. »Und die Kollegen von der Technik konnten in der aufgewühlten Erde winzige Reste von Farbpartikeln sicherstellen. Wahrscheinlich hat das Motorrad in einem Unterschlupf gestanden, wo auch Renovierungsmaterial gelagert wird oder gerade gestrichen wurde.«

Sarah blinzelte, während Bentsen sich zu einem Laptop umwandte und das nächste Foto anklickte, das auf dem Wandmonitor erschien. »Die Bilder sind auf Moellers Hof entstanden.« Bentsen warf ihr einen schnellen fragenden Blick zu.

Sie zögerte. »Ja. Mir ist klar, dass ...«

Er winkte ab. »Wir werden uns etwas ausdenken, wie und warum die Fotos entstanden sind«, behauptete er. »Der Staatsanwalt wird mitspielen, da bin ich sicher, und der Richter auch. »

»Das klingt optimistisch.«

»Ja. Seit langer Zeit endlich mal wieder.« Er wies zur Wand. »Hast du dir die einzelnen Aufnahmen mal genauer angesehen, ich meine: jedes Detail?«

»Nein, bislang noch nicht.« Ich habe nach meiner Rückkehr eine halbe Stunde in der heißen Wanne gelegen, dann haben wir uns geliebt und etwas gegessen, und dann kam der Anruf. Sarah setzte eine Unschuldsmiene auf.

»Dann machen wir das jetzt.«

Frederik hatte durchs Fenster fotografiert. Die Aufnahmen waren verschwommen, dennoch war ein Wandregal mit Werkzeug und Farbeimern und allerlei Kleinteilen gut zu erkennen. Bentsen vergrößerte einzelne Ausschnitte. Der Raum wirkte frisch gestrichen – und ungewöhnlich ordentlich, wie Frederik bereits betont hatte. Auf einem der nächsten Bilder war ein Teil einer grauen Plastikhülle oder -folie zu erkennen.

Sarah beugte sich vor. »Was ist das?«

»Das ist ein Regenschutz für Motorräder.«

Sarah drehte langsam den Kopf herum und sah Bentsen an.

»Und man kann sogar ein Gütesiegel erkennen, also einen kleinen Ausschnitt davon.«

»Lass mich raten – eine deutsche Firma?«

»Ja.«

So erfreulich und aufregend die Entdeckung war – sie allein war womöglich nicht ausreichend für einen richterlichen Beschluss.

»Das genügt?«, fragte Sarah leise. Der Zweifel in ihrer Stimme war nicht zu überhören.

»Nicht ganz. Aber wir haben inzwischen auch noch in Erfahrung gebracht, dass Moeller seit einiger Zeit sehr viel bar bezahlt, auch größere Beträge. Und seine Exfrau hat ein bisschen geplaudert. Moeller verfügt über Einnahmen aus Vermietung, die er nicht angibt.«

»Das hat sie so gesagt?«

»Nicht ganz.« Bentsen zuckte mit den Achseln. »Man kann sich aber seinen Teil dazu denken, selbst wenn man weiß, dass Expartner nicht immer die beste Meinung über den anderen verbreiten. Und nachdem dieser Motorradfahrer dir aufgelauert hat, während du Moeller gefolgt bist, drängt sich wohl der hinreichend begründete Verdacht auf, dass eine Verbindung besteht. Das müsste angesichts der Straftaten, um die es hier geht, genügen, um den Hof zu durchsuchen und den Mann zu vernehmen. Übrigens – er spricht sehr gut deutsch.«

Sarah atmete tief aus. »Wann geht es los?«

»Ich warte auf den Rückruf des Staatsanwalts. Ein Einsatzteam hält sich bereit. Vielleicht starten wir in zwei Stunden, vielleicht erst morgen früh. Zwei Kollegen sind aber bereits vor Ort.« Erneut machte Bentsen eine Faust, dann griff er Sarahs Hand und drückte sie fest. »Gute Arbeit, oder?«

Sarah spürte, dass Erleichterung in ihr aufstieg, doch sie traute sich nicht, von einem Erfolg zu sprechen – noch nicht.

»Du bist drangeblieben«, fügte Bentsen hinzu. »Die ganze Zeit, auch an Moeller.«

»Nein«, wehrte Sarah ab. »Ich habe mich hier verkrochen, und plötzlich …«

Er schüttelte den Kopf. »Jetzt haben wir eine Chance. Sie mag nicht riesig sein, aber sie ist da.«

»Okay. Ich telefoniere mit dem BKA.«

»Mach das. Die Auswertung der Fotos schicken wir gleich rüber.«

Hannah hatte die neuesten Erkenntnisse aus Bornholm sofort an das Rechercheteam weitergeleitet. Trotz der späten Stunde saß Lone noch vor ihrem Rechner, aber das wunderte sie nicht. Die Kollegin legte inmitten weitreichender Ermittlungen selten eine längere Pause ein, und andere Soko-Mitglieder fuhren zurzeit auch nur nach Hause, um zu duschen, sich umzuziehen und allenfalls mal zwei Stunden Schlaf nachzuholen.

Die Überwachung von Mantor war in der Nacht ergebnislos geblieben, und auch am Tag darauf rührte der Mann sich nicht. Das war nicht anders zu erwarten gewesen. Dennoch ging Hannah davon aus, dass der Besuch der Beamten nicht ohne Wirkung geblieben war, und sei es auch nur in der Form, dass eine Planänderung erwogen wurde, die an der einen oder anderen Stelle Nervosität auslöste.

Während der Rückfahrt nach Berlin am nächsten Morgen ging sie ein ums andere Mal das Gespräch mit Mantor durch. Er war beherrscht und ruhig geblieben wie ein Profi und trotz spürbarer Anspannung selbstsicher und zutiefst überzeugt von seinem Tun. Dass ihn die Polizei im Visier hatte und womöglich deutlich mehr wusste, als er erwartet hatte, irritierte ihn nur für Momente. *Es gibt immer einen zweiten oder sogar dritten Lösungsweg.* Was genau meinte er damit? Und warum war ein Typ wie er – sah man einmal von den Fotos am Rande rechter Demos ab – nicht polizeilich erfasst? Wenn er der entscheidende Mann war, der im Mittelpunkt dieser kriminellen Aktivitäten stand, müsste in seinem Lebenslauf ein Hinweis darauf zu finden sein – ein Knick, eine winzige Delle, etwas, woran eine Richtungsänderung festgemacht werden konnte.

Mantor war nicht einfach ein politisch Verblendeter, sondern ein professionell organisierter Schwerstkrimineller, aber das wurde in seinem offiziellen Lebenslauf an keiner Stelle ersichtlich. Womöglich hatte jemand dafür gesorgt, dass es genauso wirkte – jemand, der auf höchster Behördenebene an bestimmten Schrauben drehte und dafür sorgte, dass seine Akte unauffällig blieb. Dann wäre es nicht weiter verwunderlich, dass er derart abgeklärt blieb und selbst in bedrängter Situation gelassen von anderen Lösungswegen sprach. Andererseits: Gäbe es einen Insider mit weitreichenden Kompetenzen in Polizeikreisen, wäre wohl diese Erpressungsgeschichte beim Verfassungsschutz kaum nötig gewesen.

Hannah fasste ihre Gedanken kurz vor Berlin in einer Sprachnachricht für Lone zusammen. Als sie zu Hause eintraf, meldete sich Sarah.

»Die Bornholmer stellen seit den frühen Morgenstunden den Hof auf den Kopf. Es wird noch Stunden dauern, Spuren zu sichern und auszuwerten, eher Tage«, berichtete sie. In ihrer Stimme schwangen zugleich Müdigkeit und Aufregung mit.

»Und was sagt Moeller?«

»Nun – nichts.«

»Gar nichts?«

»So ist es. Er verlangt nicht mal einen Anwalt. Er schweigt einfach. Die Situation hat ihn zwar zunächst aus dem Tritt gebracht, aber entsetzt und niedergeschlagen wirkt er nicht. Bentsen wird ihn später ein weiteres Mal in die Mangel nehmen und dazu auch Fotos von Yvonne präsentieren. Vielleicht löst das seine Zunge. Aber darauf wetten würde ich nicht.«

»Gibt es eine konkrete Spur von diesem Motorradfahrer?«

»Leider nicht. Er wird ein gutes Versteck haben, oder er hat längst über die Ostsee das Weite gesucht. Und ich schätze, er wird keine Fähre genommen haben. Die Wasserschutzpolizei hat zwar verstärkt kontrolliert, aber wenn er sich auf irgendeinem Schiff gegen gutes Geld versteckt hat, ist er uns entwischt, vielleicht sogar über Schweden.«

»Verstehe.« Hannah berichtete anschließend von ihrem Besuch bei Mantor und ihren Schlussfolgerungen. Danach schwiegen sie einen Moment.

»Wie geht es jetzt bei euch weiter?«, fragte Sarah schließlich.

»Tiefenrecherche zu Mantor und dem Motorradfahrer, außerdem wird diese Erpressungsgeschichte noch einmal im Detail geprüft.«

»Vergesst Hagen Dietrich nicht.«

Hannah stutzte. »Nein, aber wie kommst gerade jetzt auf ihn.«

»Er spielt womöglich eine zentralere Rolle, als wir bisher angenommen haben. Es wird kein Zufall sein, dass er auf Bornholm dabei war und auch auf der Klausurtagung auftaucht.«

»Alles von langer Hand vorbereitet?«

»Das denke ich, ja.«

Hannah nickte. Die Ermordung von Caroline Rothell wurde garantiert seit Monaten im Detail ausgearbeitet. Bezüglich der Stimmung im Land hätte das Ganze zeitlich nicht perfekter geplant sein können.

»Schiefers Rede ist der Renner im Netz«, fuhr sie fort. »Darüber hinaus kriechen sie alle aus ihren Löchern – so drückt es mein Kollege aus. Alte und neue Nazis, alte und neue Ideen – alle erhoffen sich von Schiefer eine umwälzende Neuausrichtung, mit der die anderen Parteien bislang überfordert gewesen waren und die sich unter dem simplen Slogan *Es ist unser Land* zusammenfassen lässt. Letztlich bin ich zutiefst bestürzt, wie hervorragend die Parole zieht und wie viele Menschen sich angesprochen fühlen.«

»Besser als Freibier.« Sarah räusperte sich. »Hat Bentsen gesagt.«

»Ja, aber Schiefer ist tatsächlich gefährlich, weil er nicht so dumpf-dreist rüberkommt. Er ist smart. Er wirkt nicht wie ein grölender Nazi.«

Hannah beendete kurz darauf das Gespräch. Sie gönnte Kotti eine Runde, dann fuhr sie ins BKA.

30

Sarah hatte zwei Stunden im Nebenraum des Vernehmungszimmers gewartet und Bentsens Bemühungen verfolgt. Die Tatsache, dass ihr Dänisch völlig unzureichend war, spielte keine Rolle, denn Moeller verweigerte sich komplett.

Nach dem Gespräch mit Hannah suchte sie Bentsen – und fand ihn in der Cafeteria. Der Kollege war wütend und wirkte recht hilflos. Endlich gab es verwertbare Hinweise, aber die nützten ihnen wenig, wenn ein Verdächtiger nicht mal im Ansatz bereit war, sich aus der Defensive locken zu lassen. Sarah holte sich einen Kaffee und nahm ungefragt an Bentsens Tisch Platz.

»Lässt du es mich versuchen?«, fragte sie nach zwei Minuten, die sie gemeinsam in düsterem Schweigen zubrachten.

Er stellte seine Tasse ab und sah sie an.

»Du hast gesagt, dass er Deutsch spricht.«

»Ja und?«

Sarah beugte sich vor. »Ich präsentiere ihm die Fotos von der Staatsanwältin …«

»Die Idee hatte ich auch schon.«

»Das weiß ich, aber ich erzähle ihm dann, dass Yvonne eine Freundin von mir war, dass ich sie gut kannte und dass ich mir vorgenommen habe, die Tat aufzuklären – was der Wahrheit entspricht.«

»Das wird ihn kaum beeindrucken. Darüber hinaus wissen wir nicht, welche Rolle er spielte. War er nur Vermieter? Oder hat er etwas mitbekommen?«

»Die Tatsache, dass er über viel Bargeld verfügt, spricht eher dafür, dass er nicht nur als Vermieter bezahlt wurde, sondern auch dafür, dass er wegzusehen und zu schweigen hatte. Dann werde ich ihm erklären, wer ich bin.«

Bentsen stutzte. »Aha. Und weiter?«

»Tja, da bin ich noch nicht sicher. Hängt davon ab, wie sich das Ganze entwickelt.«

»Wie darf ich das verstehen?«

Sarah beugte sich vor und senkte ihre Stimme. »Ich könnte ihm erläutern, dass ich die Tochter von Wirtschaftsanwalt Bernd Pirohl bin, der wiederum eng verbandelt ist mit einem Rostocker Bistrobesitzer, den Moeller mit allergrößter Wahrscheinlichkeit kennt.«

Bentsen runzelte die Stirn. »Ja, und? Soll ihn das beeindrucken oder …« Er hob plötzlich eine Braue. »Ach? Du willst ihn aufs Glatteis führen?«

Sie nickte mit gespitzten Lippen. »Ich könnte vorgeben, dass ich einen Ausfall der Aufnahmetechnik nutze, damit wir uns austauschen können.«

»Du tust so, als ob du ihm helfen willst? Nette Idee, aber …« Er schüttelte den Kopf. »Darauf fällt er nicht rein. So blöd ist er garantiert nicht. Und ohne Aufnahme haben wir gar nichts in der Hand.«

»Nun, ich nehme das Gespräch heimlich mit dem Smartphone auf.«

Bentsen verschränkte die Hände hinterm Nacken und hielt ihren Blick fest. »Wenn er mehr mit der ganzen Geschichte zu tun hat, weiß er, dass du hinter Mantor und seinen Leuten her bist und umgekehrt.«

»Vielleicht. Im Gegensatz zu den anderen ist Moeller aber kein Profi. Ihn wird das Ganze erheblich unter Stress gesetzt haben, auch wenn er uns den schweigenden und unerschütterlichen Hofbesitzer vorspielt. Lange hält er das ohnehin nicht durch.«

»Das sagt dir deine Erfahrung?« Bentsen hob eine Braue.

»Nein, das ist nur so eine Idee.«

»Ich denke darüber nach.«

»Gut.«

Zehn Minuten später gab Bentsen grünes Licht, obwohl er nicht gerade überzeugt wirkte. Wir greifen nach jedem Strohhalm, dachte Sarah und betrat den Vernehmungsraum, wo Johan Moeller mit gelangweilter Miene und aufgestützten Armen am Tisch saß und nur kurz hochblickte.

»Herr Moeller, ich bin deutsche Polizeibeamtin«, erklärte Sarah und nahm Platz. »Wir wissen, dass Sie ganz hervorragend Deutsch sprechen, also müssen wir keinen Übersetzer anfordern, nicht wahr?«

Er sah sie verblüfft an, immerhin, ließ sich aber nicht zu einem Kommentar hinreißen. Sie lächelte freundlich und unbekümmert. Das letzte Mal habe ich jemanden in einem Fall vernommen, der in einem fürchterlichen Desaster endete, fiel ihr plötzlich ein. Die junge, aufstrebende Kommissarin aus der Hauptstadt, deren Meinung festgestanden hatte, bevor sie auch nur über einen Bruchteil der Hintergründe informiert gewesen war.

Sarah schob die Gedanken an den Weber-Fall beiseite und öffnete die Mappe mit den Tatfotos. »Ich habe gehört, dass Sie zu den eher wortkargen Menschen gehören. Manchmal ist es besser, einfach den Mund zu halten.« Sie nickte. »Kann ich verstehen. Aber ich möchte Ihnen etwas zeigen.«

Er verschränkte die Arme vor der Brust.

»Sie haben sicherlich mitbekommen, dass die dänischen und deutschen Behörden gemeinsam ermitteln, nachdem eine Staatsanwältin aus Rostock grausam ermordet wurde.«

Moeller wischte sich über das Gesicht.

»Sie wurde gefoltert«, fuhr Sarah fort und legte ihm einige Fotos vor, auf denen Yvonnes Verletzungen mit allen grausamen Details zu erkennen waren. »Viele Stunden. Sie muss unsagbar gelitten haben. Schauen Sie hin!«

Moeller folgte ihrer Aufforderung nicht.

»Sie sollen hinschauen.« Diesmal klang ihre Stimme lauter und energischer, aber er rührte sich immer noch nicht.

Sarah schlug mit der Hand auf den Tisch. »Verdammt, sehen Sie sich die Frau an!«, fuhr sie Moeller an.

Diesmal zuckte er wenigstens zusammen, aber er blickte nicht auf die Bilder.

»Ich habe sie gekannt. Wir haben in Berlin zusammen studiert, und nun wurde sie auf Bornholm getötet. Das ist auf Ihrem Hof passiert.«

Er atmete einmal tief durch und zog die Augen zu schmalen Schlitzen zusammen.

»In dem Schuppen, den Sie vermietet haben. Die Techniker werden etwas finden, und wenn sie bis Ostern suchen müssen. Und irgendetwas werden sie entdecken, obwohl gründlich sauber gemacht und sogar renoviert wurde. Wer renoviert einen Schuppen? Nun, jemand, der Spuren beseitigen möchte. Zu viel Blut?«

Er deutete eine winzige Kopfbewegung an. Sein Adamsapfel hüpfte unruhig auf und ab.

»Sehr viel Blut, Erbrochenes, Speichel und so weiter. Sie muss unendlich gelitten haben. Warum eigentlich? Und was genau haben Sie damit zu tun?«

Er leckte sich über die Unterlippe und wich ihrem Blick aus.

»Hat man Ihnen eingetrichtert, dass Sie schweigen sollen, egal, wer wann welche Fragen stellt?« Sarah überlegte kurz. »Ja, ich denke, das hat man. Sie werden nichts sagen, Sie brauchen auch keinen Anwalt, und wenn sich niemand mehr für Sie interessiert, gibt es einen Extrabonus. Schwarzgeld natürlich. Viel Geld. Ist es nicht ein bisschen mühsam, plötzlich alles in bar zu zahlen? In Zeiten, in denen man in jedem kleinen Laden mit seiner Kreditkarte zahlt, legen Sie die Scheine auf den Tisch. Das ist auf Dauer ein bisschen auffällig. Sie sollten mal nachfragen, wie man möglichst unauffällig ein Konto eröffnet und von dort aus seine Geldgeschäfte managt.«

Moellers Miene spiegelte Verwirrung und Unbehagen; er schien kurz davor, das Schweigen zu brechen, dann winkte er ab.

»Sie machen das gut«, flüsterte Sarah plötzlich.

Er blinzelte irritiert. Sie hielt seinen Blick fest, streckte die Hand aus und betätigte die Stopptaste am Aufnahmegerät. »Das Ding hat letztens schon nicht richtig funktioniert«, sagte sie leise. »Die brauchen jetzt ein paar Minuten …« Das Handy klingelte. Sie stellte die Verbindung her. »Ja, ich weiß. Ich warte natürlich mit der weiteren Vernehmung.« Sie legte das Telefon beiseite und zwinkerte Moeller zu. »Wir haben etwas Zeit, und die sollten wir nutzen. Mein Name ist Sarah Pirohl«, erklärte sie eilig. »Sagt er Ihnen etwas?«

Er starrte sie an.

»Nun, mein Vater …« Sie beugte sich zu ihm vor. »Er ist ein Mitstreiter, ein sehr wichtiger sogar, verstehen Sie?«

Sein Blick war wachsam. Sie zog ihren Ausweis aus der Tasche. »Mein Vater ist Anwalt für Wirtschaftsrecht. Seine Berliner Kanzlei regelt wichtige Geschäfte und Transaktionen. Mantor ist sein Verbindungsmann, und ich …« Sie warf einen schnellen, scheinbar gehetzten Blick zur Tür. »Falls es etwas gibt, was angesichts der polizeilichen Untersuchungen sicherheitshalber noch beseitigt werden muss, dann sollten Sie mir einen Hinweis geben«, presste sie zwischen den Lippen hervor. »Damit ich das Richtige tun kann, kapieren Sie das?«

Er öffnete den Mund – und schloss ihn wieder.

»Ich bin hier, um Spuren zu beseitigen«, flüsterte sie. »Also?«

Er schüttelte den Kopf. »Keine Ahnung, was Sie meinen.«

Er sprach wirklich gut Deutsch.

»Sie sollten mir unbedingt vertrauen. Die rücken allmählich näher. Diesem Motorradtypen sind sie auch auf den Fersen.«

»Keine Ahnung, was Sie meinen.« Er atmete schneller. »Pirohl?«, schob er nervös nach.

»Genau. Schon mein Großvater hat die wichtigen Geschäfte für unsere Sache geregelt. Machen Sie keinen Fehler, indem Sie ausgerechnet jetzt den falschen Leuten misstrauen.«

»Aber ...«

»Kein Aber! Beeilen Sie sich – fällt Ihnen etwas ein, worum ich mich kümmern sollte?«

»Das hat der andere schon erledigt«, stieß Moeller schließlich hervor. »Ich weiß doch gar nicht ...«

»Der Mann mit dem Motorrad?«

»Ja.« Zögern. Seine Blicke irrten durch den Raum. Er schien verzweifelt, weil er nicht einzuschätzen vermochte, ob seine Entscheidung richtig war.

Sarah war sicher, dass er nur Bruchstücke des Hintergrundgeschehens kannte. Gleich, dachte sie, gleich wird er reden, eine Andeutung machen, vielleicht.

Er sah sie an. »Woher soll ich wissen, dass Sie mich nicht verarschen? Ich weiß viel zu wenig und ...«

»Machen Sie mich nicht fertig«, fuhr sie ihn an. »Was meinen Sie, warum ich mich darum gerissen habe, als deutsche Beamtin in die Bornholmer Ermittlungsgruppe aufgenommen zu werden? Ich soll alles im Blick behalten und notfalls eingreifen. Und jetzt gibt es diesen Notfall. Verdammt, reden Sie! Wir haben nicht mehr viel Zeit.«

Er wischte sich über den Mund. Sekundenlang blieb es still. »Sie haben sie auf meinem Hof zu Tode gefoltert?«

»Ja.«

»Aber sie wurde auf ...«

»Man hat sie auf der Burgruine abgelegt, damit es besonders dramatisch wirkt. Und im Winter ist kaum jemand dort oben.«

Nicken. »Ich dachte ...« Er winkte ab.

»Reden Sie endlich. Wir haben nicht ewig Zeit.«

»Die Spule in meinem Werkzeugschuppen.«

»Was für eine Spule?«

»Eine Drahtspule.«

Yvonne ist erdrosselt worden, und ob der Draht von dieser Spule stammt, können die Techniker womöglich herausfinden, schlussfolgerte Sarah. »Und weiter?«

»Sie haben ein paar Meter davon mitgenommen.«

In Rostock sollte der gleiche Draht Verwendung finden – auch nachvollziehbar.

»Ich sollte die ganze Spule wegwerfen.«

»Warum?«

»Weiß ich nicht. Aber ich hab's nicht getan – so eine Verschwendung.« Er schüttelte den Kopf. »Doch vielleicht ist es besser ...« Er warf ihr einen langen Blick zu.

Fingerabdrücke? »Ich kümmere mich darum«, erklärte Sarah.

»Gut. Die werden wohl einen Grund haben, dass das Teil verschwinden soll.«

»Denke ich auch.«

Sarah starrte ihn einen Augenblick an. Er riss die Augen auf. Sie war nahe dran, ihm reinen Wein einzuschenken, hielt sich aber zurück. Sie machte das verabredete Zeichen mit der Hand, und einen Moment später klingelte ihr Smartphone.

»Gute Arbeit«, sagte Bentsen. »Wir kümmern uns sofort darum. Noch was – unser Techniker hat die ganze Aufnahme über ein anderes Gerät aufzeichnen können, also abgesehen von deinem Hinweis, dass die Technik repariert werden muss. Wir schicken das Ganze so weiter nach Berlin.« Leises Räuspern.

»Ich verstehe, super. Danke.« Sarah lächelte und sah Moeller an. Sie zwinkerte ihm zu. »Weiter geht es.« Sie legte ihm ein Foto von Mantor vor. »Dieser Mann hat den Vertrag mit Ihnen geschlossen, den Mietvertrag. Natürlich gibt es nichts Offizielles, aber ich schätze, wenn die Kollegen sich Ihren Laptop ansehen, findet sich der eine oder andere Hinweis.«

»Nö«, sagte Moeller.

»Weil Sie alles gelöscht haben? Kein Problem.«

Er zuckte mit den Achseln und beschloss dann, wieder zu schweigen. Einige Minuten später verließ Sarah den Vernehmungsraum. Sie war verschwitzt. Bentsen klopfte ihr auf die Schulter. »Erfahrung ist nicht immer entscheidend.«

Zwei Stunden später stand fest, dass sich an der Drahtspule Reste getrockneten Bluts befanden. Das Ergebnis des Schnelltests ergab eine Übereinstimmung mit der DNA am Rostocker Wasserglas, aber so eindrucksvoll und erhellend der Treffer wirkte – sie konnten ihn vorerst lediglich in der Hinterhand nutzen. Solange es keinen eindeutigen Beweis für Mantors Aufenthalt auf dem Hof gab, würden sie keinen richterlichen Beschluss für eine DNA-Probe bekommen.

Der Mann hat sich ein paar Tage auf der Insel aufgehalten – er muss irgendwo eine nachweisbare Spur hinterlassen haben, überlegte Sarah, während sie langsam durch Rønne in Richtung Hasle fuhr. Der Draht. Die Spule. Die spätere Anweisung, das ganze Teil zu entsorgen, weil es Blutspuren gab. Falls sich Mantor verletzt hatte, als er ein weiteres Stück Draht abgeschnitten hatte, um es mit nach Rostock zu nehmen, könnte es auch darauf eine Spur geben – vielmehr winzige Partikel, überlegte sie weiter. Ihr Herzschlag beschleunigte sich. Sie fuhr noch langsamer, ließ die Bilder auf sich wirken.

Als sie am Ortsausgang an einer Ampel hielt, fiel ihr Blick auf eine Apotheke. Sie trat abrupt auf die Bremse und stellte den Wagen ab. Es war einen Versuch wert, dachte sie und betrat das Geschäft. Ihr

Smartphone vibrierte, aber sie drückte Hannahs Anruf weg. Fünf Minuten später verließ sie die Apotheke mit hochroten Wangen und griff hastig nach ihrem Telefon, bevor sie sich in den Wagen setzte. Hannah nahm das Gespräch nach dem ersten Klingeln an. »Gut, dass du …«

»Ich habe ihn«, unterbrach Sarah sie mit heller Stimme.

»Was?«

»Mantor hat Blutspuren auf dem Hof hinterlassen.«

»Das könnte man sich aus dem Verhör zusammenreimen, aber …«

»Er hat Pflaster gekauft.«

Stille.

»Ich war gerade in einer Apotheke in Rønne. Mantor war zwar nicht selbst im Geschäft, wartete aber im Wagen davor. Der Motor lief, und die Verkäuferin hat nach draußen geguckt, Ausschau gehalten. Sie hat Mantor erkannt – er hat die Scheibe heruntergekurbelt und die Papierschnipsel von den Pflasterstreifen einfach auf die Straße geworfen. Das fand sie ziemlich ungehörig.«

»Die Sache mit dem Müll«, sagte Hannah leise.

»Genau.«

»Das ist großartig. Damit haben wir endlich eine Handhabe, und Mantor kann offiziell vernommen werden und muss eine DNA-Probe abgeben.« Hannahs Stimme klang nahezu euphorisch. »Die Sache mit der Apotheke …«

»War nur so eine Idee.«

»So wie die Sache mit dem etwas seltsamen Verhör?«

»So in etwa.«

»Du hast gute Ideen.«

Sarah atmete tief durch. »Manchmal.«

»Wir haben auch ein paar Neuigkeiten, die uns endlich weiterhelfen dürften. Meine Lieblingsrecherchefrau hat etwas Interessantes ausgegraben.«

Lone Geising hatte Hagen Dietrichs Werdegang genauer unter die Lupe genommen und herausgefunden, dass er zu Beginn seiner Anwaltskarriere vor ungefähr zwanzig Jahren für einige Zeit als Strafverteidiger in einer anderen Kanzlei beschäftigt gewesen war.

»Seinerzeit hat er das Mandat von Mantor und zwei anderen Männern übernommen, gegen die wegen schwerer Körperverletzung ermittelt wurde, einen vierten hatten die Kollegen ebenfalls im Visier, weil er nachweislich zugesehen hatte. Er verzichtete aber auf juristische Unterstützung«, berichtete Hannah weiter.

Sarah hielt den Atem an.

»Die drei haben einen ausländischen Mitbürger krankenhausreif geschlagen. Es gab Zeugen, es gab die detaillierte und schlüssige Aussage des Opfers. Alles war stimmig. Und das Ermittlungsverfahren ist trotzdem eingestellt worden.«

»Wie das?«

»Der vierte Mann – der Zuschauer – behauptete, dass die drei von dem Mann angepöbelt, bespuckt und übel beleidigt worden waren, worauf sich eine Rangelei ergab, die schließlich in eine Prügelei mündete, in die er sich nicht einmischen wollte. Andere Augenzeugen meldeten sich bei der Polizei, und die Zeugen, die zunächst gegen Mantor und seine Kumpanen ausgesagt hatten, änderten plötzlich ihre Meinung.«

»Das kann doch nicht …«

»Der Staatsanwalt wusste es, alle wussten es – es war klar, dass ein gerichtliches Verfahren scheitern würde. Und es kommt noch besser. Hagen Dietrich sorgte anschließend dafür, dass der Fall schnell und komplett aus sämtlichen Polizeiakten getilgt wurde. Dass Lone darauf stieß, ist ihrer hartnäckigen Arbeitsweise zu verdanken. Sie hat Kontakt zu der Kanzlei aufgenommen, in der Dietrich damals arbeitete, und von einem Anwalt Näheres zu diesem Fall erfahren, an den der sich sehr gut erinnern konnte. Darüber hinaus hatte er Kopien der Akte archiviert, natürlich ohne Dietrichs Wissen. Wenige Monate später wechselte Dietrich die Kanzlei und machte gemeinsame Sache mit deinem Vater. Wir dürfen wohl davon ausgehen, dass es seit jener Zeit eine innige Beziehung zwischen den Männern gab.«

»Und ihr habt alle Namen?«

»Natürlich. Wir kennen sogar die der Zeugen, die so plötzlich zugunsten der Schläger ausgesagt haben. Jeder Einzelne wird nun durchleuchtet. Als Zuschauer fungierte übrigens Wolfram Schiefer.«

Sarah nickte. »Das Puzzle fügt sich zusammen.«

»Lone sucht unter anderem nun verstärkt nach einer Übereinstimmung mit einem Mann, der aufgrund eines Unfalls Gehprobleme hat beziehungsweise eine Prothese trägt.«

Stille.

»Wir sind dran, nicht wahr?« Das klang eher nach einer Feststellung als nach einer Frage.

»Es ist nur noch eine Frage der Zeit. Ich vermute, dass der Generalstaatsanwalt sämtliche Fälle zusammenziehen wird, sobald weitere Erkenntnisse und Hintergrundinformationen vorliegen, die den Verdacht einer staatsgefährdenden Tat weiter erhärten. Doch so weit ist es noch nicht.«

Sarah blickte zum Seitenfenster hinaus. Aber bald, dachte sie, bald ist es so weit. Einige Puzzleteile fehlen noch. Ob allerdings der Mord an Caroline Rothell gänzlich aufgeklärt werden konnte, ohne dass einer der Tatbeteiligten ein Geständnis ablegte, und eine Verbindung zu Wolfram Schiefer sichtbar wurde, stand noch in den Sternen.

»Was hast du jetzt vor, Sarah?«, fragte Hannah.

»Ich fahre nach Rostock«, antwortete sie spontan. »Ich will dabei sein, wenn Mantor vernommen wird.«

»Und dann?«

»Dann mache ich mich auf den Weg nach Berlin.«

»Sei vorsichtig. Wir wissen nicht …«

»Ist mir klar.«

Sarah legte das Handy beiseite, dann griff sie erneut danach und rief Frederik an. »Lust auf einen Ausflug?«

»Mit dir? Immer.«

Sie fuhren hoch in den Norden zur Burgruine Hammershus. Die Dämmerung hatte eingesetzt. Dunkelrote Schatten krochen über den Horizont. Die See lag wie ein eisblauer Spiegel vor dem verwitterten Gemäuer. Frederik hatte ihre Hand genommen. Schweigend blickten sie über das Meer.

31

Mantor wurde drei Tage später in den frühen Morgenstunden festgenommen, als er gerade das Bistro öffnen wollte. Ein Team von Kriminaltechnikern stand bereit. Sie würden in den nächsten Stunden sämtliche Räumlichkeiten einschließlich des Kellers und seiner Privatwohnung durchsuchen und Material sicherstellen, das die Beamten für Monate beschäftigen dürfte.

Sarah wartete gemeinsam mit Piet Meinhold in dessen Wagen. Sie war am Tag zuvor eingetroffen und hatte sich mit ihrem ehemaligen Vorgesetzten bei einem Bier in einer Hafenkneipe ausgesprochen. Als Mantor in Handschellen abgeführt wurde, durchströmte sie tiefe Befriedigung. Die Miene des Bistrobesitzers war maskenhaft starr.

Nachdem das Ergebnis des DNA-Schnelltests vorgelegen hatte, der nunmehr offiziell eine Übereinstimmung mit den Spuren an der Decke und den Blutpartikeln an der Drahtspule bestätigte, führte Meinhold die erste Vernehmung, ein Auftaktverhör, dem weitere folgen würden; der zuständige Staatsanwalt, ein LKA-Kollege sowie ein Beamter vom Staatsschutz und Sarah verfolgten es im Technikraum.

»Wir haben alles, was nötig ist«, behauptete Piet in lapidarem Tonfall, nachdem er die üblichen Eingangssätze fürs Protokoll gesprochen hatte. »Blutspuren von Ihnen, Haare von der Decke, in die die Staatsanwältin Yvonne Beyer gewickelt war, und es gibt eine Zeugenaussage, die bestätigt, dass Sie auf Bornholm waren – mit Ihren Leuten.«

Mantor blieb still.

Piet blätterte die Akte durch. »Hier sind übrigens eine ganze Reihe von Namen aufgelistet, die die Kollegen bereits ermittelt haben. Unter anderem findet sich ein Stefan Landmann, der Mann, der eine Kollegin von uns bedrängte und nach einem Unfall einige Probleme mit seinem Bein hat. Auch er ist festgenommen worden, neben einer Reihe weiterer Personen, die im Verdacht stehen, an zwei Morden beteiligt gewesen zu sein – unter anderem.«

Das war etwas geschönt, wie Sarah wusste. Es gab mindestens zwei Leute, die flüchtig waren. Wolfram Schiefer wurde überwacht, rührte sich aber nicht aus seinem Haus.

Piet blickte hoch. »Was sagen Sie dazu?«

Mantor legte die Hände auf den Tisch und schwieg.

»Die Drahtschlinge, mit der Caroline Rothell erdrosselt wurde, stammt aus der Werkstatt in Ihrem Unterschlupf auf Bornholm – dort fanden sich Blutspuren. So winzig, dass sie nur mit einem besonderen Verfahren gesichert werden konnten. Sie ahnen, von wem das Blut stammt?« Piet sah ihn fragend an. »Sie haben sich in die Hand geschnitten, nicht wahr? Dieser Draht ist ziemlich scharf. Ein Arzt wird Sie in Kürze untersuchen.«

Mantor schwieg weiterhin und legte eine Hand über die andere.

»Erklären Sie mir, was das alles sollte, oder sollen wir das übernehmen?« Piet seufzte, als Mantor nicht antwortete. »Scheint eine Masche zu sein, einfach nichts zu sagen. Funktioniert aber langfristig ganz selten.«

Piet hob eine Hand und kratzte sich im Nacken. Das war das verabredete Zeichen. Sarah blickte den Staatsanwalt an, der ihr zunickte. Sie atmete tief durch und betrat den Verhörraum. Mantor kniff kurz die Augen zusammen.

»Mein Name ist Sarah Pirohl, Herr Mantor. Sie kennen meinen Vater. Sie kennen auch mich«, sagte sie und setzte sich neben Piet.

Sie tat so, als überlegte sie, wie sie vorgehen sollte. »Dieser schöne ausgeklügelte Plan«, meinte sie dann kopfschüttelnd und fasste Mantor ins Auge. »Komplett gescheitert, würde ich sagen. Und warum?« Sie lächelte. »Erstens haben Ihre Leute ein fragwürdiges Verhältnis zur Müllentsorgung, und das schließt Sie ein.«

Mantor öffnete den Mund. »Was für eine Scheiße erzählen Sie da eigentlich?«, stieß er hervor.

»Der Aufbruch in ein neues, starkes, freies und selbstbestimmtes Deutschland – kurz: FSD – wird von Leuten vorbereitet, die ihren Müll auf die Straße oder in die Natur kippen. Grandios.« Ihre Stimme sprühte vor Ironie. »Der Mann, der Yvonne verfolgt hat, hat den Anfang gemacht und eine Spur hinterlassen, die die Verbindung zu Rostock bestätigte – wir wissen sogar, dass einer aus Ihrem Trupp vor nicht allzu langer Zeit Rostocker Rauchwurst gegessen hat. Sie waren dann der Zweite, der vor einer Apotheke Papiermüll zum Fenster hinausgeworfen hat. Wieder ein Hinweis für uns.«

Sie schüttelte den Kopf. »Dieser großartige Plan, in dessen Umfeld zwei Frauen grausam sterben mussten, scheitert, weil Sie und Ihre Truppe zu dämlich sind, Ihren Müll zu sichern. Man sollte jedoch alles sichern, Herr Mantor. Jede Kleinigkeit, jeden Schnipsel, jeden Fleck. Es reicht einfach nicht aus, nicht registrierte Handys zu benutzen, Reisewege zu verschleiern und sich darauf zu verlassen, dass kein DNA-Abgleich zu Ihnen führen wird. Was wird Schiefer wohl dazu sagen? Und wer wird diese Partei wählen, wenn herauskommt, wie Sie vorgegangen sind? Ich sage es Ihnen – nur noch ein paar verirrte Hassprediger.«

Er war bleich geworden. In seinen Augen blitzte der blanke Hass auf.

Piet räusperte sich leise.

»Der zweite Aspekt betrifft die Tatsache, dass Sie dazu neigen, Frauen zu unterschätzen«, fuhr Sarah fort. »Yvonne hat sie vorgeführt. Und was mich angeht, so haben Sie angenommen, dass ich irgendwann auf meinen Vater hören und mich auf der richtigen Seite positionieren würde, nicht wahr? Als Ihnen dann doch klar wurde, dass ich eigene Wege gehe und mich den Ermittlern angeschlossen habe, haben Sie den Mann mit dem verletzten Bein geschickt. Der hatte nichts Besseres zu tun, als die nächsten Spuren zu hinterlassen.«

Sarah lehnte sich zurück. »So sieht also der Trupp aus, der Deutschland erneuern will.«

Einen Augenblick herrschte tiefe Stille. »Und das war der Plan«, ergriff sie dann erneut das Wort. »Der Mord an Caroline Rothell ist von langer Hand vorbereitet worden, Hagen Dietrich dürfte dabei eine zentrale Rolle gespielt haben. Die Politikerin sollte sterben, um Flüchtlingen mit Gefährder-Potential einen grausam inszenierten Auftragsmord in die Schuhe schieben zu können – ein aberwitziges Szenario und gedacht als Startschuss für Schiefers Karriere als FSD-Parteiführer. Hat aber nicht funktioniert. Warum? Nun, Yvonne ist euch dazwischengekommen. Es hat euch keine Ruhe gelassen, dass sie auch auf der Insel war, nicht wahr? Und als es eng wurde, sollte sie kurzerhand Teil des Plans werden – Opfer eins, Opfer zwei? Du liebe Güte, wessen bescheuerte Idee war das denn?« Sie sah ihn kopfschüttelnd an. »Völlig überzogen, Mantor, Sie neigen zu gefährlichem Aktionismus.«

Sarah spürte, dass er kurz davor war, die Nerven zu verlieren. Sie stützte ihr Kinn auf eine Hand und überlegte kurz. »Das erste Leck gab es vor zehn Jahren. Florian Schütter, Praktikant in der Kanzlei meines Vaters. Was haben Sie mit ihm gemacht?«

Mantor beugte sich vor. »Warum fragen Sie nicht Ihren Vater?«

»Warum nutzen Sie nicht die Gelegenheit und machen reinen Tisch? Um das Ganze mit einem homöopathischen Rest von Anstand über die Bühne zu bringen.«

»Wovon träumen Sie nachts?« Mantors Stimme war rau. »Du wirst noch bereuen …«

»Vergessen Sie es.« Sarah stand langsam auf. »Von Typen wie euch sollte man sich niemals einschüchtern lassen.«

»Wir sprechen uns noch.«

Sie zwinkerte ihm zu und verließ den Raum. Ihr Herz schlug schmerzhaft schnell. Sie hatte sich weit vorgewagt und ihn beträchtlich provoziert. Ob es nützen würde, musste sich noch herausstellen. Sicher würde er weder gegen Schiefer aussagen noch seine eigenen Leute in Schwierigkeiten bringen, und umgekehrt galt wohl Ähnliches. Dennoch: Der Plan der Gruppe war gescheitert, die Intention zweifellos empfindlich geschwächt, auch wenn sie nicht jeden Beteiligten schnappen würden. Und wie würde es weitergehen? Irgendjemand würde auch aus dieser brenzligen Situation Profit schlagen – so ähnlich hatte es Hannah formuliert.

Sarah fuhr in ihre Wohnung, wo Frederik auf sie wartete. Plötzlich fiel ihr ein, dass sie bei ihrer Ankunft vergessen hatte, nach dem Papierkügelchen unter der Haustür zu sehen, das sie gefühlt vor einer Ewigkeit dort angebracht hatte. Spielte es noch eine Rolle? Wohl kaum, und nun war es ohnehin zu spät.

Er hatte gekocht und lauschte beim Essen ihrem Bericht. Sie wollte gerade unter die Dusche und dann ins Bett gehen, als Piet anrief. »Die Spurensicherung hat was entdeckt. Mantor hat zig von diesen Wegwerfhandys gebunkert. Auf einem ist ein Foto gespeichert, aus dem ich nicht schlau werde. Außerdem ist es grottenschlecht, uralte Technik, na ja. Ich schicke es dir.«

Sekunden später traf die Aufnahme ein – ein dunkles Schattenbild, auf dem sich Gebäude scherenschnittartig vor dem Hintergrund abhoben und Details nur mit Mühe zu erkennen waren. Frederik blickte über ihre Schulter. Sie vergrößerte das Bild und erkannte die

Silhouette des Französischen Doms. Sie aktivierte wieder die Telefonfunktion. »Piet?«

»Immer noch an Bord.«

»Womöglich hat Mantor mit diesem Handy immer Kontakt zu meinem Vater aufgenommen. Die Kanzlei befindet sich in der Nähe ...«

»Das haben wir auch schon herausgefunden. Sieh noch mal genauer hin.«

Sie erkannte das Kanzleigebäude. Es war an einer Seite eingerüstet, im unteren Bereich befand sich ein Bauzaun. Und dann sah sie es. Da blickte jemand zum Fenster hinaus. Sarah blinzelte. »Das könnte mein Vater sein.«

»Ja. Aber etwas anderes ist viel interessanter. Einige Meter unter ihm erkennt man einen Schatten. Jemand aus der IT bearbeitet das gerade. Es sieht so aus, als würde jemand auf dem Gerüst herumklettern. Willst du es genauer wissen?«

»Unbedingt.«

»Kann aber ein bisschen dauern, wie gesagt: alte Technik oder wie mein IT-Mann immer sagt – mit den Pixeln im vierstelligen Bereich hatten sie es damals noch nicht so.«

»Spielt keine Rolle.«

Eine gute Stunde später meldete sich Piet erneut mit einer bearbeiteten Bildversion. Sarah erkannte auf den ersten Blick, dass ihr Vater einer Gestalt nachblickte, die in die Tiefe stürzte. Sie starrte Frederik an.

»Florian«, flüsterte er.

Warum fragen Sie nicht Ihren Vater?

In dieser Nacht schlief sie kaum zwei Stunden, und sie stand mit dem ersten Morgenlicht auf. Frederik kochte Kaffee und überredete sie, eine Kleinigkeit zu frühstücken. Keine halbe Stunde später machten sie sich auf den Weg nach Berlin. Hannah war informiert.

Als sie am Gendarmenmarkt eintrafen, war es später Vormittag. Und wenn er gar nicht in der Kanzlei ist?, durchfuhr es Sarah plötzlich. Er hatte selbstredend mitbekommen, dass Mantor und etliche Komplizen verhaftet worden waren, dass nach dem ersten Aufwind beträchtliche Unruhe herrschte und Leute untergetaucht waren. Wo sollte er sonst sein? Warum sollte er einen Verdacht bekräftigen, indem er das Weite suchte? Die Kanzlei hatte schon so manche Hürde genommen, und mit Gegenwind wusste ihr Vater umzugehen.

Sie hob den Kopf und blickte nach oben. Vor gut zehn Jahren war das Gebäude eingerüstet gewesen – Malerarbeiten, außerdem waren neue Fenster eingebaut worden. Das hatte sie bereits recherchiert. Sie sah zur Seite, als Frederik sie am Arm berührte. Er nickte ihr zu. Sie fuhren mit dem Fahrstuhl ins Obergeschoss. Die Empfangssekretärin stutzte einen Moment, als sie Sarah erblickte, dann lächelte sie. »Schön, Sie zu sehen. Sie waren lange nicht mehr hier«, sagte sie in herzlichem Ton und musterte Frederik einen Moment.

»Ja, ich weiß. Sagen Sie …«

»Ihr Vater hat nicht viel Zeit.«

»Es dauert nicht lange.«

»Gut, Sie wissen ja …«

»Natürlich.« Sarah machte sich auf den Weg zum Büro ihres Vaters. Mit jedem Schritt fühlten sich ihre Füße schwerer an. Plötzlich war sie heilfroh, dass Frederik bei ihr war. Die Bürotür schwang auf, kurz bevor sie sie erreichten. Ihr Vater sah ihr mit forschenden Blicken entgegen, dann lächelte er breit. »Ein Überraschungsbesuch? Wie schön. Inselkoller?«

Sie wich einer Umarmung mit einer raschen Körperdrehung aus. »Hast du Zeit für uns?«

»Eigentlich passt es gar nicht, aber unter diesen Umständen …« Er blieb einige Sekunden unschlüssig stehen, dann sagte er der Sekretärin Bescheid, dass sie seinen Termin verschieben sollte, und bat sie herein.

»Herr Pedersen, nehme ich an«, wandte er sich an Frederik und schüttelte seine Hand. »Sie haben meine Mutter besucht und ihr wunderbare Blumen vorbeigebracht, oder?« Er runzelte die Stirn.

Frederik lächelte höflich. »Es war mir ein Vergnügen.«

»Setzen wir uns doch. Kaffee?«

Sarah nickte, und ihr Vater stand wieder auf, um Tassen zu holen. Er stellte Milch und Zucker bereit und musterte Frederik. »Nehmen Sie es mir nicht übel, aber ich hatte Sie mir ganz anders vorgestellt.«

»Ja?«

»Meine Mutter deutete an – sprechen kann sie ja nicht mehr –, dass sie Besuch von einem jungen Mann mit Bart und langem Haar bekommen hätte.«

Frederik strich sich übers Kinn. »Es sah ein bisschen wild aus. Das habe ich zu Weihnachten geändert.«

Sarah trank einen Schluck von ihrem Kaffee. Was für eine Farce, dachte sie. Ihre Hände waren eiskalt.

»Alles in Ordnung, Sarah?«, ergriff ihr Vater das Wort. »Kann ich etwas für dich, für euch tun?«

Sie hob den Blick. »Ja.«

Er lehnte sich zurück, schlug ein Bein über das andere und hob die Hände mit einer fragenden Geste.

Leg die Karten auf den Tisch und mach eine umfassende Aussage, dachte sie. Lass uns das Theater beenden.

»Sarah?«

Sie schüttelte die Erstarrung ab. »Ich bin seit geraumer Zeit mit weitreichenden Ermittlungen befasst.«

Er nickte. »Die Staatsanwältin, mit der du …«

»Unter anderem. Es geht inzwischen auch um Caroline Rothell, um Mantor, Schiefer, Hagen Dietrich und wie sie alle heißen.«

Sein Blick wurde hellwach.

»Es geht um Folter und Mord, verübt, um politischen Einfluss zu gewinnen und eine neue Partei mit alten Ideen auf den Weg zu bringen, Wolfram Schiefer an der Spitze, der nur auf den richtigen Moment gewartet hat. Du wirst wissen, dass inzwischen etliche Verhaftungen vorgenommen wurden.«

Er rührte sich nicht. Ihre Stimme wurde allmählich kräftiger, obwohl sie in ihren Ohren zugleich unsicher klang. »Und du und diese Kanzlei, ihr habt mit all dem sehr viel zu tun – Großvaters Fußstapfen. Der Plan war …«

»Wovon redest du, Sarah?«, unterbrach er sie plötzlich. »Bist du von allen guten Geistern verlassen und entwickelst plötzlich Verschwörungstheorien.«

Sie schloss kurz die Augen, dann nahm sie ihren Laptop aus der Tasche. »Du hast erst kürzlich Großmutter besucht, nicht wahr?«

Er zuckte mit den Achseln und sah sie scharf an. »Ich besuche meine Mutter regelmäßig. Was hat das mit deinen seltsamen Anschuldigungen zu tun?«

Sarah rief die Videodatei auf, die mit versteckter Kamera gedreht worden war. Kurz darauf war die Stimme ihres Vaters zu hören. Er blickte auf den Monitor, lauschte den ersten Sätzen scheinbar ungerührt.

»Was für ein schöner Blumenstrauß, und das mitten im Winter. Du hattest Besuch?«

Er kniff die Augen zusammen.

»Ich bin ja verblüfft. Sarah hat sich in den letzten Jahren kaum für dich interessiert, und plötzlich schickt sie ihren Freund vorbei? Nur weil der zufällig in der Gegend ist. Was wollte er?«

Ihr Vater atmete scharf ein.

»Was hast du gesagt? Ich kann dich so schlecht verstehen.«

Sarah behielt ihn im Blick, während er mit fassungslosem Blick verfolgte, wie er im Video über den Tisch nach den Händen seiner Mutter griff, worauf deren Gesicht sich unter dem Schmerz verzerrte.

»Weißt du eigentlich, wie sehr ich es genieße, dass du nicht mehr sprechen kannst und hier langsam verrottest? Inmitten dieser beschaulich luxuriösen Atmosphäre. Vater hätte es gutgeheißen, da bin ich mir sicher – Stil und Haltung, du erinnerst dich? Natürlich erinnerst du dich. Als er starb, kannte deine Erleichterung keine Grenzen mehr. Weißt du, wie erleichtert ich war und bin, dass du nun zum Schweigen verdammt bist? Keine Vorhaltungen und Einmischungen mehr, keine neuen Richtlinien, die du für nötig befindest, und ich entscheide, was hier, in der Familie und in der Kanzlei passiert. Das ist wunderbar. Und es ist einiges passiert, und es wird noch viel mehr geschehen. Du wirst dich wundern, sofern dir noch so viel Zeit bleibt. Auf der einen Seite wäre es schön, deine Reaktion zu erleben, dein Entsetzen zu spüren, auf der anderen … Ist ja auch egal.«

Er zog die Hände zurück und seufzte. »Es ist schon schade, dass du so gar nichts mehr von dir geben kannst. Ich hätte zu gerne gewusst, was dieser Typ hier wollte.«

Er stand plötzlich auf, kam mit der Blumenvase zurück, durchwühlte den Strauß und stellte ihn zur Seite. »Aber vielleicht ist es ja auch ganz harmlos. Ein Weihnachtsgruß von Sarah. Wie reizend. Nun, ich werde es so oder so herausfinden, da kannst du sicher sein – Mutter.«

Sarah sah ihren Vater an. Ein Fremder, dachte sie. Der Mann ist ein völlig Fremder für mich. Er wird abstreiten, sich herausreden, mich zu erschüttern versuchen.

»Was willst du eigentlich? Was soll diese Zirkusnummer? Was versprichst du dir davon? Besser gesagt – ihr beide.« Sein Blick irrte einen Moment lang zwischen ihnen hin und her. »Was glaubst du, wie weit ihr mit diesen Aufzeichnungen kommen werdet? So was ist vor Gericht kaum verwertbar. Außerdem kann diese Unterhaltung alles Mögliche bedeuten – Auslegungssache. Ich werde überprüfen lassen, wer es gewagt hat, mich heimlich zu filmen.« Er musterte Frederik und lockerte seine Schultern.

Er hat sich bemerkenswert schnell gefangen, dachte Sarah konsterniert. »Die Ermittlungen, bei denen auch der Staatsschutz mit von der Partie ist, sind beträchtlich ausgeweitet worden«, erklärte sie ruhig. »Das dürfte dir nicht neu sein, und du wirst in jedem Fall reagieren müssen. Dein Name, der Name der Kanzlei fällt mehrfach, und das im Übrigen nicht erst in den letzten Monaten. Es wird nicht mehr lange dauern, und man wird eine Verbindung zu den Morden herstellen. Am sinnvollsten wäre es, wenn du alle Karten auf den Tisch legen würdest, und zwar schnell und umfassend.«

Er faltete die Hände vor dem Bauch, sah sie plötzlich amüsiert an und begann zu lachen – laut und herzlich. Einen Augenblick empfand Sarah das irrationale Gefühl, in einem seltsam abwegigen Tagtraum gefangen zu sein, und zugleich spürte sie, dass Frederik unruhig wurde.

»Du machst dich lächerlich«, erklärte ihr Vater schließlich kopfschüttelnd. Er beugte sich vor. »Du hast nicht viel verstanden, kannst du auch gar nicht. Aber lass dir eines gesagt sein – selbst wenn ich wollte, könnte ich diesen Weg nicht gehen.«

Er hob eine Braue, als würde er ihr ein kniffliges juristisches Problem erklären. »Doch ich will ja gar nicht. Warum auch? Wer will mir ans Bein pinkeln? Weitreichende Ermittlungen und Staatsschutz? Aha. Was habe ich damit zu tun? Ich leite eine Kanzlei, die sich mit Wirtschaftsfragen beschäftigt und Mandanten bei finanziellen Entscheidungen unterstützt. Das macht diese Kanzlei seit Jahrzehnten mit großem Erfolg.«

»Finanzielle Entscheidungen? Du sorgst dafür, dass deine Parteifreunde …«

»Noch einmal – du machst dich lächerlich«, unterbrach er sie energisch.

Sarah spürte, wie verzweifelte Wut und Empörung in ihr hochstiegen. Sie öffnete den Mund, aber Frederik kam ihr zuvor. »Fangen wir mit dem an, was wir beweisen können«, warf er mit fast sanfter Stimme ein.

Ihr Vater wandte den Blick langsam zur Seite und fixierte Frederik. »Ich bin sehr gespannt, auch wenn ich mir nicht erklären kann, was Sie das Ganze überhaupt angeht.«

»Das werden Sie gleich. Was meinen Namen angeht, so haben Sie wohl etwas falsch verstanden. Ich heiße Frederik Thomsen.«

Er zuckte mit den Achseln.

»Mein Vater war Siegfried Kolmer. Dieser Name dürfte Ihnen etwas sagen.«

Ihr Vater lehnte sich zurück. Damit hatte er nicht gerechnet. »Und? Kolmer hat eine Weile mit meinem Vater zusammengearbeitet. Was soll mir das sagen?«

»Meinen Vater haben die Geschäfte der Kanzlei angewidert.«

»Ist das so?«

»Und man begegnet sich immer zweimal – so geht ein deutsches Sprichwort, oder?«

»Kommen Sie zur Sache.«

»Ich kenne Sie schon viel länger, Herr Pirohl.« Frederik drehte den Laptop herum und rief das Foto mit dem herabstürzenden Florian auf. »Schauen Sie mal.«

Er beugte sich vor, seine Augen weiteten sich. Endlich, dachte Sarah. Fast könnte man behaupten, dass er wie vom Donner gerührt war.

»Er war ein Freund, verstehen Sie?«, fuhr Frederik fort. »Ein guter Freund. Sie haben ihn aus dem Fenster gestoßen. Mantor hat ein Foto aufbewahrt – zur Sicherheit, verstehen Sie? Falls es mal eng werden sollte. Und nun ist es eng.«

Ihr Vater starrte sekundenlang ins Leere. »Mit Mord und Totschlag habe ich nicht das Geringste zu tun«, flüsterte er plötzlich. »Und was den Jungen angeht – das war …«

»Ein Unfall?« Frederik schüttelte den Kopf. »Nein. So sollten Sie gar nicht erst anfangen. Florian hat in der Kanzlei einiges entdeckt. Und er hatte Mitstreiter, die ihn nie vergessen haben.«

Ihr Vater starrte ihn an.

»Mantor hat sich gekümmert«, fuhr Sarah fort. »Doch Mantor ist erledigt. Wir weisen ihm die Beteiligung an zwei Morden nach. Glaubst du, er lässt dich ungeschoren davonkommen?«

Ihr Vater blickte von einem zum anderen. Der Moment dehnte sich. »Ja, das glaube ich«, erwiderte er dann und nickte zur Bekräftigung. »Und warum? Ganz einfach – er braucht Unterstützung. Wir werden ihn da wieder herausholen. Er benötigt dringend gute Anwälte, Geld und die Hilfe von Freunden. All das bekommt er, und dann sehen wir weiter. Er hat allen Grund, mich herauszuhalten – auch wenn du das nicht verstehen kannst: Es geht um höhere Ziele.«

Sarah spürte, wie Übelkeit in ihr aufstieg – und abgrundtiefe Verzweiflung. Ihr Blick wanderte zum Laptop und wieder hoch zum Gesicht ihres Vaters. »Deine Mutter weiß einiges, nicht wahr?«

»Was für ein Blödsinn.« Er machte eine wegwerfende Handbewegung. »Darüber hinaus kann sie schlechterdings aussagen, wenn ich mich recht erinnere.«

»Dieses Foto und das Video …«

»Bringen euch nichts ein – höchstens Ärger.« Er lächelte schmallippig.

Sarah erhob sich langsam, ihre Knie waren weich. »Wir sind noch nicht fertig«, flüsterte sie.

»Möglich, aber besser, ihr geht jetzt.«

Als sie wieder auf der Straße standen, war eine gute halbe Stunde vergangen. Sarah hatte das dumpfe Gefühl, dass sie einen ganzen Tag in seinem Büro gewesen waren. Und sie hatten nichts erreicht. Es war genauso, wie ihr Vater gesagt hatte: Eine direkte Beteiligung war ihm ohnehin nicht nachzuweisen, und er würde sämtliche Kontakte und jeden Einfluss nutzen, um Mantor und seine Leute zu unterstützen. Sie griff mit zitternden Händen nach ihrem Handy und informierte Hannah. Minuten später gingen sie zum Wagen.

»Lass mich fahren«, sagte Frederik leise.

Sie setzte sich auf den Beifahrersitz und blickte aus dem Fenster. So also sollte es enden? Ein Verfahren gegen Mantor und wahrscheinlich einen Teil seiner Truppe, das sich ewig hinziehen würde, weil unzählige Details und Verknüpfungen auszuwerten waren und sich zudem eine Armada an gewieften Strafverteidigern um ihn und seine Leute scharen würde. Währenddessen blieb der eine oder andere unter Beobachtung – zum Beispiel Schiefer –, aber der ursprüngliche Plan wäre noch nicht endgültig gescheitert. Eine getötete NAD-Politikerin bot Anlass zu zahllosen Spekulationen, und die Gerüchteküche würde weiterkochen, auch wenn in offiziellen Verlautbarungen die tatsächlichen Vorgänge sachlich fundiert dargestellt wurden. Wer das nicht glauben wollte, fand immer noch eine andere Antwort – Stichwort: Lügenpresse. Und wem würde all das dann doch nützen und womöglich noch viele weitere Schritte nach vorne bringen, ohne dass sie sich großartig anstrengen müsste? – richtig: der NAD oder auch dem FSD.

Sie klappte den Laptop auf und blickte auf das Foto. Ihr Vater oben am Fenster, darunter ein Schatten an der Wand, der sich in der professionellen Nachbearbeitung und bei näherem Hinsehen als herabstürzende Gestalt entpuppte. Im unteren Bereich der Bauzaun, ein paar Bohlen und neben einem Betonmischer ein parkendes Fahrzeug. Sarah beugte sich vor und betrachtete den Wagen. Am Steuer saß jemand. Mantor? Nein, aus dem Winkel hätte er das Foto nicht machen können. Dann hat es jemand anders gemacht und ihm weitergeleitet. Vielleicht. Sie vergrößerte das Gesicht hinterm Steuer. Ihre Augen weiteten sich. Sie hob ruckartig den Kopf.

Frederik warf ihr einen Blick zu. »Was ist?«

»Fahr nach Potsdam. Ins Fitnessstudio.« Ihre Stimme vibrierte.

32

Sarahs Mutter begleitete eine ältere Dame zu einem Laufband und erläuterte die Funktionen. Sie wirkte kompetent, fröhlich sowie schlank und durchtrainiert wie immer. Plötzlich sah sie auf, ließ den Blick schweifen und entdeckte Sarah. Sie winkte ihr zu, rief einen Mitarbeiter, der sich um die Dame kümmern sollte, und lief beschwingt auf Sarah und Frederik zu. Je näher sie kam, desto mehr verblasste ihr Lächeln. »Sarah, was hast du …«

»Können wir reden, Mama?«

»Ja, aber …«

»In deinem Büro.«

Ihre Mutter musterte ihr Gesicht, sah dann Frederik an. »Ist etwas passiert?«

»Sehr viel.«

»Würdest du mir den jungen Mann trotzdem vorstellen?«

»Natürlich. Das ist Frederik Thomsen, der Sohn von Friedrich Kolmer.«

Blässe überzog ihr Gesicht. Sie wandte sich um und ging mit steifen Schritten voran. Sarah fühlte tiefe Erschöpfung in sich aufsteigen. Es reicht, dachte sie. Das ist mein letzter Versuch. Ich mag nicht mehr reden, argumentieren, überzeugen und wieder von vorne anfangen. Sie klappte den Laptop auf. Das Foto nahm den gesamten Bildschirm ein.

Ihre Mutter betrachtete es gefühlt mehrere Minuten, dann griff sie nach einer Flasche Wasser und schraubte den Verschluss auf. Ihre Hände zitterten. Sie trank durstig. Ein Wassertropfen lief an ihrem Kinn entlang. Sie stellte die Flasche wieder ab und wischte sich mit dem Ärmel über den Mund. »Ich wusste, dass dieser Tag kommen würde – irgendwann. Viele Jahre schien es so, als hätte ich mich geirrt, aber in letzter Zeit mehrten sich die Anzeichen …«

Sie senkte kurz den Kopf und suchte dann Sarahs Blick. »Ich habe sehr lange Zeit versucht, mich herauszuhalten. Wahrscheinlich wollte ich auch gar nicht wahrhaben, was ich sehr wohl mitbekam oder mir zusammenreimen konnte, wenn ich es gewollt hätte. Nach diesem Geschehen aber war klar, dass ich eines Tages Farbe bekennen muss. Das ist wohl heute der Fall.«

Sie trank erneut. »Ich war an dem Abend in der Kanzlei. Gut zehn Jahre liegt das zurück«, fuhr sie fort. »Es war schon spät. Ich wollte deinen Vater überraschen und ihn zum Essen abholen. Das Studio lief inzwischen sehr gut, und ich wollte das mit ihm feiern. Als ich oben ankam, verließ seine Sekretärin gerade die Kanzlei und ließ mich noch eintreten. Nur die Chefs und der Student seien noch da, sagte sie. Es gebe wohl noch etwas zu besprechen. Ich wartete im Vorraum. Bernd und Hagen hatten in der Tat noch etwas zu besprechen – mit dem Praktikanten. Sie saßen im Teamraum zusammen, und es gab Ärger, das war deutlich zu hören. Es ging um sensible Daten.«

Sie strich eine Haarsträhne zurück. »Es wurde immer lauter und unangenehmer. Sie warfen ihm vor, Datenklau betrieben zu haben. Zwischendurch hastete Hagen in sein Büro, ohne mitzubekommen, dass ich im Wartebereich saß, und telefonierte. Er ließ die Tür auf, und ich hörte, dass er jemanden um rasche Hilfe bat, es würde brennen. Seine Stimme klang eindringlich und scharf, und ich ahnte inzwischen, dass ich besser gar nicht erst unangemeldet aufgetaucht wäre.«

Sie atmete tief durch. »Kurz darauf bin ich gegangen, besser gesagt – ich habe mich davongeschlichen. Niemand bemerkte, dass ich ging, so wie niemand mein Kommen registriert hatte – und Bernds Sekretärin hat nie ein Wort darüber verlauten lassen, warum auch immer.« Sie schwieg.

»Du hast im Wagen gewartet«, sagte Sarah schließlich leise.

»Ja. Ich weiß nicht, was mich bewog, in der Dunkelheit zu warten. Hinterher habe ich die Entscheidung verflucht, aber es war nicht mehr zu ändern.«

»Und dann?«

»Dann tauchte jemand auf …«

Sarah zeigte ihrer Mutter ein Foto von Mantor. »War es der Mann?«

»Gut möglich. Er hat die Scheibe heruntergelassen und nach oben gestarrt. Neben ihm saß ein zweiter Mann. Sein Gesicht konnte ich allerdings nicht gut erkennen. Plötzlich ging oben das Fenster auf, Bernds Gesicht tauchte auf, hinter ihm war kurz Hagen zu erkennen. Der Mann hinterm Steuer hob eine Kamera vors Gesicht, vielleicht auch ein Handy, Sekundenbruchteile später krachte es, und der Student lag hinterm Bauzaun. Die beiden Männer stiegen sofort aus, eilten fluchend hinüber und verfrachteten den leblosen Körper in den Kofferraum. Ich habe mich in meinem Sitz so klein wie möglich gemacht. Das Fenster hatte ich ein Stück heruntergelassen. Ich konnte hören, wie einer der Männer sagte, dass die Anwälte ziemlich große Scheiße gebaut hätten. Nun könnte man aus dem Jungen nichts mehr herausprügeln.« Sie trank erneut.

»Bist du ihnen gefolgt?«

Ihre Mutter sah auf ihre Hände. »Ja. Sie sind nach Golm gefahren, nicht weit von hier. Im östlichen Teil wurde mal nach Erdgas gebohrt. Es war wohl ein guter Platz, um die Leiche zu verstecken.«

Sarah durchfuhr ein heftiges Zittern. »Du wirst eine offizielle Aussage machen und den Beamten in Golm den Platz zeigen?«

»Ja.« Ihre Mutter lächelte ebenso plötzlich wie unerwartet. »Ich habe mir immer gewünscht, dass du Jura studierst und die Kanzlei übernimmst – um dort aufzuräumen. Das war mein persönlicher Traum. Ich dachte, dass du es schaffst, was Lotte und mir verwehrt war. Wir hatten zu viel Angst, zu viele Bedenken, und es gab zu viele Abhängigkeiten, und dann hatte Lotte den Schlaganfall, und ich war allein … Dass du auf Bornholm plötzlich inmitten dieser Ermittlungen stecktest, war eine große Überraschung.« Sie verstummte für einen Moment. »Ich hatte Angst.«

Sarah griff kurz nach Frederiks Hand und wollte gerade aufstehen, als ihre Mutter sie wieder ansah. »Ich habe noch mehr für euch. Wusstet ihr, dass Florian manchmal hier trainiert hat?«

Frederik schüttelte den Kopf. Sarah zuckte mit den Achseln.

»Ich habe ihm einen Sonderpreis gemacht. Er kam nicht besonders häufig …«

»Worauf willst du hinaus?«, fragte Sarah.

»Ich habe seinen Spind leergeräumt.« Sie stand auf und öffnete einen Wandschrank. Im unteren Fach standen diverse Sportschuhe. Sie nahm ein Paar heraus. »Die hat er hiergelassen.«

Frederik nahm das Paar und betrachtete es von allen Seiten. Die Sohle des linken Schuhs ließ sich abschrauben. Sie war hohl und enthielt einen USB-Stick.

Am Ostrand der Gemarkung Golm waren in den 1930er Jahren mehrere Gebäude für die »Luftnachrichtenabteilung Oberbefehlshaber der Luftwaffe« errichtet worden. Mantor und seine Leute waren sich also treu geblieben, dachte Hannah, als sie den Bericht überflog.

Die sterblichen Überreste von Florian Schütter konnten zwei Tage später geborgen werden; die Auswertung des Speichersticks würde noch einige Zeit in Anspruch nehmen. Fest stand, dass er Klarnamen, Zahlen, Bankkonten und Finanzierungskonstruktionen zur Vorgehensweise der Kanzlei gesammelt hatte. Die Kollegen der Wirtschaftskriminalität hatten sich bereits an die Arbeit gemacht.

Bernd Pirohl und Hagen Dietrich befanden sich in U-Haft. Zu einer Aussage waren sie nicht bereit. Was nach Abschluss der Ermittlungen aus der Kanzlei werden sollte, war offen. Wolfram Schiefer stand nach wie vor unter Beobachtung.

Allmählich kehrte so etwas Ähnliches wie Ruhe ein. Der ganz große Sturm schien vorüber zu sein. Sarah und Frederik waren nach Bornholm zurückgekehrt. Die junge Kollegin war unschlüssig, wie es weitergehen sollte. Hannah hoffte, dass sie als Ermittlerin weitermachen würde. Sie hatte großes Talent, das stand außer Frage.

Als sie am Abend nach Hause kam, traf ein Foto von Sarah auf ihrem Smartphone ein. Hasle im warmen Abendlicht vor klarer See. *Ich komme langsam zur Ruhe und beginne, mir Gedanken über alles Weitere zu machen. Wusstest du, dass in diesem kleinen Ort schon immer die Tapfersten der tapferen Bornholmer lebten? Unerschrocken, mutig, kämpferisch. In diesem Sinne: Sarah.*

Ben Kryst Tomasson
Sylter Lügen
Kriminalroman
384 Seiten. Broschur
ISBN 978-3-7466-3659-7
Auch als E-Book erhältlich

Möwen, Strand und eine tote Galeristin

Als in einer Galerie auf Sylt ein gefälschter Chagall auftaucht, vermutet die Polizei, dass ein Fälscherring auf der Insel sein Unwesen treibt. Kari Blom soll undercover in der Kunsthandlung ermitteln. Doch die Hauptverdächtige, Galeristin Kerstin Fromme, wird kurz nach Karis Ankunft ermordet. Die Landarztwitwe Witta Claaßen, die selbst erst kürzlich ein Bild in der Galerie erstanden hat, mischt sich mit ihren Freundinnen in die Ermittlungen ein – ob Kari will oder nicht.

Ein neuer Fall für die liebenswerte Undercover-Ermittlerin Kari Blom

Regelmäßige Informationen erhalten Sie über unseren Newsletter. Jetzt anmelden unter: www.aufbau-verlag.de/newsletter

atb **aufbau taschenbuch**

Christiane Dieckerhoff
Vermisst
Ein Spreewald-Krimi
304 Seiten. Broschur
ISBN 978-3-7466-3651-1
Auch als E-Book erhältlich

Die Tote im Spreewald

Als ihr nachts in der Nähe von Lübben ein unbeleuchtetes Auto die Vorfahrt nimmt, kann Kriminalobermeisterin Klaudia Wagner im letzten Moment ausweichen. Doch dabei überfährt sie eine Frau. Klaudia ist am Boden zerstört. Dann die Überraschung: Die Frau galt bereits als tot. In einem Indizienprozess wurde ein Mann als ihr Mörder schuldig gesprochen. Wo aber ist Jennifer Böseke in den letzten zwei Jahren gewesen? Klaudia beginnt zu ermitteln und gerät an eine Frau, die als Spreewaldhexe gilt und die seit der Unglücksnacht einen jungen Mann vermisst, der in ihrem Haus gewohnt hat.

Ein rätselhafter Kriminalroman vor der eindrucksvollen Kulisse des scheinbar idyllischen Spreewalds.

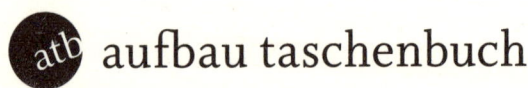

Michael Jensen
Totenland
Kriminalroman
400 Seiten. Broschur
ISBN 978-3-7466-3460-9
Auch als E-Book erhältlich

Von Opfern und Tätern

Ende April 1945. Der Krieg geht zu Ende. Nachdem er schwer verwundet wurde, ist Jens Druwe aus Berlin nach Schleswig-Holstein abkommandiert worden. Hier soll er als Polizist für Ordnung sorgen. Als ein hoher Funktionär der NSDAP ermordet wird, wollen seine Vorgesetzten sogleich den ersten Verdächtigen, einen entflohenen Häftling, aburteilen. Doch Druwe stellt sich gegen die Profiteure des untergehenden Regimes. Ihm zur Seite steht allein die Schwester des Verdächtigen, die wie er voller Mut und Hoffnung den Kampf gegen einen übermächtigen Gegner aufnimmt.

Ein Mordfall vor einer ungewöhnlichen historischen Kulisse – und ein Ermittler, der dem Grauen des Krieges eines entgegenhält: die Liebe zur Wahrheit.

Regelmäßige Informationen erhalten Sie über unseren Newsletter. Jetzt anmelden unter: www.aufbau-verlag.de/newsletter

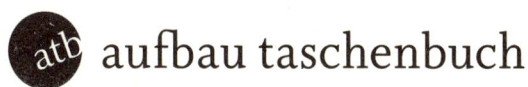

aufbau taschenbuch